Utta Danella ist Berlinerin, lebt aber seit vielen Jahren in München. Schon als Heranwachsende wollte sie Musik studieren, Schauspielerin werden oder Bücher schreiben. Sie probierte alles der Reihe nach und blieb schließlich beim Bücherschreiben – was sie nie bereut hat, wie sie sagt. Allein die deutschen Ausgaben ihrer Romane sind in mehr als 50 Millionen Exemplaren verbreitet, womit sie als die erfolgreichste deutschsprachige Autorin der Gegenwart gelten darf.

Außer dem vorliegenden Band sind von Utta Danella
als Goldmann-Taschenbücher erschienen:

Alle Sterne vom Himmel. Roman (9797)
Alles Töchter aus guter Familie. Roman (41065)
Die Frauen der Talliens. Roman (9617)
Gestern oder die Stunde nach Mitternacht. Roman (9789)
Jovana. Roman (9589)
Der Maulbeerbaum. Roman (41336)
Meine Freundin Elaine. Roman (41347)
Der Mond im See. Roman (42465)
Quartett im September. Roman (9892)
Die Reise nach Venedig. Roman (41223)
Der Schatten des Adlers. Roman (42386)
Der Sommer des glücklichen Narren. Roman (42180)
Stella Termogen oder die Versuchungen der Jahre.
Roman (41354)
Tanz auf dem Regenbogen. Roman (9437)
Die Tränen vom vergangenen Jahr. Roman (42207)
Vergiß, wenn du leben willst. Roman (9424)
Familiengeschichten (41484)

# Utta Danella

## Unter dem Zauberdach

Roman

GOLDMANN VERLAG

Ungekürzter Nachdruck
der 1973 unter dem Autornamen Stephan Dohl
erschienenen Originalausgabe

*Umwelthinweis:*
Alle bedruckten Materialien dieses Taschenbuches
sind chlorfrei und umweltschonend.
Das Papier enthält Recycling-Anteile.

Der Goldmann Verlag
ist ein Unternehmen der Verlagsgruppe Bertelsmann

Genehmigte Taschenbuchausgabe 2/95
© 1989 Albrecht Knaus Verlag GmbH, München
Umschlagentwurf: Design Team München
Umschlagfoto: Zefa / Stockmarket, Düsseldorf
Druck: Elsnerdruck, Berlin
Verlagsnummer: 42464
MV · Herstellung: Sebastian Strohmaier
Made in Germany
ISBN 3-442-42464-X

1 3 5 7 9 10 8 6 4 2

*Prolog eines Prologes*

Rosinen sind die süßesten und bittersten Früchte zugleich. Jene Rosinen meine ich, die man im Kopf hat. Man hat ein gutes Recht auf sie, solange man jung ist, da gehören sie gewissermaßen zur Einrichtung jedes Kopfes. Und da sind sie meist auch noch süß, verkleben wohltätig den nüchternen Denkapparat und lassen Welt und Leben begehrenswert erscheinen. Behält man sie jedoch bis in spätere Jahre hinein, verwandeln sie sich leicht in die berühmten saueren Trauben, ein umgekehrter Reifeprozeß gewissermaßen, und machen zudem ihren Besitzer ein wenig lächerlich, beziehungsweise den Kopf, der sie beinhaltet, suspekt.

Allerdings — es gibt Ausnahmen. Leute gibt es, denen man die Rosinen mehr oder weniger zugesteht, zu deren lebenslanger Ausrüstung sie gehören, die sie hüten und pflegen und sich an ihnen ergötzen. Das sind jene Leute, die sich Künstler nennen. Und ganz besonders jene Gattung, die mit dem Theater zu tun hat.

Wir vom Theater betrachten es als unser gutes, verbürgtes Recht, lebenslang Rosinen im Kopf zu haben. Und sie schmecken süß und bitter zugleich. Wer glaubt, daß sie, die Rosinen, mit zunehmendem Lebensalter ein wenig schrumpfen würden, dem sage ich: mitnichten. Die Zahl der Jahre besagt gar nichts. Womit wir die Rosinen zu den Akten legen wollen. Sie waren nur als Einleitung gedacht.

*Prolog*
*Leonce und Lena*

Als Einleitung wozu, fragte ich mich, als ich kürzlich diese Notiz in einem alten Schminkkasten fand. Welche Ausführungen schwebten mir damals vor, ewiger Theoretiker, der ich wohl immer bleiben würde. Es muß in meinem ersten Engagement gewesen sein, als ich dies niederschrieb. Damals, als ich die erste wirkliche Alltagsbegegnung mit dem Theater hatte, von dem ich zuvor nur geträumt hatte. Klang es nicht etwas skeptisch? Machte sich meine hoffnungslos bürgerliche Erziehung hier Luft und wollte ansetzen zu einem längeren Essay?

Ich wußte es nicht mehr. Heute, einige Jahre später, um vieles erfahrener, aber keineswegs klüger, kann ich nur zugeben, daß der Anfänger nicht unrecht gehabt hat. Süß und bitter zugleich, gewiß. Doch der Zauber war geblieben. Ich bereute nie, was ich getan hatte: neu zu beginnen, alles über Bord zu werfen und das zu tun, von dem ich glaubte, daß ich es tun müßte. Pathetisch ausgedrückt, daß es meine Bestimmung sei.

Ich kam aus einem hochachtbaren norddeutschen Bürgerhaus, mein Großvater war Senator in dieser Hansestadt, deren Namen verschwiegen sei, weil die Familie ihn nicht gern in diesem Zusammenhang lesen würde. Sie schämt sich meiner. Zwar sind Schauspieler heute durchaus gesellschaftsfähig, sie verkehren in besten Kreisen und sind sogar beim jährlichen Presseball in Bonn zugelassen, aber bis zu meiner Familie hat sich das noch nicht herumgesprochen. Wer diese Art Familie kennt, von der hier die Rede ist, wird mich verstehen. Aber diese Scham ist einseitig. Ich bin stolz auf meine Familie.

Der Bruder meines Großvaters, also mein Großonkel, war Reeder, heute ist mein Onkel, also der Bruder meines Vaters, Besitzer jener Reederei, und mein leiblicher Vater ist ein hochangesehener Anwalt und Notar mit strengen Grundsätzen in eben jener Stadt, die wir im Dunkel lassen wollen.

Zu seinem Mitarbeiter und späteren Nachfolger war ich von Kindheit an bestimmt. Und zunächst entwickelte ich mich durchaus in der Richtung, in die man mich haben wollte. Ich war ein einigermaßen wohlerzogener Knabe, in der Schule immer recht gut, und daß ich gern las und besonders gern ins Theater ging, verübelte mir niemand, denn wir waren eine kultivierte und gebildete Familie, das durchaus. Meine Mutter spielte Klavier, und mein Vater zitierte manchmal, wenn es gerade hinpaßte, aus dem Faust oder aus Schillers Glocke.

Meinen großen Traum, einmal selbst auf der Bühne zu stehen, verbarg ich vor jedermann. Zwar tat ich mich einmal in einer Schüleraufführung hervor, aber das wurde mit Wohlwollen zur Kenntnis genommen. Ich machte mein Abitur, verbrachte ein halbes Jahr bei meiner in England verheirateten Schwester, und schließlich bezog ich die Universität, um Jura zu studieren.

Wenn ich es mir recht überlege, hatte ich es nicht vor, meinen Lebenslauf zu schildern. Wen interessiert das schon? Ich hatte vor, ein wenig von dem Leben zu erzählen, das ich führe, von den Leuten, die es teilen. Aber ich bin ein methodischer Mensch, ich muß beim Anfang beginnen. Und so will ich eine Art Prolog vor das Ganze setzen.

Zum dritten Semester ging ich nach München. Und da begann es. Das war die Zeit, wo mich das Theater immer mehr, das Studium immer weniger interessierte. Oder genauer gesagt: Ich vernachlässigte meine juristischen Studien, besuchte statt dessen die theaterwissenschaftlichen Vorlesungen und Seminare, war Hörer in Literaturgeschichte und Germanistik, meine Freunde kamen aus diesem Kreis, ich ging häufig ins Theater.

Und schließlich: Ich verliebte mich. Nicht daß es das erstemal gewesen wäre, aber es war die erste richtig große Liebe. Sie hieß Janine — eigentlich Johanna, aber das gefiel ihr nicht —, war blond, kapriziös, sehr hübsch, sehr begabt, ein wenig extravagant, und sie war Schauspielerin. Ist es nötig, mehr zu sagen? Sie war genau das Mädchen, das mir gefehlt hatte. Sie gewöhnte mir eine Menge meiner bürgerlichen Vorurteile und meiner norddeutschen Steifheit ab, und von da an ging es hoffnungslos bergab mit mir. Letzteres sagte mein Vater, nicht ich.

Es begann damit, daß ich meiner Freundin die Rollen abhören mußte, ihr die Stichworte gab und an ihren Übungen teilnahm. Zuletzt blieb es nicht nur bei den Stichworten, ich lernte die Rollen ihrer Partner auswendig und arbeitete mit ihr sehr ernsthaft zusammen. Genaugenommen war Janine meine erste Lehrerin.

»Lerne ordentlich sprechen«, sagte sie zu mir. »Auch als Anwalt wird dir das später von Nutzen sein.« Sie machte Sprachübungen mit mir, gewöhnte mir den s-pitzen S-tein ab, brachte mich zum Bewußtsein meines Zwerchfells, ließ mich auf dem Bauch liegend deklamieren, steckte mir einen Korken zwischen die Zähne, wenn ich zu einer längeren Rede ansetzte, hielt mir lange Vorträge über die Stanislawskische Methode, zeigte mir, wie ich mich bewegen soll, und nahm mich mit zum Fechtunterricht. Sie setzte sich mitten im Zimmer auf einen Stuhl und spielte, ohne zu sprechen, mit sparsamer Mimik und Gestik eine ganze dramatische Szene, deren Inhalt vollkommen klar wurde. Und dann mußte ich es nachmachen.

»Gar nicht schlecht«, sagte sie. »Du mit deinen blöden Paragraphen. Aus dir wäre gar kein schlechter Schauspieler geworden.«

Erbarmen mit meiner ahnungslosen Jugend! War die Versuchung nicht groß? Da ich so gern versucht sein wollte, kam es ja nur meinen geheimen Träumen entgegen.

Es gab noch vieles, was sie mit mir tat und was ich mit Begeisterung mitmachte. Meinem Studium bekam auch dies nicht sonderlich gut. Es kann der Mensch nicht zween Herren dienen, das steht — glaube ich — schon in der Bibel. Und Janine war eine außerordentlich zeitraubende Herrin. Ich mußte sie von den Proben und von den Vorstellungen abholen, ich mußte mit ihr im Regen spazierengehen, im Englischen Garten oder im Isartal; Regen bekam ihrem Teint gut, und kalte Luft härtete die Stimmbänder ab. Ich mußte abends, wenn sie spielfrei hatte, in ihrer Wohnung oder in Schwabinger Kneipen an den endlosen Diskussionen mit ihren Kollegen teilnehmen, mußte ihr den Rücken oder die Füße massieren, je nachdem, was gerade besonders ermüdet war. Vom Rollenabhören sprach ich schon; ich mußte ihr Liebe schenken und ihre immer etwas unberechenbare Liebe entgegennehmen oder mich aber auch verständnisvoll im Hintergrund halten, wenn andere Dinge im Moment wichtiger waren als ich. Ich mußte zum Beispiel auch stundenlang in der Funkhaus-Kantine warten, wenn sie für ein Hörspiel probte, ich mußte sie nach Geiselgasteig oder in ein Hotel begleiten, wenn ein Filmregisseur oder Produzent sie zu sehen wünschte, ich mußte obskure Talentsucher in gebührendem Abstand halten — in diesen Fällen stellte sie mich als Verlobten vor —, ich mußte aber auch in der Versenkung verschwinden, wenn Männer, die ihr für die Karriere wichtig erschienen, sich um sie bemühten.

Ich mußte — na, Schluß damit, ich könnte stundenlang so fortfahren, denn Janine war dazu geschaffen, eines Mannes Leben restlos auszufüllen. Ganz bestimmt das Leben eines so jungen und eines so relativ unerfahrenen Mannes, wie ich damals war. Ich versäumte mehrere Zwischenprüfungen, war ein seltener Gast in den Vorlesungen und noch seltenerer Gast bei den Seminaren, und meine Professoren vergaßen langsam meine Existenz.

Es rettete mich, oder es hätte mich jedenfalls retten können, daß Janine nach einer ersten erfolgreichen Fernsehrolle ein Engagement nach Berlin bekam und gleichzeitig den Regisseur des Fernsehspiels heiratete.

Sie verabschiedete mich liebevoll, wünschte mir alles Gute, und da stand ich nun. Ohne diese Frau, die zwei Jahre lang mein Leben bis in den letzten Winkel ausgefüllt hatte.

Ich war fünfundzwanzig Jahre alt, und ich war sehr unglücklich. Meine Freunde versuchten, mich zu trösten. »Nimm's nicht so schwer, Julius. Geht vorbei. Wußtest doch sowieso, daß es eines Tages so kommt.« Und so weiter.

Zurück zur Familie. Es war ihr natürlich nicht verborgen geblieben, was vorgegangen war. Mein Vater hatte sich sehr großzügig gezeigt: »Laß den Jungen sich ein bißchen austoben, muß ja wohl sein!« Meine Mutter war besorgt: »Mein Gott, Junge, binde dich nicht zu früh, und das ist überhaupt keine Frau für dich!«

Wem sagte sie das? Dasselbe hatte Janine auch immer gesagt. Alles in allem stand einem strebsamen und mit Volldampf betriebenen Studium nun nichts mehr im Wege.

Ich hatte die besten Absichten, besuchte regelmäßig die Universität, saß über den Büchern, ließ mich prüfen, wo geprüft werden mußte, statt im Shakespeare studierte ich im Bürgerlichen Gesetzbuch, statt des Romeos und des Homburgs lernte ich Paragraphen und Gerichtskommentare, doch was nützte es? – Es war zu spät, ich war verloren. Verhext und bezaubert. Bewitched, bothered und bewildered, wie Frankie Sinatra singt. Nicht mehr nur von einer Frau, nicht von der Liebe. Vom Theater.

Und dann kam es zu dieser Büchneraufführung. Ich hatte mich früher einmal einer Studentengruppe angeschlossen, die Theater spielte. Als ich Janines Leben teilte, hatte ich mich dort aber kaum blicken lassen. Jetzt jedoch zog es mich öfter dorthin in meiner wenigen Freizeit, es war der letzte Rest der geliebten Welt, von der ich Abschied nehmen mußte und auch wollte. Wollte ich wirklich? Es waren alles theaterbesessene junge Leute so wie ich. Sie kamen meist aus dem theaterwissenschaftlichen Seminar, aber es waren auch aus anderen Fakultäten viele dabei, die mit großer Begeisterung daran teilnahmen und oft recht sehenswerte Aufführungen zustande brachten.

Damals planten sie eine Büchner-Inszenierung. Zunächst redeten sie vom ›Woyzeck‹, aber dann bekamen sie wohl doch Angst vor dem eigenen Mut, und man einigte sich schließlich auf ›Leonce und Lena‹. Ich kannte das Stück gut. Janine hatte die Lena studiert für eine Studioaufführung, und ich war ihr Leonce gewesen. Bei den Proben zu Hause natürlich.

Nun, ich sollte bei dieser Aufführung eigentlich nur die kleine Rolle eines Bedienten spielen, wie es mir zustand als bescheidenem Mitglied dieser Gruppe verdienter junger Leute. Aber wie der Zufall so spielt – oder sollte es Schicksal gewesen sein? –, der vorgesehene Leonce brach sich beim Skifahren ein Bein, der zweite, der in Frage kam, hatte ein Examen vor sich, schließlich sagten sie, es wäre doch auch eine Rolle für mich. Vom Typ her passe ich ganz gut, und den zynischen lebensmüden Ton habe ich sowieso.

Hier muß ich einfügen: Beides stimmt nicht. Vom Typ her bin ich eigentlich ganz norddeutsch und zu groß für den Leonce, und den zynischen lebensmüden Ton hatte ich nur vorübergehend, er war die Folge meiner Enttäuschung, von Janine so stehengelassen worden zu sein wie ein Schirm, den man nicht mehr braucht. Ich hatte daraufhin eine zynische Periode.

Kein Regisseur, der seine Sache versteht und ausreichend Darsteller zur Hand hat, würde mich heute noch als Leonce einsetzen, aber damals ergab es sich, daß man mich eben brauchte.

Nun kurz und gut — ich spielte den Leonce. Oder besser gesagt, ich begann mit Feuereifer, ihn zu proben.

Und nun — Zufall, Schicksal? — geriet ich abermals an ein Mädchen, das eine begabte Schauspielerin war. An Lena. Meine Partnerin. Bei ihr muß ich einen Augenblick verweilen. Zunächst fand ich an Verena nichts Besonderes. Kein Wunder, ich war die rassige, sehr selbstbewußte, leicht egozentrische Janine gewohnt. Eine Frau schon, sehr bewußt und oft recht raffiniert in ihrer Handhabung des Daseins. Dieses Mädchen Verena nun — sie war wirklich ein Mädchen, sehr zierlich, sehr anmutig, dunkelbraunes Haar und dunkle Augen, aber keineswegs eine auffallende Erscheinung; sie war bescheiden, fast schüchtern, sehr zurückhaltend, leicht zu erschrecken, und die stählerne Kraft, die in diesem Persönchen wohnte, war weder auf den ersten noch auf den zweiten Blick zu erkennen. Zudem — sie war gar keine Schauspielerin, sie studierte neue Sprachen und Geschichte und wollte Lehrerin werden. Ich wunderte mich, wie es sie zu dieser Gruppe verschlagen hatte. Und noch mehr wunderte ich mich, warum man ausgerechnet ihr die Hauptrolle anvertrauen wollte.

Ich wunderte mich nur so lange, bis wir mit den Proben begannen.

Zum erstenmal erlebte ich eine echte Verzauberung und Bezauberung nicht vom Parkett aus, sondern direkt auf der Bühne, neben mir.

Sie war schön, wenn sie spielte. Ihr Gesicht blühte auf, ihre Augen leuchteten, jede ihrer Bewegungen war von unbeschreiblicher Grazie, von unbewußter Grazie wie bei einer Tänzerin. Und dazu ihre Stimme! Sie war tiefer, als man es bei dieser zarten Erscheinung erwartete, und hatte einen seltsamen spröden Bruch darin, einen echten Zauberklang, den man noch Stunden später hörte.

›Die Grasmücke hat im Traum gezwitschert. — Die Nacht

schläft tiefer, ihre Wange wird bleicher und ihr Atem stiller. Der Mond ist wie ein schlafendes Kind, die goldenen Locken sind im Schlaf über das liebe Gesicht heruntergefallen. — Oh, sein Schlaf ist Tod! Wie der tote Engel auf seinem dunklen Kissen ruht und die Sterne gleich Kerzen um ihn brennen. Armes Kind! Es ist traurig, tot und so allein.‹

Wenn sie diese Worte der Lena sprach, hielt alles den Atem an. Ich hatte den Eindruck, und die anderen mit mir, eine bessere Lena, eine bessere Schauspielerin für diese Rolle könne man nicht finden, und suche man landab, landauf alle Staatstheater ab.

»Menschenskind, Verena«, sagte Tom Dietzen, Theaterwissenschaftler im achten Semester, angehender Regisseur und auch in unserem Fall Regisseur, »wann wirst du den irren Gedanken aufgeben, ungezogene Kinder zu unterrichten, und endlich in eine ordentliche Schauspielschule gehen und dich auf deinen dir vorbestimmten Beruf vorbereiten?«

Verena lächelte scheu und hob in einer unschlüssigen Gebärde die Schultern. Ich wußte nun schon, daß sie gern Schauspielerin geworden wäre, es aber einfach nicht wagte, das Studium abzubrechen und ihr ganzes Leben umzukrempeln. Ich rankte mich gewissermaßen mit meinem kleinen Talent an dieser Partnerin empor. Ich wurde täglich besser, Begabung steckt an, Eifer steckt an und schließlich auch — Besessenheit steckt an. Besessen waren sie alle und Verena besonders.

Wir machten unsere Sache gut, wir bekamen sogar eine lobende Kritik in einer großen Tageszeitung und hatten fünf ausverkaufte Vorstellungen.

Damals war ich schon dicht daran, den entscheidenden Schritt zu tun. Einfach aufzuhören mit der Juristerei und neu anzufangen. Ich sprach mit meinem Vater davon und stieß auf Unverständnis und eisige Ablehnung. Nicht einmal Zorn oder Ärger; denn er nahm mich gar nicht ernst. Er sagte nur: »Langsam wirst du zu alt für Pubertätserscheinungen.«

Aber ich muß weiter von Verena erzählen. Denn wie nicht anders zu erwarten, vergaß ich Janine sehr schnell und verliebte mich in Verena.

Wir waren viel zusammen, wir studierten unsere Rollen gemeinsam, ich brachte sie nach Hause, wir redeten, wir gingen spazieren, wir — ja, weiter nichts. Außer auf der Bühne durfte ich sie nicht küssen. Aber wenn ich auch immer mehr in meiner Rolle aufging, so war es doch gerade an dieser Stelle nicht allein Leonce, der Lena küßte, es war immer auch Julius, der Verena küßte. Aber sie — sie war nur Lena. Und für sie war ich Leonce — soweit es die Liebesszene betraf.

Und mit der Zeit merkte ich auch, daß es einen anderen Mann in ihrem Leben gab. Ich erfuhr nie, wer er war. Sie ging abends fort, sie verschwand für ein oder zwei Tage, wenn sie wiederkam, war sie müde und traurig, manchmal auch hektisch und mit einer bei ihr ganz fremden Munterkeit. So war es während der Proben, während der vierzehn Tage, als unsere Vorstellungen stattfanden, dann fiel ich bei einer Zwischenprüfung durch, dann war das Semester zu Ende, und ich sah überhaupt nichts mehr von Verena.

Ich fuhr nach Hause, für zwei Wochen nur, denn ich wollte während der Ferien in Ruhe arbeiten, nachholen, was ich verbummelt hatte, und das konnte ich in München besser, zu Hause hatte ich zwei jüngere Geschwister, eine neugierige Mutter und viel Familie.

Während meines Aufenthalts zu Hause hatte ich das zuvor erwähnte Gespräch mit meinem Vater, das mich noch einmal zur Besinnung brachte. Ich kam nach München zurück mit dem festen Willen, nur noch zu studieren und zu arbeiten und ein seriöser Mensch zu werden.

Zu diesem Zweck vermied ich es, meine Freunde anzurufen oder aufzusuchen, ich hielt mich von Schwabinger Lokalen fern und hatte mir ein strenges Theaterverbot selbst auferlegt. An Verena jedoch dachte ich unausgesetzt. War sie in München? War sie nach Hause gefahren? Sie stammte aus einer badischen Kleinstadt, aus bescheidenen bürgerlichen Verhältnissen, sie hatte immer wenig Geld und mußte zu ihrem Studium dazuverdienen.

Eines Tages ging ich zu dem Haus, in dem sie wohnte. Ein grauer Altbau, muffig und mies, in einer engen Schwabinger Straße. Ihre Wirtin öffnete mir und erkannte mich sofort.

»Das Fräulein ist nicht da.«

»Ist sie nach Hause gefahren?«

»Ah naa, in München is scho. Grad halt heut' is net da.«

»Sie soll mich doch bitte anrufen, meine Telefonnummer hat sie ja.«

Sie rief nicht an. Nicht an diesem, nicht am nächsten Tag. Drei Tage später, der Frühling ließ sich ahnen, erster kühler Frühjahrswind, blauer Himmel, kein Schnee mehr auf den Straßen, und in den Vorgärten die ersten Krokusse und Schneeglöckchen — drei Tage später also klingelte ich wieder bei Verenas Wirtin.

»Grad is fortgegangen.«

»Wohin denn?«

»Des weiß i net. Aber weit kann's no net sein.«

Ich spurtete auf die Straße hinunter, blickte rechts und links, entschied mich dann, die Richtung zur nächsten Trambahnhaltestelle einzuschlagen, und hätte Verena bald über den Haufen gerannt, denn sie trat gerade vor mir aus einem Papierwarengeschäft.

»Da bist du ja!«

»Oh! Julius!«

»Du solltest mich doch anrufen. Hat es dir deine Wirtin nicht gesagt?«

»Doch.«

»Und? Warum hast du nicht angerufen?«

Sie hob die Schultern mit jener hilflosen Gebärde, die ich kannte.

»Freust du dich denn nicht, daß ich wieder da bin?«

Sie blickte mich groß an, gab keine Antwort.

»Also nicht?«

»Doch.«

»Hast du was?«

Sie preßte die Lippen ein wenig zusammen, etwas, was ich an ihr noch nie gesehen hatte und was sie älter und härter machte. Denn ihr Mund, das habe ich wohl vergessen zu erwähnen, war weich und voll, ohne jedoch die heute so beliebten Schmollippen zu haben, nein, er war schön geschwungen, fast ein wenig zu groß für dieses kleine Gesicht, genau wie ihre Augen eigentlich zu groß waren für die zarten Wangenbögen und die schmalen Schläfen.

»Ist was los?«

Sie schüttelte den Kopf, wandte ihn dann zur Seite, aber ich sah, daß sich ihre Augen plötzlich mit Tränen füllten.

»Verena!« rief ich erschrocken, und in diesem Moment wußte ich ganz genau, was mir bisher nur verschwommen bewußt gewesen war: Ich liebte sie. »Was hast du? Sag es mir!«

Sie schüttelte wieder den Kopf und ging dann einfach los, nicht in Richtung zur Trambahn, sondern in entgegengesetzter Richtung, die graue alte Straße entlang, sie ging so rasch, daß ich kaum nachkam, denn natürlich blieb ich an ihrer Seite. Sie ging, ohne aufzublicken, und sah starr vor sich aufs Pflaster. Ich mußte sie am Arm zurückreißen, sonst hätte ein Auto sie gestreift, so achtlos trat sie vom Trottoir auf die Straße.

Wir kamen zum Englischen Garten und marschierten hinein, immer noch in diesem Geschwindschritt, die Wege waren noch naß, auf den Wiesen lagen an schattigen Stellen letzte Schneereste, die Bäume waren noch kahl, aber die Vögel ließen sich hören, und man spürte die Sonne auf den Schultern und im Gesicht.

»Es wird Frühling«, sagte ich schließlich. »Merkst du es?«

Sie gab keine Antwort, ließ es aber geschehen, daß ich ihr das kleine Päckchen, das sie trug, abnahm.

»Ich bin seit einer Woche wieder da. Warum hast du mich denn nicht angerufen?«

»Wozu denn?«

Es klang hart und abweisend, es kränkte mich, daß sie so mit mir sprach. Wir waren doch gute Freunde geworden während des Theaterspielens, wir hatten gemeinsam eine feine Sache auf die Bühne gestellt, das hatte jeder gesagt, und außerdem hatte ich mir eingebildet, sie hätte mich ganz gern, trotz dieses nebulosen Kerls da irgendwo im Hintergrund.

»Eben. Wozu auch? Hast du auch wieder recht.«

Beleidigt schwieg ich. Wir kamen bis zum Kleinhesseloher See und machten uns daran, ihn zu umrunden, im Tempo etwas gemäßigter. Mütter mit Kinderwagen waren hier unterwegs, ein paar ganz Mutige saßen schon im Sonnenschein auf Bänken, ein paar Liebespaare gingen Hand in Hand spazieren, und alte Männer schlurften langsam an uns vorüber. Englischer Garten im Vorfrühling. Wie ich München liebte! Es tat ihr wohl leid, daß sie so ruppig gewesen war, sie begann nach einer Weile, ein paar Fragen an mich zu stellen.

»Wie war es denn zu Hause?«

»Wie immer.«

»Und warum bist du so schnell zurückgekommen?«

»Weil ich arbeiten muß.«

Jetzt war ich es, der kurz angebunden war.

»Weiterstudieren?«

»Was sonst?«

»Ich dachte nur — du hattest doch gesagt, du würdest lieber Schauspieler werden.«

»Viele Leute würden lieber etwas anderes tun, als was sie tun müssen.«

»Mußt du?«

Darüber dachte ich eine Weile nach. Angesichts meines Vaters hatte ich gedacht, ich müßte. Hier jetzt — in der weichen Münchner Vorfrühlingsluft — kamen die Träume wieder. Die Träume, die ich in Wirklichkeit verwandeln konnte, wenn ich nur ernsthaft wollte.

»Glaubst du denn wirklich, daß ich begabt bin?«

»Das hast du mich schon oft gefragt, und ich habe immer mit Ja darauf geantwortet.«

»Erfolglose Schauspieler gibt es viele.«

»Sicher. Es wird für dich natürlich etwas schwieriger sein, als in der Kanzlei deines Vaters zu sitzen.«

Hatte ich Hohn, Verachtung in ihrer Stimme gehört? »Und du, großmächtige Prinzessin auf der Erbse? Es ist auch einfacher, sich auf ein Katheder zu setzen und das Abc zu lehren, als die Penthesilea zu spielen.«

Jetzt mußte sie sogar lachen. »Ausgerechnet die Penthesilea! Das wäre die richtige Rolle für mich. Außerdem werde ich nicht das Abc lehren.«

»Nein, nein, Fräulein Doktor, entschuldigen Sie vielmals. Sie werden natürlich Studienrätin und lehren französische Grammatik.«

Große Pause.

Dann: »Für mich wäre es einfacher, Theater zu spielen, als Kinder zu unterrichten. Es ist immer einfacher, das zu tun, was man gerne tun möchte.«

»Du bist sehr weise, Fräulein Doktor. Und warum tust du es dann nicht?«

Schulterheben, Schweigen.

Und so ging unser Gespräch weiter, wir waren schließlich um den See herum, verließen den Park, spazierten bis zur Leopoldstraße, und ich lud sie zu einer Tasse Kaffee in einem der Espressos ein.

»Warum bist du denn nicht nach Hause gefahren?«

»Ich wollte nicht. Außerdem habe ich einen Job in Aussicht für die Ferien, nächste Woche fang' ich an.«

»Ganztägig?«

»Ja.«

»Schade.«

»Warum?«

»Na, dann können wir nicht spazierengehen so wie heute. Und wir können uns überhaupt nicht so oft sehen, wie ich möchte.«

»Ich denke, du willst arbeiten.«

»Schon.«

»Na also. Und ich muß Geld verdienen.«

»Was ist es denn für ein Job?«

»Nichts Besonderes. So im Büro halt.«

Es war schon eine vertrackte Sache. Da studierte sie nun und verdiente sich mühselig das Geld dazu, und zu Hause sparten sie wahrscheinlich, damit sie ihr noch was schicken konnten, alles nur, damit eine Studienrätin aus ihr würde, und sie wollte gar keine werden, sie hatte ein großes Talent — doch, das hatte sie —, das sagte jeder, nicht nur ich, aber wenn sie eine Schauspielschule besuchen würde, das kostete auch Geld, und es war ziemlich sicher, daß sie als Lehrerin mal ihr ordentliches Einkommen haben würde, ob aber als Schauspielerin, das war sehr fraglich, und ob sie überhaupt, so wie sie war, sich dazu eignete, sich immer durchzusetzen, war noch fraglicher. Talent war nur die eine Seite, nur die kleinere Seite der Karriere, das wußte schließlich jeder.

Ich dachte an Janine. Sie war ein ganz anderer Typ. Sie war auch begabt — aber nicht so begabt wie Verena. Aber sie würde sich bestimmt durchsetzen, sie war die geborene Siegerin.

Das Mädchen hier neben mir — was war sie? Die geborene Dulderin? O nein, gewiß nicht. Aber eine Träumerin, eine Zaghafte, eine Zurückhaltende. Eine, die nicht viel wagte.

»Wenn du nächste Woche arbeiten willst, dann müßten wir uns diese Woche noch viel sehen.«

»Wozu denn?«

Jetzt reichte es mir.

»Himmeldonnerwetter, sei doch nicht so unausstehlich. Wenn ich dir so lästig bin, kann ich ja gleich gehen. Brauchen wir uns überhaupt nicht mehr zu treffen, mir auch recht. — Fräulein, zahlen bitte!«

Ich hatte im Zorn laut gesprochen, von den Nebentischen sah man zu uns herüber. Verena war rot geworden und legte ihre Hand auf meinen Arm.

»Jules, bitte!«

Statt zu zahlen, bestellte ich zwei Himbeergeist. Wir schwiegen eine Weile verbissen, das heißt verbissen war ich, denn als ich sie dann doch wieder ansah, bemerkte ich, daß ihr Tränen über die Wangen liefen. Gott sei Dank, es war nicht sehr hell in dem Espresso, draußen dämmerte es, die Beleuchtung war schummerig.

»Verena! Liebling!« Ich nahm ihre Hand, streichelte sie, küßte sie sogar, aber das verschlimmerte ihren Zustand noch, ich sah, daß ein Schluchzen sie würgte, ich schob ihr schnell das Schnapsglas zwischen die Finger, sie kippte den Inhalt mit einem Ruck hinunter und nahm sich dann eine Zigarette aus dem Päckchen, das vor uns auf dem Tisch lag. Ich gab ihr Feuer.

»Schon gut«, sagte sie. »Es ist gleich vorbei.«

Sie rauchte mit hastigen Zügen, sie tat mir leid, an ihren langen Wimpern zitterten noch zwei Tränen, ich wollte ihr so gern helfen, ich wußte zwar nicht, wie, aber wenn es irgendwie möglich war, mußte ich es tun. Ob sie kein Geld hatte? Mit

Geld war ich auch nicht übermäßig gesegnet. Mein Vater bezahlte das Studium und gab mir dreihundert Mark im Monat. Hundertfünfzig allein kostete mich mein Zimmer, in München waren Zimmer rar und teuer, und meins war recht hübsch, ich bewohnte es, seit ich in München war, und behielt es jedesmal auch über die Ferien, wenn ich nach Hause fuhr. Blieben mir hundertfünfzig zum Leben, das war nicht viel, aber es reichte.

Für meine Kleidung brauchte ich nicht zu sorgen, die bekam ich von zu Hause, meine Mutter schickte mir gelegentlich einen Hunderter, und dann und wann kam vom Onkel Reeder eine Postanweisung. Zu Janines Zeiten natürlich hätte das alles nicht gereicht, denn manchmal machte ich ihr ein Geschenk, das mein gesamtes Budget zusammenbrechen ließ. Gingen wir jedoch aus, fein aus, wie Janine es nannte, dann schob sie mir vorher das Geld dazu in die Sakkotasche. Was wollte ich machen?

Manchmal hatte ich hier und da kleine Schulden, aber irgendwie kam ich über die Runden.

Was aber war mit Verena? Ich wußte nicht, wieviel Geld sie bekam, ich wußte nicht, was ihr Vater war, sie sprach nie von ihren Eltern, genaugenommen führten wir ja nie Gespräche über unsere Verhältnisse zu Hause. Keiner von uns tat das. Hier führten wir ein anderes Leben, wir waren unter uns, wir lebten in unserer eigenen Welt. Wie also lebte Verena? Ihr Zimmer hatte ich nie von innen gesehen, das Haus, die Straße waren mies, ihre Kleidung sehr einfach, ich kannte ein Kostüm, einen abgetragenen Wintermantel, sonst nur Hosen oder Röcke, Pullover, Blusen.

Einmal allerdings hatte ich sie anders gesehen. Das war ganz am Anfang unserer Bekanntschaft, als wir gerade mit den Proben begonnen hatten. Sie war eilig nach der Probe fortgestürzt und hatte ihr Rollenbuch liegengelassen. Tom Dietzen bat mich, es ihr zu bringen, er selbst hatte keine Zeit. Er sagte mir ihre Adresse, und ich ging auf dem Heimweg bei ihr vorbei.

Die Wirtin rief sie heraus, und als sie kam, staunte ich. Sie war zum Ausgehen angekleidet und kaum wiederzuerkennen. Mit Make-up und glänzenden Augen, das Haar, das sie sonst halblang und glatt trug, hochgesteckt, sie trug ein schmales dekolletiertes Kleid aus silbernem Stoff, das teuer wirkte. Sie sah bildhübsch aus, geradezu umwerfend hübsch. Und elegant dazu.

Ich war eine elegante und teuer angezogene Frau gewöhnt durch Janine. Aber Verena hätte neben ihr bestanden. Auf einmal war sie ein ganz anderes Mädchen. Später auf der Bühne, geschminkt und im Kostüm, sollte ich sie auch so erleben, so aufgeblüht, so seltsam schön, wie von innen erleuchtet.

Von Janine wußte ich auch, was ein wenig Anstrich und die Erregung über einen abendlichen Ausgang bei einer Frau ausmachen. Es hier zu finden überraschte mich.

Damals hatte sie wohl ein Rendezvous mit diesem Mann gehabt, den keiner kannte und von dem sie nicht sprach. Sicher hatte er ihr das Kleid geschenkt.

Daran mußte ich jetzt denken. Und hatte auf einmal die Erklärung für ihre Traurigkeit. Sie hatte einfach Kummer mit diesem Kerl. Er hatte sie verlassen. Es war aus. So etwas war es wohl. Na ja, das passierte jedem mal. War mir schließlich auch passiert. Aber ein Mädchen wie Verena litt sicher sehr darunter. Am Ende hatte sie den Kerl geliebt.

Bestimmt sogar hatte sie ihn geliebt. So eine wie Verena würde nur mit einem Mann zusammen sein, den sie liebte. Das war also des Rätsels Lösung. Das würde vorübergehen. Ich verspürte sogar etwas wie Befriedigung. Wozu brauchte sie diesen Kerl! Ich war ja da.

»Du mußt so etwas nicht so schwernehmen«, sagte ich weise.

Sie gab mir einen schrägen Blick von der Seite. »Was so etwas?«

»Na ja, so ein bißchen Liebeskummer und so. Gehört nun mal zu jedem Leben.«

Sagte sich leicht. Als Janine mich verließ, war es September gewesen. Jetzt, Ende März, war ich darüber hinweg. Aber damals — die Wochen und Monate danach, vielen Dank, da hatte ich es ernst genug genommen.

»Ich meine, mit der Zeit kommt man darüber hinweg, da vergißt es sich. Glaub mir, ich weiß, wovon ich rede.«

»Aber du weißt nicht, wovon *ich* rede.« Das klang kühl und knapp und sehr überlegen.

Überheblich, wie ich fand. Immer kamen sich die Frauen so schrecklich schlau vor, das war mit Janine genauso gewesen. Als ob sie alles besser wußten und konnten als wir geistig offenbar benachteiligtes Geschlecht. Und das Anrecht auf echte Gefühle hatten sie sowieso gepachtet. Nur sie wußten, was Liebe war, obwohl sie kühl wie eine Hundeschnauze blieben und einem ungerührt den Rücken kehrten, wenn man nicht mehr benötigt wurde.

»Gehen wir?« fragte sie nach einer Weile.

»Bitte sehr.«

Ich war verärgert. Wir hatten genaugenommen kein vernünftiges Wort miteinander gesprochen. Und ich hätte mich so gern einmal richtig ausgesprochen. Mit wem nur?

Da war ich nun zurückgekommen nach München voll der besten Vorsätze und war dabei unglücklich hin und her gerissen zwischen Wollen und Müssen, zwischen dem, was ich für meine Pflicht, und dem, was ich für meine — na schön, scheuen wir uns nicht vor den großen Worten — Pflicht — ist schließlich auch ein anspruchsvoller Begriff —, und zwischen dem also, was ich für meine Bestimmung hielt.

Blieb noch die Frage: War es denn wirklich meine Pflicht, Jurist zu werden und die Kanzlei meines Vaters zu übernehmen? Mein kleiner Bruder, unser Jüngster, würde in diesem Sommer sein Abitur machen und dann ebenfalls Jura studieren, das stand schon fest. Meine Schwester Regine war mit einem Referendar aus Hamburg verlobt, beste Familie und, Gott behüte, auch Jurist. Es gab also noch zwei naheliegende Möglichkeiten für meinen Vater, seine traditionsbeladene Firma in brauchbare Hände zu übergeben.

Martina, meine große Schwester, war in England sehr gut und wohlhabend verheiratet, zwar mit einem Kaufmann, aber sie hatte bereits einen kleinen Sohn, und vielleicht würde der später auch noch Jura studieren; es waren alles so hochachtbare und tüchtige Leute, sie taten alles, was sie sollten und was man von ihnen erwartete, konnte denn nicht wenigstens ich tun, was ich wollte, konnte nicht wenigstens *ich* ein ganz kleiner, ganz bescheidener Außenseiter sein? Und wenn ich mir also partout mein Leben verderben wollte — so hatte es meine Mutter genannt —, so laßt mir doch den Spaß, es ist schließlich mein Leben, und vielleicht schmeckt es mir verdorben immer noch besser als wohlgeordnet und eng eingezäunt. Ich haßte die Paragraphen und die ganze Juristerei, das wußte ich inzwischen ganz genau, ich hatte sie immer gehaßt und würde sie mein ganzes Leben lang hassen, und mit ihnen leben zu müssen, all die Jahre lang, die möglicherweise noch vor mir lagen, *das* würde ein verdorbenes Leben sein.

»Himmelherrgottsakrament!« fluchte ich auf gut bayerisch, als wir vor dem Espresso standen, und starrte wütend in den blassen Frühlingshimmel.

»Galt das mir?« fragte Verena.

»Nein, dem ganzen Dasein.«

»Ich schließe mich an.«

Da standen wir nun beide und wußten nicht, was wir tun sollten, und dabei war es so ein schöner Abend, die Luft war noch milder geworden, es ging ein sanfter weicher Wind, der Verena das braune Haar um die Schläfen wehte. Sie sah nicht mehr überlegen aus, sondern verloren und traurig, sie glich meiner Lena, ich legte den Arm um ihre Schultern und sagte: „Ärgere du mich wenigstens nicht.«

»Nein«, erwiderte sie leise, »das will ich ja nicht. Es ist alles nur so . . .«

Ja, es war alles nur so. Da waren wir nun jung, und jeder meinte, wenn man jung sei und das Leben vor sich habe, sei man auch glücklich und voller Zuversicht, und das war verdammt durchaus nicht so. Man hatte Kummer mit der Liebe und mit dem Beruf und mit dem Leben, mit einfach allem, und es mußte viel besser sein, das alles hinter sich zu haben und alt zu sein. Ich sah mich vierzig Jahre später, so alt etwa wie mein Vater, ich saß in der Kanzlei dort in der ehrbaren Hansestadt im Norden, ich saß hinter meinem altmodischen Schreibtisch, war ernst und würdig und ein angesehener Bürger, ich gehörte zu den Honoratioren und kümmerte mich um die Angelegenheiten anderer

Honoratioren, ich hatte eine brave Frau, die mollig geworden war und graue Haare hatte, ich hatte Söhne, die tun mußten, was ich wollte, und nicht, was sie wollten — und das Leben war vorbei.

Ich mochte meinen Vater, ich liebte meine Mutter und meine Geschwister und alle, die sonst noch dazugehörten, ich wünschte ihnen das Allerbeste, aber ich wollte nicht so leben wie sie, ich wollte etwas anderes.

Es lag nur an mir. Ich durfte nicht feige sein. Ich mußte den ersten Schritt tun und noch viele Schritte dazu. Und die Folgen auf mich nehmen.

Ich würde es tun.

»Ich werde es tun.«

»Was?«

»Was ich will und was ich muß. Ich werde Schauspieler.«

»Na, dann trau dich doch endlich«, meinte Verena, gänzlich unbeeindruckt von meiner Entschlossenheit. »Wie lange willst du noch warten? Für den Romeo bist du sowieso bald zu alt.«

»Auf den Romeo bin ich gar nicht scharf, der liegt mir nicht. Aber ob ich eines Tages den Hamlet spielen könnte?«

Sie blickte mich schräg von der Seite an. »Sehr fraglich! Zwar ein Grübler und ein Zweifler bist du. Aber es ist nicht gesagt, daß man immer am besten das spielt, was man ist. Geh doch mal zu Burckhardt.«

»Zu Burckhardt?« fragte ich eingeschüchtert.

»Ja, warum nicht? Er ist sehr nett. Mit ihm kannst du reden. Mit allen wirklich großen Leuten kann man reden.«

»Kennst du ihn denn?«

Sie nickte. »Ja. Ich war bei ihm. Es war eigentlich ganz einfach.«

Walter Burckhardt war der von uns allen sehr bewunderte, sehr geliebte Charakterschauspieler am hiesigen Schauspielhaus. Ich wußte auch, daß er Schauspielunterricht gab.

»Und?«

»Er hat gesagt, ich hätte Talent. Ich habe ihm verschiedenes vorgesprochen. Und dann hat er mich als Lena angesehen.«

»Aber da hat er mich ja auch gesehen?«

»Natürlich.«

»Hat er was über mich gesagt?«

»Nein«, sagte sie kühl, »wir haben von mir gesprochen.«

»Und er hat gesagt, du sollst . . .«

»Er hat gesagt, ich soll. Er würde mir helfen, daß ich ein Stipendium für die Schauspielschule bekäme. Und er würde mir auch helfen, daß ich gelegentlich mal kleine Rollen beim Funk bekäme, damit ich etwas verdiene.«

»Aber Menschenskind, warum tust du es dann nicht? Tu's gleich. Fang nicht erst einen blöden Job an.«

»Ich wollte ja. Ich hatte es fest vor.«

»Und? Wegen deiner Leute zu Hause? Die werden sich daran gewöhnen.«

»So wie deine, was?«

»Du meinst, ich könnte auch einfach mal zu Burckhardt gehen?«

»Versuch's doch. Er ist wirklich nett. Gar nicht von oben herab. Und er wird dir ehrlich seine Meinung sagen. Ich wäre eine gute Julia, hat er gesagt. Ich könne die Julia spielen, und das können wenige junge Schauspielerinnen heute. Ich hab' mir alles schon so schön ausgemalt. Später, wenn ich im Engagement wäre, würde Mutti zu mir kommen, und wir könnten zusammen leben, und sie würde mir helfen . . .«

»Deine Mutter hätte nichts dagegen?«

»Nein. Genaugenommen nicht.«

»Ja, aber Mensch, Verena, worauf wartest du noch?«

Sie stand, blickte zum Himmel hinauf und nagte an ihrer Unterlippe. Ihr Gesicht war hart und verschlossen.

»Gehen wir?«

»Wohin?«

»Egal.«

Wir setzten uns in Bewegung und schlenderten die Leopold-straße entlang, den berühmten Schwabinger Boulevard, der belebt und bewegt war zu dieser frühen Abendstunde, viele junge Paare waren unterwegs. Hand in Hand, verliebt und manche davon sicher auch glücklich.

»Du machst dir nicht viel aus mir, nicht wahr?«

»O doch.«

»Das klang sehr matt. Aber ich weiß schon, Mädchen lieben keine Zweifler und Zögerer. Mädchen lieben Männer der Tat.«

»Wer spricht von Liebe?« sagte sie abweisend.

»Ich.« Mit einem Ruck war ich stehengeblieben, hielt sie am Arm fest, daß sie auch stehenbleiben mußte, nahm ihren Kopf in die Hände und küßte sie. In Schwabing konnte man das auch auf der Straße, da fand niemand etwas dabei. Sie hielt still, ließ sich küssen, aber ihre Lippen waren steif und kalt.

»Ich mache mir nichts aus Liebe«, sagte sie, als ich sie losließ.

»Ach! Auf einmal. Alles wegen dieses Kerls.«

»Was für ein Kerl?«

»Na der, um den du so trauerst. Ist er abgehauen?«

»Er ist kein Kerl, und er ist nicht abgehauen. Er ist für seine Firma auf einige Jahre nach Südamerika gegangen.«

»Ach so. Drum.«

»Gar nicht drum. Er ist sowieso verheiratet. Und ich wünschte, er wäre schon vor einem halben Jahr verschwunden. Ich wünschte, ich hätte ihn nie gesehen.«

Das letzte klang leidenschaftlich und böse.

Ich schwieg beeindruckt. War wohl allerhand dramatisch, diese Geschichte.

Beim Siegestor angelangt, drehten wir um und gingen den gleichen Weg zurück.

»Wir kriegen Föhn«, sagte ich, »wahrscheinlich sind wir deswegen so depressiv gestimmt.«

»Du vielleicht. Ich habe wirklich Sorgen, ich brauche keinen Föhn dazu.«

»Ich versteh' nicht. So eine tolle Sache, was du mir da eben von Burckhardt erzählt hast, und dann machst du dir Sorgen wegen so was. Ich hab' dir doch gesagt . . .«

»Ja, ja, ich weiß. Liebeskummer ist unwichtig. Geht vorbei, hat man bald vergessen. Sonst noch was?«

»Nimm dir einen neuen Freund, da vergißt man am schnellsten.«

»Vielen Dank für den guten Rat. Dich vielleicht?«

»Warum nicht?«

Sie lachte kurz und spöttisch. Verächtlich, wie mir schien. Ich war ihr wohl nicht gut genug, ein Student, der nicht fertig studieren wollte. Dieser Boß da, der in Südamerika mit seiner Frau herumkreuzte, hatte ihr wohl mehr imponiert. Ein verheirateter Mann! Das hatte sie nötig. Ein Mädchen wie sie.

»Weißt du was?« sagte ich und blieb wieder einmal stehen. »Ich mache dir einen Vorschlag zur Güte. Wir fangen ein neues Leben an. Du und ich. Womit nicht gesagt sein soll, daß wir es zusammen tun müssen. Wenn ich dir eben nicht gefalle, na gut, ich werd's überleben. Aber sonst — hör zu, wir schmeißen den alten Kram weg, du deine verflossene Liebe, ich hab' das ja schon hinter mir, du dein Studium, ich mein Studium, ich geh' auch zu Burckhardt, dann fangen wir an. Zum Teufel — das muß doch möglich sein. Verena! Überleg doch mal. Ist das nicht möglich?«

»Nein«, sagte sie hart.

»Doch«, ich faßte sie an den Schultern, schüttelte sie. »Doch, es ist möglich. Man kann, wenn man will.«

Ich sah, daß ihre Augen sich wieder mit Tränen füllten, ich zog sie an mich, küßte sie wieder, und diesmal erwiderte sie meinen Kuß sehr heftig.

»Na na, langsam, wartet, bis ihr zu Hause seid«, sagte ein Mann, der vorüberging.

Ich spürte Salz auf meinen Lippen, nun weinte sie wieder, warum weinte sie denn, sie hatte allen Grund, glücklich zu sein mit diesem großartigen Urteil Burckhardts in der Tasche. Liebte sie denn diesen Kerl in Südamerika immer noch so sehr?

»Denk immer daran, was Burckhardt dir gesagt hat. Er ist der größte Schauspieler, den ich kenne. Weißt du noch, wie wir ihn als Wallenstein gesehen haben? Er ist einfach eine Wucht. Und wenn er sagt, du hast Talent, dann ist das eine Million Dollar wert. Viel mehr als jeder Mann auf der Welt. Du wirst eine berühmte Schauspielerin werden, paß auf. Hör auf zu weinen, Verena! Wir fangen ein neues Leben an.«

»Ich bekomme ein Kind«, sagte sie.

Ich ließ sie los. Da stand sie vor mir, ihr Blick ging an mir vorbei ins Leere. Nein, nicht ins Leere, in das neue Leben, das vor ihr lag und das sie nicht gewählt hatte. Sie bekam ein Kind.

Ich schämte mich. Da gab ich an, als lägen alle Probleme der Welt auf meinen Schultern, und da war dieses zarte kleine Ding — und sie hatte wirklich eins.

Was sagt man auf so eine Eröffnung? Mir fiel absolut nichts Passendes ein.

Jetzt sah sie mich an, ein wenig spöttisch.

»Na, nun bist du sprachlos, wie? So furchtbar einfach ist das alles gar nicht mit dem bißchen Liebeskummer, wie du meinst. Hast du noch ein paar gute Ratschläge in der Tasche? Viel unternehmen kann ich nämlich nicht. Erstens habe ich kein Geld, und zweitens ist es auch schon zu spät. Ich bin eben dumm gewesen. Für Dummheit muß man immer bezahlen. Das hat mir meine Mutter schon gepredigt, und sie hat genau recht.«

»Und er?«

»Er weiß es nicht. Er ist schön weit weg. Und scheiden lassen kann er sich sowieso nicht. Er hat selber Kinder. Ich bin nicht nur dumm, ich bin auch leichtsinnig gewesen. Aber ich habe ihn geliebt. Und die Julia, die kann eine andere spielen.«

Ich war restlos erschüttert. Wir liefen die Leopoldstraße entlang, ich hielt sie an der Hand wie ein heimatloses Kind, sie war auch nicht mehr krötig und abweisend, sie war sanft und zutraulich und schien froh zu sein, daß sie endlich einmal mit jemandem über alles hatte reden können. Keiner wußte bisher davon.

Später aßen wir in einer kleinen Schwabinger Kneipe zu Abend, und sie erzählte mir von ihrer Familie.

»Ich habe es meiner Mutter schon gesagt, daß ich aufhören werde zu studieren. Sie war gar nicht überrascht. Sie versteht es. Sie war selber Schauspielerin, weißt du. Sie hat gesagt, es ist ein schweres Leben, und es kann ein sehr demütigendes Leben sein. Und ich wäre wie sie und würde mich doch nie durchsetzen. Aber ich bin nicht wie sie, ich könnte mich durchsetzen. Aber so, wie es jetzt ist . . .«

Ihre Mutter war eine kleine erfolglose Schauspielerin gewesen, die gegen den Willen ihrer Eltern — natürlich — zum Theater gegangen war. Der Vater war Lehrer in einer Kleinstadt, enge bürgerliche Verhältnisse. Dahin war Verenas Mutter zurückgekehrt, nachdem sie nichts erreicht hatte.

Verenas Vater, ein junger Schauspieler, fiel im Krieg, sie kam zu den Großeltern, die Mutter reiste mit einer Truppe im besetzten Gebiet, Wehrmachtsbetreuung nannte man das, dann wurde sie krank, sehr krank, und kam schließlich ins Elternhaus zurück. Und da war sie geblieben, enttäuscht, allein und ohne Mut. Nach dem Krieg bekam sie nie mehr ein Engagement.

»So ein Leben hat meine Mutter gehabt. Sie ist noch nicht alt, und sie ist immer noch hübsch, aber sie ist ... sie ist wie zerbrochen. Sie arbeitet halbtags in einem Schreibwarengeschäft und führt meinem Großvater den Haushalt. Meine Großmutter ist vor zwei Jahren gestorben. Mein Großvater ist pensioniert und nörgelt und schimpft den ganzen Tag. Ich war so froh, als ich von zu Hause fort konnte. Ich sollte Lehrerin werden, das wollte mein Großvater, und Mutti sagte auch, es wäre das beste. Aber sie wußte immer, was ich wirklich wollte. Und ich habe mir gedacht, ich schaffe es doch, ich werde Karriere machen, und dann würde Mutti mit mir kommen und ...«

Und. Und.

»Es wird vorbeigehen«, versuchte ich sie zu trösten, »dann kannst du doch noch tun, was du willst.«

»Unsinn«, sagte sie kurz. »Wie stellst du dir das vor? Und was soll ich jetzt überhaupt machen? So in dem Zustand nach Hause kommen? Du weißt nicht, wie das ist in einer Kleinstadt. Am liebsten wäre ich tot.«

Gretchentragödie im zwanzigsten Jahrhundert! Es hatte sich in dieser Welt gar nicht soviel geändert. Das wurde mir an diesem Abend klar.

Und genausowenig hat es sich geändert, daß wir Männer dieser Situation immer reichlich hilflos gegenüberstehen. Selbst da, wo es sich um unser eigenes Kind handelt, was ja hier nicht einmal der Fall war. Man kann sich im Grunde nicht hineindenken, was eine Frau fühlt und denkt. Man weiß auch nicht, wie schwach oder — wie stark eine Frau ist. Was hätte ich damals tun können, wie hätte ich Verena helfen können?

Wir waren in den Wochen dieses Frühlings viel zusammen,

praktisch jede freie Stunde, die sie hatte. Sie weinte nie wieder, sie war ernst, manchmal betrübt, aber nicht verzweifelt, nicht kleinmütig.

Im Mai erklärte sie mir plötzlich, ohne große Vorbereitung, daß sie nach Hause fahren würde.

»Du wirst es deiner Mutter sagen?«

»Ja. Ich kann ihr alles sagen. Und wir werden beraten, was geschehen soll.«

»Aber du wirst nach München zurückkommen?«

»Ich denke. Es wird für mich hier leichter sein als zu Hause. Die Großstadt ist barmherziger in solchen Fällen.«

»Ich — ich meine, Verena —, was ich noch sagen sollte«, ich suchte hilflos nach Worten, »ich kümmere mich schon um dich. Ich — ich . . .«

Sie lächelte. »Danke, Julius. Ich ruf' dich an, wenn ich wieder hier bin.«

Sie rief nicht an. Sie kam auch nicht zurück. Erst als sie fort war, fiel mir ein, daß ich ihre Adresse nicht besaß. Nun, sie wäre zu beschaffen gewesen. Aber zunächst dachte ich, daß sie wirklich wiederkäme. Und dann entglitt sie mir — Lena, Verena. Meine erste Partnerin auf der Bühne. Ich vergaß sie. Nein, das ist nicht wahr. Vergessen habe ich sie nie. Und heute, zwölf Jahre später, indem ich diese Zeit beschwöre — die Zeit meines Aufbruchs —, sehe ich sie vor mir, zart und anmutig, mit den großen dunklen Augen und dem scheuen Lächeln.

Lena: Du weißt, man hätte mich eigentlich in eine Scherbe setzen sollen. Ich brauche Tau und Nachtluft, wie die Blumen. — Hörst du die Harmonien des Abends? Wie die Grillen den Tag einsingen und die Nachtviolen ihn mit ihrem Duft einschläfern! Ich kann nicht im Zimmer bleiben. Die Wände fallen auf mich.

Wo mag sie sein, Lena, Verena? Was mag aus ihr geworden sein? Was tut sie heute, jetzt, in dieser Stunde, da ich in B. an meinem Schreibtisch sitze und an sie denke?

*Der Nudeltopf*

Womit ich also mit einem gewaltigen Sprung in der Gegenwart angekommen wäre. Der Übergang ist vielleicht ein bißchen hart, aber ich bin kein geübter Memoirenschreiber, und Memoiren sind es ja auch keineswegs, die ich schreiben will. Ich glaube, das sagte ich schon.

So alt bin ich nun auch wieder nicht, obwohl es mir manchmal so vorkommt, als läge der größte Teil meines Lebens bereits hinter mir. Habe ich doch vielleicht das Bedürfnis, Bilanz zu ziehen? Mir darüber klarzuwerden, ob ich das Rechte getan habe, als ich meinen Willen durchsetzte und meine eigenen Bedenken und den Widerstand meiner Familie bezwang?

Ich habe zu manchen Zeiten meines Lebens Tagebuch geführt. Nein, Tagebuch klingt zu hochtrabend, ich habe mir Notizen gemacht. Manche sind erhalten geblieben, andere sind verschwunden. Ich sage dies nur zur Erklärung, daß ich immer schon die Neigung hatte, schriftlich meine Gedanken zu klären. Und vielleicht meine Gefühle auch. Wenn ich darüber nachdenke, habe ich es immer in den Zeiten getan, wo ich nicht ganz einig mit mir selber war. Nicht ganz glücklich, wenn man es einmal simpel ausdrücken will.

Bin ich also nicht glücklich, bin ich nicht einig mit mir, wenn ich jetzt daran gehe, Papier vollzuschreiben, und mir klarzuwerden versuche über das, was war und was ist? Ist die Unruhe wieder da, die einige Jahre fort war, muß ich mein Leben ändern, muß ich mich zwingen dazu, es zu ändern?

Oh, ich bin immer noch ein Zweifler, ein Grübler und Zögerer. Und trotzdem habe ich den Hamlet noch nicht gespielt.

Ich habe Briskow einmal gefragt, ob er nicht daran dächte, den Hamlet zu bringen. Er sah mich eine Weile schweigend an und sagte dann: »Noch nicht.«

Ich bin jetzt bald vierzig Jahre alt. Und er sagte dennoch: noch nicht.

Wie alt sind die anderen, die den Hamlet machen? Und hat es überhaupt etwas mit dem Alter zu tun?

Als ich damals, nachdem ich genügend Mut gesammelt hatte, zu Burckhardt ging — es war übrigens nicht so leicht, wie Verena es hingestellt hatte, aber sie war schließlich ein hübsches junges Mädchen, es dauerte bei mir mehrere Wochen, bis es mir gelang, den großen Burckhardt einmal zu sprechen —; als ich damals bei Burckhardt war, sprach ich ihm den Hamlet vor.

Er hörte sich das schweigend an. Und gab schließlich nur einen undeutlichen Brummlaut von sich.

Darüber zum Beispiel habe ich noch eine Notiz:

Vielleicht war es falsch von mir, ihm den Hamlet vorzusprechen. Er hält mich vermutlich für größenwahnsinnig. Er nickte bei Melchthal und bei Marc Anton. Und es ist komisch, was er zu mir gesagt hat: Bei Ihrem Aussehen und Ihrer Statur wird man Sie brauchen können. Was Sie daraus machen, ist allein Ihre Sache. Es gibt einen leichten und kurzen Weg. Und einen schweren und langen Weg. Es kommt darauf an, worin Sie Befriedigung finden. Begabung ist vorhanden. Aber bilden Sie sich nicht ein, daß das genügt. Begabt sind viele. Es kommt darauf an, was man daraus macht. Und was man eigentlich will.

Alles so nebuloses Gerede. Das hilft mir gar nichts.

So schrieb ich damals.

Abends ging ich in eine kleine Kneipe, ganz allein, und trank. Ich bin kein Trinker, aber ich vertrage viel, wenn es sein muß. Damals trank ich mit voller Absicht. Warum? Um einen klaren Kopf zu bekommen.

Ich fand nach einer Weile einen Gefährten. Den Toni. Toni Wylos, ein bekanntes Schwabinger Original, ein leicht verkommener Dichter und Denker, den jeder kannte und mochte und von dem keiner wußte, wovon er eigentlich lebte.

»Man soll niemals trinken, um zu saufen«, sagte er zu mir, nachdem er eine Weile stumm neben mir gesessen hatte. »Das führt zu gar nix. Wo drückt dich denn der Schuh, Bürscherl?«

Eigentlich kannte ich den Toni gar nicht. Ich hatte ihn zwei- oder dreimal in Gesellschaft einiger Freunde getroffen, und wir hatten eigentlich noch nie miteinander geredet. Im Moment empfand ich ihn als aufdringlich.

»Was geht Sie denn das an?« fragte ich mürrisch.

»Gar nix. Aber ich kümmere mich nur um Sachen, die mich nix angehen. Sachen, die mich angehen, sind mir lästig. Ist dir deine hübsche Blonde davongelaufen?«

Was für ein erstaunliches Gedächtnis! Ich erinnerte mich, daß wir einmal eine lange Nacht an einem Tisch verbracht hatten, in großer Gesellschaft, als Janine noch mein Leben teilte.

»Schon lange«, sagte ich.

»Sixt es«, sagte er drauf und weiter nichts.

»Macht nix«, erwiderte ich, unwillkürlich seinen Ton aufgreifend.

»Sag i eh, Weiber gibt's grad gnua. Hast koane andre?«

»Die ist auch grad weg.«

»Sauf ma halt«, faßte der Toni zusammen und bestellte zwei neue Viertel. »Ich lad dich ein, Bürscherl. Zufällig hab i grad a Geld.«

»Ich bezahle meinen Wein selbst«, sagte ich widerborstig.

»Mir aa recht.«

Und dann kam ich ins Reden. Ich erzählte von meinem ganz persönlichen Dilemma. Meinen Plänen, meinen Hoffnungen, meinen inneren und äußeren Widerständen. Und schließlich von meinem Vorsprechen bei Burckhardt. Der Toni hörte sich das alles geduldig an, grunzte mal vor sich hin, schüttelte den Kopf und trank dabei ein Viertel nach dem anderen.

»Jetzt sag i dir was«, meinte er schließlich, als ich nun, wirklich benebelt, den Faden verlor, »ihr Jungen heit, ihr taugt alle nix. Künstler wollt's sein und gleichzeitig wollt's mit einem fetten Arsch auf am Bürgerstuhl sitzen. Spießer seid's ihr, alle.«

Und dann kam er mir plötzlich hochdeutsch. »Die Kunst ist kein Stundenmädchen. Du kannst sie nicht ein bißchen lieben, ein bißchen haben. Wenn du dich nicht traust, ganz und für immer mit ihr zu leben, dich ihr mit Haut und Haaren auszuliefern, dann laß es bleiben. Dann kriegst du sie nicht. Dann kriegst du sie nie. Schauspieler ist ein schöner Beruf. Ein paar von den feinsten Burschen, die ich kenne, das sind Schauspieler.

Ein paar von den erbärmlichsten auch. *Da* hat dein Burckhardt schon recht. An dir liegt's, was du daraus machst. Aber du traust dich ja doch nicht.«

Und dann, nach einem längeren Schweigen, nach ein paar kräftigen Schlucken: »Na, du traust di net. Du bist so ein Bürscherl aus dem Bürgersuppennudeltopf. Du willst die Nudeln haben und die Brühe und das Ochsenfleisch noch dazu. Aus dem Topf kletterst du net raus. Du net.«

Es ist albern, so etwas zu sagen. Es kommt mir lächerlich vor. Hamlet, Faust, Marc Anton in Ehren, der Suppennudeltopf gab den Ausschlag.

»Ich klettere raus«, rief ich und muß wohl eine drohende Miene dazu gemacht haben. »Ich schon!«

»Du net.«

Unnötig, den weiteren Verlauf des Gesprächs hier zu schildern, das zweifellos nicht druckreif ist. Der Bürgersuppennudeltopf blieb mir haften. Er war auch am nächsten Morgen noch da. Er stärkte mir gewissermaßen das Rückgrat. Er begleitete mich zur Aufnahmeprüfung an die Städtische Schauspielschule, er schwebte vor mir bei dem entscheidenden Gespräch mit meinem Vater, er fing die Tränen meiner Mutter auf und verkochte sie erbarmungslos.

Ich kletterte heraus.

Ich wurde Schauspieler.

*Die große und die kleine Freiheit*

Ich weiß nicht, ob ein Außenstehender eine Vorstellung hat, was sich alles unter der Berufsbezeichnung ›Schauspieler‹ verbirgt. Papier ist geduldig, sagt man. Nun, dies zu beweisen, damit beschäftige ich mich gerade. Auch Begriffe sind es. Und vieles andere mehr, auf das ich hier nicht länger eingehen will, um nicht ins Uferlose zu geraten. Gewisse Berufsbezeichnungen sind es jedenfalls auch. Nehmen wir einmal den Beruf des Schriftstellers — Dichter, wie man früher sagte. ›Autor‹, wie es, modern unterspielend, heute heißt. Wer oder was schreibt sich da heute etwas zusammen. Sagte ich heute? War es nicht am Ende immer so? Da hat einer mal ein Geschichtchen geschrieben, nicht einmal veröffentlicht. Kann man ihn daran hindern, sich Schriftsteller, Autor zu nennen? Man kann es nicht.

Man soll es auch nicht. Es gibt so wenig Freiheiten in unserer Welt. Einige der letzten, die geblieben sind, tummeln sich auf dem Feld der sogenannten freien Berufe. Da ist vom Spinner bis zum Könner alles versammelt und freut sich seines Lebens. Man soll sich darüber nicht aufregen, man soll es gelassen hinnehmen. Wer wirklich den freien Beruf zu seinem Beruf gemacht hat, also gewillt ist, davon zu leben, das ist sowieso ein Verrückter. Im Durchschnitt wird er mehr schlecht als recht leben, er wird auf vieles verzichten müssen, was für andere das Nonplusultra der menschlichen Existenz bedeutet, angefangen bei der Waschmaschine bis zum Lack und Chrom vor der Haustür, angefangen beim sogenannten sicheren Einkommen bis zur Altersversorgung . . . Wer ist schon gewillt, auf diese Dinge vielleicht nicht von Anfang an zu verzichten, sie jedoch nicht als unbedingt notwendig zu betrachten? Ich sagte es bereits, vom heutigen Standpunkt aus gesehen nur ein Verrückter.

Der Himmel bewahre uns diese paar Verrückten, diese Träumer und Spinner, sie sind die Petersilie im menschlichen Suppennudeltopf, sie sind noch so etwas Ähnliches wie glückliche Menschen, sie kommen sich wichtig und unersetzlich vor, und ich würde kühn behaupten: Sie sind es auch.

Nicht jeder kann durchs Leben schreiten, den Blick starr auf die ihm rechtens zustehende Pension oder Rente gerichtet, wohl bewußt seiner ordentlichen Lebensführung und dem Wohlgefallen, das Obrigkeit und Gesellschaft an ihm haben. Wenn so viele bereit sind, ein homo faber zu sein, gönnt es diesem oder jenem, diesen ganz wenigen, diesen Unbelehrbaren, ein homo ludens zu sein. Wenn vielleicht auch nicht Gesellschaft und Obrigkeit, ich bin gewiß, Gott hat seine Freude an ihnen.

Wohin gerate ich nun wieder? Ich wollte von Schauspielern sprechen und nur von diesen. Diese Enklave der menschlichen

Existenz, diese Ausgestoßenen und Auserwählten, zu denen ich mich zähle, was ich als Ehre betrachte.

Genug der Feierlichkeit. Ich wurde Schauspieler, sagte ich, und ich wußte nicht, was ich tat. Jedoch — ich würde es wieder tun. Kein Schritt zurück, nicht im entferntesten Gedanken. Ich habe den Nudeltopf verlassen, ich wohne unter dem Zauberdach, über dem nur die Sterne sind und der Gott der Komödianten. Ich, der Sohn aus ehrbar bürgerlichem Hause, bin in das Haus der Glückseligkeit gezogen.

Bin ich ein guter Schauspieler? Ich zweifle daran. Auf jeden Fall kein erfolgreicher. Ich sitze im fünften Jahr in der gleichen Stadt am gleichen Provinztheater. Die Stadt hat um die hunderttausend Einwohner, und sie ist danach. Aber ich liebe sie. Das Theater hat siebenhundert Plätze, wir machen Schauspiel, Operette und ein wenig Oper, und ich liebe es.

Ich müßte versuchen weiterzukommen, ich habe mein Handwerk ganz gut gelernt, und ich bin bald vierzig Jahre alt, ich müßte mehr Ehrgeiz haben, ich müßte an meine Karriere denken, ich müßte mich daher um ein neues Engagement bemühen, mich fortrühren aus der Behaglichkeit dieses Daseins, aus dem bescheidenen Ruhm, der mir hier zuteil wird — ich müßte fort. Aber ich bleibe.

Warum?

Weitschweifige Erklärungen kann ich mir ersparen. Mit einem Wort: Es gefällt mir hier. Keiner kennt meinen Namen außer dem Publikum hier in B. und vielleicht noch in einem Umkreis von knapp hundert Kilometern, so weit eben unsere Abstecher reichen — da also kennt man ihn, schätzt ihn, vielleicht lieben sie ihn sogar ein wenig. Die jungen Mädchen und auch die reiferen Jahrgänge verehren mich, lächeln mir zu, grüßen mich, wenn sie mich auf der Straße treffen, ich bekomme wunderbare Rollen und auch gute Kritiken, ich gehöre dazu, ich bin viel beschäftigt, ich spiele alles, was gut und teuer ist — nur den Hamlet nicht, noch nicht —, es ist ein erfülltes Leben. Jedenfalls soweit es das Theaterspielen angeht, und mehr will ich offenbar nicht.

Manchmal. Manchmal will ich doch mehr. Ich bin nicht übermäßig ehrgeizig, leider, aber natürlich träumen wir alle vom großen Ruhm, von der großen Karriere. Nur muß man etwas dazu tun. Ich tue nichts.

Nicht zuletzt wohl deswegen, weil ich ganz genau weiß, daß es mir niemals wieder so gut gehen wird wie hier. Meine Gage ist bescheiden, mein Leben auch, aber diese Rollen, die ich spielen kann! — Übrigens ist das Stadttheater von B. das erste richtige Theater, an dem ich spiele. Ich habe spät angefangen, das darf man nicht vergessen. Nach der Schauspielschule gab es nur Gelegenheitsarbeiten für mich. Diese kleinen Boulevardtheater in der Großstadt, die meistens schlechtes Theater machen, billiges Theater, die boten mir Möglichkeiten, das war es wohl, was Burckhardt damals gemeint hatte, als er sagte: mit Ihrem Aussehen und Ihrer Statur. Aber das konnte mich nicht befriedigen. Ich bekam dort Routine, Bühnensicherheit, eine gewisse Abgebrühtheit. Es ist nicht ungefährlich, wenn man so etwas zu lange macht, man kann dabei hängenbleiben.

In ganz schlechten Zeiten hat die Großstadt immer noch viele Möglichkeiten. Werbefunk zum Beispiel. Auch damit kann man junge Schauspieler verheizen, und sie verdienen nicht einmal schlecht dabei. Besser als an einer Provinzbühne. Dann gibt es Film- und Fernsehateliers, man hat eine Agentur, die einem Jobs vermittelt, auch ich hatte das, eine clevere schicke Agentin, die mich immer wieder unterbrachte. Das ging so gut, daß ich ein Apartment in München haben konnte, einen kleinen Wagen und eine Freudin. Dabei vergißt man den Hamlet, den Melchthal und den Marc Anton. Man kriegt einen gewissen Jargon, verkehrt in gewissen Kreisen, lebt ganz lustig und nennt sich Schauspieler. Das war es, was ich vorhin meinte: Schauspieler — das Wort ist geduldig.

Neben meiner schicken Agentin für die Tagesfragen besuchte ich gelegentlich noch eine richtige Bühnenvermittlung. Da saß so ein alter schiefer Gnom, oh, was für ein Kenner, der sagte eines Tages zu mir: »Wollen Sie das eigentlich so weitermachen?«

Ich wußte sofort, was er meinte. Ich sagte: »Nein. Ich wollte den Hamlet spielen.«

Er lachte sich halb tot. »Mein lieber Junge, da sind Sie auf dem falschen Weg. Lernen Sie erst mal Theaterspielen. Wollen Sie das?«

»Doch. Ich will das.«

»Dann wird es höchste Zeit. Dann gehen Sie mal auf die Dörfer. Ich kann Sie an einer Landesbühne unterbringen. Paar Piepen nur. Hartes Leben. Hamlet werden die nicht machen. Aber ein paar andere ganz gute Sachen. Na?«

»Ja«, sagte ich.

Hartes Leben, weiß Gott. Aber schön. Ich machte das anderthalb Jahre lang. Und dann bekam ich das Engagement nach B. Das besorgte mir der Gnom auch. Und in B. bin ich jetzt im fünften Jahr. Vier volle Spielzeiten also.

Die schönsten Jahre meines Lebens. Auch wenn es nur ein Provinztheater ist. Es fängt mit dem Intendanten an, Dr. Johannes Briskow, wir lieben ihn alle, er ist wie ein Vater zu uns, ein guter Vater, also auch streng und unnachsichtig, er ist ein herrlicher Regisseur, einer von der leisen intensiven Sorte, einer, der eigentlich auf einen anderen Platz gehört, aber ich könnte mir denken, er bleibt aus dem gleichen Grund in B. wie ich: weil es ihm hier gefällt und weil er hier arbeiten kann, wie es ihm Spaß macht.

Er hat seine jährlichen Etatschlachten mit dem Stadtrat, aber das gehört dazu, ist mehr Formsache, denn B. ist stolz auf sein Theater und bereit und willens, ihm die nötigen Zuschüsse zu zahlen.

Die Kollegen? Es gibt diese und jene, sie wechseln, es gibt ein paar sehr gute, ein paar sehr schlechte und viel Mittelmaß. Es gibt immer wieder Ekel und Stänkerer unter ihnen, aber die meisten sind nett und verträglich, die ganz gehässigen Intrigen, den Kampf bis aufs Messer, den sie sich an großen Bühnen liefern, den haben wir hier nicht. Man hat hier nicht so viel zu gewinnen und zu verlieren, und wer den Kampf will, muß sich ihm anderswo stellen.

Dazu bin ich wohl zu feige. Ich mache mir über mich selber keine Illusionen. Feig und bequem und verliebt in meine ersprießliche Arbeit an diesem Theater — ein Kämpfer war ich nie. Und schließlich und endlich bin ich zu der Erkenntnis gekommen:

37

Ein großer und bedeutender Schauspieler bin ich auch nicht. Mittelmaß — ein wenig über Mittelmaß vielleicht —, und darum in B. absolute Spitze. Aber anderswo? — Nicht daß ich damit sagen will, an großen Theatern spielten nur große Leute. Gott bewahre, man weiß es besser. Es ist und bleibt ein undurchschaubares Geheimnis, *wie* man Karriere macht, es gehören viele Imponderabilien dazu, die sich so leicht nicht mit Namen benennen lassen. Glück natürlich auch, wie immer zu jedem Erfolg im Leben Glück gehört.

Noch einen anderen Grund gibt es, warum ich mich in B. so wohl fühle: meine Wohnung. Wo jemals wieder würde ich so hübsch und preiswert wohnen wie hier? Zwei Zimmer und eine Kammer, Bad und eine kleine Küche, Blick ins Grüne auf Gärten und Bäume, alles gemütlich und geschmackvoll mit alten Möbeln eingerichtet, völlig ungestört und frei und dabei doch bestens versorgt. Meine Ordnung und mein Wohlbehagen ist garantiert, ohne daß mich einer stört. Dies Wunder vollbringt die Frau verwitwete Landgerichtsrat Ilsebill Hübener.

Eigentlich heißt sie natürlich Ilse, aber der Langerichtsrat, der ein ebenso humorvoller wie musisch veranlagter Mensch gewesen sein muß, nannte sie sein Leben lang Ilsebill, und so nennt sie noch heute jeder, der sie näher kennt. Sie ist ein zierliches Persönchen mit schneeweißem Haar und ganz dunklen, fast schwarzen Augen, sie hat eine Haut wie Porzellan, noch kaum zerknittert, und sie lacht furchtbar gern. Sie muß ein süßes Mädchen gewesen sein und eine bezaubernde Frau und ein wenig Hexlein dazu, mit dem Talent, hinter die Fassaden zu gucken und die Gedanken anderer Menschen zu erraten. So zum Beispiel taucht sie immer nur auf, wenn man sie gern sehen will. Man will sie meistens gern sehen, eben weil sie ist, wie sie ist. Aber käme sie einem doch einmal ungelegen, so scheint sie das vorauszusehen, dann bleibt sie unsichtbar. Nie zum Beispiel ist es mir passiert, wenn ich amourösen Besuch habe, sei es für Stunden oder eine ganze Nacht, daß mir beim Kommen oder Gehen Ilsebill über den Weg gelaufen wäre. Sie sieht nichts, und sie hört nichts und ist vollkommen uninteressiert daran, wer mich da oben im ersten Stock zärtlich im Nacken krault. (Das hatte so unnachahmlich Heidi, unsere Grazer Operettensoubrette verstanden, seit letzter Spielzeit leider in R. im Engagement.)

Heute, an diesem sonnenhellen Vormittag Ende Oktober, als ich die Treppe herunterkam, traf ich Ilsebill in der Diele.

»Keine Probe heute, Herr Bentworth?«

»Nein, Madame. Keine Probe und keine Vorstellung. Ein ganz freier Tag.«

»Wie schön. Wann fangen die Proben für ›Don Carlos‹ an?«

»Erst im neuen Jahr, Madame.«

»Ich freue mich darauf, wirklich. Endlich wieder mal ein Schiller. Der Posa wird eine herrliche Rolle für Sie sein.«

Ich bin nicht so sicher. Der Posa erscheint mir ungeheuerlich. Ich habe Angst vor ihm. Wie die Eiger-Nordwand steht er vor mir. Nicht zu bezwingen, nicht von mir.

»Zunächst kommt Romeo und Julia, wie Sie wissen, Madame.«

»Natürlich, natürlich. Ich kann mich gar nicht erinnern, wann ich das zuletzt gesehen habe.«

»Heutzutage schwer zu spielen für die junge Generation«, sagte ich und dachte an langvergangene Zeiten, an Verena, an den Frühlingsabend auf der Leopoldstraße.

»Und die Neue wird das können?«

»Das wissen die Götter. Dr. Briskow hofft es. Er hält eine Menge von ihr.«

»So jung. Und sicher noch unerfahren.«

»Sicher.«

»Das erste Engagement, nicht wahr?«

»Soviel ich weiß, ja.«

»Na, wir werden ja sehen.«

»Das werden wir, Madame.«

»Ich backe einen Nußkuchen«, vertraute sie mir noch an, ehe ich das Haus verließ. »Werden Sie zur Kaffeezeit zu Hause sein?«

»Nachdem ich dies nun weiß, ganz gewiß, Madame.«

Ihr junges leuchtendes Lächeln begleitete mich bis zum Gartentor. Außerdem Florestan, der Dackel. Ein Lächeln für Ilsebill, ein Tätschler für den Dackel.

Vorn an der Ecke blieb ich noch einmal stehen und blickte zurück. Das Haus liegt am Ende einer Villenstraße, ein altmodisches Haus mit einem hohen roten Dach und einem Erker. Es liegt in einem Garten, in dem zu dieser Zeit noch immer Rosen blühen.

Hübscher kann man nicht wohnen. Dieses Domizil hatte ich gefunden, als ich etwa ein halbes Jahr in B. war. Erst wohnte ich in einer Pension, dann in einem möblierten Zimmer, meine Gage war sehr klein, ich konnte mir keine Wohnung leisten.

Der Intendant selber war es, der mich Ilsebill empfahl. »Eine Freundin unseres Hauses, Bentworth. Und eine reizende Person. Das Haus liegt ziemlich draußen, aber es ist sehr hübsch. Caspary wohnte lange bei ihr und war des Lobes voll. Soll ich Ilsebill mal anrufen?«

Caspary war der junge Bühnenbildner gewesen, von dem man in B. noch lange schwärmte und der inzwischen in Berlin Karriere gemacht hat. Sein Urteil über Ilsebill und ihr Haus war zutreffend gewesen. Nach Briskows Anruf lud mich Ilsebill zum Kaffee ein, ganz unverbindlich, wie es hieß. Wir plauderten sehr angeregt, über das Theater hauptsächlich, über meine Herkunft wollte sie auch ein bißchen wissen, und schließlich kam mir zugute, daß ich ihr als Amphitryon — meine erste große Rolle in B. — so außerordentlich gefallen hatte. Als ich ging, sagte sie mir, ich könne die Wohnung im ersten Stock haben. Es war eine Auszeichnung, wie ich wohl begriff, Theater hin und her, sie würde nicht jeden jungen Schauspieler akzeptieren, den man ihr offerierte.

Soviel über Ilsebill.

Der Weg in die Stadt dauert ungefähr zwanzig Minuten. Zu Fuß. Ein Auto besitze ich nicht. Brauche ich auch nicht. Der Weg führt zuerst durch die Villenstraße dieses Viertels, wo alle Leute mich grüßen, wenn sie mich sehen. Ich erwähne das nicht aus Eitelkeit, nur der Vollständigkeit halber. Eine etwas längere Straße mündet in eine prächtige Allee, den sogenannten Ring, der zu zwei Dritteln um den Stadtkern führt. Eine schöne breite Straße, rechts und links eine Fahrbahn, in der Mitte Grünanlagen, zu beiden Seiten Radfahrwege und dahinter breite Trottoirs. Der Ring wechselt einige Male den Namen. Auf einem Stück heißt er Königsring, dann Heinrichsring, dann Dr.-Nowak-Ring

(Dr. Nowak war ein verdienter Bürgermeister der Stadt), und zuletzt nennt er sich Matthäusring. Hier verbreitert er sich zum Matthäusplatz, auf dem die Matthäuskirche und das Landgericht stehen. Von hier aus gelangt man in die Innenstadt zu den beiden großen Geschäftsstraßen, die die City von B. bilden.

Die Straßen stehen im rechten Winkel zueinander, das heißt also, eine mündet in die andere, und in dem Teil, den die beiden Schenkel umfassen, liegt die sogenannte Altstadt mit Straßen, Gassen und Plätzen, von deren schönen alten Bauten viele im Krieg zerstört wurden.

B. ist eine reiche Stadt, sie hat allerhand Industrie an der Peripherie, davon eine Firma mit Weltgeltung, sie hat eine landwirtschaftliche Schule, zwei erstklassige Hotels, mehrere andere natürlich auch, fast alle großen Kaufhauskonzerne sind hier vertreten und viele alteingesessene gute Geschäfte. Und last but not least besitzt B. sein Stadttheater, ein Haus mit gutem Ruf.

An der Stelle, wo sich die beiden Hauptgeschäftsstraßen treffen, ist ein Platz mit Arkaden, von dort führen kleine Gäßchen seitwärts und münden abermals auf einen großen Platz, wo mittendrin das gotische Rathaus thront: wuchtig, raumgreifend und ehrwürdig. Daß es im Krieg fast völlig zerstört war, sieht nur der Kenner und der Alteingesessene. Man hat das Prunkstück von B. wieder so aufgebaut, daß es wie echt aussieht. Der weite Platz um das Rathaus herum ist für mich einer der schönsten Plätze, die ich kenne. Bitte sehr, es mag berühmtere Plätze geben. Mir gefällt dieser. Alles alte schöne Bürgerhäuser, und daß auch sie zum größten Teil Kopien aus der Nachkriegszeit sind, ist nun mal nicht zu ändern und fällt auch weiter nicht auf. Eine kleine Gasse führt zu B.'s größter Kirche, dem Heinrichsdom, zwischen ihm und dem alten Rathaus ist der Heinrichsbrunnen, im Sommer angestrahlt, genau wie das Rathaus, der Dom und das Theater.

Das Theater steht am anderen Ende des Platzes, der übliche Stadttheaterbau mit Säulen am Portal und einem klassizistischen Giebel, es war im Krieg nur leicht beschädigt, äußerlich ist seither wenig daran geändert worden, dafür wurden innen allerhand technische Neuerungen eingebaut und die Bestuhlung erneuert. Hinter dem Theater liegt das sogenannte Schloß, sogenannt sage ich, weil nicht allzuviel davon mehr übrig ist, nur ein Seitenflügel steht noch, worin sich heute ein Museum befindet. Der Rest, der ebenfalls zerstört wurde, ist nicht wieder aufgebaut worden. Gelegentlich tauchen Pläne dafür auf und werden in den beiden hiesigen Zeitungen diskutiert. Da es nicht allzu wichtig ist, vertagt man die Sache wieder. Die Stadt hat anderes zu bauen: Krankenhäuser, Schulen, Altersheime, Straßen, Industrie, außerdem soll das Schloß kein besonders berühmter Bau gewesen sein, es war Anfang des neunzehnten Jahrhunderts abgebrannt und soll ziemlich lieblos restauriert worden sein.

Sehr schön ist der Schloßpark, den die Stadt sorgsam pflegen läßt und der außerordentlich weiträumig ist, was man ihm nicht ansieht, wenn man ihn hinter dem Theater durch ein hohes, eisernes Portal betritt. Zuerst wirkt er nur wie ein großer Garten, erweitert sich dann aber und erstreckt sich bis wieder an den Ring, der an jener Stelle, wo der Schloßpark endet, fantasielos Westring heißt.

So viel über die Stadt B. Vielleicht nicht sehr interessant, höchstens für die, die hier leben, und die kennen sie ohnedies. Ich wollte nur meinen Weg schildern, den Weg, den ich fast täglich gehe und der mir vertraut ist wie die Stadt und das Theater und die Leute hier, die zum großen Teil eben doch, Gott schütze sie, echte Spießer sind. Aber das sind wohl die Leute überall auf der Welt mehr oder weniger, nicht nur in B., damit muß man sich abfinden, und allzuviel hat man ja auch nicht mit ihnen zu tun. Mir gestehen sie zu — das ist ein Vorteil meines Berufes —, daß ich keiner bin, ich darf meine Launen und Eigenarten und sogar Untugenden haben, einige, muß es mit der Moral nicht so genau nehmen und kann mir ein paar Verrücktheiten leisten. Sogar hier — in B. Ich bin ein Künstler, ein Schauspieler. Das gibt mir in den Augen der Bürger von B. gewisse Vorrechte, sie sind da duldsam und verständnisvoll. Die Zeiten, in denen man Schauspieler den Landstreichern gleichsetzte, sind vorbei, auch in B.

Übrigens ließe sich zu diesem Thema, wenn man wollte, noch manches sagen. Über Moral und Tugend und über das Verhältnis der Bürger zu diesen wertvollen Dingen. Theaterleute — du lieber Himmel, sicher, sie haben ihre Eigenheiten und Verrücktheiten, aber sie sind viel bürgerlicher und biedersinniger, als es sich der Bürger träumen läßt. Die Bürger von B. indessen und zweifellos auch die anderer Städte gleicher Art — nun, es geht oft erstaunlich zu hinter den Fassaden ihrer stolzen Häuser. Ich hatte in B. Gelegenheit, das festzustellen.

## Begegnungen

An diesem Vormittag, als ich gerade an der Stelle angelangt war, wo der Königsring zum Heinrichsring wird und wo das prächtige Haus des Stadtbaumeisters Nössebaum steht, an dem ich immer rasch vorbeizugehen pflege, öffnete sich die Haustür, und Dagmar Nössebaum kam auf mich zu. Sie sah mich gleich, und ich blieb überrascht stehen. Sie war wieder da? »Gnädige Frau?« sagte ich halb Frage, halb Begrüßung und konnte keinen Hut ziehen, denn ich hatte keinen auf.

»Julius!« sagte sie und lachte ein wenig, ihr kurzes, nervöses Lachen, das ich kannte.

Ich räusperte mich unsicher und suchte nach ein paar formellen Worten. »Wie geht es Ihnen? Sie sehen bezaubernd aus. Sie sind zur Zeit hier?«

Wir standen einige Sekunden voreinander und sahen uns an. Ihr Blick flackerte ein wenig, sie war immer noch so unstet und nervös wie damals.

»Ich bin wieder für immer hier.«

»Oh!« sagte ich dumm und wunderte mich. Ich wußte, daß der Stadtbaumeister eine Scheidung abgelehnt hatte. Aber ich hätte nicht gedacht, daß sie wieder zusammen leben würden. Und das hier in B.

»Das wundert dich? Komm weiter, wir müssen hier nicht stehenbleiben. Ich will in die Stadt.«

Wir gingen nebeneinander weiter den Ring entlang. Mir war

ein wenig unbehaglich zumute, ein wenig auch freute ich mich, sie zu sehen.

»Du bist also noch hier, Julius. Du hast es hier ausgehalten. Und du könntest fort, wenn du wolltest. Das verstehe ich nicht.«

»Mir gefällt es hier.«

»Ja, das hast du früher schon gesagt. Mir unbegreiflich. Mich erstickt diese Stadt.«

»Und doch bist du wieder da?«

Sie hob die Schultern, sie ging rasch neben mir her, eine reizvolle, begehrenswerte Frau, und ich hatte nicht vergessen, was gewesen war. War es Liebe gewesen? Oder etwas anderes, schwer Erklärbares?

»Ich habe in Rom gelebt in den letzten Jahren. Das ist eine Stadt! Und was für eine Gesellschaft! Dagegen hier. — Nun ja. Ich bin wieder da. Wegen Thomas. Er war so unglücklich in diesem Internat. Er ist wie ich, er läßt sich ungern einsperren. Sein Vater wollte nicht, daß ich ihn besuche. Aber ich habe es natürlich doch getan. Und dann ist er krank geworden und hat dann ... oh, Julius!«

Sie blieb stehen und blickte mich an, und auf einmal sah ich die feinen Linien des Kummers in ihrem Gesicht, die früher nicht dagewesen waren. »Er hat etwas Schreckliches getan. Er wollte sich das Leben nehmen. Stell dir vor, dieser dumme Junge. Ach, Julius!«

Fast sah es aus, als wolle sie weinen. Unwillkürlich blickte ich mich um. Ich kannte Dagmars Ausbrüche. Bloß nicht hier auf der Straße.

»Niemand weiß etwas davon. Lorenz hat es allen verschwiegen. Du darfst nicht darüber sprechen, Julius. Aber nun weißt du, warum ich wieder hier bin. Wir müssen es irgendwie versuchen. Wenigstens so lange, bis Thomas erwachsen ist. Verstehst du das?«

Ich nickte. Sie ging rasch weiter, redete sprunghaft über etwas anderes.

»Seit wann bist du da?« fragte ich, kurz ehe wir zum Matthäusplatz kamen.

»Seit fünf Tagen. Thomas kommt morgen. Ich muß alles für

ihn vorbereiten. Er muß das Gefühl haben, alles ist wie früher, verstehst du? Ich weiß noch nicht, wie es gehen wird.«

Sie sprach rasch und abgerissen, ihre Augen gingen unstet hin und her, als fürchte sie, es könne uns jemand sehen. Trotzdem sagte sie: »Wie schön, Julius, daß ich dich getroffen habe. Ich habe jetzt keine Zeit. Aber wir müssen uns in Ruhe einmal sprechen. Hast du schöne Rollen zur Zeit? Ich freue mich schon, wenn ich dich wieder auf der Bühne sehen werde. Hast du auch manchmal an mich gedacht, Julius?«

»Ja«, sagte ich, »natürlich habe ich an dich gedacht.«

Mir war noch unbehaglicher als zuvor. Was wollte sie? Brauchte sie mich wieder? O nein, nicht noch einmal. Es war vorbei, ich hatte alles vergessen wollen.

»Morgen vielleicht oder übermorgen. Ich ruf dich an. Wohnst du noch da draußen?«

»Ja«, sagte ich widerstrebend.

»Dann komme ich am besten zu dir.«

»Dagmar, bitte, bedenke . . .«

»Schon gut, keine Ermahnungen. Ich paß schon auf. Und Lorenz, ach, ich glaube, es ist ihm egal, was ich tue.«

»Es war ihm nie egal. Das weißt du. Und denk an Thomas. Wenn du ihm ein normales Familienleben vorspielen willst, dann . . .«

»Ja, ja, schon gut. An dir ist ein Schulmeister verlorengegangen, das habe ich dir früher schon gesagt. Ciao, Julius. Du hörst von mir.«

Ich sah ihr nach, wie sie rasch, mit ihrem leichten anmutigen Gang, von mir fort, über den Platz ging, auf die Innenstadt zu. — Das hatte mir noch gefehlt. Dagmar Nössebaum wieder in der Stadt. Voller Unruhe und Unrast wie eh und je. Und nun besann sie sich auf mich. Nicht mit mir. Nicht noch einmal.

Meine gute Laune war verflogen, als ich langsam weiterging, stadteinwärts auch ich. Ich hatte kein Ziel gehabt an diesem probefreien Vormittag, aber nun zog es mich zum Theater. Dort allein war Sicherheit, dort war meine Familie.

Claasen, unser alter Portier am Bühneneingang, sagte höflich: »Guten Morgen, Herr Bentworth. So ein schönes Wetter heute, nicht? Richtig warm noch. Man mag noch gar nicht an den Winter denken.«

»Ist ja auch noch nicht da, Herr Claasen.«

»Noch nicht, noch nicht. Aber dann geht's immer schnell. Hier ist Post für Sie, Herr Bentworth.«

»Danke.«

Während wir sprachen, ließ uns der Hund, der bei Claasen in der Pförtnerloge saß, nicht aus den Augen. Ein großer kohlpechrabenschwarzer Schäferhund war es, er saß da sehr manierlich auf seinen Hinterbeinen, er sah verständiger und intelligenter aus als die meisten Menschen. Er machte den Eindruck, als verstünde er jedes Wort.

»Wen haben Sie denn da, Herr Claasen? Den habe ich doch neulich schon mal gesehen. Ein schöner Kerl.«

»Das ist der Hund von Fräulein Boysen. Wenn sie ihn in der Garderobe läßt, macht er sich selber die Tür auf und läuft auf die Bühne. So schlau ist der. Und wenn Frau Nielsen kommt, knurrt er sie an. Mächtig schlau ist der, ich sag's ja. Aber bei mir ist er gern. Wir verstehen uns.«

»Hat sie den denn mitgebracht?«

»Sie hat ihn sich geholt, vorige Woche. Bis jetzt war er noch bei ihren Eltern. Aber wenn er nicht bei ihr sein kann, ist er traurig. Und sie ist auch traurig, wenn sie ihn nicht hat. Sie hat ihn schon mit in Hamburg gehabt, als sie auf der Schauspielschule war. Er ist ihr bester Freund, sagt sie.«

»Na, dann passen Sie mal gut auf ihn auf, Herr Claasen. Gute Freunde gibt's nicht viele auf der Welt. Wie heißt er denn?«

Herr Claasen lachte amüsiert. »Sie nennt ihn Herr Boysen. Bißchen verrückt ist das schon, nicht?«

Die Ohren des Hundes wurden womöglich noch spitzer, als er den vertrauten Namen hörte.

»Herr Boysen«, lockte ich, »kommst du mal her? Aber vermutlich darf ich nicht einfach du zu Ihnen sagen! Herr Boysen, kommen Sie doch mal näher. Na, kommen Sie.«

Aber er dachte nicht daran. In sein kluges Gesicht kam ein Ausdruck von Langeweile. Er ließ langsam seine Vorderpfoten auf den Boden gleiten, legte sich, den Kopf auf die Pfoten gebettet und würdigte mich keines Blickes mehr.

Ich ging in meine Garderobe und sah meine Post durch. Ein paar Briefchen von Verehrerinnen. Ein junges Mädchen wollte Schauspielunterricht von mir. War ich schon so alt, daß man mich als Lehrer wünschte?

Dann ging ich hinunter in die Kantine und bestellte einen doppelten Steinhäger. Olga und der alte Marten waren da. Ich setzte mich zu ihnen.

»Die Kleine ist erstaunlich«, sagte Olga, die ein Mensch war, der keinen Neid und keine Kleinlichkeit kannte.

»Sie schafft es. Sie schafft es wirklich. Es ist alles noch so ein bißchen rührend unbeholfen. Aber eine gewisse Sicherheit hat sie. Ich glaube, Briskow ist richtig glücklich. Wie ein Schlangenbeschwörer steht er vor ihr. Ich warte immer drauf, daß er eine Flöte aus der Tasche zieht.«

Wir lachten pflichtschuldigst.

Olga spielte die Amme, und ich wunderte mich, daß sie hier unten saß. »Habt ihr denn schon Pause?«

»Ach wo. Briskow spricht die Balkonszene noch mal mit ihnen durch. Ich habe wieder so Magenschmerzen und mußte schnell etwas essen. Ich gehe gleich wieder. Willst du mitkommen? Hör dir mal ein paar Sätze an.«

Ich zögerte. Ich wußte, daß Briskow böse wurde, wenn einer zu den Proben kam, der dort nichts verloren hatte.

»Du kannst was lernen«, meinte Olga. »Ich denke, du willst auch mal Regie führen. Also schau dir das an, wie der Alte an dem Mädchen herumknetet, ohne das geringste an ihr zu verbiegen. Ich muß jetzt rauf. Kommst du auch mit?«

Das letzte galt Marten, der den Kopf schüttelte. »Nö, jetzt nicht. Ich seh's noch früh genug.«

Er spielte den Pater. In der Balkonszene brauchte man ihn nicht.

›Romeo und Julia‹ zu machen war ein langgehegter Wunsch von Briskow, das wußte ich. Aber nie traf es sich, daß er die geeigneten jungen Schauspieler dafür hatte. Zwei mußten es sein,

zwei junge, zwei glühende, zwei unschuldige und zwei begabte —
nur mit ihnen konnte er es machen.

Und dieses Jahr hatte er die beiden endlich beisammen. Da
war erst mal der junge Claudio — Claudio von Warras —, das
dritte Jahr bei uns, sechsundzwanzig Jahre alt, schmal, dunkel,
sensibel, etwas schwierig im Umgang, komplizierter Charakter,
aber ein großes Talent. Briskow hatte sich viel Mühe mit ihm
gegeben, hatte ihn immer wieder vielseitig eingesetzt, hatte zu
dem beachtlichen Talent des Jungen Disziplin und Führung hin-
zugefügt. Es war nicht immer ganz reibungslos abgelaufen, der
Junge konnte Szenen machen, schlimmer als eine Diva. Übrigens
würde er den Carlos spielen, dann würde er mein Partner sein,
und auch das würde nicht ohne Schwierigkeiten abgehen. Aber
so viel stand fest: Der Junge besaß das große, das echte Talent,
er besaß das gewisse Etwas, das gewisse Undefinierbare, das
ich nicht besaß. Er *würde* den Hamlet machen!

Und dann die Kleine, wie sie die Neue hier allgemein nannten.
Sie war erst seit dieser Spielzeit, also seit wenigen Wochen, bei
uns. Ihr erstes Engagement. Und gleich die Julia. Eigentlich hatte
Briskow bis zum nächsten Jahr damit warten wollen, Februar
oder März hatte er vorgehabt. Don Carlos sollte vorher kommen.
Aber es ging mit den Terminen nicht anders. Weickert, der den
Philipp spielen würde, stand jetzt nicht zur Verfügung, er war
noch auf Gastspielreise, dann hatte er eine Fernsehrolle. Weickert
durfte niemand etwas verwehren, auch Briskow nicht.

Also hatte man den Shakespeare vorgezogen und den Schiller
auf Anfang des Jahres verlegt. Dazwischen boten wir ein modernes Problemstück, in dem ich auch eine Rolle haben würde, und
eine Komödie. Ja, so tüchtig waren wir hier in B. Da folgte eine
Premiere nach der anderen, und dazwischen war noch Operette
und auch mal eine Oper fällig.

Briskow war bei seinen beiden Hauptdarstellern auf der Bühne. Sie standen alle drei dicht beieinander, Briskow sprach leise
und eindringlich mit ihnen. Claudio trug verblichene Jeans und
einen schmuddeligen dunkelblauen Pullover, der ihm viel zu weit
war. Er stand lässig da und machte ein mürrisches Gesicht, aber
das wollte nichts besagen, das war sein normaler Ausdruck.

Die Kleine stand wie ein Soldat vor Briskow, gerade aufgerichtet, sehr gesammelt. Man konnte geradezu sehen, wie sie jedes Wort aufsog. Sie hatte schwarze, lange Hosen an und eine grüne Hemdbluse aus Kordsamt, ihr aschblondes Haar war glatt und kurz geschnitten, sie sah wie ein schmaler Knabe aus, wie ein Page aus einer alten Heldensage.

Unten, an die Rampe gelehnt, stand Kuntze, Briskows Regieassistent, einen Notizblock in der Hand, und lauschte aufmerksam, vermerkte ab und zu etwas auf seinem Block.

Ein vertrautes Bild. Die halbdunkle Bühne, nackte Bretter, Staub und Leere, eine Welt ohne jede Illusion, eine trockene, nüchterne Arbeitswelt. Im Hintergrund war noch die Dekoration unserer gestrigen Aufführung zu sehen. Helmers Wohnzimmer, in dem zur Zeit Carla Nielsen als Nora ihr anhängliches Publikum entzückte.

Die Leute in B. liebten Carla Nielsen, was mich eigentlich immer wunderte. Ich hielt sie nicht für eine besonders gute Schauspielerin, ich spielte nicht gern mit ihr, sie war launisch und unberechenbar, man konnte sich nie auf sie verlassen. Und sie war mir einfach zu manieriert. Ihre Nora — abgesehen davon, daß die Nora ein antiquierter Stoff war — fand ich grauenhaft.

Im Zuschauerraum entdeckte ich noch Alice, die zweite Dramaturgin, ebenfalls notizbuchbewaffnet, und unser bestes Stück: Lore Behnke, die Souffleuse. Sie saß vorn seitwärts und wälzte zweifellos ein Bonbon von Backe zu Backe, was ich zwar nicht sehen konnte, aber dennoch wußte. Wenn sie nicht rauchen durfte, was sie sonst ständig tat, lutschte sie Bonbons. Manchmal, während der Vorstellung, konnte einen das zum Wahnsinn treiben. Immer wartete ich darauf, daß ihr ein Bonbon im Halse steckenblieb oder sie zumindest daran hinderte, parat zu sein, wenn man sie brauchte. Aber ehe man nur daran denken konnte, zu stolpern, war sie da. Sie schien vorauszusehen, wenn man ins Schwimmen kam. Und den Bonbon hatte sie immer rechtzeitig irgendwo in einer Ecke ihres Mundes deponiert. Es störte nie, man hörte jeden Hauch.

»So«, sagte Briskow etwas lauter, »wir machen die Sache noch mal von vorn. Denk daran, Hilke, sobald du auf den Balkon kommst, bist du in Aktion. Du denkst etwas. Etwas ganz Bestimmtes. Das muß man dir ansehen. Wenn du anfängst zu sprechen, dann muß es wirken, als hättest du die ganze Zeit schon etwas gesagt. Den da unten hinter dem Baum, den siehst du sowieso nicht. Was der vor sich hinquatscht, das berührt dich gar gar nicht. Und dazwischen schon, während er spricht, einen Seufzer und dann noch einen. Du weißt gar nicht, warum du seufzt. Verliebte wissen nie, warum sie seufzen. Warst du schon mal verliebt, Hilke?«

»Nein«, sagte die Kleine ernsthaft. »Nicht richtig.«

»Aha. Versuch trotzdem, es dir vorzustellen.«

Sie nickte mit der gleichen ernsthaften gesammelten Miene wie zuvor.

Übrigens war sie gar nicht so klein. Sie war ein schlankes, gutgewachsenes Mädchen, sie durfte nur ganz flache Absätze tragen, wenn sie mit Claudio spielte, fast war sie ein wenig größer als er. Unwillkürlich dachte ich daran, daß sie in der Größe sehr gut zu mir passen würde. Hilke hieß sie — Hilke Boysen. Was sich diese Mädchen manchmal für Namen ausdachten!

Es war ihre erste große Rolle, sie war blutjung. Bisher hatte sie bei uns nur eine kleine Rolle in einem langweiligen neuen Stück gespielt. Es war viel gewagt von Briskow, was er da mit ihr vorhatte. Aber er wußte immer, was er tat. Er würde es auch in diesem Fall wissen.

Hilke Boysen kletterte auf eine Kiste, die bis auf weiteres für den Balkon am Hause Capulet einsprang. Claudio latschte gelangweilt seitwärts.

»Bitte, Claudio, nicht gar zu lahm«, rief Briskow ihm zu, »ein kleines bißchen Anteilnahme dürfte schon sein. Du vergibst dir nichts.«

»Der Narben lacht, wer Wunden nie gefühlt«, nölte Claudio vor sich hin und entdeckte dann Hilke auf der Kiste beziehungsweise Julia auf dem Balkon.— »Doch still, was schimmert durch das Fenster dort?«

Und so weiter. Er sprach den Absatz lieblos herunter. Sich bei seiner Haltung und seinem Geleiere echte Liebesseufzer abzuringen mußte schwer für eine Anfängerin sein. Er tat es absichtlich, er war zwar meist bei den Proben sehr nachlässig, und Briskow hatte schon oft Ärger mit ihm gehabt, aber was er hier trieb, war gemein. Er wollte es der Kleinen schwer machen. Eine lächerliche Anfängerin, sie sei sowieso nicht sein Typ, hatte er mir neulich erklärt, und als Julia undenkbar. Er habe den Romeo bereits in D. gespielt, und da habe er eine rasante Puppe als Julia gehabt, Dio mio, mit der konnte man eine Liebesszene hinlegen. Die hier ist doch ein Fisch.

Das war vor drei Tagen gewesen, als wir an unserem Stammtisch im Ratskeller zu Abend aßen. Ich hatte mir das schweigend angehört. Was sollte ich auch dazu sagen? Ich kannte die Neue noch nicht näher. Und ein bißchen steif war sie mir auch vorgekommen.

Jetzt seufzte sie das erstemal. Sie hatte den Kopf ein wenig auf die Seite gelegt, ihr Blick ging in einen imaginären Sternenhimmel hinauf, der Seufzer kam leise, nicht aufgetragen, er klang sehr echt. Dann senkte sie den Kopf, blickte gewissermaßen in den Garten hinab und seufzte wieder.

»Gut so, gut so«, rief Briskow. »Weiter.«

Claudio hatte seine Verse zu Ende gehaspelt. Nun kam sie. »O Romeo! Warum denn Romeo? Verleugne deinen Vater, deinen Namen! Willst du das nicht, schwör dich zu meinem Liebsten, und ich bin länger keine Capulet.«

Die Stimme war dunkel und sehr weich, sie hatte viel Volumen. Aber es klang noch etwas gehemmt.

»Wozu denn das ›das‹ betonen, Kind? Ist gar nicht nötig. Überhaupt nichts betonen. Gar nichts. Nur so vor sich hin träumen. Mach's noch mal.«

Sie begann von vorn. Briskow unterbrach diesmal nicht. Ihr Erschrecken, als sie Romeo erblickte, war echt. Das Gesicht blühte auf, während sie weitersprach, auch die Stimme wurde biegsamer. Ich wartete auf die Stelle, die ich so liebte. Es gibt Worte, die einem Dichter so unwahrscheinlich gelungen sind, daß ihre Vollkommenheit geradezu schmerzhaft ist. Es dauerte eine Weile, bis sie dahin gelangten. Aber mittlerweile war auch Claudio ein bißchen aufgewacht und nuschelte nicht mehr so achtlos vor sich hin.

»Ich schwöre, Fräulein, bei dem heil'gen Mond, der silbern dieser Bäume Wipfel säumt . . .«

»O schwöre nicht beim Mond, dem wandelbaren, der immerfort in seiner Scheibe wechselt, damit nicht wandelbar dein Lieben sei!«

Ihre Stimme war dunkler geworden, voll Innigkeit, voll bebender Angst, voll zaghafter Sehnsucht, sie schaffte es, den Mond, die Nacht und den Garten, sogar die Liebe herbeizuzaubern. Alles war da, und man spürte es. Sie schaffte es, diese Kleine.

Briskow unterbrach nicht mehr, bis die Szene zu Ende war.

»Nun gute Nacht! So süß ist Trennungswehe, ich rief wohl gute Nacht, bis ich den Morgen sähe.«

»Also paßt mal auf, Kinder, vor allen Dingen müßt ihr daran denken . . .« Ich wartete nicht ab, bis Briskow auf die Bühne gelangt war und schlüpfte lautlos aus dem Zuschauerraum. Ich wollte gar keine Erläuterungen mehr hören. Ich würde auch keine Probe mehr besuchen. Aber ich war gespannt, was bei diesem Unternehmen herauskommen würde.

Mittlerweile war es zwei Uhr geworden, Zeit für mich zum Mittagessen. Ich schlenderte über den Platz zum Rathaus. Im Ratskeller hatten wir so eine Art Stammtisch, eine Nische in dem alten Gewölbe mit einem großen runden Tisch, der immer für uns reserviert war, wo wir auch abends nach der Vorstellung, ganz egal, wie spät es war, noch zu essen bekamen, richtiges warmes Essen, von der Erbsensuppe bis zum Rehbraten. Herr Wunderlich hieß der Ober, der uns bediente, ein großer Thaterfreund, von uns freigebig mit Freikarten versorgt. Sein Urteil war unbestechlich.

»Wissen Sie, Herr Bentworth«, sagte er einmal zu mir, das war im zweiten Jahr meiner Tätigkeit in B., »der Ferdinand ist keine Rolle für Sie. Ich verstehe nicht, warum Dr. Briskow so besetzt hat. Es war ja ganz interessant, was Sie gemacht haben, Sie haben sich ganz geschickt aus der Affäre gezogen. Aber so, wie Sie die Figur angepackt haben, hätt' der Schluß anders sein müssen. Nicht mit der vergifteten Limonade und der ganzen Tragödie. Sie hätten sagen müssen: Na gut, war ganz nett, bye, bye, Luischen, laß dir's gut gehen. So in der Art. — Sind Sie mir jetzt böse?«

Ich lachte und schüttelte den Kopf. »Woher denn? Sie haben recht. Ich fühlt' mich selber nicht glücklich in der Rolle. Ich sollt' ihn ja auch nicht machen, unser neuer Jugendlicher, der Boehm, war dran. Sie wissen ja, daß er während der Proben den Unfall hatte. Da mußt' ich halt einspringen.«

»Schadet ja auch nichts, man muß wohl auch mal was spielen, was einem nicht so liegt. Und ganz interessant war's schon, ich sagte es ja. Schiller ist eben so eine Sache für sich. Ein kleines Helles?«

Ja, Schiller war eine Sache für sich. Ich hatte da furchtbare Hemmungen. Und an den Ferdinand hatte ich sowieso nie gedacht. Es war meine erste Rolle als jugendlicher Schiller-Held gewesen und würde wohl auch meine letzte bleiben. Ich hatte ziemlich schlechte Kritiken bekommen, sie deckten sich in etwa mit Herrn Wunderlichs Meinung.

Aber vielleicht wird es nun verständlicher, warum ich mich vor dem Posa etwas fürchte. Sicher, der Posa und der Ferdinand sind zwei ganz verschiedene Dinge. Die Aufgabe reizt mich, und ich würde zudem zwei hervorragende Partner haben, Junker Claudio, arrogant, aber verflucht begabt, und den großen Konrad Weickert.

Im Ratskeller traf ich Pamela, erste Solotänzerin und Choreographin, Fifi, Bühnenbildnernachwuchs, Dorte, zwar Naive, aber ein immens begabtes Kind, für fast alle Rollen verwendbar. Außerdem Diesterweg, zuständig für Charakter und Schurken, und Eckart, Operettenbuffo. Sie hatten schon gegessen und redeten, na, wovon schon, vom Theater.

Ich erzählte, daß ich meine Nase mal in die Probe drüben gesteckt hätte und daß die Neue sich gut mache.

»Ausgerechnet Romeo und Julia«, knurrte Diesterweg, »was Besseres ist dem Alten auch nicht eingefallen. Diese dämliche Schnulze! Wir hätten dringend mal eins von den Königsdramen machen müssen. Der dritte Richard oder so. Das kommt an, das macht auch Spaß. Wer interessiert sich heute noch für Romeo und Julia, wir leben im Zeitalter des Sex und nicht in dem der Liebe.«

»Gerade drum«, meinte Pamela, »finde ich es gut und richtig. Die Jugend soll ruhig mal was von richtiger Liebe sehen.«

»Was heißt hier richtige Liebe? Zwei dumme Kinder, die alles falsch machen und sich nicht ordentlich informieren. Das ist alles. Die Jugend wird sagen: Geschieht ihnen ganz recht, wenn sie so dämlich sind.«

So ging es noch eine Weile weiter, und es war gut, daß unser Publikum nicht hörte, wie zynisch wir von den großen Dichtungen sprachen, die wir lebendig machen sollten. Jedoch man mußte das nicht so ernst nehmen, die Schnoddrigkeit gehörte gewissermaßen dazu, sie war unser Umgangston, mit ihr reagierten wir die großen Gefühle ab, die wir darstellen mußten.

Ich verhandelte derweil mit Herrn Wunderlich, der mir dringend riet, als Vorspeise eine Terrine Muscheln zu nehmen und anschließend Kalbsmedaillons mit Champignons — das Fleisch sei heute besonders gut und zart. Gegen Herrn Wunderlichs Ratschläge gab es keinen Widerstand. Während ich bei einem Viertel Edelzwicker auf die Muscheln wartete, lauschte ich Pamela, die uns auseinandersetzte, wie sie sich die Tanzszenen der ›Csárdásfürstin‹ dachte, die unsere Silvester-Premiere sein würde.

Mit ihren schlanken langen Fingern tanzte Pamela gewissermaßen auf dem Tisch, demonstrierte die Tänze, das Auf und Ab, die Gruppierungen so plastisch, daß man das ganze Ballett schon vor sich sah. Sie trank dazu drei Tassen Kaffee und rauchte mit schlechtem Gewissen eine Zigarette, denn sie sollte nicht rauchen. Wegen des Atems. Ihr Atem war wichtig, und das Nikotin zerstörte ihn. Oder was es auch immer war. Sie war nicht mehr die jüngste, und eines Tages würde sie gar nicht mehr tanzen können. Sie würde dann die Tänze einstudieren, Unterricht geben, immer noch genug zu tun haben. Aber sie fürchtete diesen Tag wie den Tod. Nicht mehr tanzen, nicht mehr selbst auf der Bühne stehen, nicht mehr die Primaballerina sein — auch wenn es nur in B. war, auch wenn es nie zu echtem Ruhm gereicht hatte —, es war furchtbar, darauf verzichten zu müssen.

Wir wußten das alle sehr gut, denn manchmal, wenn die Angst vor dem Altwerden, vor dem Aufhörenmüssen sie übermannte, dann trank sie. Trank und rauchte, und dann weinte sie, und wir bekamen das ganze Elend zu hören. Gewiß — keine Frau wird gern alt, jede fürchtet sich vor den ersten Falten, aber was das alles für eine Schauspielerin und noch mehr für eine Tänzerin bedeutet, davon macht sich der Laie keinen Begriff. Diese Frauen sterben hundert Tode schon zuvor, und aller Ruhm, den sie je erlangen können, wird teuer von ihnen bezahlt. Wir trösteten Pamela bei solchen Gelegenheiten immer mit den großen russischen Ballerinen. Gab es nicht Beispiele, wie lange die getanzt hatten? Bis in späte Jahre hinein, und die Wigman oder wer auch immer, wir sammelten Namen für solche Gelegenheiten, aber alles das konnte sie nicht trösten. Wenn sie das heulende Elend bekam, war jeder Trost vergeblich.

»Ich bin schon über dreißig«, rief Pamela dann verzweifelt, »vergeßt das nicht, über dreißig. Das ist das Ende.«

In Wahrheit war sie bereits vierzig, aber davon sprach man nicht.

Briskow, der das natürlich auch genau wußte, hatte daher begonnen, seit zwei Jahren sie immer mehr als Choreographin zu beschäftigen, er hoffte, ihr damit so nach und nach einen neuen Lebensinhalt schmackhaft zu machen. Und darum lauschten wir alle aufmerksam ihren Vorstellungen über die Tänze der ›Csárdásfürstin‹, sagten, wir fänden ihre Ideen großartig, und die Sache mit dem Walzer auf modern — dazwischen eingebaut — sei überhaupt genial, und die Barszene mit dem kessen Duo würde ein Schlager sein.

Das ging so, bis die Muscheln kamen, und noch eine Weile weiter. Ich hatte die Terrine halb geleert — die Muscheln waren köstlich und schmeckten frisch nach Meer —, als eine Pause im Gespräch eintrat, ein wenig Mittagsmüdigkeit meine Tischgenossen überfiel.

Plötzlich fixierte mich Diesterweg über den Tisch, zog auf seine wohleinstudierte Diabolo-Art die rechte Braue hoch und fragte:

»Schmeckt es?«

»Danke. Bestens.«

»Hm.« Pause. Dann: »Weißt du übrigens, daß die Dame Nössebaum wieder in der Stadt ist?«

»Oh!« machte Pamela entzückt, richtete ihre großen schwarzen Augen auf mich und vergaß für eine Weile die ›Csárdásfürstin‹.

»So?« sagte ich und steckte mir die nächste Muschel in den Mund.

Die anderen am Tisch waren uninteressiert. Sie waren noch nicht lange genug in B., um zu wissen, was es mit mir und der Dame Nössebaum auf sich hatte.

»Du weißt es also schon?«

»Wie sollte ich?«

»Du nimmst es so gelassen auf.«

»Und was erwartest du, Mephisto, daß ich tun soll? Von dannen stürzen und vor ihrem Fenster eine Serenade anstimmen?«

»Das wirst du hübsch bleibenlassen. Es war uns allen ein Rätsel, daß Nössebaum dich damals nicht gekillt hat. Diesmal täte er es bestimmt.«

»Das glaube ich nicht. Schließlich hat Dagmar ihn nicht meinetwegen verlassen, sondern wegen eines anderen Mannes.«

»Nachdem ihr beiden dem guten Nössebaum fast zwei Jahre lang Hörner aufgesetzt habt. Gewaltige Hörner. Und die ganze Stadt wußte davon.«

Diesterweg besaß ein geschultes Bühnenorgan. »Nicht so laut, meine Herren«, meinte Herr Wunderlich, der mir Wein nachschenkte.

Wir blickten uns um. Um diese Zeit war der Ratskeller so gut wie leer. Immerhin, in der einen oder anderen Nische konnte ein säumiger Stadtrat sitzen, man übersah das nicht so genau. Herr Wunderlich dafür um so besser.

»Du hast eine altmodische Ausdrucksweise, Erich«, sagte Pamela. »Hörner aufgesetzt! Wer sagt denn heute noch so etwas?«

Dorte kicherte begeistert. »Ich finde das süß. Man kann sich das so schön vorstellen. Ist das der Große mit dem Bart, dieser Nössebaum?«

»Pst, Kinder, seid nicht albern«, mahnte ich. »Es ist wirklich unnötig, die ganze Geschichte wieder aufzuwärmen.«

Diesterweg nickte Dorte zu. »Das ist der Große mit dem Bart, du hast ganz recht, mein Täubchen. Beim Presseball im Februar machte er dir ein Kompliment über deine Raina. Er sagte, du hättest ihm ausgezeichnet gefallen.«

»War auch eine gute Sache von mir«, meinte Dorte selbstgefällig, »das Ding lag mir prima. Und dem hat Julius die Frau weggenommen?«

»Bitte«, sagte ich noch einmal, »laß doch das, Erich. Mußt du unbedingt das grüne Gemüse hier noch aufklären?«

Ich wunderte mich, daß Nössebaum sich die ›Helden‹ angesehen hatte, denn ich hatte den Bluntschli gespielt. Und ich fand es irgendwie großartig von ihm, daß er ins Theater gegangen war, obwohl er damit rechnen mußte, mich auf der Bühne zu sehen.

Mein Verhältnis zu Herrn Nössebaum war irgendwie seltsam. Genaugenommen bestand es gar nicht. Wir hatten niemals ein persönliches Wort miteinander gesprochen. Das erstemal sah ich ihn aus der Nähe bei jenem Gartenfest. Einmal lud Dagmar mich ein zu einer Geburtstagsparty — es war ihr Geburtstag —, und vermutlich tat sie es als eine Art Kraftprobe. Ich wollte erst nicht hingehen, aber natürlich überredete sie mich dazu. Es waren sehr viele Leute da, auch noch einige andere Mitglieder des Stadttheaters, Dr. Briskow vor allem und Diesterweg und Konrad Weickert, und außer der Begrüßung hatte ich mit dem Hausherrn kein Wort gewechselt. Das nächstemal kam ich ins Haus Nössebaum zu einem Kostümfest, das Dagmar während des Karnevals veranstaltete, bei dem Herr Nössebaum überhaupt nicht zugegen war. Einige wenige Male trafen wir in einem Lokal per Zufall zusammen, ohne daß wir, das heißt Herr Nössebaum und ich, dazu kamen, miteinander zu sprechen. Wir suchten wohl auch beide die Gelegenheit nicht dazu. Warum auch.

Ich kann nur sagen, daß ich ihn nicht unsympathisch fand. Ein großer, schwerer Mann mit einem großen, schweren Gesicht, das durch den dunklen Backenbart etwas Gewalttätiges bekam. In seinen Augen sah ich keinen Haß. Immer nur Traurigkeit. So schien es mir jedenfalls.

Dann war Dagmar aus der Stadt verschwunden. Nicht meinetwegen. Wegen eines anderen Mannes.

Eine Zeitlang hatte ich befürchtet, ich könnte nicht länger in B. bleiben.

Nössebaum war ein mächtiger Mann, gute alte Familie, seit Generationen in B. ansässig, er hatte den ganzen Wiederaufbau der Stadt geleitet, alle maßgebenden Leute in B. waren mit ihm bekannt oder sogar befreundet.

Briskow hatte längst ein bedenkliches Gesicht zu meiner Affäre mit Dagmar Nössebaum gemacht. Von ihm war auch die erste Mahnung gekommen.

»Sie können hier nicht bleiben, Bentworth, wenn das so weitergeht. Ich rede meinen Leuten nicht in ihr Privatleben hinein. Aber wenn es sich zu einem Skandal auswächst, kann ich nicht schweigend zusehen. Wenn Sie schon ein Verhältnis mit einer verheirateten Frau haben, kann es nicht etwas diskreter vor sich gehen?«

Das hatte mich geärgert. Ich war diskret gewesen, immer. Aber Dagmar konnte eine Teufelin sein, sie wollte ihren Mann bloßstellen, sie wollte ihn lächerlich machen vor der ganzen Stadt — ich wußte auch nicht, warum. Sie haßte ihn, und auch dafür konnte sie mir keinen Grund angeben. Sollte ich ihretwegen die Arbeit in B. verlieren, die ich so liebte? Das erste Theater, an dem ich so wunderbare Rollen bekam, an dem ich spielen konnte, was ich wollte, unter einem so großartigen Regisseur wie Briskow? Meine Liebe zu ihr war damals längst nicht mehr groß genug, um für sie meine Arbeit zu opfern. Sie war eine Frau, die auf die Dauer enervierend war. Für jeden Mann. Vielleicht nicht für Nössebaum, es hieß, er liebe sie noch immer abgöttisch. Das war seine Sache.

Es kam zu einer wilden Szene zwischen Dagmar und mir, nicht die erste, und danach ging es weiter wie zuvor. Ich bemühte mich weiß Gott um Diskretion. Aber sie kam zu mir, zu Ilsebills Haus, und parkte ihren Ghia genau vor der Tür, stundenlang mit der größten Selbstverständlichkeit. Das verbot ich ihr. Daraufhin ließ sie sich mit dem Taxi herfahren.

»Ich möchte am liebsten nichts mehr davon hören«, sagte ich und tauchte meine Finger in die Fingerschale, die Herr Wunderlich gebracht hatte.

»Das kann ich mir denken«, meinte Diesterweg genüßlich. »Aber es wird dir wohl nicht erspart bleiben.«

Nein, es würde mir nicht erspart bleiben, das wußte ich inzwischen auch schon.

Ich spreche hier über das Theater, über meine Rollen, über meine Arbeit. Ich muß auch über die Liebe sprechen. Über die Frauen.

Die Frauen waren immer wichtig für mich. Seit Janine mich die Liebe gelehrt hatte, seit ich durch Verena den Verzicht erfahren hatte, seitdem sind es viele Frauen gewesen, die mein Leben — ja, was sagt man da am besten? — geteilt haben? Geschmückt haben? Aufregend gestaltet haben?

Nun, alles zusammen, von jedem etwas und immer wieder Neues und doch immer wieder Gleiches. Wenn ich sage, *viele* Frauen, so klingt das nach billiger Aufschneiderei, und daher muß ich es zurücknehmen.

Ich bin kein Don Juan, ich bin keiner, der die Frauen achtlos zusammensammelt und sich an der Quantität erfreut. Berichtigung also: So viele waren es nicht. Und schon gar nicht waren es viele, die eine große Rolle in meinem Leben gespielt haben. Damals in München, als ich Ernst machte mit dem Theater, da war es zunächst nur Arbeit. Und dann kamen in rascher Folge ein paar Abenteuer, über die zu berichten sich nicht lohnt. Das ist nicht häßlich und undankbar, wenn ich das heute sage, aber im Leben eines jeden jungen Mannes gibt es solche Perioden, wo er ein wenig achtlos in seinen Amouren ist.

Verena hätte ich lieben können, wirklich lieben, daran glaube ich noch heute. Sie war etwas Besonders, etwas sehr Bezauberndes. Aber sie verschwand so schnell aus meinem Leben. Es tut mir in gewisser Weise heute noch leid, daß ich nicht versucht habe, die Verbindung zu ihr aufrechtzuerhalten. Aber mein Leben damals war ein Umsturz, eine Revolution. Ich stand selbst zu sehr im Mittelpunkt, da blieb für wirkliche Liebe kein Raum.

Die Frauen sind wichtig für mich, sagte ich. Aber wenn ich es heute genau betrachte, war im Grunde keine so wichtig, daß ich sie für immer hätte behalten wollen. Ich habe nicht geheiratet. Ich hatte nie den ernsthaften Wunsch. In München kannte ich ein Mädchen aus guter Familie. Keine Kollegin, sie hatte nichts mit dem Theater zu tun. Sie hatte ein wenig studiert, war viel gereist und sollte gut verheiratet werden. Sie hieß Margot, war sehr hübsch, sehr verwöhnt, recht intelligent. Ich glaube, sie liebte mich sehr. Ich liebte sie auch. Es war zu jener Zeit, als ich in dummen Boulevardstücken spielte, unsicher Geld verdiente, ständig über meine Verhältnisse lebte. Sie wollte mich heiraten, und wenn ihre Familie darüber in Stücke zerplatzte.

Daß ich nach B. ging, verzieh sie mir nie. Sie begriff nicht, daß ich endlich richtige Rollen spielen wollte. Und daß ich das nur in der Provinz konnte. Daß ich niemals ein Engagement an einer der großen Münchner Bühnen bekam, einfach deswegen, weil ich zu wenig konnte.

Ich sagte damals: »Komm mit!«

Sie sagte: »Bleib hier!«

Ich ging, und sie blieb. Ich habe sie schnell vergessen. Meine ersten großen Rollen in B., die ersten wirklichen Erfolge. Und dann Dagmar Nössebaum.

Ich kann Margot nicht so sehr geliebt haben, wie ich damals dachte. Man täuscht sich leicht in seinen Gefühlen.

*Dame Kobold*

Als ich nach Hause ging an diesem Nachmittag, langsam, erst ein Stück durch den Schloßpark und dann den Ring entlang, erinnerte ich mich an die Zeit vor vier Jahren. Als ich eben nach B. gekommen war. Ich war vierunddreißig Jahre alt, und es war höchste Zeit für mich, daß ich endlich tat, wozu ich mich berufen fühlte: Theater spielen.

Eine meiner ersten Rollen war der Amphitryon. Briskow hatte damals einen Darsteller namens Monk, der mir im Typ ein wenig ähnlich war. Wenn auch wesentlich älter. Er war der Richtige für den Jupiter. Das war für Briskow ein gefundenes Fressen, den Amphitryon zu machen.

Eines der schönsten Stücke, das je geschrieben wurde, das ist meine Meinung. Ich kniete mich mit aller Inbrunst in die Rolle hinein, ich arbeitete wie ein Besessener. Und Kleist ist nicht leicht zu spielen und nicht leicht zu sprechen, das weiß schließlich jeder. Nun – ich schaffte es irgendwie. Es gelang mir, es glückte mir sogar bemerkenswert gut. Das Hauptverdienst daran gebührt Briskow. Er brachte mir zum ersten Male bei, daß ich ein Schauspieler sein konnte.

Ich werde es ihm nie vergessen.

Ich bekam ausgezeichnete Kritiken. Julius Bentworth, so schrieben die Zeitungen, sei ein Gewinn für B., man sähe mit Interesse seinen weiteren Rollen entgegen.

Wie gut das tut! Was für Auftrieb man bekommt! Wie liebte ich meine Arbeit!

Im Dezember gab die Stadt einen Empfang. Den Anlaß habe ich vergessen. Ich wurde das erstemal eingeladen. Dort traf ich Dagmar Nössebaum. Sie war eine Frau, die vollkommen aus dem Rahmen fiel, bildschön, blond, rassig, ein Typ, den man an exklusiven Plätzen der Welt trifft, nicht jedoch als Frau eines Bürgers von B.

Sie fiel mir gleich auf. Alle Männer bemühten sich um sie, so ein bißchen unbeholfen phrasenhaft, wie Männer dieser Art das tun. Daß die anderen Frauen sie nicht mochten, war nicht zu übersehen.

Als ich ihr vorgestellt wurde, sagte sie: »Ich fand Sie großartig als Amphitryon, ich freue mich wirklich, Sie kennenzulernen. Sie sind ganz mein Typ.«

Peng! Das gab es. Mich machte das erstaunliche Bekenntnis verlegen, einige Leute, die es gehört hatten, runzelten die Stirn. Dagmar störte das nicht im geringsten. Sie nahm ihr Sektglas und bugsierte mich von den anderen weg. Blickte nicht rechts noch links, unterhielt sich ausschließlich mit mir. Wo ich herkäme, was ich bisher getan hätte, was ich demnächst spielen würde, ob ich verheiratet sei, und lauter ziemlich unverhohlene Fragen, die ich, fasziniert, wie ich war, ebenso unverhohlen beantwortete.

Dr. Briskow kam schließlich zu uns, mischte sich in unser Gespräch und wich nicht mehr von der Stelle. Später sagte er zu mir: »Vorsicht, Bentworth! Herr Nössebaum ist sehr eifersüchtig.«

»Herr Nössebaum?«

»Der Gatte dieser aparten Dame. Ich würde sagen, er hat Grund dazu. Sie flirtet sehr gern. Und — na, ja, es hat schon manchmal ein wenig Aufsehen um sie gegeben.«

»Ach so«, erwiderte ich und wußte nicht, was ich sonst noch sagen sollte.

Unsere nächste Premiere war ›Dame Kobold‹, ich spielte den Don Manuel, und als ich nach der Vorstellung in die Garderobe kam, wartete auf mich ein Strauß roter Rosen. Auf dem Kärtchen stand: »Sie waren wundervoll, Don Manuel. Ich wünschte mir auch ein Zimmer mit Geheimtür. Dagmar.« Bekanntlich kommt ja die Dame Kobold durch eine geheime Tür so lange ungesehen und unerkannt in das Zimmer des Don Manuel, bis aus den beiden schließlich ein Paar wird. Ich wußte gar nicht, wer das war: Dagmar. Aber ich war sehr stolz. Blumen bekommt man als Mann nicht sehr oft geschickt. Und dazu diese Karte.

Ich zeigte sie Kowarn, mit dem ich damals die Garderobe teilte. Er amüsierte sich königlich. »Die Nössebaum! Was für eine Eroberung. Darauf können Sie stolz sein, mein Lieber. Die Dame hat Stil und Geschmack.«

Ich erinnerte mich an die blonde Dame, die ich kürzlich kennengelernt hatte. Besonders ihre Augen hatte ich im Gedächtnis behalten, schmalgeschnittene grüne Augen, die im ersten Moment kühl und spöttisch blickten und unversehens voller Lockung waren. Dagmar Nössebaum also. Sieh an! Ich grinste geschmeichelt vor mich hin und nahm meine Blumen triumphierend mit nach Hause.

Am nächsten Tag dachte ich darüber nach, was man in so einem Fall als höflicher junger Mann tat. Schauspieler oder nicht, meine gute Erziehung verlangte ihren Tribut. Ich rief also an und bedankte mich.

Wir plauderten sehr nett am Telefon, und sie sagte zum Schluß: »Sie müssen mich einmal zum Tee besuchen.«

Aber da sie keinen Termin nannte, blieb die Einladung in der Luft hängen.

Eine Woche später, bei der Generalprobe zur ›Traviata‹, traf ich sie wieder.

Opern spielen wir etwa fünf bis sechs in der Spielzeit, sie

werden immer sehr sorgfältig vorbereitet, im Notfall mit Gästen besetzt. Briskow hatte damals eine hoffnungsvolle junge Koloratursängerin engagiert, die wollte er einsetzen. Thossen, unser Tenor, ein wenig korpulent für den Alfred, tat sein Bestes, was durchaus anhörenswert war.

Ich hatte mich ungefähr in der Mitte des Parketts auf einen Randplatz gesetzt, und plötzlich — nach dem Trinklied — spürte ich einen leichten Hauch an meiner Wange, und eine Stimme flüsterte: »Das war grausam. Wie er wieder gequetscht hat.« Ich drehte mich um und sah Dagmar Nössebaum, die schräg hinter mir saß. Sie lächelte, ihre Nixenaugen glitzerten im Widerschein des Lichts, das von der Bühne kam. Ehe ich etwas sagen konnte, lehnte sie sich wieder zurück.

Zwischen dem ersten und dem zweiten Akt rauchten wir eine Zigarette im Foyer. Sie erzählte mir, daß sie vor einiger Zeit die ›Traviata‹ in der Scala gehört hätte, und darum sei das eigentlich heute eine Strafe für sie. Ich ärgerte mich über ihren Snobismus. Kein Mensch hatte sie gezwungen zu kommen. Daß wir es nicht so gut konnten wie in Mailand, hätte sie zuvor wissen müssen. Und ich verteidigte unser Theater im allgemeinen und die ›Traviata‹ im besonderen mit Leidenschaft.

Sie hörte mir amüsiert zu, während ihr Blick mich nicht losließ. »Nett, wie Sie an dem Theater hängen, Julius Bentworth. Es gefällt Ihnen also hier bei uns?«

Das täte es, sagte ich mit Nachdruck.

Mitten während des zweiten Aktes ging sie. Sie streifte leicht mit den Fingerspitzen meine Wange, flüsterte: »Addio!« und verschwand.

Ich spürte die flüchtige Berührung noch eine Weile lang. Merkwürdige Frau! Wie kam so etwas nach B.? — Ich versuchte mich an ihren Mann zu erinnern, den Stadtbaumeister, aber ich wußte nicht, ob ich ihn überhaupt kennengelernt hatte. — Was die Frau für Augen hatte! Und dieser ziemlich große, ein wenig laszive Mund mit den spöttischen Winkeln. Wie alt mochte sie sein, Mitte Dreißig mindestens, vermutlich mehr.

Jedenfalls hatte sie es fertiggebracht, mich völlig vom Schicksal Violettas abzulenken, ich hörte die leidenschaftlichen Töne nur noch als Hintergrundmusik. Das war meine zweite Begegnung mit Dagmar Nössebaum. Das nächstemal sah ich sie in der Silvesternacht.

Mein erstes Silvester in B. Man hatte mir vorher genau erzählt, wie das alles vor sich ging, es gab da einen gewissen Ritus, dem sich die Theaterleute offenbar widerspruchslos unterwarfen.

Zuerst die Silvestervorstellung, traditionsgemäß eine Operette, anschließend eine lange Nacht. Zuerst traf man sich im Ratskeller, dann schaute man eventuell bei den Bällen hinein, in jedem der beiden großen Hotels gab es einen Ball, wovon der im Heinrichshof der feudalere sei, sodann durfte man nicht versäumen, im Laufe der Nacht die Tommy-Bar zu besuchen — B.s heißestes Nachtlokal, genaugenommen sein einziges —, dort träfe man in dieser Nacht auch die Töchter aus besten Familien gänzlich unbehütet, und schließlich und endlich müsse man sich zu guter Letzt im Taubenstüberl einfinden zu Hühnersuppe oder marinierten Heringen, beides gäbe es dort in Vollendung, und auch dort träfe sich in dieser Nacht nur das beste Publikum.

»Das machen wir alles«, hatte mir Heidi angekündigt, »nix lassen wir aus. Ich kann die ganze Nacht bummeln, morgen habe ich spielfrei.«

»Ich nicht, ich hab' Nachmittagsvorstellung.«

»Das schaffst leicht. So ein gesunder Bursch wie du.«

Heidi war unsere Operettensoubrette, mit der ich mich recht gut angefreundet hatte.

Wir spielten die ›Fledermaus‹, keine Neuinszenierung, sondern für Silvester extra hervorgeholt und aufpoliert und eigentlich nur wegen Weickert als Frosch. Das gäbe es nur einmal auf der Welt, hatte man mir erzählt, nicht am Broadway bekäme man so etwas geboten.

Konrad Weickert, dies zur Erklärung, ist unser großer Charakterdarsteller, ein Schauspieler höchster Klasse, hinreißend an manchen Abenden, weniger gut, wenn der große Katzenjammer ihn überkommt. Damals wußte ich noch nichts Näheres über ihn und sein Schicksal, das voller Tragik war. Ich wußte nur, daß er gelegentlich viel trank, was ihn unberechenbar machte, dann geriet er in dumme Geschichten hinein, fuhr seinen Wagen an eine

Mauer, krakeelte mit Polizisten oder beleidigte einen Stadtrat, prügelte sich in obskuren Kneipen mit obskuren Gestalten und stritt sich sogar mit Briskow. Letzteres hatte ich ganz am Anfang meiner Zeit in B. einmal erlebt und verständlicherweise keinen günstigen Eindruck von Weickert gewonnen. Auch hatte es mich gewundert, mit welcher Nachsicht Briskow das hinnahm. Später verstand ich, warum. Weickert war ein genialer Künstler und dabei ein unglücklicher Mensch. An die größte und hervorragendste Bühne hätte er gehört, aber er saß in B. und würde in B. bleiben.

Ihn auf der Bühne zu sehen war immer ein Gewinn, selbst wenn er betrunken war. Ich habe viel von ihm gelernt. Die Kollegen erzählten Wunderdinge von seinem Faust, den er vor Jahren einmal gemacht hatte. In dieser Rolle bekam ich ihn leider nie zu sehen.

So etwas wie der Frosch, das machte ihm natürlich Spaß, da machte er eine Sonderschau daraus, improvisierte auf Teufel komm raus, spielte ein ganzes Stück für sich allein, und Briskow, der sonst auf strenge Spieldisziplin hielt, ließ ihn gewähren, er wußte, daß alle, die im Theater waren — das Publikum genauso wie die Kollegen und sogar die Bühnenarbeiter —, nur auf Weickerts Auftritt warteten. Sein Frosch, so hatte man mir glaubwürdig versichert, sei noch jedesmal eine Originalleistung gewesen, er wiederholte sich nie in seinen Gags und Witzen.

Darum also die ›Fledermaus‹ am Silvester. Heidi, mein reizender neuer Flirt, würde die Adele singen. Sie war ein süßes Ding, ein Kätzchen, zierlich, zärtlich und anmutig, das Publikum liebte sie uneingeschränkt. Auch wenn ihre Stimme nicht allzu kritisch betrachtet werden durfte. Sie gestand mir, daß sie jedesmal einen Riesenbammel vor der ›Fledermaus‹ habe.

»Die Adele, weißt, das geht ein bisserl über meine Verhältnisse. Eigentlich sollt' ma da richtig singen können. So ganz richtig, weißt. Mir ist jedesmal ganz schwummert. Die Koloraturen, mei, ich weiß nie, klappen's oder klappen's net. Ich komm' mir nie so verlassen auf der Bühne und auf der Welt vor wie als Adele.«

Davon merkte man nichts. Sie sah entzückend aus, sie spielte genauso entzückend und kam auch stimmlich einigermaßen über die Runden. Man wußte schließlich, daß sie keine Opernsängerin war. Man hätte die Adele ja mit dem neuen Koloratursopran besetzen können, aber keiner wollte auf Heidi verzichten, schon gar nicht das Publikum, auch wenn die Koloraturen mal ein bißchen wackelten.

Ich saß in der Mitgliederloge, angetan mit einem mitternachtsblauen Smoking — den besaß ich von meiner Boulevardtheaterzeit her —, um mich herum war es gesteckt voll von Kollegen und Kolleginnen, alle, die nicht mitspielten, denn bei der Silvester->Fledermaus< war es üblich, daß die meisten sich in der Statisterie oder im Chor mit herumdrückten, nur aus Spaß an der Freud'.

Dicht neben mir saß Lizzy, unsere damalige Naive, der wir gelegentlich den Mund zuhalten mußten, weil sie immer mitsingen wollte, leicht beschwipst, wie sie schon war.

Plötzlich kam etwas über mich, was ich noch nie erlebt hatte, ein seliges, überschwengliches, fast euphorisches Gefühl. Es war, als schwebe ich, als sei ich unversehens mitten im siebenten Himmel angekommen, mitten im Paradies, wo es am leuchtendsten und vollkommensten ist, und wenn einer gekommen wäre und gesagt hätte: stirb!, dann hätte ich nur antworten können: mit Vergnügen. Schöneres oder Beglückenderes konnte nicht mehr kommen. Werd' ich zum Augenblicke sagen ... und so weiter und so weiter.

Warum? Woher das kam? Ich weiß es nicht. Es waren nicht die paar Gläser Sekt, die ich vor der Vorstellung mit den Kollegen in den Garderoben getrunken hatte — ich konnte schon immer viel vertragen und spürte so etwas gar nicht. Es war etwas anderes, und damals wußte ich nicht, was es war. Aber wenn ich darüber nachdenke: Ich hatte das erstemal das Gefühl, richtig dazuzugehören. Ich war in dem ersehnten Leben angelangt, von dem ich immer nur geträumt hatte. Die Welt da draußen würde von nun an für mich nur eine Scheinwelt sein. Die wirkliche Welt war hier, und sie war tausendmal schöner und echter als das, was die anderen für Wirklichkeit hielten. Die bunten Kulissen da unten, die Sessel mit dem verschlissenen roten Samt, das grelle Licht, die schmutzigen Bretter von Prinz Orlowskis Palais und sie alle, die da unten sangen und lachten und spielten, als gäbe es außer dieser Welt, in der sie gerade lebten, keine andere — sie waren meine Brüder und Schwestern.

Lizzy neben mir, die albern kicherte, die anderen, die um mich herum atmeten und sich blödsinnige Witze zuflüsterten, sie waren meine Familie, ich liebte sie so sehr, sie gehörten zu mir wie nichts sonst auf der Welt, denn uns verband etwas, was keiner, der draußen lebte, mit uns teilen konnte: Über uns war das Zauberdach. Wir waren die Auserwählten, die glücklichsten Kinder dieser Schöpfung.

Ich war so erregt, so selig, daß mir Tränen in die Augen traten und meine Kehle eng wurde. Wie gut, daß ich es gewagt hatte! Wie gut, daß ich hier angelangt war! Und wenn ich es mit einem Leben in Erniedrigung und voller Mißerfolg bezahlen mußte, es würde nicht zu teuer bezahlt sein.

Heute, wenn ich dies niederschreibe, kühlen Blutes und klaren Sinnes, kann ich kein Wort davon zurücknehmen. Was ich damals empfand, empfinde ich noch heute, auch wenn man natürlich nicht pausenlos in Ekstase leben kann, ein Zustand übrigens, der meiner Wesensart durchaus nicht entspricht. Aber die tiefe Beglückung über meine Arbeit, über die Welt, in der ich lebe, ist geblieben. Der Ärger des Bühnenalltags — und Alltag haben wir natürlich auch, mehr als genug — hat nichts an meinem Gefühl ändern können: Was ich getan habe, war richtig. Ich würde es noch einmal tun.

Seltsam allerdings kommt es mir vor, daß ich dieses Hochgefühl erstmals an jenem Silvesterabend empfand. Ausgerechnet bei der ›Fledermaus‹, nicht etwa bei einem Werk eines großen Dichters, dargebracht von erstklassigen Schauspielern. Nein, eine sicher nur mittelmäßige ›Fledermaus‹-Aufführung war es, die diesen Überschwung in mir erzeugte. Aber die Verzauberung ist immer da, sie kann sich beim dümmsten, billigsten Lustspiel genauso einstellen wie bei den großen Tragödien der Weltliteratur.

Doch zurück zur Silvesternacht.

Ich wußte nicht gleich, was anfangen mit meiner Seligkeit, ich konnte schließlich nicht weinen wie ein Kind, ich konnte nicht jubeln und schreien, ich griff nach Lizzys Hand, preßte sie, daß Lizzy quietschte, dann nahm ich ihren Kopf und küßte sie auf den Mund.

»Uii!« machte sie entzückt. Die anderen lachten, und dann sangen wir das Champagner-Ensemble mit.

Im dritten Akt, als Weickert seinen großen Auftritt hatte, lachten wir uns scheckig. Er war in Hochform, und es war wirklich einmalig. Als Thossen, der den Gefängnisdirektor spielte, mit auf der Bühne war, konnte auch er vor Lachen zeitweise nicht weiterspielen. Briskow sprach nach der Vorstellung einen sanften Tadel aus, wohl mehr der Form halber, denn schließlich hatte er miterlebt, wie großartig das Publikum sich amüsiert hatte.

Dann waren wir wieder in den Garderoben, es wurde getrunken, geredet, gelacht, ich schien nicht der einzige zu sein, der an diesem Abend in einer gewissen Überdrehtheit war, sie waren alle irgendwie außer sich. Heidi fiel mir um den Hals, küßte mich, fragte: »Ging's? Wie war ich? Hast den Kiekser gehört bei der ersten Arie? Hab' ich dir gefallen?«

»Du warst zauberhaft«, sagte ich natürlich. Und Lizzy schmollte ein wenig, denn sie war an meiner Seite geblieben und gab mich nur ungern an Heidi zurück.

Nach und nach verfügten wir uns in den Ratskeller hinüber, wo bereits tolle Stimmung herrschte, wir bekamen das Menü nachserviert, wir bekamen einen herrlichen Wein, und Heidi, die schon nach der Vorstellung hastig ein paar Gläser getrunken hatte, bekam einen reizenden Schwips.

Als es zwölf Uhr schlug vom Heinrichsdom, lagen wir uns wechselseitig in den Armen, liebten uns allesamt so innig und wünschten uns alles Glück der Welt und gute Rollen dazu.

Eine halbe Stunde später hatte Heidi den Wunsch, ins Hotel Heinrichshof hinüberzugehen, sie hatte einem Verehrer versprochen, mal vorbeizuschauen, und überhaupt müsse man mal das Lokal wechseln. Der Verehrer war ein reicher Textilfabrikant, der heftig und hoffnungslos in Heidi verliebt war, er schickte ihr Riesenblumenarrangements, sie bekam die schönsten Stoffe von ihm geschenkt, und gelegentlich, wenn seine Frau verreist war, lud er sie zu einem Souper im Heinrichshof ein.

»Ich muß ihm schon den Anfang des Jahres ein bisserl versüßen«, meinte Heidi, als wir die paar Schritte zum Hotel hinübergingen, »a Busserl muß er haben, seine Frau is greislich, weißt. Bist lieb, gelt? Brauchst net eifersüchtig sein, is eh nix dahinter. Aber warum soll man net lieb zu seinen Mitmenschen sein, grad an Silvester. Schaust dir derweil die Hautevolee an, und hernach gehn wir in die Tommy-Bar.«

Ich zog mich also verständnisvoll zurück und ließ Heidi für eine kleine Weile ›lieb zu einem Mitmenschen sein‹.

Die verschiedenen Räume des Hotels Heinrichshof — Halle, Restaurant, Grill-Room, Café, Bar und noch ein paar Nebenzimmer — waren prächtig geschmückt, es spielten drei Bands, die Leute von B. hatten sich fein gemacht und waren in bester Stimmung.

Der Heinrichshof ist ein sehr gutes Hotel, geradezu ein Luxushotel, und man mußte staunen, was in B. alles geboten wurde. Ich war erst einmal hier gewesen. Meine Gage erlaubte es mir nicht, in solchen Lokalitäten zu speisen. Obwohl ich — das gebe ich gern zu — immer einen Hang zum luxuriösen Leben hatte. Was mochte es kosten, den Silvesterabend hier zu verbringen, zusammen mit einer Frau? Nun, auf jeden Fall mehr, als ich mir leisten konnte.

Als ich unter der Tür zur Bar stehenblieb und überlegte, ob ich wohl zwischenhinein einen Whisky trinken könnte, sah ich Dagmar Nössebaum. Sie saß mit einer Gesellschaft an einem kleinen Tisch, stand gerade auf und tanzte mit einem älteren, etwas dicklichen Herrn. Ich überlegte, ob das wohl ihr Mann sein könne.

Sie hatte mich auch gesehen, aber auf meine kleine Verbeugung in ihrer Richtung reagierte sie nicht. Also wohl doch ihr Mann. Ich schlängelte mich zur Bar durch, hatte Glück, daß zwei Hocker frei wurden, und setzte mich. Ich konnte den Raum teilweise überblicken, aber wohin ich meine Blicke auch lenkte, sie landeten immer wieder bei dieser faszinierenden Frau. Sie trug ein Kleid aus bläulichem Grün, mit Pailletten bestickt, lang bis

69

zum Boden, sie wirkte schlank und biegsam wie eine junge Göttin. Ihr blondes Haar, kunstvoll frisiert, war hochgesteckt und machte das schmale Gesicht noch rassiger. Energisch wandte ich mich zur Bar zurück und bestellte einen zweiten Whisky, einmal konnte man leichtsinnig sein.

»Für mich auch einen«, sagte sie plötzlich hinter mir und schob sich auf den Hocker neben mir. Ihr nackter Arm streifte meine Hand. »Viel Glück, Julius.«

Mein Herz klopfte, als hätte noch nie eine Frau neben mir gesessen. Ich weiß nicht, was an einem anderen Abend passiert wäre, ob ich ihr widerstanden hätte. An diesem Abend, in dieser Nacht jedenfalls wußte ich sofort, daß ich verliebt in sie war. Und sie schien mir das anzusehen.

Sie nippte nur kurz an ihrem Whisky, fragte dann: »Tanzen wir?«, und als ich aufstand und mich zu der kleinen Tanzfläche wandte, sagte sie: »Nicht hier.« Sie nahm meine Hand, zog mich hinüber in den Saal, wo wir schweigsam zu tanzen begannen. Als ich den Arm um sie legte, spürte ich sie von Kopf bis Fuß und begehrte sie.

»Sie haben mir noch nicht Glück gewünscht, Julius«, sagte sie nach einer Weile.

»Ich wünsche Ihnen alles Gute, natürlich, alles, alles Gute«, brachte ich zustande.

»Danke«, sagte sie und küßte mich auf den Mund. Ich hielt sie sofort fest, zog sie dicht an mich und küßte sie, lange und viel zu heftig für den Ort, an dem wir uns befanden. Bis sie den Kopf zurückbog und mich mit den Nixenaugen irritierend ernst ansah. Sie lächelte nicht. Und sie verschwendete keinen Blick an die Umwelt. Es war ihr egal, ob jemand diesen Kuß gesehen hatte.

Dann sprachen wir nicht mehr, wir tanzten weiter, diesen Tanz und den nächsten, dann gingen wir zurück an die Bar, tranken unseren warm gewordenen Whisky, bestellten neuen, tanzten wieder, die Wangen aneinandergeschmiegt, diesmal in der Bar. Und an ihren Mann, der vermutlich mit an dem Tisch in der Ecke saß, dachte ich überhaupt nicht und sie offenbar auch nicht.

Aber Herr Nössebaum war nicht da. Sie sagte auf einmal: »Mein Mann ist verreist. Ich bin mit Freunden hier.«

»Verreist? Ausgerechnet am Silvester?«

»Es ergab sich so«, sagte sie gleichgültig. »Er ist in Schweden. In den nächsten Tagen beginnt dort eine Tagung, irgendwelche Baugeschichten. Er ist etwas früher gefahren, er hat Freunde dort.«

In Schweden, wie ich später erfuhr, hatte Herr Nössebaum seine Frau kennengelernt. Dagmars Mutter war Schwedin, sie hatte auch noch Verwandte dort. Und Herr Nössebaum hatte den Wunsch geäußert, daß sie ihn auf dieser Reise begleiten solle. Aber sie hatte abgelehnt, sie ziehe es vor, nach St. Moritz zu fahren über Silvester. Darüber hatten sie sich gestritten, nichts Ungewöhnliches in ihrer Ehe, wie sie mir erzählte — später natürlich erst —, und dann war er allein gefahren.

Und sie war nicht nach St. Moritz gefahren, sondern in B. geblieben.

Heidi stöberte mich nach einer Stunde etwa an der Bar auf. »Da bist ja! Komm, wir gehen. Ich bin fertig.«

Ich hatte sie ganz vergessen, ich hätte die ganze Nacht so mit Dagmar verbringen können, tanzen, sie im Arm halten, trinken und wenig sprechen.

Dagmar lächelte kühl: »Was habt ihr denn noch vor?«

Ich schwieg, denn ich wollte nicht gehen. Und Heidi sollte mich in Ruhe lassen.

»Jetzt gehen wir zu Tommy«, meinte Heidi unbekümmert. »Und dann werden wir weitersehen.«

»Viel Spaß noch«, sagte Dagmar und schien durchaus nicht beleidigt zu sein, daß ich sie verlassen sollte.

»Darf ich Sie zu Ihrer Gesellschaft zurückbringen, gnädige Frau?« fragte ich formell.

»Danke, nicht nötig. Ich find' schon selber hin. Also, alles Gute noch mal.« Und ging.

»Die ist schick, net wahr?« meinte Heidi, ihr nachblickend. »Eine tolle Frau. Aber paß auf, Julius, das ist eine Gefährliche. Das ist eine von denen.«

»Was für eine? Was heißt das?«

71

»Na ja, eben so. Eine von denen, die Feuer machen.«

Näher erklärte sie sich nicht, sie war noch ein bißchen mehr beschwipst als zuvor und schwankte ein wenig, als wir den Heinrichshof verließen.

»Ich muß was Ordentliches essen«, sagte sie.

Aber das nützte auch nicht mehr viel, zwar bekam sie bei Tommy einen Geflügelsalat, aber die Kollegen waren da, und alle tranken und waren vergnügt, dann trank sie Kaffee, aber alles half nichts, und schließlich flüsterte sie mir zu: »Is so schad', aber ich glaub', ich muß heimgehen. Mir wird bald schlecht.« Ich bestellte ein Taxi und brachte sie nach Hause, sie wohnte nicht sehr weit entfernt, sie küßte mich zum Abschied auf die Wange und sagte: »Sei net bös'. Ich vertrag' halt net viel.«

»Ich finde, es war eine ganze Menge, wenn man alles zusammenrechnet.«

»Ja, net wahr? Und Vorstellung hab' ich schließlich auch gehabt. Is eh schon vier, Zeit, daß ich schlaf'. Weißt, und ich schlaf' besser allein in dem Zustand. Bist net bös', gelt? Gute Nacht, Julius.«

Ich wartete, bis sie im Haus war, und überlegte dann, was ich tun sollte. Das Taxi hatte ich bereits weggeschickt. Zurück zu Tommy? Auch nach Hause und schlafen? War wohl das vernünftigste. Nachmittags hatte ich Vorstellung.

Langsam schlenderte ich davon, die Hände in den Manteltaschen; es war eine kalte, sternklare Nacht, Schnee war jedoch nicht zu sehen.

Ich dachte an München zurück. Dort lag sicher Schnee, im vergangenen Jahr hatte ich mit Margot Silvester gefeiert, ich war damals ohne Engagement, ich war unglücklich. Aber jetzt war ich glücklich, und dann dachte ich nur noch an Dagmar Nössebaum. Nach Schlafengehen war mir nicht zumute. Das Taubenstüberl fiel mir ein.

Ich war noch nie dort gewesen, aber ich wußte, wo es war. Direkt am Rande der Innenstadt in einer kleinen Gasse, keine besonders gute Gegend. Eine ganz bescheidene Kneipe sollte es sein, wo bescheidene Leute ihr Bier tranken. Wieso und warum es in das Nachtleben von B. einbezogen worden war, wußte ich nicht, vielleicht wegen der sagenhaften Hühnersuppe und den marinierten Heringen, die von seltener Güte sein sollten, vielleicht auch, weil sie es dort mit der Polizeistunde nicht so genau nahmen. Genau wußte man ja nie, warum manche Lokale Erfolg hatten und andere nicht, es ist ein gewisses *Je-ne-sais-quoi*, wie bei Frauen und bei der Kunst. So vor mich hin meditierend, ein wenig müde, aber in keiner Weise betrunken, wanderte ich quer durch die nächtliche Stadt.

Im Taubenstüberl wurde ich mit Hallo empfangen. Zuerst wäre ich am liebsten wieder umgekehrt. Nach der frischen Winterluft, nach meinen besinnlichen Gedanken, erschien es hier drinnen unerträglich. Ein schmaler, langer Raum, je ein Tisch auf beiden Seiten, es war halbdunkel, es war voll Rauch und schlechter Luft und Lärm. Die Kollegen saßen an einem langen Holztisch, es sah aus, als säßen sie übereinander. Aber sie stopften mich noch dazwischen, kaum saß ich, da hatte ich Lizzy auf dem Schoß, die sich fest an mich preßte und liebevoll abküßte.

»Jul-Jul-Julius! Da bist du ja! Süßer!« Kuß. »Liebling!« Kuß. »Guten Rutsch!« Kuß. »Hast du die Heidi abgeschoben?« Kuß. »Fein, bleibst bei mir.« Kuß. So ging es weiter. Die anderen lachten, überschrien sich gegenseitig, und ich wünschte mich fort. Olga Hausen, Mütterrollen, langjähriges Mitglied unserer Bühne, schob Lizzy energisch beiseite.

»Nun laß den Jungen doch mal zur Besinnung kommen. Lizzy, du bist ein gräßlicher Fratz.«

»Aber ich mag ihn doch so gern.«

»Er dich sicher nicht.«

»Warum denn nicht? Magst mich nicht, Julius?«

Hin und her, Reden, Lachen, ich gab ebenfalls Unsinn von mir, bekam Hühnersuppe, kochendheiß und sehr gut, ich bekam später Bier und Schnaps, und nach und nach gelang es mir, rundherum ein paar Gesichter zu erkennen.

Dann sah ich Dagmar. Sie saß an dem Tisch uns gegenüber, auch in einem großen Kreis, und sie sah zu mir herüber. Ihr Haar war nicht mehr so kunstvoll frisiert, eine Strähne hatte sich gelöst und hing ihr in die Stirn, sie hatte einen Arm aufgestützt, hielt eine Zigarette zwischen den Fingern, ich sah ihr Gesicht nur

73

wie durch einen Schleier, ich fand sie unbeschreiblich schön und wollte sie im Arm haben. Auch da drüben redeten und lachten und tranken sie, sie beteiligte sich kaum daran, unsere Blicke trafen sich immer wieder. Ich weiß nicht, wie lange das ging, eine halbe Stunde vielleicht, dann stand sie auf, sagte ein paar Worte zu ihrer Gesellschaft, drängte sich heraus, stand direkt vor unserem Tisch, dicht vor mir, und sah mich an. Und dann ging sie langsam nach hinten und verschwand. Ich wartete, daß sie wiederkam. Aber sie kam nicht. Hatte ihr Blick bedeutet, ich solle ihr nachkommen?

Ich zögerte noch eine Weile, dann schob ich mich auch von meinem Platz und folgte ihr.

Im Hintergrund des Raumes befand sich die Theke, wo der Wirt und seine Frau im Schweiße ihres Angesichts werkten. Auf der einen Seite ging es zu den Toiletten, auf der anderen Seite war eine Tür, die in die Küche führte. In der Ecke hinter einem Vorhang hingen und lagen unsere Mäntel in einem wilden Durcheinander.

»Gibt es hier noch einen Ausgang?« fragte ich.

»Hier, durch die Küche. Und dann durch den Hof.«

Ich zahlte meine Zeche, was den Wirt nicht weiter verwunderte, offenbar kam es öfter vor, daß einer sich still verdrückte. Außerdem war der Ausgang durch den Hof, wie ich noch erfahren sollte, an gewöhnlichen Tagen nach der Polizeistunde der übliche Ausgang.

Ich kam auf einen dunklen Hof, dann durch eine Toreinfahrt, und hier, im Schatten des Tores, stand Dagmar, fest in ihren Pelz gehüllt, das Haar unbedeckt.

»Das hat ja eine Ewigkeit gedauert.«

Ich antwortete nicht, wollte nicht eingestehen, wie dumm ich war, daß ich ihren Blick nicht verstanden hatte. Ich schob meine Hand unter ihren Arm, und wir gingen rasch fort.

»Mir ist kalt«, sagte sie nach einer Weile.

Ich blieb stehen, nahm sie in die Arme und küßte sie. Küßte sie mit leidenschaftlicher Wildheit, ich wußte gar nicht, was auf einmal in mir vorging.

»Besser«, sagte sie, als ich sie losließ. »Bis auf die Füße ist mir nicht mehr kalt.«

Ich blickte auf ihre Füße. Sie trug schmale silberne Pumps, und natürlich waren das keine Schuhe, um damit in einer Winternacht oder besser an einem Wintermorgen herumzulaufen.

»Ich werde dich tragen«, sagte ich und machte wirklich Anstalten, sie aufzuheben.

Sie schüttelte den Kopf. »Das geht zu langsam. Dort drüben um die Ecke stehen meistens Taxis.«

Ich wußte im Moment wirklich nicht, wo ich mich befand, die Gegend war mir fremd, die Stadt überhaupt, ich selber war mir fremd. Ich fragte nichts mehr, stieg hinter ihr in ein Taxi und stieg aus, als das Taxi hielt.

Wir waren am Ring, das sah ich, ein Vorgarten, ein schönes breites Haus etwas zurückgelegen, über dem Eingang brannte die Lampe. Ich fragte immer noch nichts, folgte ihr durch das Gartentor, durch die Haustür, sie nahm meine Hand und flüsterte: »Sei leise!« Dann führte sie mich, ohne Licht zu machen, wieder bis zu einer Tür, schob mich hinein, es wurde hell, und ich fand mich in einem riesigen Raum, in einem geradezu bombastischen Raum, der die ganze Breite des Hauses einnehmen mußte und mit ausgesuchtem Luxus eingerichtet war. Angefangen vom Kamin bis zur gotischen Madonna war alles da, was unsere Zeit den Reichen bietet, doch nichts von Parvenügeschmack, alles war von kultivierter Schönheit.

»Toll!« sagte ich. Und dann fiel mir endlich ein, daß diese Frau ja einen Mann besaß und daß er der Stadtbaumeister war, ein hochangesehener und mächtiger Mann in dieser Stadt. Und das war also sein Haus.

»Wohnst du hier?« fragte ich töricht.

Sie ging langsam durch den Raum, ließ den Nerz achtlos zu Boden gleiten, es war ein bißchen wie im Film, so wie der kleine Moritz sich das vorstellt, sie sagte über die Schulter: »Natürlich. Was dachtest du, wo ich hingehe?«

»Aber . . .«

Da stand sie und lächelte.

»Aber?«

75

Ich hob hilflos die Schultern. In einem Haus wie diesem gab es doch sicher Personal. Und überhaupt. Ihr Mann war verreist, so hatte sie gesagt, aber genausogut konnte er es sich anders überlegt haben und zurückgekommen sein.

Sie betrachtete mich schweigend, immer noch lächelnd, dann ging sie zu einem hochbeinigen geschnitzten Schrank, öffnete beide Flügel, und eine innenbeleuchtete Hausbar rollte lautlos heraus.

»Was willst du trinken?«

Ich mochte gar nichts mehr trinken. Ich hatte genug getrunken in dieser Nacht.

»Ich mag auch nichts mehr. Wenn Sophie aufgestanden ist, lasse ich uns Orangensaft machen. Nehmen wir uns nur eine Flasche Wasser mit.«

Sie griff nach einer Flasche Mineralwasser, die im Kühlfach stand, stellte zwei Gläser auf ein Tablett. »Wie spät ist es denn? Bald sechs. Da steht Sophie für gewöhnlich auf. Gehen wir nach oben.«

»Nach oben?« Ich mußte wohl ein sehr dummes Gesicht gemacht haben, denn sie kam zu mir und lachte.

»Möchtest du lieber nach Hause gehen?«

»Ich . . . ich weiß nicht.«

»Du weißt nicht? Bist du auf einmal so zaghaft? Ich dachte, du würdest mir die Füße ein wenig wärmen. Ich habe immer so kalte Füße. Wärm sie mir, und dann kannst du gehen.«

»Dagmar!« Zum erstenmal sprach ich ihren Namen aus, er klang fremd aus meinem Mund, meine Stimme war rauh. Ich vergaß den Stadtbaumeister, anwesend oder nicht, dachte nicht an andere Personen, die in diesem Filmhaus noch atmen mochten, griff nach ihr, jetzt war kein Pelz mehr da, ihre nackten Arme, ihre nackten Schultern — und ihr Mund war nicht kalt.

Wir verließen die Filmdekoration, ich stieg neben ihr eine breite teppichbelegte Treppe hinauf; ihr Ankleidezimmer, ihr Schlafzimmer waren genauso prächtig und so aufwendig wie der Raum unten; dieser Stadtbaumeister mußte sehr reich sein. Aber dann vergaß ich auch das Haus.

Sie ließ mich allein auf dem dicken weißen Teppich stehen,

allein vor dem breiten niederen Bett, ich stand da, die Wasserflasche in der Hand, und dachte, daß mir so etwas noch nie passiert sei.

Als sie ins Zimmer zurückkam, war sie nackt. Sie war schön, sie trat vor mich hin, legte den Kopf in den Nacken, ihre Augen glitzerten, sie sagte: »Und nun zeig mir, ob du mich wärmen kannst.«

Als ich erwachte, war es heller Tag. Ich hatte ein Geräusch gehört und wußte im ersten Moment nicht, wo ich war. Dagmar lag mit dem Kopf auf meiner Schulter, mein Arm um sie, ich hatte sie auch im Schlaf festgehalten.

Wieder das Geräusch, ein leises Kratzen an der Tür. Dagmar regte sich, ihre Lippen küßten meine Brust, sie dehnte sich, dann hob sie den Kopf.

Ihre Augen waren schlafverhangen, sie legte einen Finger auf die Lippen, dann rief sie: »Bist du es, Liebling? Geh hinunter, ich komme bald.«

Ich wagte kaum zu atmen. Was passierte nun? Und wie spät war es eigentlich? Mein Hals war ausgedörrt.

Dagmar schien ganz unbefangen. Sie setzte sich auf, fuhr sich mit allen zehn Fingern durchs Haar, stöhnte ein wenig. »Ich bin nicht ausgeschlafen, das hasse ich. Aber ich muß nach Thomas schauen. Bleib liegen. Schlaf noch ein wenig. Ich komme dann wieder herauf.«

Sie stieg aus dem Bett, ging lässig, nackt und schön, durch den Raum, ergriff einen blaßblauen Morgenmantel aus Seide, hüllte sich hinein und schickte sich an, das Zimmer zu verlassen.

»Warte!« flüsterte ich. »Was — was geschieht mit mir?«

»Mit dir? Du schläfst noch ein bißchen. Und dann bringe ich dir Frühstück.«

»Wer ist Thomas?«

»Mein Sohn. Er will mir ein gutes neues Jahr wünschen. Ich darf ihn nicht so lange warten lassen.«

Ihre Stimme war zärtlich und weich.

Sie hatte einen Sohn!

»Aber ich . . .«

»Von dir will niemand etwas. Hier kommt keiner herein. Schlaf ruhig weiter.«

Sie ging und ließ mich voller Verwirrung zurück. Mag sein, daß es Männer gibt, die an solche Situationen gewöhnt sind. Ich war es nicht. Mein einziges Erlebnis mit einer verheirateten Frau war sehr kurz gewesen, ich hatte es ganz vergessen. Eine Schauspielerin, mit der ich zusammen spielte, der Mann hatte einen anderen Beruf, er arbeitete am Tage. Wir trafen uns einige Male, bei mir natürlich, und sie war immer sehr nervös und ängstlich.

Immerhin — ich befand mich hier an sehr exponierter Stelle. Wenn der Stadtbaumeister wirklich verreist war, na gut, aber im Hause war ein Sohn und — vielleicht noch mehr Kinder und eine Sophie, fiel mir ein, war auch da. Eine sehr prekäre Situation. Ich hielt Ausschau nach meinen Sachen. Die Hose lag auf dem Boden, das Smokingjackett und das Oberhemd auf einem kleinen Empiresofa. Meine Schuhe sah ich überhaupt nicht. Lautlos krabbelte ich aus dem Bett, ging zum Fenster und spähte durch einen Gardinenschlitz. Ein Garten im Sonnenschein. Kein Mensch zu sehen.

Wie spät war es wirklich? Immerhin hatte ich heute Nachmittagsvorstellung. Ich fahndete eine Weile nach meiner Uhr, fand sie auf einem kleinen Tischchen neben einem mannshohen Spiegel . . . kurz vor elf.

Wie kam ich aus dem Haus? Am hellen Vormittag, im Smoking, aus dem Hause des Herrn Nössebaum, der verreist war. Mitten auf dem Ring. Und hier stand ich splitternackt im Schlafzimmer von Herrn Nössebaums Frau. Hatte sie eigentlich die Tür verschlossen? Sicher nicht.

Ich sauste zum Bett zurück, sprang hinein und zog mir die Decke über die Ohren.

Nach einer guten halben Stunde, die mir wie eine Ewigkeit vorkam, kehrte Dagmar zurück. Sie sah frisch und vergnügt aus und lächelte mir liebevoll zu. In der Hand trug sie ein großes Glas Orangensaft.

»So, mein Schatz, das trinkst du jetzt. Inzwischen lasse ich uns ein Bad ein, und dann bekommst du Frühstück. Was willst du lieber, Kaffee oder Tee?«

Ich beschloß, mich über nichts mehr zu wundern, und trank mit einem Zug den Orangensaft. Herrlich! Sie verschwand durch eine seitwärtige Tür, ich hörte Wasser rauschen, und der herbe Duft von Badesalz machte mich vollends munter.

Sie kam wieder herein, diesmal ohne Morgenrock, das Haar mit einem weißen Tuch hochgebunden. Trotz der durchbummelten Nacht, trotz des fehlenden Schlafes sah sie hinreißend aus. Ich sagte es ihr.

Sie lachte glücklich. »Das macht die Liebe. Sie ist immer noch die wirkungsvollste Kosmetik. Du liebst mich doch?«

»Ich liebe dich. Aber ich mache mir Sorgen, was aus mir werden soll. Muß ich aus dem Fenster springen? Es ist nicht sehr hoch, aber dann bin ich auch erst im Garten.«

»Du kannst durch die Tür gehen. Es täte mir leid, wenn du dir ein Bein brichst. Deine Fechtkunststücke würden darunter leiden, und das wäre schade. Es bereitet mir ein unbändiges Vergnügen, dich fechten zu sehen. Dreimal habe ich mir die ›Dame Kobold‹ deswegen angesehen.«

»Dreimal? Wirklich?« fragte ich geschmeichelt.

Sie nickte. »Ich habe mich dabei entschlossen, Don Manuel zu erobern.«

»Das ist dir gelungen.« Ich zog sie zu mir herunter und küßte sie. »Du hast ihn dir restlos einverleibt.«

»Wie schön!« Eine Weile küßten wir uns hingebungsvoll, dann machte sie sich energisch frei. »Mehr nicht für den Moment. Außerdem läuft die Badewanne über. Komm mit, du kannst mit mir zusammen baden. Meine Badewanne ist groß genug.«

»Raum ist in dem kleinsten Näpfchen für ein glücklich liebend Paar«, zitierte ich. »Mit dir würde ich auch in einem Sektglas baden.«

Die Badewanne war wirklich überdimensional, das ganze Badezimmer pompös. Wie das ganze Haus — in welchem Luxus lebten diese Leute. Der Gatte dieser Dame, die mir in der Badewanne gegenübersaß, fiel mir wieder ein.

»Du meinst, ich soll einfach vorn heraus durch die Tür gehen?«

»Das meine ich.«

»Und wenn man mich sieht?«

»Warum sollst du mir keine Neujahrsvisite gemacht haben? Es ist zwölf Uhr vormittag, eine ganz zivile Zeit. Höfliche Leute tun so etwas.«

»Im Smoking?«

»Du hast ja einen Mantel drüber.«

»Und dein — dein Sohn?«

»Ich habe ihn und Sophie weggeschickt. Spazieren. Sophie gibt beim Bürgermeister ein Kärtchen von mir ab. Gestern hat er mir nämlich einen gewaltigen Blumenstrauß geschickt. Den bekomme ich immer am Neujahrstag.«

»Feine Sitten hierzulande.«

»Nun, er hat es Nössebaum zu verdanken, daß er Bürgermeister ist.«

»Aha.«

Sie drehte sich um. »Bürste mir den Rücken, aber kräftig.« Ich tat es, konzentriert und mit Hingabe.

Dann fragte ich: »Ist der Weg zum Bürgermeister so weit?«

»Anschließend besuchen sie Sophies Schwester. Ich habe ihnen gesagt, sie brauchten vor zwei Uhr nicht zurück zu sein, wir essen heute später.«

»Aha.«

Sie kletterte aus der Wanne, ich folgte ihr und trocknete sie mit einem rosafarbenen Badetuch ab. Alles duftete um sie herum. Das Badewasser, die Seife, ihr Parfüm, das Badetuch, die ganze Frau. Ich vermutlich auch.

»Dein Mann ist wohl ein sehr mächtiger Mann?«

»Ziemlich mächtig, ja.«

»Und sehr reich.«

»Auch das.«

»Du ...« Ich verstummte. Taktlose Fragen wollte ich nicht stellen.

»Sicher wolltest du noch fragen, ob ich ihn liebe?«

»So was Ähnliches.«

»Die Antwort wäre nein, und das dürfte ja nicht so eine große Überraschung für dich sein.«

»Hm.«

Sie zog den weißen Turban herunter und begann ihr Haar zu

bürsten, es war leuchtend blond und seidig und knisterte ein wenig.

»Wenn er nun überraschend zurückgekommen wäre?«

»Lorenz? Er ist aber nicht gekommen.«

»Aber wenn. Angenommen.«

»Dann hätte er dich erschossen. Er besitzt eine Pistole.«

»Im Ernst?«

»Im Ernst. Dazu ist er fähig.«

Ich schluckte. War Herr Nössebaum am Ende ein Othello? Nun, dafür benahm sich seine Frau recht unbekümmert.

»War es dann nicht sehr leichtsinnig, meine Süße, mich mit hierherzunehmen?«

»Ich bin manchmal leichtsinnig, das liegt in meiner Natur. Aber du bist kein Kavalier. Ist es dir nicht wert, dafür zu sterben?«

»Ohne weiteres. Mit Begeisterung. Wenn überhaupt für irgend jemand, dann würde ich am liebsten für dich sterben. Aber muß es gleich sein?«

»Er ist ja nicht gekommen.«

»Ich werde mir auch eine Pistole kaufen«, sagte ich nachdenklich.

»Lieber nicht, ich sehe dich lieber fechten.«

»Ich kann gut fechten, nicht?«

»Ausgezeichnet. Dieses spanische Wams steht dir überhaupt vortrefflich.«

Wer hört so etwas nicht gern? — Und daß ich so gut fechten kann, verdankte ich Janine. Sie hatte mich mit zu ihrem Fechtlehrer genommen. Ehemaliger Spitzensportler. Janine selbst war eine großartige Fechterin gewesen, und da ich neben ihr bestehen wollte, hatte ich mich angestrengt.

Dagmar war fertig mit ihrem Haar, hüllte sich wieder in ihren blauen Seidenmantel.

Ich hatte mir nur ein Badetuch umdrapiert. »Was soll ich anziehen?«

»Gar nichts. Oder wenn du willst, bringe ich dir einen Bademantel. Ich hole das Frühstück herauf. Ist besser, falls überraschend Besuch kommt.«

Es kam kein Besuch. Wir frühstückten ausgiebig und in bester Stimmung. Ich verdrückte drei Spiegeleier mit Schinken und fühlte mich danach wohler. Dann bestellte sie ein Taxi — nachdem ich mich angekleidet hatte natürlich. Ich spazierte mit der größten Selbstverständlichkeit aus dem Hause, fuhr zu meiner Wohnung, ließ den Wagen gleich warten, kleidete mich rasch um und fuhr ins Theater zur Nachmittagsvorstellung. Nach der Vorstellung, so lautete die Order, sollte ich mich im Hause Nössebaum zum Tee einfinden. Abends war ich spielfrei. Abends machten sie ›Figaro‹.

An diesem Nachmittag übertraf ich mich selbst, das gestand ich mir bei aller Bescheidenheit. Nichts von Kater, nichts von Müdigkeit, die Kollegen bewunderten mich sehr. Ich war ein spanischer Edelmann von beispielloser Grandezza, ich focht wie ein junger Gott, auch wenn meine schöne Freundin mich nicht sehen konnte.

Carla Nielsen, die die Donna Angela spielte, kam der Wahrheit am nächsten. »Du bist ja heute mächtig in Fahrt«, sagte sie. »Man könnte meinen, du seist verliebt.«

Nach der Vorstellung stibitzte ich bei Heidi ein paar weiße Fliederstengel. Sie hatte einen Risenstrauß dastehen, vermutlich von ihrem Textilmops.

Frau Kunert, die Garderobiere, schüttelte bekümmert den Kopf. »Ob das dem Fräulein Heidi recht ist?«

»Ganz bestimmt. Ich hab' sie die ganze Nacht freigehalten, sagen Sie ihr das, und ich lade sie nächste Woche noch mal zu kleinen Bratwürstchen ein. Mehr Geld habe ich nicht mehr. Ich lege ihr mein Herz zu Füßen, bestellen Sie ihr das ebenfalls.«

»Da hat sie was davon«, murmelte Frau Kunert hinter mir her, als ich davonstürmte.


Im Hause Nössebaum traf ich diesmal auf manierliche Weise ein: in einem dunkelgrauen Anzug mit topasfarbener Krawatte, weißen Flieder in der Hand, eingelassen von einem mittelalterlichen rundlichen Wesen im schwarzen Kleid mit weißer Schürze. Vermutlich Sophie.

»Herr Bentworth?« sagte sie in vornehm-leisem Frageton, und

als ich bestätigte, daß ich selbiger sei, ließ sie mich ein, nahm mir feierlich die Blumen ab, Mantel und Hut, wickelte die Blumen aus, drückte sie mir wieder in die Hand — machte man das so? — und sagte, meine wirklich seriöse und distinguierte Erscheinung wohlgefällig musternd: »Die gnädige Frau erwartet Sie.«

*Voilà*. Ich kam mir vor wie in einem Salonstück vornehmster Machart. Dazu paßte auch die Musik, die ich seit meinem Eintritt in das Haus hörte. Nicht etwa irgendwelche Schlager oder Neujahrs-Radioorchestermusik, nein, es war Klavierspiel, lebendiges, rauschendes und meisterhaftes Klavierspiel. Sie mußten einen erstklassigen Plattenspieler in diesem Hause haben. Nun, warum auch nicht, alles in diesem Hause war große Klasse.

Vor allem die Hausfrau. Denn es war kein Plattenspieler, sie selbst saß am Flügel.

Als ich den Riesenraum betrat, den ich schon kannte, kam ich mir vor, als spiele ich in einem Ufa-Film erster Größenordnung. Der Raum lag im träumerischen Halbdunkel, im Kamin flackerte ein Feuer, mein Fuß versank in Teppichen, Kerzen brannten, eine bildschöne blonde Frau saß an einem Flügel und spielte, nicht weit von ihr, auf einem Ledertuff, saß ein ebenso bildschöner blonder Junge. Junge ist natürlich Unsinn. Ein Knabe war es, ein Knabe wie aus dem Bilderbuch.

Es war fantastisch. Wer hätte gedacht, daß so etwas wirklich existierte. Ich blieb stehen, respektvoll geradezu, blickte und lauschte.

Dagmar spielte meisterhaft, Chopin, wie es mir vorkam. Sie spielte ohne Noten, ganz hingegeben, ganz konzentriert. Genauso hingegeben und konzentriert lauschte ihr das Kind. Beide nahmen keine Notiz von mir.

Der Junge glich seiner Mutter aufs Haar. Das gleiche edle, schmale Gesicht, noch schöner fast in der Unschuld seiner Kindheit. Er saß reglos, die Arme um die Knie geschlungen, seine Augen schienen nur seine Mutter zu sehen, sein Blick war voller Anbetung.

Der letzte Ton. Dagmar nahm die Hände von den Tasten, ließ sie dann langsam sinken. Dann wandte sie mir ihr schönes Gesicht zu, das weich und gelöst erschien, glücklich. Dann blickte sie ihren Sohn an und lächelte. Er lächelte auch. Es war so viel Einverständnis, so viel Verstehen zwischen den beiden, man spürte es geradezu körperlich. Ich fühlte fast so etwas wie Eifersucht.

Dagmar stand auf. »Da sind Sie ja, Julius«, sagte sie. »Nett, daß Sie gekommen sind.«

Sie kam auf mich zu, ich ging ihr entgegen. Es war, als hätten wir diese Szene geprobt, ich verneigte mich, sagte: »Gnädige Frau, ich bin überwältigt. Sie sind eine große Künstlerin.«

Ich küßte ihre Hand, bot ihr den Flieder, sie nahm ihn, roch daran, sagte: »Oh, wie wundervoll. Danke. Danke für die Blumen und danke für das Kompliment.«

Ein Ufa-Film, ich sagte es ja. Unvorstellbar in seiner Vollkommenheit. Sie drehte sich zu dem Knaben um, der aufgestanden war und höflich abwartete.

»Das ist Thomas«, sagte sie. »Und das Julius Bentworth, ich habe dir von ihm erzählt.«

Thomas kam näher, wir gaben uns die Hand, er machte einen formvollendeten Diener, ich wußte nicht, was ich sagen sollte, und wiederholte mein Kompliment, sagte: »Deine Mama spielt ganz wunderbar. War es Chopin?«

Er nickte ernsthaft. »Ja.«

Ich nickte auch ganz ernsthaft. »Spielst du auch Klavier?«

»Ein wenig. Ich lerne jetzt Geige spielen, damit wir zusammen spielen können.«

»Das ist eine gute Idee.« Ich sah das Bild bereits vor mir. Sie am Flügel, der Knabe mit der Geige daneben. Es mußte wie ein Gemälde sein.

Thomas und ich sahen uns in die Augen. Ich fühlte mich einem strengen Urteil unterworfen und war nahe daran, verlegen zu werden.

Dagmar erlöste mich. Sie lächelte ein wenig spöttisch, wie mir schien, und sagte: »Kommen Sie, Julius, setzen wir uns ans Feuer. Wie war die Vorstellung? Sehr anstrengend?«

»Nicht mehr als sonst. Nettes Publikum.«

Vor dem Kamin war ein langer niedriger Tisch gedeckt, zartes Porzellan, Weihnachtsgebäck, Stollen, kleine Schnittchen, ein Kristallflakon mit Rum. Vollendet.

Sophie kam und brachte Tee, Dagmar goß ein, wir saßen da: Mutter und Sohn und ich — der Liebhaber, wir tranken Tee. Dagmar fragte ein bißchen über das Theater, ich erzählte von diesem und jenem. Ich fragte, wieso sie so gut Klavier spielen könne, und erfuhr, daß sie einst hatte Pianistin werden wollen und die Musikhochschule besucht hatte. Das fand ich interessant. Es erwärmte mein Herz. Sie war eine Künstlerin, natürlich, wie konnte es anders sein.

»Leider«, sagte sie, »bin ich auf halbem Wege steckengeblieben. Ich mache immer nur alles halb.«

»Du spielst so schön, Mami«, sagte Thomas.

Und ich beeilte mich, das zu bestätigen.

Dagmar schenkte uns beiden ein Lächeln. So ging es weiter, etwa eine halbe Stunde lang. Dann kam Besuch.

Ein langer hagerer Herr, der sich Professor Bodenbach nannte, und eine ebenso hagere und etwas strengblickende Dame, die seine Gattin war. Immerhin ließ Frau Bodenbach vernehmen, daß sie mich als Amphitryon recht annehmbar gefunden habe. Sie komme allerdings nur selten ins Theater, leider. »Mein Mann niemals. Die Praxis nimmt ihn so in Anspruch.« Woraus ich entnahm, daß Professor Bodenbach Arzt war. Und nicht nur das, er war Chef der Städtischen Klinik in B., was ein außerordentlich verantwortungsvoller Posten war, wie mir Frau Bodenbach in der nächsten Stunde ausführlich auseinandersetzte. Unterdessen flirtete der Professor ebenso ausführlich mit meiner schönen Dagmar. Die Frau Professor gab sich alle Mühe, dies zu übersehen.

Ich erfuhr, daß sie selbst Medizin studiert habe, allerdings das Studium dann aufgab, als sie heiratete, aber nun glücklicherweise in der Lage sei, ihren Mann zu verstehen, seine große Aufgabe richtig zu würdigen und ihm zu helfen, wo es not tat.

Ich nickte zu all diesen Erklärungen mit feierlicher Miene und meinte, daß es das Wichtigste sei, was ein Mann in dieser Position haben müsse: eine Frau, die ihn verstehe. Damit gewann ich das Herz der Frau Bodenbach. Ihr Blick ruhte, um es mal ganz ehrlich zu sagen, mit Wohlgefallen auf mir.

Als nächstes kam ein anderes Paar, Dr. Theodor Motz, clever, flink, gewitzt, Rechtsreferent im Stadtrat, nebenbei eine gutgehende Anwaltspraxis, und natürlich — wie konnte es anders sein — auch ein Verehrer der schönen Dagmar Nössebaum.

Frau Motz mißbilligte alles, was sie sah und hörte, sie war ein rechter Sauertopf. Allein schon ihr Blick, mit dem sie Dagmars Erscheinung umfaßt hatte! Gift! Grellgrünes Gift! Zweifellos war Dagmars Erscheinung geeignet, Frau Motz, die breite Hüften und einen runden Popo hatte, zu ärgern. Dagmar in schmalen schwarzen Samthosen mit einer tiefausgeschnittenen Bluse aus Silberlamé. Frau Motz schwieg gekränkt. Herr Motz plauderte voll Feuer. Frau Bodenbach hielt sich an mich. Der Professor machte ein zufriedenes Gesicht. Einmal, als Dagmar vor dem Barschrank stehend, eine Flasche in der Hand, sich geschmeidig aus den Hüften drehte und lachend etwas sagte, erhaschte ich den Blick, mit dem der Professor sie ansah. Der Blick eines Besitzers. Der Blick eines Mannes, der es genau weiß. Ich verbot mir diesen blödsinnigen Gedanken. Ein Arzt in dieser Position — was ich für Ideen hatte.

Thomas hatte sich verkrümelt. Und ich verspürte fast auch Lust dazu. Die Gesellschaft begann mich anzustrengen. Und daß ich nicht ausgeschlafen hatte, machte sich langsam bemerkbar.

Um es kurz zu machen: Auch in dieser Nacht schlief ich im Hause Nössebaum. Ich tat es jedoch nicht gern. Die leichtsinnige Stimmung der Silvesternacht war verflogen, einen Mann in seinem eigenen Hause zu betrügen war mir unangenehm. Das Kind war im Haus, das Mädchen — all das widerstrebte mir. Ich sagte es Dagmar, und zunächst lachte sie.

»Sei kein Spießer. Ich denke, du bist ein Künstler?«

»Was hat das damit zu tun?« fragte ich ein wenig gereizt. »Man muß kein Spießer sein, um — um da irgendwie Hemmungen zu haben. Wir können uns anderswo treffen.«

Ich schlich mich morgens um fünf aus dem Haus und kam mir vor wie ein Dieb. Wenn mich jemand sah! Dagmar schien das ziemlich gleichgültig zu sein. Ich wunderte mich über ihre Einstellung. Aber sie forderte mich nie mehr auf, bei ihr zu übernachten, ich sah ihr prächtiges Schlafzimmer nie wieder. Ich kam auch nicht mehr ins Haus, denn einige Tage später kam Herr Nössebaum aus Schweden zurück. Das Haus Nössebaum betrat ich erst wieder, als ich zweimal zu einer Party eingeladen wurde, wie schon erwähnt.

Wir trafen uns anderswo, wie ich angeregt hatte, und das blieb aufregend genug. Damals wohnte ich noch in einem verhältnismäßig bescheidenen möblierten Zimmer in der Innenstadt, und Dagmar rümpfte die Nase, als sie mich zum erstenmal dort besuchte. Das ging nur am Nachmittag, es waren immer nur kurze Besuche. Einige Male fuhren wir aus der Stadt hinaus. Nicht weit von B. befand sich ein romantisches Waldgebiet, im Sommer eine berühmte Erholungsgegend, wo es Hotels und Gasthöfe gab. Dagmar kannte sich gut aus. Wir fuhren irgendwohin, und wenn Herr Nössebaum wieder einmal verreist war, übernachteten wir auch, falls ich keine Vorstellung und am nächsten Morgen keine Probe hatte. Das traf natürlich nur selten zusammen.

Einfacher wurde es, als ich die Wohnung in Ilsebills Haus bezog. Dagmar besuchte mich dort häufig, und da Ilsebill, wie bereits erwähnt, die seltene Gabe hatte, unsichtbar zu bleiben, nichts zu sehen und nichts zu hören schien, konnten wir ungestört zusammen sein. Dagmars unbekümmerte Art, ihren Wagen einfach vor dem Haus stehen zu lassen, machte mich nervös.

»Kannst du nicht mit einem Taxi kommen?«

»Was versprichst du dir davon? Die meisten Taxichauffeure wissen sehr gut, wer ich bin.«

»Dann parke den Wagen ein Stück entfernt.«

»Du Dummkopf! Das ist erst recht verdächtig.«

Das stimmte. Von welcher Seite her man es betrachtete, die Frau eines prominenten Bürgers von B. zur Geliebten zu haben, machte mein Leben etwas kompliziert. Ich hatte ständig ein schlechtes Gewissen, wartete ständig auf den wutschnaubenden Herrn Nössebaum mit seiner Pistole.

Dagmar ihrerseits schien nicht die geringsten Bedenken zu haben. »Er wird sich nie von mir scheiden lassen«, sagte sie einmal, als wir das Thema wieder besprachen. »Er betrachtet mich als seinen Besitz, verbrieft und versiegelt. Er gibt nie etwas her, was ihm gehört.«

Was für ein reicher und mächtiger Mann Herr Nössebaum war, erfuhr ich so nach und nach. Die Familie saß seit undenklichen Zeiten in dieser Gegend, und ihr gehörte auch die halbe Gegend. Grundbesitz im Land draußen und viele Häuser und Grundstücke in der Stadt. In dieser Stadt konnte keiner gegen Herrn Nössebaums Wunsch und Willen etwas erreichen. Und wenn ich das alles so hörte, wurde mir manchmal ein wenig angst und bange. Konnte es möglich sein, daß ihm verborgen blieb, was seine Frau trieb? Mit der Zeit zweifelte ich allerdings nicht mehr daran, daß Herr Nössebaum schon manchen Kummer mit seiner schönen Frau erlebt hatte. Ich war nicht der erste Seitensprung, den sie sich leistete. Sie sprach manchmal mit einer Offenheit über frühere Affären, die mich peinlich berührte.

»Es ist nicht fair«, sagte ich einmal. »Warum hast du den Mann geheiratet, wenn du ihn immer wieder betrügst? Warum gehst du nicht von ihm fort, wenn andere dir besser gefallen?«

»Ach, mein kleiner Puritaner, das Leben geht nicht immer so gut auf wie das kleine Einmaleins. — Geheiratet habe ich ihn, weil er mir ein Leben bieten konnte, wie ich es mir wünschte. Und fortgehen ließe er mich nicht, ich habe es dir doch schon gesagt.«

Liebte ich sie, wenn sie so sprach? — Liebte ich sie überhaupt? Ich muß gestehen, ich war mir bald darüber nicht mehr klar. Ich begehrte sie, sie ärgerte mich, regte mich auf, beunruhigte mich, manchmal haßte ich sie, manchmal nahm ich mir vor, einfach Schluß zu machen — es war ein wüstes Durcheinander von Gefühlen, das für einen Mann meines Alters, für einen Mann von immerhin vierunddreißig Jahren, beschämend war.

Ich war verliebt in sie, zugegeben. Sie war schön, rassig und begehrenswert. Aber ich wußte sehr bald, daß ich sie nicht wirklich liebte, denn ich hatte auch bald entdeckt, daß sie bei allem Charme und Temperament kein Herz besaß. Sie war nicht kalt, und doch war keine Wärme in ihr. Wenn es ein Wesen auf der Welt gab, das sie liebte, so war es ihr Sohn. Und der einzige Mann, den sie wirklich geliebt hatte, war ihr Vater gewesen. Das war sehr erstaunlich, manchmal dachte ich bei mir, daß sie im Grunde ein Fall für einen Psychiater wäre.

Dieser Vater, von dem sie mit leuchtenden Augen und voller Zärtlichkeit erzählte, den zu schildern sie nicht müde wurde, wie gut er ausgesehen hatte, wie stolz und männlich er gewesen war, wie kühn und unwiderstehlich, eine Mischung aus Jung-Siegfried und Casanova, so ungefähr stellte sie ihn dar, dieser Vater, dem keine Frau widerstand und der doch am meisten von allen seine Tochter geliebt hatte, war er es, den sie in all den Männern suchte, mit denen sie ihr Leben garniert hatte?

Übrigens war dieser wunderbare Vater ein großer Nationalsozialist gewesen, ein prominenter Nazi in führender Stellung. Doch das störte sie nicht im geringsten. Er hatte sich 1945 das Leben genommen, dieser strahlende Held. Und das hatte sie nie verwunden. Er schoß sich einfach eine Kugel in den Kopf, als aller Glanz und alle Gloria verüber waren.

»Damals wünschte ich mir nur eins«, erzählte sie mir leidenschaftlich, »ich wünschte mir, er hätte mich mitgenommen. Ich wäre so gern mit ihm zusammen gestorben. Und lange Zeit hatte ich die feste Absicht, mich ebenfalls zu töten. Meine Mutter wußte es. Sie bewachte mich Tag und Nacht.«

Ihre Mutter war Schwedin, und wie es mir schien, war *ihre* Trauer um den entschwundenen Helden nicht sehr groß gewesen. Die Ehe mit dem Supermann hatte sie offenbar Nerven genug gekostet.

Dagmar liebte ihre Mutter nicht. Sie verzieh ihr nie, daß sie mit ihrem Vater verheiratet gewesen war, sie verzieh ihr nie, daß sie so wenig um ihn getrauert hatte. Ein Fall für den Psychiater, wie gesagt. Sie besuchte ihre Mutter, die in Schweden lebte, sehr selten. Ganz im Gegensatz zu Herrn Nössebaum, der große Stücke auf seine Schwiegermutter hielt und sich gut mit ihr verstand.

Aufgewachsen war Dagmar in Berlin. 1945 befand sie sich mit ihrer Mutter in einem Landhaus in der Mark, das ihr Vater als Wochenendsitz gekauft hatte. Dort blieben sie, auch als die Russen kamen, dort verlebten sie das erste Nachkriegsjahr unter dürftigen Verhältnissen. Dagmars Mutter setzte Himmel und

Hölle in Bewegung, um die Ausreise in ihre Heimat zu bekommen. Und da sie genügend gute Verbindungen besaß, gelang es ihr endlich. Sie konnten mehr oder weniger legal das Land verlassen, aber sie mußten alles zurücklassen, was ihnen gehörte.

In Berlin hatte Dagmar Musik studiert. Das war nun das Ende. Sie lebten in Schweden auf dem Lande, in der Nähe von Göteborg, bei Verwandten, sie waren dort mehr geduldet als wohlgelitten, denn als Frau und Tochter eines Nazis wollte keiner viel mit ihnen zu tun haben.

Eine böse Zeit. Und eben die Zeit, so verstand ich es nach und nach, wo sich Dagmar zu dem entwickelte, was sie heute war: eine berechnende Egoistin, die nahm, was ihr gefiel, Menschen und Dinge. Ein Mädchen damals, das nicht lieben wollte. Eine Frau heute, die nicht mehr lieben konnte! Denn ich wußte nie, ob sie mich liebte. Manchmal bildete ich es mir ein, aber es muß wohl ein Irrtum gewesen sein. Dort in Schweden war es, wo Herr Nössebaum das zweifelhafte Glück hatte, diesem Mädchen Dagmar zu begegnen. Er hatte eine Kusine, die in Göteborg verheiratet war, er kam kurz nach der Währungsreform zu einem Besuch.

Dagmar sehen und sie lieben war eins. Er war viel älter als sie. Er war ein ernster Mann, ein Mann, der viel arbeitete und dem Frauen bisher nicht viel bedeutet hatten. Dagmar erkannte sofort ihre Chance. Sie wollte zurück nach Deutschland, sie wollte zurück in ein besseres Leben. Beides konnte Herr Nössebaum ihr bieten.

»Du hast allen Grund, ihm dankbar zu sein«, sagte ich, als ich die Geschichte in großen Zügen kannte.

»Findest du? Er hat mich bekommen, ist das nichts?«

Ich war nicht so überzeugt davon, daß Herr Nössebaum viel bekommen hatte. Aber kannte ich seine Gefühle? Wenn er sie liebte, so wie sie war, wenn er sich mit dem zufriedengab, was er von ihr bekam, so mochte alles gut sein. — Welche Ehe war schon so vollkommen? Auf jeden Fall hatte er eine schöne und repräsentative Frau, nach der sich jeder Mann den Hals verdrehte, und wenn sie ihn betrog, so mußte er sich wohl damit abgefunden haben.

Ich sah Herrn Nössebaum zum ersten Male im Sommer aus der Nähe. Im Schloßpark fand Ende Juni das jährliche Gartenfest statt; es war Tradition in der Stadt, es diente wohltätigen Zwecken und vereinigte die illustren Bürger der Stadt, Gäste von fern und nah, und auch das bessere Volk war am Rande zugelassen. Wir spielten auf einer kleinen Freilichtbühne einen Rokoko-Einakter, das städtische Orchester musizierte, Herr Thossen sang zwei Arien, es gab eine Tombola und spät am Abend ein Feuerwerk.

Dagmar trug ein Kleid aus weißer Spitze und einen breiten weißen Hut mit geschwungenem Rand, unnötig zu betonen, daß sie hinreißend aussah. Wie immer war sie von Männern umgeben, ich hatte natürlich keine Gelegenheit, mit ihr zu sprechen. Aber ich merkte doch deutlich, daß man *wußte*. Man wußte, daß zwischen ihr und mir etwas war. Ich merkte es an Blicken, die mich streiften, ich sah, daß die Leute sich kurze Bemerkungen zuflüsterten, ich bildete mir vielleicht auch mehr ein, als wirklich geschah — auf jeden Fall, ich fühlte mich unbehaglich.

In Kollegenkreisen waren schon öfters Anspielungen gemacht worden, ich war immer ausgewichen, hatte bagatellisiert — »warum soll ich nicht einer schönen Frau den Hof machen«? — oder »die Sterne, die begehrt man nicht« und all so ein dummes Gerede. Was sollte ich schließlich sonst tun?

Großartig hatte sich Heidi benommen. Damals, ehe das mit Dagmar begann, waren wir beide auf dem besten Wege, ein Paar zu werden. Daraus war nichts geworden. Aber Heidi hatte mir das nicht übelgenommen, sie blieb freundlich, kameradschaftlich, ich plauderte immer noch gern mit ihr, und sie war die einzige, der ich manchmal das Herz ausschüttete.

»Ich hab' dich gewarnt, net wahr?« sagte sie einmal zu mir. »Ich hab' dir gesagt, das ist eine Gefährliche, laß die Finger davon. Aber ihr Mannsbilder seid ja so dumm, ihr verliebt euch immer in die falschen Frauen.«

»Du bist nur eifersüchtig«, sagte ich, und das war sehr häßlich von mir.

Sie wurde nicht böse, sie sah mich nur mitleidig an. »Du bist ein Schaf. Eifersüchtig? Kann sein, daß ich ein bisserl eifersüchtig war. Aber in der Hauptsach' tust mir leid, Julius. Was ist denn schon dran am Leben? Wenn man die Liebe nicht hätt', gäb's wenig zum Freuen. Aber die richtige Liebe muß es halt sein. Liebe, die bloß Quälerei ist, nein, weißt, das zahlt sich net aus. Auch für einen Mann net. Du wirst schon noch sehen, wie das ist.«

Ich wollte das natürlich nicht wahrhaben. Aber im Grunde hatte sie recht.

Am Nachmittag des Gartenfestes stand ich mit Heidi an der Sektbar. Auf einmal sagte sie: »Schau net gleich hin. Sprich weiter mit mir. Einer schaut dich immerzu an.«

»Einer schaut mich an?« fragte ich und wußte doch im gleichen Moment, wen sie meinte.

»Da drüben steht er bei dem dicken Baum. Mit dem Bürgermeister und dem Professor. Komm, wir gehen ein bisserl rum.«

Wir gingen also ein bisserl rum, und dann hatte ich freies Blickfeld auf Herrn Nössebaum. Ich sah ihn zum erstenmal in voller Lebensgröße. Eigentlich gefiel er mir ganz gut. Ende Fünfzig mochte er sein, vielleicht auch älter. Ein schwerer, dunkler Mann, nicht zu übersehen mit dem dunklen Bart. Unsere Blicke trafen sich. In seinem Gesicht war kein Ausdruck. Die beiden anderen Herren blickten ostentativ zur Seite.

Nein, ehrlich, es ist kein erhebendes Gefühl, einem Mann die Frau wegzunehmen. Für mich nicht. Auch wenn in Wahrheit nicht ich sie genommen hatte, sondern sie mich. Aber möglicherweise wußte das Herr Nössebaum.

Als nächstes kam eine Warnung von Dr. Briskow. Ich wollte mein Engagement in B. nicht verlieren. Schöne Rollen warteten in meiner zweiten Spielzeit auf mich. Aber Dagmar war keine Frau, mit der man einfach Schluß machen konnte. Anfang Juli fuhr sie nach Schweden. Und dann hatten wir Theaterferien, einen kostspieligen Urlaub konnte ich mir nicht leisten, ich verbrachte zwei Wochen an der See, besuchte für kurze Zeit meine Eltern und kehrte nach B. zurück. Dagmar sah ich erst im Oktober wieder, so lange war sie auf Reisen. Die Pause hätte das Ende sein können. Aber sie war noch nicht fertig mit mir. Sie baute mich wieder in ihr Leben ein, es ging alles weiter wie zuvor, ein

Jahr, ein zweites. Wir stritten viel, wir hatten böse Szenen. Und eines Tages wußte ich auch, daß sie mich betrog.

Sie war es dann, die mich verließ. Und ich war froh, als ich es hinter mir hatte. Nein, Liebe war nicht immer so beschaffen, einem Freude zu bringen.

Heute, wenn ich darüber nachdenke, kommt es mir vor, als sei dies alles schon Jahrzehnte her.

Aber nun ist Dagmar wieder in der Stadt. Sie verließ Herrn Nössebaum, Thomas kam in ein Internat. Sie ging fort mit einem Mann, den sie auf einer ihrer Reisen kennengelernt hatte.

Ich weiß nicht, wer dieser Mann ist. Ich weiß nicht, ob sie ihn nun auch verlassen hat. Oder er sie. Herr Nössebaum ließ sich nicht scheiden. Und nun ist sie wieder da. Ich habe mit ihr gesprochen. Aber ich möchte sie nicht wiedersehen. Ich wollte sie vergessen. Es war eine Quälerei, genau wie Heidi es prophezeit hatte.

Liebe? Liebe hat es in meinem Leben seitdem nicht gegeben. Nicht diese Art von Liebe. Keine ernste Art von Liebe. Heidi, die nicht nachtragend war, teilte mein Leben in den vergangenen Jahren, jetzt ist sie fort, in einem neuen Engagement. Vielleicht hat sie gehofft, daß ich sie heiraten würde. Sie hat es nie gesagt. Aber Frauen denken wohl immer daran.

Aber ich werde nicht heiraten. Ich liebe immer die falschen Frauen. Und die, die vielleicht die richtigen wären, liebe ich nicht. Und dabei bin ich so allmählich zu der Erkenntnis gekommen, daß Liebe überhaupt nicht so wichtig ist. Wichtig ist meine Arbeit. Wichtig sind die Rollen, die ich spiele. Wichtig ist, daß ich etwas dazugelernt habe. Daß ich mich heute mit Fug und Recht einen Schauspieler nennen kann. Meine Möglichkeiten haben sich erweitert, ich kenne meine Mittel, meine Stärken und Schwächen, ich habe Sicherheit, Kraft und Mut bekommen. Ich traue mir vieles zu. Auch den Posa. Später vielleicht den Wallenstein. Die Königsdramen. Den Faust?

Es gibt so viele Rollen, die ich noch spielen möchte. Es muß nicht immer in B. sein. Ich werde nach München fahren zu dem Gnom, der immer noch dort hinter seinem altertümlichen Schreibtisch sitzt und ein Kenner ist. Ich werde sagen: Ich brauche ein neues Engagement. Vielleicht kommt auch von selbst ein neues Angebot. Gelegentlich kam in den letzten Jahren eins, aber es war nie verlockend genug. Eine Fernsehrolle habe ich gespielt, während der Theaterferien. Es war ein schlechtes Buch, und ich hatte keinen Erfolg. Ich bin kein berühmter Mann. Ein Schauspieler in der Provinz, den kaum einer kennt. Durchschnitt. Ein Mann, der sein Handwerk gelernt hat. Mehr nicht.

Im vergangenen Jahr ist mein Vater gestorben. Ich habe ihm nicht beweisen können, daß ich das Richtige getan habe. Für ihn war ich ein Versager... Ein Provinzschauspieler mit geringem Einkommen. In der Familie genieße ich kein Ansehen.

Bin ich unglücklich?

Nein. Ich habe das Leben, das ich wollte.

Ich wohne unter dem Zauberdach. Und nicht jeder kann nach den Sternen greifen...


*Stellprobe*


Aber da gab es wieder eine, die nach den Sternen griff: Hilke Boysen. Unsere Neue. Die Kleine.

Ich machte erstmals nähere Bekanntschaft mit ihr nach etwa vierzehn Tagen, nachdem ich einen kleinen Ausschnitt der Romeo-Probe gesehen hatte. Es war inzwischen November geworden, es war schon oft grau und trüb, wie es sich für diesen Monat gehört, und wir hatten alle viel Arbeit. Vier Premieren noch bis Weihnachten. Das Weihnachtsmärchen nicht gerechnet.

An einem Nachmittag hatten wir Stellprobe für ein neues Stück, das Ziebland, unser junger, äußerst ehrgeiziger Regisseur, mit uns machen würde. Mit Carla Nielsen, Almut Peters und mir in den Hauptrollen. Hilke Boysen würde in dem Stück auch einen kurzen Auftritt haben.

Ein bitterböses Stück; es handelte von einem Ehepaar, das sich gegenseitig das Leben zur Hölle macht (so etwas macht sich auf der Bühne immer gut, Strindberg hat das schon ausgiebig praktiziert und neuerdings die Amerikaner) und nicht auseinandergehen kann und will, weil beide gleichberechtigte Gesellschafter einer großen Firma sind und keiner auf seinen Anteil verzichten will. Aneinandergekettet nicht durch das Schicksal, sondern aus Gewinnsucht — so etwa könnte man die Geschichte auf einen Nenner bringen. Jeder der beiden ärgert den anderen, so gut er kann. Ich, der Mann, halte mich schadlos mit immer wechselnden Liebesaffären, doch als dann wirklich eine Frau in mein Leben kommt, die ich liebe, verlasse ich sie wieder, denn ich bin zu bequem, von vorn zu beginnen, und will auf meine Vorteile, auf mein Geld nicht verzichten. Kein erfreuliches Stück, keine sympathische Rolle. Aber eine gute Rolle, das schon. Carla Nielsen spielte die Ehefrau, Almut Peters die Geliebte. So wenig wie ich Carla mochte, so gern spielte ich mit Almut. Ich kannte sie, seit ich in B. war; sie war damals zu Anfang, als wir den Amphitryon machten, meine Alkmene gewesen, und ich habe nie vergessen, wie hilfreich und geduldig sie mir zur Seite stand, denn es war immerhin meine erste große Rolle in einem richtigen Theater, und wie ich, glaube ich, schon einmal erwähnte, Kleist ist kein Pappenstiel.

Almut Peters also, mit kastanienbraunem Haar und dunklen Augen, sehr hübsch, sehr warmherzig, immer fröhlich und kameradschaftlich, keine überragende, aber eine gute und zuverlässige Schauspielerin, sehr wandlungsfähig und vielseitig, immer parat, sehr intelligent in ihrem Spiel. Alles in allem das Gegenteil von Carla. Beide sahen gut aus und waren gut gewachsen, auch etwa im Alter gleich, so um die dreißig etwa, die eine blond, die andere brünett und, wie gesagt, von sehr gegensätzlichem Wesen. Im Leben, als Kollegin und auch auf der Bühne. Insofern war unser neues Stück gut besetzt.

Hilke Boysen hatte nur einen kurzen Auftritt, ganz am Ende des Stücks, als ich schon wußte, daß ich die Frau, die ich hasse, nie loswerden kann und die andere, die ich liebe, verloren habe und in meiner Verzweiflung den Versuch mache, mich mit einem neuen Abenteuer zu trösten. Hilke würde dieses neue Abenteuer spielen. So viel zur Erklärung meiner Rolle.

An diesem Nachmittag wollten wir das Stück auf der Probebühne mal eben durchstellen, das heißt also das äußere Gerüst in etwa festlegen. Wir konnten natürlich alle unsere Rollen noch nicht, wir waren mißmutig, wie immer, wenn es losging. Ziebland, für den es die dritte Regie seines Lebens war, bebte vor Nervosität, widersprach sich des öfteren und schrie unbeherrscht durch die Gegend.

»Das kann ja gut werden«, sagte Almut zu mir, als wir, nebeneinander auf einer Stufe hockend, warteten, daß sich die Dinge irgendwie klärten. »Wenn der jetzt schon durchdreht, kannst du mir sagen, was in vierzehn Tagen sein wird? Dann sind wir alle reif fürs Irrenhaus.«

»Vielleicht beruhigt er sich, wenn die Sache läuft. Er ist halt noch sehr jung, und wahrscheinlich beinhaltet sein Kopf bis jetzt nur ein wirres Durcheinander.«

Almut lachte. »Das hast du wieder mal hübsch gesagt. Du solltest auch Stücke schreiben. Kein Mensch könnte deine Sätze sprechen, und dadurch würdest du eine Menge Ruhm ernten heutzutage.«

Hinter uns war noch ein zweites Lachen erklungen, ich wandte mich um, da stand Hilke Boysen an die Wand gelehnt und machte schon wieder ein ernstes Gesicht.

»Daß Sie uns die Ehre geben, Julia Capulet, ist beachtenswert«, sagte ich. »Kann Briskow Sie denn so ohne weiteres entbehren?«

»Er ist heute nachmittag sowieso nicht da. Und ich sollte die Stellprobe mitmachen, sagte er, damit ich wenigstens ein bißchen Bescheid weiß. In den nächsten Tagen werde ich ja nicht mehr gebraucht hier.«

Sie sagte das ganz ernsthaft und sachlich, sah mich dabei gerade an, sie hatte große graublaue Augen, und ich dachte mir, was hat sie für ein klares, reines Gesicht. Ich weiß nicht, ob sie schön ist, nicht einmal, ob sie hübsch ist, das schon gar nicht. Aber sie hat ein Gesicht voller Leben und Ausdruck.

»Und wie geht es mit der Julia?« fragte Almut freundlich. Das Mädchen seufzte und sah bekümmert aus. »Ach, ich weiß nicht. Manchmal denke ich, daß ich es einfach nicht kann. Manchmal geht es ja. Aber dann wieder gar nicht.«

Almut nickte. »Das kann ich gut verstehen. Kommen Sie, setzen Sie sich mit her, sonst muß ich mir den Hals so verdrehen.«

Sie rückte ein wenig zur Seite, ich auch, und die Kleine setzte sich neben mich. Jetzt saßen wir alle drei nebeneinander auf der Stufe, ich in der Mitte, einen Moment lauschten wir zu Ziebland hin, der mit Carla und Diesterweg eine lautstarke Auseinandersetzung hatte. Diesterweg war im Stück Carlas Vertrauter, den sie ständig gegen mich ausspielte, Lore Behnke rauchte und folgte genußvoll dem Streit, Dorte, die auch eine meiner Amouren spielte, alberte mit dem kleinen Fricke, unserem jüngsten Regieassistenten, herum. Die Premiere sollte in achtzehn Tagen sein — das konnte heiter werden.

»Wissen Sie«, sagte Almut zu Hilke, »ich habe auch einmal die Julia gespielt, ich weiß noch genau, wie mir zumute war. Es ist ein wunderbares Stück und eine wunderbare Rolle, und erst denkt man, es ist ganz einfach. Aber es wird täglich schwerer. Man hat das Gefühl, nichts kommt an. Zuviel darf man nicht machen, man muß immer wieder zurücknehmen, aber man muß natürlich diese herrliche Sprache richtig bringen, man muß sich Zeit für sie lassen, aber man darf nie zu emotionell werden, das kann heutzutage kein Mensch mehr vertragen.«

»Ja, genauso ist es«, meinte Hilke eifrig, sie blickte an mir vorbei Almut an, und ich merkte, daß es ihr guttat, einmal über ihre Julia zu sprechen.

»Sie haben sie gespielt, dann wissen Sie es ja. Manchmal bin ich ganz verzweifelt. Und ich glaube, Herr Dr. Briskow ist es auch«, fügte sie kindlich hinzu.

»Und Junker Claudio?« fragte ich. »Macht er Ihnen das Leben schwer?«

»Manchmal schon. Er kann unausstehlich sein. Natürlich, er hat mehr Erfahrung als ich, für ihn ist es langweilig, immer wieder auf mich Rücksicht zu nehmen, wenn ich etwas verpatze.«

»Und das läßt er Sie dann merken.«

Sie nickte. »Ja, das tut er.«

»Armes Kind«, sagte Almut lächelnd, »und mit so was soll man dann hingebende Liebesszenen spielen. Aber Claudio kann einen wirklich zum Wahnsinn treiben.«

Sie redeten weiter über den Romeo und alles mögliche andere. Ich sagte nicht viel dazu, ich fand es angenehm, zwischen den beiden Mädchen zu sitzen, ich betrachtete die Hände der Neuen, die sie manchmal zu einer kurzen sprechenden Geste hob, sie hatte schöne schmale Hände mit langen, aber nicht zu dünnen Fingern, Hände mit viel Ausdruck, die Nägel waren ungelackt. Ungelackt und ungeschminkt war das ganze Mädchen, von großer Natürlichkeit, ohne Zickigkeit, ohne Angabe. Nett, solch ein Nachwuchs. Ich kannte andere Mädchen, die nur aus Künstlichkeit bestanden und vollkommen falsche Ansichten von diesem Beruf hatten. Und falsche Absichten obendrein. Dies hier war ein sehr moderner, ein positiver Typ einer jungen Schauspielerin — keine übertriebenen Illusionen, kein Interesse an scheinbar glanzvollen Umwegen, sondern eine klare Vorstellung, wohin der Weg ging und wie man auf ihm weiterkam. Wie alt mochte sie sein? Neunzehn? Höchstens zwanzig. So jung. Und doch schon sehr bewußt.

»Wenn die Herrschaften vielleicht ihre Konferenz abbrechen und sich an der Probe beteiligen würden, dann wäre ich schon außerordentlich gerührt«, fuhr Ziebland uns an. »Ich habe keine Lust, alles dreißigmal zu sagen.«

»Wir sitzen hier auf Abruf bereit«, sagte Almut ruhig. »Sofern die Probe wirklich weitergeht.«

Ziebland setzte zu einer Entgegnung an, aber Carla kam ihm zuvor. Gereizt zischte sie: »Und wir wären ebenfalls außerordentlich gerührt, wenn der Herr sich eines anderen Tones bedienen würde. Denk ja nicht, Ziebland, daß du auf diese Weise mit uns hier Schlitten fährst. Ausgerechnet du! Da müssen schon andere kommen, die sich so etwas erlauben können, nicht so ein lächerlicher Anfänger.«

Der Streit ging weiter. Wir drei hielten uns im Hintergrund.

»Ich bin froh, daß ich nur eine kleine Rolle in diesem Stück habe«, flüsterte Hilke.

»Den zähmen wir schon noch«, sagte Almut, die schwer aus der Ruhe zu bringen war. »Carla nimmt es leicht mit ihm auf. Er ist halt noch jung, achtundzwanzig, glaube ich. Kein Alter, in dem man schon Regie führen sollte. Da fehlt die Autorität, die muß man dann eben durch Geschrei ersetzen. Der wird auch noch langsamer gehen.«

»Mit Dr. Briskow ist es wunderbar zu arbeiten«, sagte Hilke. Wir nickten gleichzeitig, und Almut sagte: »Das ist es.« Eine Weile lauschten wir schweigend dem Disput, dann sagte ich: »Er bringt Carla durchaus in die richtige Stimmung für ihre Rolle. Sie wird eine großartige hysterische Zicke machen, genau das, was verlangt wird. So unbegabt ist der Junge gar nicht. Aber ich kann mich ja mal einschalten.«

Ich erhob mich also und begab mich auf das Schlachtfeld. Ich glaube, ich erwähnte schon einmal, daß ich ziemlich groß bin und so ein ruhiger, seriöser Typ, jedenfalls äußerlich, und mein Dazwischentreten wirkte auf Ziebland irgendwie beruhigend.

»Kinder«, sagte ich, »regt euch doch nicht künstlich auf. Carla, Schätzchen, ich finde, Ziebland hat ganz recht; wenn du von hinten auf Erich zukommst, hat das eine viel größere Wirkung. Er weiß ja nicht, daß du ihn belauscht hast, nicht? Aber wir brauchen das ja jetzt noch nicht festzulegen, laß die Sache doch erst mal anlaufen. Ich würde sagen, wir gehen jetzt mal die verschiedenen Gänge durch, und morgen machen wir dann den ersten Akt in den Einzelheiten. Es ist schon vier Uhr, und ich habe heute Vorstellung, kommen wir mal zur Sache.«

Ziebland nahm mein Eingreifen nicht übel, im Gegenteil, er blickte mich dankbar an. Der kleine Trick zu sagen: Ziebland hat ganz recht, tat seine Wirkung.

Carla kniff zwar die Augen schmal zusammen, aber ich lächelte sie so liebevoll an, daß sie sich zufriedengab, wir konnten weitermachen.

Am Abend hatten wir Noel Cowards ›Geisterkomödie‹, ein Stück, das ich sehr liebe. Wir waren alle wieder darin vereint. Carla, Almut, Dorte und ich. Olga Hausen machte die Wahrsagerin. Wir waren in bester Spiellaune.

Die anstrengende Probe vom Nachmittag hatten wir bei einigen Steinhägern und einem kleinen Imbiß im Ratskeller abreagiert, zum Nachhausegehen reichte die Zeit nicht mehr. Wir schimpften ein bißchen auf Ziebland, und Carla meinte genüßlich: »Den koch' ich euch noch weich, dieser Pinsel, dieser Halbstarke. Was bildet sich der eigentlich ein? Ist doch alles Theorie. Diese Jungs heute, die meinen, sie kommen als Genies auf die

Welt, denen muß man gleich zeigen, wo es ihnen überall fehlt.«
Almuts Mann kam vorbei und saß bei uns, bis wir zur Vorstellung mußten. Almut — das hatte ich vergessen zu erzählen — war deswegen dem Stadttheater von B. so treu geblieben, weil sie gleich in ihrer ersten Spielzeit hier, das war vor nunmehr sechs Jahren, ihrer großen Liebe begegnet war. Dr. Peter Brauer war praktischer Arzt, damals oft als Theaterarzt eingesetzt, heute übrigens auch noch. Es war eine hübsche Geschichte, die Almut gern erzählte, wie sie einmal nach einem anstrengenden Tag, erst Probe, dann Vorstellung, in Ohnmacht gefallen war und wie der Dr. Brauer sie wieder zum Leben erweckt hatte, und praktisch von dieser Minute an hatten sie sich geliebt. Und dabei war es geblieben. Sie führten eine außerordentlich glückliche Ehe. Almut hatte vor drei Jahren ein Kind bekommen, ein kleines Mädchen, jeden weiteren Ehrgeiz ihre Karriere betreffend hatte sie begraben, sie blieb in B. und spielte sich so nach und nach durch ihr Rollenfach hindurch.

»Was soll's denn?« hatte sie mir einmal erklärt. »Woanders ist es auch nicht anders. Hier kommt alles mal dran. Und wenn ich älter werde, kommen ganz von selbst andere Rollen. Wer weiß, wie es mir an einer anderen Bühne ergeht. Für ganz groß langt es sowieso nicht. Hier kann ich spielen, das ist die Hauptsache, und später werde ich mich dann zur Ruhe setzen.«

Sie hatten ein hübsches Haus, nicht weit übrigens von meiner Wohnung entfernt, manchmal besuchte ich sie, und manchmal war ich auch ein wenig neidisch. Sie waren glücklich, die beiden. Almut, wie gesagt, war eine Frau mit Herz. Der Doktor hatte einen guten Griff getan. Hübsch war sie außerdem, und daß sie Thater spielte, machte ihn stolz.

»Hast du heute Dienst im Theater?« fragte sie ihn, als der Doktor im Ratskeller an unseren Tisch kam.

»Ja. Ich habe mit Beck getauscht, er hat heute etwas vor. Und euer Geisterstück sehe ich so gern. Da seid ihr alle gut.«

Wir hörten das mit Wohlgefallen. Das Stück spielten wir alle gern, so schöne Rollen, und immer ein Erfolg beim Publikum.

»Was macht Moni?«

»Mama hat sie gerade gefüttert, als ich ging. Soviel ich sah, ging es ihr gut.«

Monika, die dreijährige Tochter der beiden, wurde von des Doktors Mutter bestens betreut. Almuts Schwiegermama wohnte bei ihnen im Hause, und auch sie war ein netter Mensch, versorgte Haushalt und Kind, wenn Almut zu arbeiten hatte. Rundheraus eine friedliche, freundliche Familie. So was gab es.

Wenn man es genau nahm, eine Art bürgerlicher Suppennudeltopf, in dem auch eine Schauspielerin ihren Platz finden konnte, und jeder war zufrieden damit.

Wir gingen ins Theater hinüber. Ziebland hatte Abendregie, er kam zu mir in die Garderobe, fing noch mal von der Probe an zu sprechen, ich hörte mir alles geduldig an, während ich mich schminkte und fertig machte.

»Wird schon werden«, sagte ich. »Nur mit der Ruhe, wir kriegen das schon hin.«

Ziebland war immer noch gereizt. »Ihr seid die reinsten Spießer hier. So richtig Provinztheater. Euch fehlt allen der richtige Schwung.«

»Kann schon sein«, sagte ich friedlich. »Sei froh drum. Du wirst schon noch Gelegenheit genug haben, deine Nerven zu strapazieren.«

Er warf mir einen erbosten Blick zu und verließ mich.

Wir spielten trotzdem mit sehr viel Schwung an diesem Abend, fand ich. Es war Sonnabend, das Theater ausverkauft, und die Leute lachten viel. Mehr wollten wir gar nicht.

Nach dem Schlußvorhang — sieben Vorhänge immerhin — fanden wir Hilke Boysen im Kulissengang. Sie trug ein adrettes dunkelblaues Kleidchen mit weißem Kragen und sah wie ein braves Schulmädchen aus.

»Ihr wart prima«, sagte sie. »Alle prima.«

»Danke«, sagte ich, »das hört man gern. Sie haben sich die Vorstellung angesehen?«

»Ja. Es ist so ein süßes Stück. Ich möchte so was auch mal spielen.«

»Kommt schon noch«, meinte Almut. »Jetzt macht schnell,

Kinder, einen Schoppen trinken wir noch mit euch, dann müssen wir heim.«

Wir verließen die Bühne zum Seitenausgang. Hilke blieb verloren stehen, und das kam mir, kurz ehe ich meine Garderobe erreichte, etwas lieblos vor. Ich kehrte noch mal um. Sie stand bei Moritz, dem Inspizienten, und ich sagte: »Wie ist es? Kommen Sie noch mit rüber in den Ratskeller?«

Sie strahlte wie ein dankbares Kind. »Wenn ich darf?«

»Natürlich. Gehen Sie nur schon hinüber.«

»Ich warte lieber, bis Sie gehen.«

»Gut. In zehn Minuten bin ich fertig.«

Irgendwie war ich gerührt. Es hatte sie gefreut, daß ich sie aufforderte mitzukommen. Ob sie überhaupt schon einmal mit am Stammtisch war? Ich hatte sie dort noch nie gesehen.

Als ich zum Ausgang kam, stand sie getreulich beim Pförtner. Ich blickte in die Loge hinein. »Wo ist Herr Boysen heute abend?«

»Oh, Sie kennen ihn?«

»Ich habe ihn schon öfter hier gesehen. Ein feiner Kerl.«

»Ja.« Die Augen leuchteten.

»Und wo ist er jetzt?«

»Ich konnte ihn nicht mitnehmen. Vorhin bin ich noch mit ihm spazierengegangen. Er bleibt so ungern allein. Aber immer kann ich ihn nicht bei Herrn Claasen lassen. Ich bin schon froh, daß die beiden sich so gut verstehen.«

»Und was macht er, wenn er allein ist?«

»Er wartet. Eigentlich müßte ich nach Hause gehen. Ich gehe seinetwegen abends nie aus.«

Wir sprachen über Herrn Boysen, bis wir im Ratskeller waren. Es war gesteckt voll. Sonnabend, elf Uhr abends. Auch unser Tisch war gut besucht, und sie registrierten alle, daß ich mit der Kleinen kam.

Diesterweg zog seine berühmte Braue hoch. »Hast du Julia in irdische Gefilde entführt, Julius? — Ohhh! Habt ihr das gehört. Julius und Julia. Das ist ein Paar. Bei Gott, hier spricht das Schicksal. Julia und Julius!«

»Man könnte auch sagen, Romea und Julius, wär' mal eine

102

neue Variante«, sagte der dicke Marten, und dann alberten sie weiter mit den beiden Namen herum.

Ich half Hilke aus dem Mantel und bemerkte, daß sie errötet war. Nein, so leicht würden sie es ihr an dem Stammtisch nicht machen, man mußte ihr ein bißchen helfen.

»Ich lausche euch mit Wonne und fühle mich geschmeichelt«, sagte ich. »Aber verderbt dieses Kind nicht, sonst wird sie nicht mehr wiederkommen.«

»Das willst du allein besorgen, sie verderben«, sagte Diesterweg, »sieht dir ähnlich. Geben Sie acht, Julia, dieser Mensch ist nicht nur eine Stütze des Ensembles, sondern auch ein stadtbekannter Verführer.«

Aber so leicht war Hilke nicht zu verwirren. Sie lächelte Diesterweg an und sagte gelassen: »Ich finde ihn nett.«

»Sieh an, sieh da! Sie fällt auf seine harmlose Masche herein. Passen Sie auf, mein Kind, dieser Mensch verstellt sich. Wenn wir einmal allein sind, werde ich Ihnen Geschichten von ihm erzählen. Geschichten! Wann können wir uns einmal allein sehen?«

Und so ging es weiter, wie üblich; Carla, Almut mit ihrem Mann, Dorte, Olga und noch mehrere andere kamen nach und nach, wir aßen und tranken und waren vergnügt. Wie meist, wie fast immer. Um halb eins flüsterte Hilke mir zu: »Ich muß jetzt gehen.«

»Aber jetzt doch noch nicht.«

»Doch. Ich kann Herrn Boysen nicht länger warten lassen.«

»Ach so. Das sehe ich ein. Ich bringe Sie nach Hause.«

»Nein, nein, das ist nicht nötig. Es ist gar nicht weit. Wirklich.«

Aber ich ging natürlich mit, und die Lästerzungen, die uns empfangen hatten, begleiteten unser Gehen. Das war nun einmal nicht anders. Und es schuf, ob man wollte oder nicht, an diesem Abend eine gewisse Verbindung zwischen uns.

»Romea und Julius, welch schönes Paar«, damit entließ uns Marten, und nachdem wir schweigend über den Rathausplatz gegangen waren, sagte ich leichthin: »Eine alberne Gesellschaft!«

»Na ja«, sagte Hilke, »sie sind eben so. Aber ich fand es sehr lustig.«

»Sie sind jederzeit an diesem Tisch willkommen, Hilke, das wissen Sie ja.«

Sie schwieg, und ich dachte mir, daß sie sich allein nicht hintrauen würde, jedenfalls noch nicht. Sie war keine von der kecken Sorte, und sie schien mir auch ein Mädchen mit guter Erziehung zu sein. Kein kesses, kein vorlautes Wort war über ihre Lippen gekommen, sie hatte langsam und mit Bedacht ihren Wein getrunken, eine zurückhaltende junge Dame, die man respektieren mußte. Es gefiel mir. Wir wanderten langsam die Hauptstraße entlang, es war kühler geworden — November —, der Winter kam näher.

Plötzlich sagte sie: »Ich habe Angst.«

»Wegen der Julia?«

»Ja. In zehn Tagen ist Premiere. Ich hab's noch nicht, ich hab's absolut noch nicht.«

Das kannte ich.

»Das kommt noch. Auf einmal ist es da.«

»Manchmal war es schon so. Da hatte ich es. Und am nächsten Tag war es wieder fort.«

»Das geht uns allen so, und das bleibt immer so.«

»Wirklich? Bleibt es immer so?«

»Ja, Hilke. Es gehört dazu. Ich glaube, es geht den Größten noch so. Ihnen erst recht. Nur die Stümper sind zufrieden. Nur die Dilettanten greifen es aus der Luft und stecken es in die Tasche.«

»Ach, es ist schrecklich.«

»In gewisser Weise, ja. Und auch wieder schön. Es ist Ihr erstes Engagement, nicht wahr?«

»Mein erstes richtiges Engagement. Ich war ein halbes Jahr mit einer Tournee unterwegs. Und dann hatte ich eine kleine Rolle in Hamburg. Aber mein Lehrer meinte, ich müßte vor allem an ein richtiges Theater. Und alles spielen, was kommt. Daß es gleich die Julia ist . . .«

Sie wohnte kurz vor dem Matthäusplatz in einer engen Seitenstraße. Das Haus war ein Neubau, ein etwas liebloser Neubau der letzten Jahre.

»Ich wohne ganz hübsch«, sagte sie. »Es ist nur ein kleines Apartment, aber ich fühle mich wohl.«

»Müssen Sie Herrn Boysen nun noch spazierenführen?«

»Natürlich.«

»Dann warte ich hier.«

»Aber nein, das ist nicht nötig. Er beschützt mich schon.«

»Das kann ich mir denken. Aber ich würde ihn gern noch sehen.«

Das schien sie zu freuen. »Ich mach' ganz schnell. Bin gleich wieder da.«

Es dauerte wirklich nur wenige Minuten, dann kehrte sie mit dem schwarzen Hund zurück.

»Wilke Boysen«, sagte sie vorstellend. »Und das ist Julius Bentworth, Wilke. Ein Kollege von mir.«

Wilke Boysen beschnupperte mich sachlich und schien nichts Wesentliches an mir auszusetzen zu haben, er trabte davon und begab sich auf seine Abendrunde.

Ideen hatte dieses Mädchen, sie hieß Hilke Boysen, der Hund Wilke Boysen. Recht originell.

»Haben Sie Wilke schon lange?«

»Seit fünf Jahren. Mein Vater hat ihn mir geschenkt, da war er noch klein. Wir waren immer zusammen. Er brachte mich in die Schule und holte mich ab. Und als ich nach Hamburg ging, auf die Schauspielschule, habe ich ihn mitgenommen. Das war gar nicht so einfach. Dazwischen habe ich ihn immer mal wieder nach Hause gebracht, zu meinen Eltern, aber dann waren wir beide traurig, und dann kam er eben wieder mit.«

Nach einer Weile kam Herr Boysen zurück und fand es an der Zeit, schlafen zu gehen.

»Also«, sagte das Mädchen. »Schönen Dank für den Abend. Und für Ihre Begleitung, Herr Bentworth.«

»Ich habe zu danken«, sagte ich und war ein ganz klein wenig enttäuscht. Hatte ich auf eine Einladung gehofft zu einer Tasse Kaffee? »Ist morgen wieder Probe?«

»Ja. Um zehn.«

»Dann also toi, toi, toi.«

»Danke. Wir wollen es morgen mal durchlaufen lassen. Ach!«

Das letzte war ein Seufzer aus tiefstem Herzen. Und dann verschwanden Hilke und Wilke Boysen im Haus.

Ich stand da noch eine kleine Weile und lächelte. Mir war warum ums Herz, ein bißchen zärtlich. Dieses Kind! Nichts mehr für mich. Fast war ich versucht, ebenfalls zu seufzen.


*Sektfrühstück*


Ich hatte vorgehabt, mir die Generalprobe des Romeo anzusehen, ich gehe meist in die Generalproben, aber ausgerechnet diesen Tag hatte sich Dagmar Nössebaum ausgesucht, um mir ihr Herz auszuschütten.

Sie rief am Tage zuvor an, noch spät am Abend, und sagte kurz und bündig: »Julius, ich muß dich sprechen.«

Seit unserer Begegnung damals am Vormittag hatte ich nichts von ihr gehört und gesehen und auch nicht oft an sie gedacht.

»Ja«, erwiderte ich, »bitte sehr. Wenn du meinst, daß es nötig ist.«

»Es ist nötig«, ihre Stimme klang scharf, »und bitte laß diese steife Haltung mir gegenüber. Morgen habt ihr ja Generalprobe, da wirst du frei sein, nicht?«

Sie hatte sich also genau informiert. Und das ärgerte mich im Moment heftig. Sie hatte immer ihre Verbindungen gehabt, überallhin, auch ins Theater. Und nie hatte ich durchschaut, wie sie das machte.

»Ich hatte die Absicht, mir die Generalprobe anzusehen.«

»Mein Gott, Julius, sei nicht albern. Es besteht ja nun wirklich keine dringende Notwendigkeit, daß du dir Romeo und Julia ansiehst. Schließlich kennst du den alten Schinken doch. Soll ja auch gar keine besondere Aufführung sein. Diese Neuerwerbung, die ihr da habt, ist der Sache anscheinend in keiner Weise gewachsen.«

Ich bin im allgemeinen ein beherrschter Mensch. Aber jetzt stieg mir das Blut in den Kopf, ich wurde augenblicklich so wütend, daß ich am liebsten den Hörer hingeknallt hätte.

»Das kannst du ja wohl kaum beurteilen. Und dein Gewährsmann offenbar auch nicht.«

Sie lachte spöttisch. »Dir gefällt die Kleine wohl? Du kannst ja in die Premiere gehen. Also ich hole dich morgen ab, so gegen elf. Ciao.«

Und dann legte *sie* auf.

Was, zum Teufel, wollte sie von mir? Und mit wem vom Theater hielt sie schon wieder Kontakt? Sie kannte natürlich Briskow, aber von dem hatte sie diese negativen Informationen nicht. Ich war wütend und beschloß, sie zu versetzen.

Aber am nächsten Morgen rief sie um neun noch mal an.

»Ich komme schon um zehn. Wir fahren zum Schloß. Das Wetter ist ja heute ganz gut. Bis gleich.«

»Was blieb mir weiter übrig, ich wartete auf sie.

Sie kam pünktlich um zehn. Sie fuhr jetzt ein Mercedes Sport-Cabrio und hielt damit vor dem Haus und hupte.

Meine Stimmung war nicht die beste, als ich die Treppe hinunterstieg. Ilsebill war nicht zu sehen.

Dagmar sah mir die üble Stimmung an, aber sie lächelte auf ihre charmanteste Art.

»Mach nicht so ein störrisches Gesicht, Liebling«, sagte sie. »Schau, die Sonne scheint. Ein richtig schöner Herbsttag. Der letzte in diesem Jahr. Habe ich extra für dich bestellt.«

Ein schöner Herbsttag — das stimmte. Der Himmel blaß und hoch, das letzte Laub, das noch an den Bäumen hing, war bunt und welk, kein Lüftchen rührte sich. Wir fuhren aus der Stadt hinaus, die Straße, die wir so oft gefahren waren. Es kam mir vor, als sei es ein Menschenalter her. Empfand ich noch etwas für die Frau neben mir?

Sie sah blendend aus. Sie trug ein sehr schickes Kostüm, grün und braun, in den Farben des Herbstes, ihr Haar war unbedeckt, blond und leuchtend wie früher auch.

Das Schloß lag mitten im Wald, etwa eine Stunde Fahrzeit von B. entfernt. Früher war es ein fürstliches Jagdschloß gewesen, heute fand man dort ein Hotel und ein exquisites Restaurant. Wir waren dort oft zum Essen gewesen, und wir hatten auch einige Male dort übernachtet. Tollkühn kam mir das heute vor.

Was hatte ich mir eigentlich dabei gedacht? Auf der Fahrt sprachen wir nicht viel. Dagmar war eine ausgezeichnete Autofahrerin, sie fuhr sicher und sehr schnell, das Fahren machte ihr Spaß.

Voriges Jahr in Italien hätte sie einen Unfall gehabt, erzählte sie mir. Ihr sei weiter nichts passiert, aber der Beifahrer hätte eine Gehirnerschütterung gehabt, und der Wagen sei total beschädigt gewesen.

»Es war sein Wagen, ein funkelnagelneuer Lancia. Aber ich konnte nichts dafür. Sie fahren da unten wie die Verrückten. Schade, daß ich nicht tot war, nicht?«

»Red nicht solchen Unsinn. Du versündigst dich.«

»Du hast recht, Herr Lehrer. Ach, ich bin ein gräßliches Wesen, nicht wahr? Das denkst du doch.«

»Manchmal schon.«

»Ach, Julius, ich liebe dich. Du bist so schrecklich seriös und anständig. Nicht zu glauben, daß ausgerechnet du Schauspieler bist.«

»Ich habe dir früher schon erklärt . . .«

»Ja, ich weiß, ich weiß. Du hast mir immer wieder auseinandergesetzt, daß Schauspieler ganz normale und ordentliche Menschen sind wie andere auch und ebenso bürgerlich empfinden können wie jeder Schalterbeamte. Ich hab's nicht vergessen. Ich hab' nichts vergessen, mein Liebling. Und es freut mich ja auch, daß du bist, wie du bist. Es ist viel schöner, einen seriösen Mann aus der Fassung zu bringen als einen Luftikus. Ach, ich hab' sie kennengelernt, die kleinen und die großen Playboys. Sie sind so langweilig. Und meistens lausige Liebhaber. Du warst ganz anders. Es war immer schön, von dir geliebt zu werden. Auch das hab' ich nicht vergessen.«

Ich schwieg. Was sollte ich dazu sagen? Ein wenig auch wirkte der alte Zauber auf mich. Nein, vergessen hatte ich es auch nicht.

An diesem Novembervormittag war der Parkplatz des Schlosses fast leer. Drei Wagen parkten. Der Hund, der uns entgegenkam, war immer noch derselbe, ein großer grauer Schnauzer, der uns prüfend umkreiste und uns vielleicht sogar wiedererkannte.

Die Generalprobe hatte ich vergessen, als ich neben Dagmar

über die Schloßterrasse ging. Mir war irgendwie wehmütig ums Herz. Ich war auch nicht mehr zornig.

Wir blieben an der Brüstung stehen und blickten von der kleinen Erhöhung, die die Terrasse bildete, über die Wiesenfläche zum Waldrand hinüber. Ein schönes Bild, die Farben, die weiche Luft, die trügerische Sonne — es war die richtige Stunde für Erinnerungen. Dagmar lehnte sich leicht an mich, ich spürte ihr Haar an meiner Wange, ihr vertrautes Parfüm. Auf einmal war es gar nicht mehr so lange her, auf einmal war alles wieder nah und lebendig. Sie schien es auch so zu empfinden. Sie hob mir ihr Gesicht entgegen und sagte: »Küß mich, Julius.«

Ich wandte den Kopf und sah sie an. »Warum?«

»Weil ich es möchte und weil ich mich immer so danach gesehnt habe.«

Ich lachte kurz, ein wenig bitter vielleicht. »Das kann ja wohl nicht wahr sein.«

»Doch, Julius, es ist wahr«, sagte sie ernst. »Du weißt, ich lüge nicht. Ich habe viele schlechte Eigenschaften, aber ich lüge nicht. Wenn ich je einen Mann geliebt habe, dann bist du es gewesen. Viel mehr, als du weißt. Ich hätte nicht von dir weggehen sollen. Und ich habe seither keinen anderen Mann wirklich geliebt.«

Ich wollte mich nicht wieder einfangen lassen, ich wollte hart sein.

»Wirklich geliebt. Nicht wirklich geliebt. Was ist das alles für ein Unsinn! Man liebt, oder man liebt nicht.«

Sie lachte. »Nein, mein Liebling, so einfach ist es nicht, und du weißt das sehr gut. Liebe ist ein leeres Wort. Es gibt so viele Variationen. Ich habe gespielt, das schon, aber — küß mich endlich.«

Ich küßte sie. Ihr Mund war mir vertraut, sie konnte wunderbar küssen; sie begann sehr behutsam, steigerte sehr bewußt, sie wurde reine Hingabe. Ihre Küsse erweckten Begehren in jedem Mann. Und sie wußte das.

Ihre Augen glitzerten wieder, als ich sie losließ, auch das kannte ich. Mit aller Kraft versuchte ich, meine Fassung zurückzugewinnen. Schließlich war ich kein dummer Junge mehr, ich kannte das doch, kannte doch alles zur Genüge. Und ich wollte nicht das alles noch einmal erleben.

Neben uns saß der Hund, er hatte uns aufmerksam zugeschaut. Mir fiel ein, daß man uns vom Lokal aus ebenfalls sehen konnte.

»Hier auf der Terrasse«, sagte ich, und meine Stimme war etwas unsicher. »Man kann uns von drinnen sehen.«

»Da ist doch keiner um diese Zeit. Und wenn schon.«

»Du hast dich nicht verändert.«

»Nein. Warum sollte ich? Möchtest du, daß ich anders wäre?«

»Ich weiß nicht, was ich möchte, dich betreffend. Ich möchte, daß es dir gut geht und daß du endlich zufrieden bist mit deinem Leben.«

»Und daß ich dich in Ruhe lasse.«

»Dagmar . . .«

»Predige mir nicht, mein Liebling. Bitte predige mir ein einziges Mal nicht Vernunft. Du hast es so oft versucht. Ich gebe mir ja auch Mühe. Ich bin mit den besten Vorsätzen hergekommen. Aber ich bin unglücklich. Und ich liebe dich, Julius. Auch wenn du es mir nicht glaubst. Nein, laß, du brauchst nicht darauf zu antworten. Ich will deine Meinung dazu gar nicht wissen. Ich habe so viel an dich gedacht. Und ich habe immer ein bißchen Sehnsucht nach dir gehabt. Vielleicht war es falsch, was wir getan haben. Ich hätte um jeden Preis versuchen müssen, mich von Lorenz scheiden zu lassen, und dann mit dir fortgehen. Du hättest eine große Karriere gemacht, wärst nicht in diesem verdammten Kaff hängengeblieben. Wir beide zusammen, kannst du dir das vorstellen?«

Es hatte eine Zeit gegeben, da konnte ich es mir sehr gut vorstellen. Aber stand es je zur Debatte? Wollte sie fortgehen? Von B. schon, aber nicht aus dem Luxus, den Lorenz Nössebaum ihr bot.

»Wenn du berühmt geworden wärst, hättest du auch viel Geld verdient.«

»Niemals so viel wie dein Mann.«

»Aber auch viel. So wie du aussiehst, wie du bist, du hättest eine große Filmkarriere gemacht. Aber du hast es nie versucht.

Es gibt nicht viele Männer deiner Art. Heute überhaupt keinen. Als ich ein junges Mädchen war, bin ich viel ins Kino gegangen. Ich schwärmte damals für Paul Hartmann und Mathias Wieman. Erinnerst du dich? Du hast ein bißchen von diesen Männern. So dieses ruhige, bestimmte Wesen, das Zuverlässige und Anständige. Und du wirst immer sympathischer, je älter du wirst. Genau wie meine Helden von damals auch. Mein Vater sah auch so aus.«

»Aber er war ja wohl doch von etwas anderer Wesensart.«

»Ach, gar nicht. Weil er Nazi war? Er war gut und anständig. Ich weiß das ganz genau.«

Nun, wir hatten dieses Thema früher schon gehabt. Wenig Zweck, es wieder aufzuwärmen.

Ich hatte ihren Vater nicht gekannt, und vielleicht war er ein anständiger Kerl gewesen, auf jeden Fall gehörte er zu einer gewissen Kategorie Leute, denen man den Anstand nicht so leicht abnahm. Aber das sollte uns beide heute und hier nicht kümmern. Sie hegte und pflegte dieses Vaterbild immer noch. Und wenn sie je in ihrem Leben treu gewesen war, dann war sie es in der Liebe zu ihrem Vater.

Ihre Finger strichen spielerisch über meine Hand, die auf der Mauerbrüstung lag. »Wen liebst du zur Zeit, Julius?«

»Geht dich das etwas an?«

»Sei nicht so häßlich. Ich möchte es wissen, ob du eine andere Frau liebst.«

»Nachdem du immer bestens informiert bist, wirst du doch sicher auch darüber schon deine Erkundigungen eingezogen haben.«

»Man weiß sehr wenig von dir. Du lebst ein zurückhaltendes Leben. Und man sagt, es gäbe keine Frau, die dir etwas bedeutet.«

»Sagt man das?«

»Und du hast auch nicht geheiratet.«

»Nein, wie du siehst.«

Sie nahm meine Hand von der Brüstung und legte sie an ihre Wange. »Darüber bin ich sehr froh.«

Schwer, meine Gefühle zu beschreiben. Ich wollte nicht, und trotzdem war sie mir auf einmal wieder sehr nahe, war eine

111

Verbindung wiederhergestellt. Ich wußte auch nicht, wie es gekommen war.

»Wollen wir nicht hineingehen?«

»Ja. Laß uns etwas trinken. Einen hübschen kleinen Aperitif.
Und dann sollen sie uns was Gutes zu essen machen.«

Auch das kannte ich. Dagmar war immer sehr wählerisch mit
dem, was sie zu essen pflegte. Sie begnügte sich nicht damit, eine
Speisekarte zu studieren und etwas zu bestellen. Sie verhandelte
mit dem Ober, dem Geschäftsführer, dem Chef des Hauses, was
es sonst noch gäbe und was man eventuell ganz speziell für sie
zusammenstellen würde. Und ich hatte noch nie erlebt, daß sie
damit keinen Erfolg gehabt hätte. Man beeilte sich, ihr alle
möglichen Vorschläge zu machen und dann ganz nach ihren
Wünschen die Küche in Bewegung zu setzen.

Das Restaurant war leer an diesem Vormittag im November.
Die Bar natürlich geschlossen. Wir setzten uns an einen Fenster-
tisch, just über der Terrasse, wo wir eben noch gestanden und uns
geküßt hatten. Dagmar wollte einen ganz bestimmten Aperitif,
den sie hier nicht hatten. Sie müßten ihn unbedingt bestellen,
meinte sie, er sei hervorragend und so bekömmlich, in Rom
habe sie ihn immer getrunken. Der Pächter des Schloßhotels, es
war noch derselbe, erkannte uns natürlich wieder, hörte sich das
alles eifrig an und notierte den Namen des Getränks. Er hoffe,
sagte er, ihn der gnädigen Frau das nächstemal servieren zu können. Dagmar nickte befriedigt und entschied sich für Campari.
Für das anschließende Frühstück bestellte sie eine Scheibe Wildpastete, die sie hier selbst machten und die sehr gut war, wie wir
aus Erfahrung wußten. Sodann ein Täßchen Hummersuppe und
schließlich ein Hühnerbrüstchen, nein, kein Waldorfsalat, lieber
etwas Spargel, und auf Wein hätte sie heute keinen Appetit, sie
würde ein Glas Sekt dazu trinken. Der Chef und das Mädchen,
das bediente, nickten und notierten. Ich hörte mir das schweigend
und ein wenig amüsiert an, wohl wissend, daß sie das alles niemals essen würde, ein wenig daran herumnaschen würde sie,
aber es war nett, mit ihr hier zu sitzen und die ganze Wichtigkeit,
die sie der Sache beimaß, zu beobachten. Ich schloß mich in allem

an, es wäre unfreundlich, den Leuten das Leben unnötig zu erschweren, indem ich andere Wünsche äußerte.

»So«, sagte sie zufrieden und nippte an ihrem Campari, als alles erledigt war, »gib mir eine Zigarette, Julius. Wie schön, mit dir hier zu sein.«

»Und wie schön für uns, daß du dem tristen Dasein in diesem tristen Kaff doch noch einige Reize abgewinnen kannst. Bist du eigentlich schon einmal mit deinem Mann hier gewesen?«

»Natürlich. Wir haben manchmal hier auswärtige Gäste bewirtet. Aber allein, so tête-à-tête wie mit dir, war ich mit Lorenz nie hier.«

»Das tut mir leid für Lorenz.«

»Ich fasse das als Kompliment auf. Aber er hat ja nie Zeit. Ohne ihn würde wohl die Stadt nicht existieren können. Jetzt beschäftigen ihn die Pläne für ein neues Krankenhaus. Was heißt Krankenhaus! Eine Superklinik. Er ist dabei, das Geld zu beschaffen. Oesel stiftet allein eine Million, wie es heißt.«

Oesel war der größte Unternehmer in unserer Stadt, eine Firma mit Weltgeltung und entsprechendem Umsatz.

»Und dann will er den Bahnhof umbauen. Und dann soll draußen im Norden eine neue Siedlung entstehen, ganz was Modernes und Einmaliges. Und dann — ach, ich weiß nicht. Lorenz ist erstaunlich.«

»Finde ich auch. Wenn ich eine Frau wäre, würde es mir Spaß machen, mit so einem dynamischen Mann verheiratet zu sein.«

»Du bist aber keine Frau, Liebling. Und die Talente, die Lorenz entwickelt, wenn es gilt, diese Stadt auf Hochglanz zu bringen, nützen einer Frau wenig.«

»Es ist sehr schade, daß du dich so wenig für seine Arbeit interessierst«, sagte ich vorsichtig.

»Sehr schade, Liebling. Aber was soll ich machen? Ihn begleiten, wenn er die Finanzverhandlungen führt und die Pläne begutachtet und die Wettbewerbe ausschreibt?«

»Warum nicht? Es gibt Frauen, die mit ihren Männern zusammenarbeiten.«

»Oh, rede nicht so albern mit mir, Julius. Ich finde es gräßlich, wenn Frauen ihre Nasen in alles hineinstecken, was Männer tun.

Ich habe noch nie festgestellt, daß diese Frauen sehr beliebt sind.«
Daran mochte etwas Wahres sein. Eine Frage beschäftigte mich
noch. Vielleicht war es indiskret, sie zu stellen. Aber da sie sowieso bereitwillig alles erzählte, konnte ich es immerhin versuchen. »Freut es Lorenz, daß du wieder da bist?«

Sie hob die Schultern. »Ich weiß es eigentlich nicht. In gewisser
Weise schon. Aber nicht in guter Weise. Es freut ihn, daß er
mich wieder unter seiner Fuchtel hat. Aber er leidet natürlich an
der Umwelt. Keiner würde es wagen, zu ihm etwas über mich
zu sagen. Aber er ist sich klar darüber, daß man über uns redet.«

»Das dürfte nichts Neues für ihn sein.«

»Nun ja, früher gab es Gerüchte. Die Leute munkelten dies
und das. Heute ist es eine Tatsache, daß ich fort war und wieder
da bin.«

»Und wie lautet die offizielle Version? Nur damit ich Bescheid
weiß.«

»Ich war bei meiner Mutter, um sie zu pflegen, weil sie krank
war.«

»Eine langwährende Krankheit. Und ist sie nun wieder gesund?«

»Wir haben uns nicht festgelegt«, sagte sie kühl.

»Du bist ein Luder«, sagte ich von Herzen.

Sie neigte den Kopf zur Seite und seufzte. »Das stimmt gar
nicht. Ist es denn etwas Böses, daß ich auch ein wenig glücklich sein möchte?«

»Glücklich — so. Und warst du glücklich während der vergangenen anderthalb Jahre?«

»Nein. Nur ganz gut unterhalten. Glücklich war ich mit dir.
Jedenfalls eine Zeitlang.«

»Das ehrt mich.«

»Das kann es auch«, sagte sie ernsthaft. »Ich bin eine an-
spruchsvolle Frau. Und du *hast* mich glücklich gemacht. Und
vielleicht könntest du es wieder tun.«

»Nein, mein Kind, das schlag dir aus dem Kopf. Du hast mich
damals auch betrogen, das weißt du ja wohl noch?«

»Sei nicht so nachtragend.«

»Und außerdem war mir das Leben mit dir viel zu aufregend.

Ich habe immer ein schlechtes Gewissen gehabt deinem Mann gegenüber. Ich finde ihn nämlich sympathisch. Und ich möchte nicht riskieren, daß er doch noch mit einer Pistole anrückt.«

»Wir könnten sehr vorsichtig sein.«

»Und ich will ihm auch nichts Derartiges mehr antun. Ich nicht.«

»Gott, wie edel! Fällt dir nur ein bißchen spät ein.«

»Kann sein. Aber immerhin, es fällt mir ein. Und vielleicht solltest du es dir auch einmal einfallen lassen.«

Die Wildpastete wurde uns serviert, mit Preiselbeeren, Cumberlandsauce, Toast und Butter. Wir unterbrachen das Gespräch. Dagmar kostete sachverständig, nickte dem Chef zu, der vorbeikam und guten Appetit wünschte.

»Köstlich! Ich werde öfter wieder herkommen.«

»Das wird uns alle freuen, gnädige Frau.« Er öffnete selbst den Sekt, ich nahm den Probeschluck, dann füllte er beide Gläser.

»Salute, amore mio«, sagte Dagmar und hob ihr Glas. Der Chef des Hauses lächelte wohlgefällig und entfernte sich. Und ich dachte: Was würde Lorenz Nössebaum dazu sagen, wenn er uns hier sitzen sähe?

»Wie stehst du jetzt mit deinem Mann?«

Sie hob die Schultern. »Formell. Wir sind sehr höflich und sehr distanziert. Und wir schlafen nicht miteinander, falls du das meinst. Und es sieht auch nicht so aus, als wolle er unsere Beziehungen in dieser Weise wiederherstellen.«

»Bedauerst du es?«

»Himmel, nein. Ich habe nie gern mit ihm geschlafen. Er ist ein ungeschickter Liebhaber. Und außerdem ist er mir zu alt.«

Ich schwieg, blickte auf meinen Teller und aß. Es war mir peinlich, in dieser Art über Herrn Nössebaum zu sprechen. Daß er älter geworden war, dafür konnte er nichts. Übrigens war er, als sie ihn heiratete, auch schon vierundzwanzig Jahre älter gewesen als sie, das hatte sie schließlich gewußt. Und wenn er ein ungeschickter Liebhaber geblieben war, so war das ihre Schuld. Sie war erfahren und klug genug, jedem Mann beizubringen, *wie* er sie lieben sollte. Sie hatte die Hälfte ihrer Pastete aufgegessen und schob den Teller beiseite. Mir schmeckte es so gut, daß ich meine Portion aufaß.

»Und was ist nun mit Thomas?«

»Ach ja, Tommy. Er macht mir so viel Sorgen.«

Ich erfuhr, daß Thomas, mittlerweile sechzehn Jahre alt, eine schwierige Periode durchmache. Seine Leistungen in der Schule seien katastrophal, obwohl er so begabt sei, wie ich ja wisse. Er sei einfach seelisch vollkommen depressiv gestimmt, und das sei doch schrecklich bei einem so jungen Menschen. Fände ich das nicht auch?

»Vielleicht bist du nicht ganz unschuldig daran.«

»Das mußte ja kommen«, sagte sie ärgerlich. »Immer bin ich an allem schuld. Ich habe Tommy verwöhnt und geliebt wie selten eine Mutter ihr Kind. Ich bete ihn an, das weißt du gut genug.«

»Das wird einer der Hauptfehler sein. Ein heranwachsender Junge will gar nicht von seiner Mutter angebetet sein. Die Mutter soll eine richtige Mutter sein, und das Familienleben zu Hause soll in Ordnung sein, damit ist Kindern mehr gedient.«

»Du mußt es ja wissen. Wieviel Kinder hast du denn inzwischen? Tommy ist anders. Er war nie interessiert an einem spießigen Familienleben. Wir beide waren uns genug. Mit seinem Vater hat er nie viel im Sinn gehabt. Ich und die Musik, das hat Tommy glücklich gemacht.«

»Aber du warst ja schließlich nicht mehr da.«

»Schön, er war in diesem Internat. Ein erstklassiges teures Internat. Und ich habe ihn ständig besucht. Und habe ihn abgeholt und bin mit ihm verreist, auch wenn Lorenz mir deswegen einmal sogar das Geld gesperrt hat. *Er* hat den Jungen so verwirrt gemacht, weil er nicht wollte, daß ich mit ihm zusammen bin. Wie konnte er versuchen, uns zu trennen? Er ist so dumm. Nie könnte er mich von Tommy trennen, ganz egal, was ich sonst tue.«

Armer Lorenz Nössebaum! Da hatte er ihr also die ganze Zeit Geld geschickt, obwohl sie mit einem anderen Mann fortgegangen war. Und dann hatte er versucht, den Jungen von ihr fernzuhalten. Armer reicher Lorenz Nössebaum!

»Thomas liebt nur mich«, sagte Dagmar leidenschaftlich. »Und er braucht nur mich.«

»Wenn es so ist«, sagte ich scharf, »dann solltest du bei ihm bleiben. Und solltest endlich aufhören, dein sogenanntes Glück anderswo zu suchen.«

»Darum bin ich ja auch wieder da. Ich will bei ihm bleiben, jedenfalls so lange, bis er mit der Schule fertig ist. Bis er studieren wird und von hier fortgehen kann. Ich habe gedacht, wenn er in dem Internat ist, werden wir die Zeit bis dahin gut herumbringen. Ein erstklassiges Institut, wirklich. Ich dachte, dort bleibt er, ich besuche ihn oft, wir verbringen seine Ferien zusammen, später, wenn er studiert hat, kann ich in der Stadt leben, wo er sein wird, und dann können wir wieder für immer zusammen sein.«

»Offenbar hat es sich Thomas so nicht vorgestellt. Was sagtest du neulich von einem Selbstmordversuch?«

»Pst!« machte sie und sah sich um, denn gerade kam das Mädchen und brachte die Suppe.

»Du darfst zu niemandem darüber sprechen. Es ist zu peinlich. Es war natürlich eine Dummheit. Er wollte fort aus dem Internat, es hat ihm dort nicht gefallen. Ich hatte Lorenz vorgeschlagen, daß er irgendwo anders zur Schule gehen soll, in Hamburg oder in München, und daß ich dann dort mit ihm zusammen leben könnte. Lorenz antwortete mir gar nicht auf meinen Brief. Statt dessen schrieb er an Thomas, er könne entweder nach Hause zurückkommen, wo Sophie für ihn sorgen würde, oder er müsse in dem Internat bleiben. Thomas wollte beides nicht. Er wollte bei mir sein. Und darum hat er diese Schlaftabletten geschluckt.«

»Schlaftabletten?«

»Ja. Sie hatten im Internat auch eine Krankenabteilung, und da gab es einen Schrank mit allen möglichen Medikamenten. Die Kinder wußten das natürlich. Und als Thomas wegen einer Erkältung im Bett lag, brach er nachts den Schrank auf und schluckte eine Menge Tabletten. Es waren natürlich keine starken Tabletten, und so passierte Gott sei Dank nichts Ernsthaftes. Aber es ist schlimm genug, findest du nicht?«

»Hm. Schlimm, ziemlich schlimm.«

Bei mir dachte ich, daß Thomas wohl auf diese Art seine Eltern zwingen wollte, ihn aus dem Internat zu nehmen. Und sie ebenso zwingen wollte, wieder zusammen zu leben. Was ihm ja auch gelungen war.

»Und daraufhin hast du dich also dann mit Lorenz verständigt?«

»Ja. Da gab er endlich seinen eigensinnigen Standpunkt auf. Wir trafen uns in München und haben vereinbart, daß ich zurückkomme und hierbleibe, bis Thomas mit der Schule fertig ist.«

Sie trank den letzten Schluck Suppe und sagte: »Ich habe ihm nämlich schon vor einem Jahr angeboten, zurückzukommen!«

»Ach?«

»Ja. Das überrascht dich? Ich will dir die Wahrheit sagen: Ich war auch nicht sehr glücklich, da wo ich war. Dieser Mann — Pietro, er war eine Enttäuschung.«

»Hat er dich sitzenlassen?« fragte ich roh.

»Du bist sehr ungalant. Mich läßt man nicht sitzen.«

»Schön. Hast du ihn sitzenlassen?«

»Wir haben uns getrennt. Sehr bald schon. Er war unmöglich. Und ich habe ihn überhaupt nicht geliebt.«

»Dann möchte ich wissen, warum du mit ihm gegangen bist.«

»Sei nicht so stur. Weil ich fort wollte von hier. Weil ich dieses verdammte Kaff satt hatte. Immer die gleichen blöden Leute, die gleichen dummen Gesichter, das gleiche dumme Gewäsch. Du weißt nicht, wie das ist. Ihr Theaterleute lebt für euch, euer Leben ist amüsanter. Aber diese Spießer hier! Sie hingen mir so zum Halse heraus. Jeden Tag tat ich dasselbe. Und mit dir hatte ich auch immerzu Streit.«

»Das war nicht meine Schuld.«

»Nein, nein, natürlich meine. Alles ist immer meine Schuld, ich bin unmöglich.«

»Das wird wohl so sein.«

Die Sektflasche war schon fast leer. Weil ich mich ein wenig ärgerte, hatte ich schnell getrunken.

»Wir nehmen noch eine«, sagte Dagmar und lächelte freundlich, so als hätten wir das friedlichste Gespräch der Welt. »Es schmeckt mir. Und es freut mich, mit dir hier zu sitzen.«

»Du mußt fahren«, gab ich zu bedenken.

»Das macht mir nichts. Wir trinken nachher einen Mokka.«

Wir zündeten uns eine Zwischenzigarette an und bestellten noch eine Flasche.

»Und dann hatte ich gehofft, *du* würdest mich vielleicht zurückholen.«

»Wie?«

Sie lachte. »Mach nicht so ein verdutztes Gesicht, mein Liebling. Ja, ich dachte, du liebst mich. Auch wenn wir uns gestritten haben. Und du würdest nicht dulden, daß ich fortging.«

»Du machst mir Spaß. Immerhin wußte ich ja, daß du mich mit dem jungen Dirigenten betrogen hast, der damals bei uns gastierte, nicht? Und er war nicht der einzige.«

»Ach, verschone mich mit diesem alten Kram.«

»Gut, lassen wir das. Pietro war also ein Reinfall. Was tat er? Verprügelte er dich?«

»Nein, er betrog mich.«

»Nun, ich würde sagen, du hättest dafür Verständnis haben müssen.«

»Er war sehr charmant. Ich hatte ihn auf dieser Schiffsreise kennengelernt, weißt du, diese Mittelmeerkreuzfahrt. Er wirkte wie ein reicher, junger Nichtstuer, tanzte fantastisch und konnte einem wunderbar den Hof machen. Alle Frauen auf dem Schiff waren verrückt nach ihm. Und es machte mir Spaß, ihn für mich einzufangen. Den anderen Frauen zu zeigen, wie man so was macht. Er war nicht reich. Er war genaugenommen ein kleiner Hochstapler, er lebte mit von Lorenz' Geld. Und außerdem betrog er mich. Das paßte mir nicht.«

Sie erzählte das ganz gelassen, als ginge sie die Geschichte weiter nichts an. Ehrlich war sie, das mußte man zugeben. Sie gestand auch ihre eigene Niederlage ein.

»Damals wollte ich eigentlich schon zurückkommen. Aber Lorenz wollte nicht.«

»Womit er recht hatte.«

»Du bist gemein.«

»Und was hast du dann getan?«

»Oh, ich lebte so. Geld bekam ich ja. Ich war in Rom, auch eine Zeitlang in Paris. Ich reiste viel.«

Nach anderen Männern fragte ich nicht.

»Und nun?«

»Was und nun?«

»Wirst du es jetzt hier aushalten können?«

»Thomas zuliebe tue ich alles. Und ein wenig wirst du mir vielleicht helfen, das Leben hier zu ertragen.«

»Rechne nicht mit mir.«

»Genau das tue ich. Ich will ja nichts weiter von dir. Wir sehen uns ab und zu, wir essen gelegentlich zusammen, so wie heute. Wir unterhalten uns. Julius!«

Sie lächelte. Sie war schön. Und ein komischer Gedanke kam mir auch. Daß es Lorenz Nössebaum vielleicht am liebsten sein würde, wenn ich es wäre. Da wußte er, wie er dran war. Keine unangenehmen Überraschungen.

»Zum Teufel mit dir!« murmelte ich und blickte in ihre Augen, die grün waren und glitzerten.

»Das ist ein hübsches Kompliment«, sagte sie.

Ich war froh, daß der nächste Gang kam.

Am frühen Nachmittag fuhren wir heim. Ehe wir die Stadt erreichten, hielt sie an und küßte mich. Ich küßte sie auch. Als sie mich bei meinem Haus absetzte, sagte sie: »Ich ruf' dich an.«

»Der Teufel soll dich holen«, sagte ich wieder, als ich dem Wagen nachsah. Und ich meinte es auch so. Mein Seelenleben war verworren, ich war nicht glücklich, und ich mochte mich selbst nicht leiden.

Glücklicherweise würde ich in nächster Zeit sehr beschäftigt sein. Jeden Tag Proben, fast jeden Abend Vorstellung.


*Romeo und Julia*


Abends als ich in den Ratskeller kam, fragte ich Olga, wie die Generalprobe abgelaufen sei.

»So, so«, sagte sie. »Die Kleine hat geweint, als sie wegging.«

»Warum denn das?«

»Sie war furchtbar nervös. Und sie hat ein paarmal gepatzt. Ich glaube, Briskow hat sie ziemlich angefahren. Das Kind ist einfach überfordert mit der Rolle. Sie hat zuwenig Erfahrung. An sich ist sie nicht schlecht. Aber sie wird noch nicht fertig damit.«

Arme Hilke! Wie würde sie die Zeit bis zur Premiere morgen abend überstehen? Ich hätte sie gern angerufen und ein wenig getröstet. Vielleicht auch eingeladen, mit mir einen Schoppen zu trinken. Aber ich wußte ihre Telefonnummer nicht, falls sie überhaupt Telefon besaß. Fragen wollte ich keinen danach.

Ob wohl heute abend einer bei ihr war, der sie ein wenig ablenkte? Ob sie am Ende einen Freund besaß? Na, warum nicht? Es mußte ja keiner von hier sein, es konnte ja einer von irgendwoher zu ihrer Premiere gekommen sein. Oder war sie allein mit Wilke, der sie tröstete?

Nachdem ich gegessen hatte und weitere Informationen über die Generalprobe gesammelt hatte — der Stammtisch war gut besucht an diesem Abend, wir hatten spielfrei, drüben machten sie Operette —, verabschiedete ich mich von den Kollegen und spazierte langsam durch die Stadt. Das schöne Wetter war nicht von Dauer gewesen, es hatte begonnen, sacht zu regnen. Eine Weile dachte ich über Dagmar nach. Wie sollte ich mich in Zukunft verhalten? Abweisend und kühl? Oder eine lose Freundschaft aufrechterhalten? In welcher Weise verhielt ich mich richtig?

Schade, daß ich den Stadtbaumeister nicht danach fragen konnte. »Lieber Herr Nössebaum, wie soll ich Ihre Frau behandeln? Es steht zu befürchten, daß sie Ihnen auf irgendeine Weise wieder Kummer macht, ich habe durchaus nicht den Eindruck, daß sie ruhiger und vernünftiger geworden ist. Wenn ich kann, würde ich gern dazu beitragen, daß Ihr Familienleben in einigermaßen friedliche Bahnen gelenkt wird. Aus Sympathie zu Ihnen, verehrter Herr Nössebaum. Im Interesse von Thomas, diesem labilen und begabten Jungen, der zweifellos der Hauptleidtragende am Wesen seiner Mutter ist, auch wenn sie behauptet, ihn so sehr zu lieben. Doch — sie tut es, ich weiß das ganz genau. Aber ihre Art von Liebe, ganz egal, wen sie trifft, ob Mann oder Kind oder Liebhaber, hat etwas Verhängnisvolles. Sie ist eine Gefahr für jeden, der von ihr geliebt wird. Seltsam, Herr Nössebaum, darüber bin ich mir auch erst später klargeworden. Jetzt erst richtig, würde ich sagen. Es beweist Ihnen vielleicht, daß ich sehr viel Abstand zu den Dingen und zu Ihrer Frau gewonnen habe. Man sieht ja dann erst klar, wenn man selbst nicht mehr bis zum Hals in einer Geschichte drinsteckt. Nicht daß mir Dagmar gleichgültig geworden wäre — das nicht. Ich finde immer noch, daß sie eine bemerkenswerte Frau ist. Ich finde sie überaus reizvoll und begehrenswert. Sie ist alles andere als Durchschnitt, es gibt überhaupt kein Klischee, das auf sie paßt. Und sie ist, wenn ich mir das mal ganz genau überlege, die Frau gewesen, die in meinem Leben die größte Rolle gespielt hat. Leidenschaft und so. Sie verstehen, Herr Nössebaum. Ich traf sie an einem Punkt meines Lebens, der für mich wichtig war. Ein neuer Abschnitt gewissermaßen. Mein erstes richtiges Engagement, das erstemal echte Erfüllung bei der Arbeit. Sie, Herr Nössebaum, dem die Arbeit so viel bedeutet, können mich sicher verstehen. Man teilt dieses Hochgefühl gern mit einer Frau. Es gab höchstens noch eine Frau in meinem Leben, die so wichtig war, das war in meiner Jugend, als ich studierte. Sie hieß Janine, eine junge Schauspielerin.

In gewisser Weise könnte man sagen, sie habe eine Art Ähnlichkeit mit Dagmar. Sie war ebenfalls sehr schön, sehr verwöhnt, extravagant, verstand es, einen Mann mit Haut und Haar zu verschlingen und ihn, wenn sie keine Verwendung mehr für ihn hatte, mit lässiger Geste fallenzulassen. Ich frage mich, Herr Nössebaum, warum ich an solche Frauen gerate, warum ich sie liebe. Ich könnte ja auch eine gute, liebe, brave Frau lieben und heiraten, so eine wie unsere Almut beispielsweise. So eine Frau ist durchaus nicht langweilig, sie ist gescheit und hat ein Herz und kann einen Mann glücklich machen. So eine Frau finde ich offenbar nicht. Ja, aber ich wollte gar nicht ausführlich von mir reden. Verzeihen Sie, lieber Herr Nössebaum, das wird Sie wenig interessieren. Es geht darum: Was machen wir mit Dagmar? Verzeihen Sie ebenfalls, daß ich *wir* sagte. Irgendwie fühle ich mich mitverantwortlich. Zwei Jahre immerhin war ich mit ihr zusammen, eine schöne und wichtige Zeit für mich, ich sagte es bereits. Sie haben es gewußt, wie ich annehme, haben es mehr oder weniger geduldet. Warum, Herr Nössebaum? Ich kann es nicht wissen, ich kann es mir allenfalls denken. Vielleicht waren Sie der Ansicht, so einer wie ich richte kein allzu großes Übel an, ein Skandal werde vermieden, die Dinge liefen einigermaßen reibungslos ab. So war es ja auch. Daß sie ging, war nicht meine Schuld, daß sie wiederkam, auch nicht. Aber was machen wir jetzt mit ihr? Thomas zuliebe. Ihnen zuliebe. — Ich? Ja, lieber Herr Nössebaum, Ihnen meine Gefühle zu schildern ist etwas schwierig, weil ich sie selbst nicht genau kenne. Ist es Liebe? Sicher nicht. War es Liebe? Was, zum Teufel, ist Liebe überhaupt? In meinem Beruf rede ich ziemlich viel davon. Und muß sie darstellen und glaubhaft machen. Sie werden es nicht für möglich halten, Herr Nössebaum, je älter ich werde, um so weniger weiß ich, was Liebe ist und ob es sie überhaupt gibt. Ob wir da nicht alle einer großen Illusion aufgesessen sind. Wie? Die Idee ist Ihnen auch schon gekommen? Aber — wie stark sind Illusionen? Verraten Sie mir das auch noch, lieber Herr Nössebaum, wie stark sind Illusionen? Sind sie am Ende stärker als die Wirklichkeit?«

Mit diesem Monolog und Dialog ging ich im Regen durch die Stadt. Reichlich verrückt, so könnte man es nennen. Aber irgendwie hatte ich das Gefühl, mit Herrn Nössebaum einmal über das alles sprechen zu müssen. Wäre von Vorteil für uns beide. Für uns drei. Aber wann können Menschen schon aufrichtig miteinander reden. Wann und wo und mit wem.

Und noch etwas bestürzte mich tief: Wie weit ich schon wieder in die Angelegenheit Nössebaum verwickelt war. Welche große Rolle Dagmar noch immer für mich spielte. Und gerade das war es, was ich nicht gewollt hatte.

Aber offenbar lief ich auf zwei Gleisen. Da waren einerseits die Dinge, die ich dachte, und da war noch etwas anders, was meine Schritte lenkte.

Ich fand mich nämlich plötzlich vor dem Neubau, in dem Hilke Boysen wohnte. Den ganzen Abend hatte ich mich untergründig damit beschäftigt, daß sie allein und unglücklich war und geweint hatte nach der anscheinend etwas mißglückten Generalprobe. Hatte ich neuerdings Menschheitsbeglückungsideen?

Ich wollte eine junge Schauspielerin trösten und gleichzeitig

Herrn Nössebaums Ehe friedlich gestalten. Ob ich mich mal bei der Inneren Mission bewarb?

Zögernd blieb ich vor dem Haus stehen. Meine Uhr zeigte kurz vor zehn. Bißchen spät für einen ersten Besuch. Aber schlafen würde sie sicher noch nicht. Sie hatte ja wohl eine eigene Wohnung, sie sprach von einem Apartment. Ich studierte die Namenschilder und fand im dritten Stock den Namen Boysen. Gerade, als ich die Hand ausstreckte, um zu klingeln, wurde es im Haus hell, und Schritte kamen die Treppe herab. Vielleicht war sie es, wollte mit Herrn Boysen spazierengehen.

Sie war es nicht. Ein junges Paar kam aus dem Haus und hielt mir die Haustür höflich auf. Nun denn, man betrachtet so etwas als Schicksalsfügung.

Ich trat ein, fand den Lift, fuhr in den dritten Stock. Acht Türen waren hier, auf jeder Seite vier. Und an der zweiten Tür rechts las ich Hilke Boysen. Und da hatte ich auch schon geklingelt.

»Oh!« sagte sie, als sie die Tür öffnete, und es hörte sich nicht gerade nach einem Freudenausruf an. Im Gegenteil — sie schien mir etwas verlegen zu sein. Sie trug graue Hosen und einen schwarzen Pullover, sie sah blaß aus, und ihr Haar war verstrubbelt. Hatte sie geschlafen? Hinter ihr stand wachsam Herr Boysen.

»Entschuldigen Sie, daß ich störe, Hilke, ich wollte mich erkundigen, wie es Ihnen geht. Ob Sie vielleicht ein bißchen Ablenkung und Zuspruch brauchen. Vielleicht möchten Sie noch ein Glas Wein trinken gehen oder so.«

Sie blieb unter der Tür stehen, machte keine Anstalten, mich einzulassen.

»Sie waren in der Generalprobe?«

»Nein, ich hatte leider keine Zeit.«

»Dann haben Sie gehört, wie miserabel ich war.«

»Keineswegs. Das hat niemand gesagt. Und ein paar Schwierigkeiten gibt es bei Generalproben immer, das wissen Sie doch selber. Im Gegenteil, das ist ganz in Ordnung. Eine Generalprobe, die glattgeht, ist ein böses Omen.«

Sie lächelte kläglich. »Vielen Dank. Da kann ich ja beruhigt sein.«

Da standen wir. Sie blickte einmal kurz über die Schulter und sage dann etwas unsicher: »Wollen Sie nicht hereinkommen?«

»Ich möchte nicht stören.«

»Sie stören gar nicht. Ich habe sowieso noch Besuch.«

»Oh, dann — dann störe ich vermutlich erst recht.«

»Nein, nein, gar nicht . . .«

So albern ging es noch eine Weile hin und her, und dann kam eine Stimme, die ich kannte aus dem Zimmer: »Nun, komm schon rein, Mensch, Bentworth, und mach's nicht so spannend.«

Im Wohnzimmer auf einer blauen Couch rekelte sich Claudio von Warras. Der Junker Claudio, das unerzogene Scheusal, der Romeo dieser Julia. Unerklärbar, warum — aber ich war im Augenblick furchtbar enttäuscht. Der war hier und sie mit ihm allein, er auf der Couch, und sie hatte vermutlich neben ihm gelegen, dem Zustand ihrer Frisur nach. Schnapsidee von mir, hierherzukommen! Man überraschte keine junge Dame in ihrer Wohnung. Das ging selten gut.

Er grinste, als er mich unschlüssig unter der Tür stehen sah. »Na, Posa, mein edler Freund, auf welchen Pfaden wandelst du? Komisches Benehmen für einen Edelmann, mitten in der Nacht junge Mädchen zu überfallen.«

»Zumal wenn sie nicht allein sind«, nahm ich den Ton auf, obwohl mir gar nicht danach zumute war. »Willst du vielleicht nachholen, was du bei den Proben versäumt hast?«

Er grinste noch mehr. »Genau das. Julia muß ein bißchen angeheizt werden.«

»Fällt dir reichlich spät ein.«

»Wer sagt dir denn das?«

Stimmte auch wieder. Wer sagte mir das? Möglicherweise waren die beiden schon länger ein Paar.

»Laßt das blöde Gerede auf meine Kosten«, fuhr uns Hilke ärgerlich an. »Ich schätze das nicht. Geben Sie mir Ihren Mantel, Herr Bentworth. Er ist ja ganz naß.«

Ich zog den Trenchcoat aus, sie nahm ihn, und ich hörte, wie sie ihn draußen in der winzigen Diele energisch schüttelte. Als sie wieder ins Zimmer kam, hatte sie einen Tropfen auf der

Nase. Einen Regentropfen von meinem Mantel, das rührte mich nun wieder.

»Bitte, Herr Bentworth, nehmen Sie Platz«, sagte sie formell und wies mit der Hand auf einen der blauen Sessel bei dem Tisch vor der Couch.

»Danke, gnädiges Fräulein«, sagte ich ebenso formell und setzte mich.

Herr Boysen, der bisher zwischen uns gestanden hatte, streifte die beiden Besucher seines Frauchens noch einmal mit einem kurzen Blick — einem verächtlichen Blick, wie mir schien —, dann zog er sich in die äußerste Ecke des Zimmers zurück und legte sich nieder, wobei er uns das Hinterteil zudrehte. Der Besuch gefiel ihm nicht, das war ihm deutlich anzumerken.

»Was möchten Sie trinken, Herr Bentworth?«

»Was trinkt ihr denn?«

»Whisky«, sagte Claudio. »Jedenfalls ich. Sie trinkt Milch.«

Richtig, da stand ein Glas mit einer weißen Flüssigkeit auf dem Tisch, das mußte wohl Milch sein.

»Na, dann nehme ich auch einen Whisky.«

»Und du hörst auch mit dem Milchgelabbere auf«, befahl Claudio dem Mädchen. »Mit Milch in den Adern wirst du nie eine ordentliche Julia hinlegen können.«

»Ich bezweifle, ob es mit Whisky in den Adern besser wird«, sagte Hilke scharf und wurde wieder rot, diesmal vor Ärger.

»Ach, du himmelblaues Unschuldslamm«, sagte Claudio und stöhnte übertrieben. Er warf sich der Länge nach auf die Couch und hob die Arme über den Kopf. »Landpomeranze aus Ostfriesland! Du Kartoffelkraut aus dörflichem Mistbeet! Welcher Irrtum waltet hier! Warum mußt ausgerechnet du meine Julia sein!« Er rief das alles in komisch-pathetischem Ton aus, zweifellos sollte es witzig sein, aber es klang doch recht roh und lieblos, und ich sah, daß es Hilke, deren Nerven zweifellos bloßlagen, an den Rand der Tränen trieb. Ein merkwürdiges Liebespaar, diese beiden. Oder waren sie am Ende gar keins?

»Na, na«, sagte ich, »ein feiner Mann bist du noch nie gewesen, Junker, das wissen wir. Aber du mußt nicht so übertreiben. Ich weiß nicht, wie deine Julia ist, aber sie wäre auf jeden Fall besser, wenn du nicht ihr Romeo wärst.«

»Ich!« Er fuhr auf und tippte sich an die Stirn. »Du spinnst ja, Bentworth. An meinem Genie besteht kein Zweifel. Ich spiele den Romeo aus dem Handgelenk.«

»Du hast heute auch zweimal gepatzt«, sagte Hilke. »Dr. Briskow war mit dir genauso unzufrieden.«

»Kunststück! Wenn man ein Stück so zu Tode probt. Da kann ja nichts dabei herauskommen. Bis zur Vergasung haben wir geprobt, Julius. Bis zur restlosen Verblödung. Nur weil die junge Dame vom Dorf ihren Kopf nicht zusammennehmen kann. Weil sie auf der Bühne herumhatscht wie der letzte Trampel. Weil sie keinen Satz sprechen kann, ohne über ihre Zunge zu stolpern. Schauspielerin nennt sich so was. So was hatten wir nicht mal im ersten Semester auf der Schauspielschule.«

Ich blickte Hilke an. Sie starrte Claudio mit wütend funkelnden Augen an, nagte an ihrer Unterlippe und hatte die Fäuste geballt. Aber sie war keineswegs sehr erstaunt, sie schien derartige Reden von ihm zu kennen.

»Ich finde, ihr bringt euch in die richtige Stimmung für eure Premiere morgen«, sagte ich. »Ihr werdet ein herrliches Liebespaar sein.«

Claudio grinste wieder und ließ sich zurückfallen. »Werden wir. Worauf du dich verlassen kannst. Wir wollten es gerade noch mal probieren. Bis morgen muß es sitzen. Ich bin gerade dabei, ihr beizubringen, was sie noch nicht kann. Du störst, Julius!«

»Ich gehe gleich«, sagte ich eilig. Aber gleichzeitig flog von Hilkes Hand geworfen ein Buch, das auf dem Tisch lag, dem vorlauten Liebhaber an den Kopf. Claudio lachte und parierte das Geschoß geschickt.

»Das sollte Briskow sehen, daß du mich hier zum Krüppel schießt, am Abend vor der Premiere.«

»Glauben Sie ihm kein Wort, Herr Bentworth«, sagte Hilke erregt zu mir. »Er lügt wie gedruckt. Ich finde ihn abscheulich. Ekelhaft, Widerwärtig. Und ein miserabler Schauspieler dazu. Der wäre der letzte, der mir etwas über Liebe erzählen könnte.«

»Nun seid mal friedlich, Kinder«, sagte ich väterlich. »So geht's ja nun auch nicht. Ihr spielt morgen nicht ›Der Widerspenstigen Zähmung‹, sondern ›Romeo und Julia‹. So ganz dürft ihr euch auch nicht aus der Stimmung bringen.«

»Ich spiel' das auf dem Kopf stehend und von rückwärts«, prahlte Claudio. »Und sie kann's sowieso nicht. Schenk mir noch mal ein, süße Julia.«

Hilke füllte sein und mein Glas; ihre Hand zitterte.

»Erst das Eis und dann den Whisky«, fuhr Claudio sie an, »wie oft soll ich dir das noch sagen. Siehst du das, Julius, wo sie herkommt? Aus der allerallertiefsten Provinz. Hast du schon mal ein ostfriesisches Dorf gesehen? Ich nicht. Aber ich kann mir's vorstellen.«

»Gar nichts kannst du dir vorstellen«, sagte ich, »Ostfriesland ist alter Kulturboden. Eine der schönsten Gegenden Deutschlands, die ich kenne. Was sind das für Dörfer, was sind das für Städte! Gepflegt und schön und voll Harmonie. Und wie kannst du dort essen und trinken. Lieber Himmel, du Greenhorn, du hast ja keine Ahnung. Du balkanesischer Wechselbalg, für den sich Kultur in einer Wasserspülung erschöpft.«

Claudio war nicht im mindesten beleidigt — das war der Ton, den er liebte.

Er lachte und trank seinen Whisky.

»Sie kommen aus Ostfriesland, Hilke?«

Sie nickte.

»Ja. Ich bin dort aufgewachsen. Nicht gerade ein Dorf, wie er sagt. Eine Kleinstadt.« Sie nannte den Namen. »Und es ist so, wie Sie sagen, Herr Bentworth. Es ist schön dort. Mir ist es gut gegangen, und wir haben gut gelebt.«

»Das ist alles relativ«, quarrte Claudio. »Eine Kuhmagd hält einen Melkschemel für einen Thron.«

»Jetzt hör auf, das Mädchen zu ärgern«, sagte ich energisch. »Sonst schmeiße ich dich eigenhändig hinaus.«

»Ich will doch bloß ihr Temperament erwecken, du Rächer edler Mädchenseelen. Irgendwo muß sie's doch haben.«

»Es ärgert mich nicht«, sagte Hilke voll Verachtung. »Ich kenne sein Gequatsche. Da hört doch sowieso niemand drauf. Und denken Sie ja nicht, Herr Bentworth, daß sein Romeo so umwerfend ist. Dr. Briskow ist durchaus nicht mit ihm zufrieden. *Ich* bin ja schließlich Anfängerin. Aber der da bildet sich ein, er sei ein Genie. Da kann man ja nur lachen. Nicht mal einer Kuhmagd würde das Eindruck machen, was der auf der Bühne zusammenstusselt.«

Also Temperament hatte sie! Ihre Augen blitzten, sie warf die glatte Mähne zurück und sprach akzentuiert und mit guter Betonung, was sie da zu sagen hatte.

Und so ging es die nächste Stunde weiter. Wir tranken Whisky. Hilke ließ schließlich ihre Milch auch stehen und trank mit uns, die beiden reizten und ärgerten sich, und so nebenbei erfuhr ich, was sich alles bei der Generalprobe abgespielt hatte. Nichts Besonderes eigentlich, so das übliche — Querelen, ein bißchen Streit, ein paar Patzer, alles, was eben die Nervosität so mit sich brachte.

Außerdem erfuhr ich, daß Hilke am nächsten Tag ihre Eltern erwartete. Sie würden zur Premiere kommen.

»Das ist schrecklich«, klagte sie. »Hätte ich nur nichts geschrieben von der Julia. Aber ich war so stolz, als ich die Rolle bekam. Ich wußte ja nicht, wie das ausgeht. Ich schäme mich so vor ihnen. Wenn sie mich morgen sehen . . .«

»Da sie ja auf so altem Kulturboden gewachsen sind, deine Herren Eltern«, sagte Claudio, »werden sie ja wohl ohne weiteres beurteilen können, wie unbegabt du bist, und dich am besten gleich wieder mitnehmen in den heimischen Kuhstall. Dein Heinrich wird sich freuen, der kann dich dann nächste Woche gleich heiraten. Ihr Verlobter kommt nämlich auch mit«, sagte er erklärend zu mir.

»Er ist nicht mein Verlobter«, widersprach Hilke, »das habe ich dir schon zwanzigmal erklärt. Ein Jugendfreund.«

»Noch schlimmer. Hat er dir's gezeigt, was? Wo hat er dich denn das erstemal vernascht? Auf dem Heuboden?«

»Hau bloß ab, Mensch, sonst begehe ich noch einen Mord!« rief Hilke wütend und sah sich suchend nach einem weiteren Wurfgeschoß um.

Ich hielt ihre Hand fest, die nach dem Whiskyglas griff. »Ihr seid unmöglich, ihr beiden«, sagte ich lachend. »Ich habe das

129

Gefühl, Briskow hat das falsche Stück mit euch einstudiert. Also ich gehe jetzt. Hilke muß ausschlafen.«

»Gut«, sagte Claudio, »gehen wir zu Bett, Julia.«

»Du gehst auch, und zwar schleunigst«, sagte sie. »Ich bin froh, wenn ich dich aus den Augen habe. Hoffentlich träume ich nicht von dir, das wäre ein Alptraum.«

»Du hast mir die Tour vermasselt«, sagte Claudio, als wir nebeneinander über den Matthäusplatz gingen. »Wärst du nicht hereingeplatzt, hätte ich sie heute fertiggemacht. Ich war eben dabei, sie anzuheizen.«

»Ich denke, sie ist nicht dein Typ«, sagte ich und freute mich wahnsinnig darüber, daß er nicht — noch nicht? — bei ihr gelandet war.

»Ist sie auch nicht. Aber wir könnten dann besser zusammen spielen.«

»So ein Unsinn. Außerdem finde ich das reichlich spät, wenn du erst am Tage vor der Premiere damit anfängst.«

»Im Gegenteil, das ist genau richtig. Hatte ich mir so auskalkuliert. Heute war sie kleinlaut genug. So richtig trostbedürftig, weißt du. So was muß man ausnutzen.«

»Du bist ein feiner Mann.«

»Ein Frauenkenner, das ist es.«

»Du kannst ja umkehren«, schlug ich vor. »Klingelst noch mal bei ihr, vielleicht freut sie sich, wenn du wiederkommst, nachdem du den ganzen Abend lang so charmant warst.«

»Ach, ich bin jetzt zu müde, noch mal von vorn anzufangen. Du hast mich aus der Stimmung gebracht. Ich hau' mich ins Bett. Servus, Julius.«

Und damit verschwand er ohne weitere Formalitäten in der Dunkelheit.

Ein seltsamer Junge. Sehr begabt, aber alles andere als liebenswert. Was aus ihm wohl noch einmal wurde? Sicher ein großer Star. Und dann dachte ich während des ganzen Heimwegs nur noch an Hilke. Ich wußte jetzt schon einiges von ihr. Ich kannte sie ganz gut. Ihr junges Gesicht, das so viel Leben, so viel Bewegung widerspiegelte, wie sie sich ärgerte, wie sie verlegen wurde, wie sie dankbar sein konnte für ein nettes Wort. Sie war so jung. Morgen sollte sie die Julia spielen. Ihre Eltern kamen und der Jugendfreund, und sie hatte Angst, sich zu blamieren.

Nein, das durfte nicht sein, sie sollte es gut machen. Ich steckte im Gehen die Daumen in meine Fäuste. Toi, toi, toi, Hilke. Ich durfte nicht vergessen, ich mußte morgen abend vor Beginn der Vorstellung im Theater sein und ihr über die Schulter spucken. Das half bestimmt.

Ganz unerwartet sah ich sie am nächsten Tag vor der Vorstellung noch einmal. Wir hatten seit dem Vormittag mit Ziebland probiert, unser unerfreuliches Ehestück. Es war dabei wie stets bei diesen Proben turbulent zugegangen, Carla und Ziebland stritten nach wie vor, auch ich hatte schon einen Zusammenstoß mit ihm gehabt, und dennoch — nicht zu glauben, aber es war so — kamen wir mit den Proben gut voran, und was wir machten, war nicht einmal schlecht. Mittagessen fiel aus, aber wir hörten dafür früher auf, so gegen drei, und trennten uns ziemlich lustlos.

Ich trödelte ein wenig in der Garderobe herum, ging dann in die Intendanz, weil ich eine Frage an Briskow hatte, aber die Sekretärin Maria Mayer, genannt Miamaus, schüttelte warnend den Kopf.

»Lieber nicht, Herr Bentworth. Sprechen Sie ihn heute nicht an. Die Premiere heute abend. Er hat selber Lampenfieber.«

»Ist es denn so schlecht, Miamaus?«

»Finde ich gar nicht. Aber er meint, er hat zu wenig geprobt. Und es gibt eine Katastrophe. Kenne ich sonst gar nicht an ihm.«

Sie warf einen vorsichtigen Blick auf die Tür zum Allerheiligsten, beugte sich zu mir und flüsterte: »Es ist wegen Fräulein Boysen, glaube ich. Es liegt ihm viel daran, daß sie gut herauskommt. Wissen Sie, was er gesagt hat? So ein begabtes Kind habe ich schon lange nicht mehr in meinem Theater gehabt. Und was mache ich Idiot? Hetze sie auf den Montblanc, anstatt daß ich sie erst mal auf ein paar Hügeln herumkrabbeln lasse. Und dann wundere ich mich, wenn die Puste nicht reicht. Alles braucht im Leben sein Training, und eine große Schauspielerin fällt nicht über Nacht vom Himmel. Es ist alles meine Schuld — ich habe das falsch gemacht. — Was sagen Sie dazu, Herr Bentworth?«

»Allerhand«, meinte ich beeindruckt.

»Ja. Finde ich auch. Aber er wollte doch den Romeo so gern machen, seit Jahren will er es. Na, wir können nur für heute abend den Daumen drücken.«

»Das machen wir. Also dann komme ich nächster Tage mal wieder vorbei. Tschüs, Miamaus. Bis heute abend.«

Wirklich allerhand so auf nüchternen Magen. Dr. Briskow von Lampenfieber geschüttelt, das hatte ich noch nie erlebt. Man konnte direkt eifersüchtig werden. Hielt er wirklich so viel von der Kleinen? Ich ging langsam über den Rathausplatz und überlegte, daß ich mal eben bei Herrn Wunderlich im Ratskeller vorbeischauen könnte, ob er nicht eine Kleinigkeit für mich zu essen hätte. Und ein Schoppen Wein würde mir auch guttun. Bis abends hatte ich ja nichts mehr zu tun.

Und da, mitten auf dem Rathausplatz, traf ich das Wunderkind. Sie kamen aus einer der engen Gassen, vier Personen. Sie gingen langsam und gemächlich, eine rundliche, ältere Frau mit einem schwarzen Hut und ein älterer, gewichtiger Mann mit weißem Haar und zwischen ihnen Hilke, schlank und langbeinig, das dunkelblonde Haar unbedeckt. So halb neben und halb hinter ihnen trottete noch ein großer, schlaksiger Bursche daher, an der äußersten Flanke trabte Wilke Boysen mit zufriedenem Gesicht. Da der Rathausplatz auf dieser Seite für jeden Verkehr gesperrt war, hatte ich freie Sicht, konnte sie alle gut sehen, wie sie da langsam und ernsthaft einherspazierten.

Waren das ihre Eltern? Man hätte meinen können, es seien ihre Großeltern, so jung wie sie war. Und die beiden waren sicher schon über sechzig.

Ich hatte meinen Schritt verlangsamt, blieb aber nicht stehen, weil ich nicht wußte, ob sie mich begrüßen wollte. Aber sie winkte mir zu, so ging ich ihnen also entgegen, und mitten auf dem Platz, direkt vor dem Heinrichsbrunnen, trafen wir zusammen. Hilke lächelte. Sie war immer noch blaß und sah mitgenommen aus, aber sie wirkte nicht mehr so mutlos und verzweifelt.

»Darf ich bekannt machen«, fragte sie eifrig. »Das ist Julius Bentworth. Ein Kollege von mir. Ein sehr berühmter Schauspieler«, und es klang ordentlich stolz, wie sie das sagte.

»Aber, aber«, wehrte ich bescheiden ab.

»Mein Vater. Meine Mutter. Herr Jörnsen.«

Wir neigten alle feierlich die Köpfe und drückten uns die Hände. Hilkes Vater und ebenso der junge Mann hatten einen überaus kräftigen Händedruck, der mir beinahe einen Schmerzenslaut entlockt hätte, obwohl ich nicht gerade einer der Zierlichsten bin.

»Ich habe euch doch erzählt, wie Herr Bentworth mir Mut gemacht hat. Er versteht, wie mir ums Herz ist.«

»Na ja«, sagte ich, »so eine große und schwierige Rolle. Das ist eine harte Nuß. Aber sie wird's schon schaffen.«

»Es hat sie sehr angestrengt, sie ist so schmal und blaß geworden«, sagte Hilkes Mutter und sah das Mädchen besorgt an. »Richtig tütrig sieht sie aus.«

»Sie sind heute angekommen?« führte ich die Konversation weiter.

»Ja, heute mittag«, antwortete Hilke. »Ich habe ihnen gerade das Theater gezeigt und ein bißchen von der Stadt. Jörn hat sie hergefahren.«

Jörn war wohl der junge Mann, der Jugendfreund. So ein großer Blonder. Die Anständigkeit stand ihm ins Gesicht geschrieben. Sie gefielen mir alle drei, sie waren wie aus einer anderen Welt, eine ganz ungewöhnliche Familie für eine junge Schauspielerin, und ich dachte mir: Ob sie wohl jemals in ihrem Leben schon in einem Theater waren? Das war natürlich ein dummer, überheblicher Gedanke — aber unwillkürlich kam er einem, wenn man sie so ansah.

»Romeo und Julia ist ja ein feines Stück«, sagte die Mutter. »Ich habe es gerade noch mal gelesen letzter Tage.«

Hilke lachte. »Ach, Mutsch«, sagte sie und küßte die kleine Frau auf die Wange. »Hoffentlich enttäusche ich euch nicht.«

Sie blickte hinauf zur Rathausuhr, und Angst flog über ihr Gesicht. »Jetzt dauert es noch vier Stunden.«

Ich hatte Mitleid mit ihr. Armes Kind! Diese vier Stunden würden schwer für sie werden.

»Ja, du ruhst dich am besten noch ein bißchen aus«, sprach

die Mutter, die beiden Männer hatten bisher kein Wort geäußert. »Leg dich hin und versuche zu schlafen.«

»Ach, schlafen«, sagte Hilke und lachte nervös. »Wollt ihr nicht doch lieber mit zu mir kommen?«

»Nein, nein«, sagte nun der Vater mit Nachdruck. »Du brauchst deine Ruhe. Wir gehen jetzt ins Hotel und werden Tee trinken. Und auch noch ein bißchen ruhen.«

»Gut, wie ihr wollt.« Hilke lächelte von einem zum anderen, dann setzten wir uns alle in Bewegung, in Richtung auf das Hotel Heinrichshof. Wohnten sie dort etwa? Arme Leute konnten es demnach nicht sein.

Ich ging in aller Selbstverständlichkeit mit. Wir brachten sie bis in die Halle, dort reichten wir uns wieder reihum die Hände, ich sagte: »Wir sehen uns dann abends im Theater.«

Die Mutter sagte: »Sie werden auch dort sein?«

Ich sagte: »Aber selbstverständlich.« Eine Weile später stand ich allein mit Hilke vor dem Hotel.

»Ach!« seufzte sie.

»Was nun? Schlafen?«

»Ich kann doch nicht schlafen. Wenn ich nur wüßte, wie ich die nächsten Stunden übersteh'.«

»Wenn Sie sowieso nicht schlafen wollen, kommen Sie mit in den Ratskeller, wir trinken einen Schoppen Wein und essen eine Kleinigkeit.«

»Um Gottes willen, essen! Ich kann nichts essen.«

»Aber sicher können Sie. Das ist gut für die Nerven.«

»Ich glaube, ich habe alles vergessen.«

»Wenn Sie es brauchen, ist es wieder da.«

»Meinen Sie?«

»Bestimmt. Kommen Sie.«

Sie kam bereitwillig mit. Der Gedanke, allein zu bleiben, schien ihr unerträglich.

Im Ratskeller war es leer um diese Stunde, nur ganz verstreut saß hier und dort einer. Und glücklicherweise saß auch keiner an unserem Tisch.

Hilke verkroch sich in die hinterste Ecke, stützte den Kopf in die Hände und meinte: »Warum bin ich bloß Schauspielerin geworden?«

»Ja, das fragt man sich an solchen Tagen immer.«

»Wahrscheinlich bin ich auch keine. Jedenfalls noch nicht. Und ob ich es je sein werde, bezweifle ich.«

Herr Wunderlich kam und betrachtete uns mit Wohlgefallen. Er wußte gleich, wer Hilke war, obwohl er sie kaum hier gesehen hatte.

»Heute ist also der große Tag«, sagte er. »Ich wünsch' dann Hals- und Beinbruch.«

Hilke lächelte ihn schüchtern an. »Danke.«

»Was nehmen wir denn?« fragte er.

»Kriegen wir was zu essen?« fragte ich zurück. »Ich hab' kein Mittag gehabt und könnte was vertragen. Und für die junge Dame wär's auch ganz gut. Irgend etwas Leichtes, Nettes.«

»Wie wär's denn mit einem Forellchen?« schlug Herr Wunderlich vor, nachdem er eine Weile überlegt hatte. »Zur Zeit ist ja nur der Gustav in der Küche, aber das kann er schon. Wir haben eine schöne Hühnersuppe gehabt heute mittag, die laß ich Ihnen heiß machen, und dann eine schöne blaue Forelle mit Butter und ein Schoppen Mosel dazu. Das hat das gnädige Fräulein verdaut, bis der Vorhang aufgeht. Und trotzdem wird ihr nicht zu flau um den Magen sein.«

»Das ist keine schlechte Idee«, stimmte ich zu. »Einverstanden, Hilke?«

Sie nickte. Herr Wunderlich entfernte sich, und dann sah ich, daß sie Tränen in den Augen hatte.

»Aber Kind«, sagte ich und legte meine Hand auf ihre, »machen Sie sich doch nicht total verrückt. So wichtig ist es ja nun auch wieder nicht. — Ihre Hand ist ganz kalt. Come on, Hilke, take it easy.«

»Ach«, machte sie und seufzte wieder. »Alle sind so nett zu mir, sogar hier der Ober.«

»Na, das ist doch schön. Kein Grund zum Weinen.«

»Nein. Eben.« Sie wischte eine Träne von der Wange. »Ich bin so blöd.« Sie sah mich an mit ihren schönen graublauen Augen, die klar waren wie ein Bergquell — man verzeihe mir diesen abgedroschenen Vergleich, aber das dachte ich in diesem Moment.

»Sie sind auch so nett, Herr Bentworth. Und das muß ich Ihnen noch sagen, ich war so froh, daß Sie gestern abend kamen. Claudio war nämlich — nun ja, er benahm sich blöd, Sie können sich ja denken. Er war ziemlich unverschämt. Aber ich habe nichts mit ihm, das dürfen Sie nicht denken. Ich mache mir gar nichts aus ihm. Und ich habe mir bloß gedacht, wie kriege ich ihn los. Und dann kamen Sie, gerade im richtigen Moment. Er ist ein gräßlicher Kerl.«

»Das ist er in gewisser Weise«, gab ich zu. »Ist aber auch mehr Angabe, das müssen Sie nicht so ernst nehmen.«

»Ich wollte mich nicht streiten mit ihm, ich habe die ganze Zeit versucht, irgendwie mit ihm auszukommen, es ging ja nicht anders, nicht wahr? Aber es war schwierig.«

So vertrauensvoll sah sie mich an, mehr noch, zutraulich. Ja, das war das richtige Wort: zutraulich. Mir wurde ganz seltsam ums Herz.

Ich weiß nicht, aber ich glaube, das war der Moment, wo ich anfing, sie zu lieben. Und es war ein ganz neues, ein ganz anderes Gefühl. Nichts von Verlockung, nichts von Begehren, kein naschhaftes altbekanntes Spiel. Es war — Zärtlichkeit, Anteilnahme, ein schützendes behutsames Umsorgen, es war alles in allem etwas, was ich noch nie verspürt hatte. Ich hätte die Hände um sie legen mögen, um alles Unheil, allen Kummer, allen Ärger von ihr fernzuhalten. Ich begriff es in dieser Stunde noch nicht, aber ich war dem Geheimnis wirklicher Liebe nahe gekommen: daß wirklich lieben nichts anderes heißt als Gutsein, Wohltun, Glücklichmachen.

Nein. Ich begriff es noch nicht. Wir saßen nebeneinander im Dämmer der Ratskellernische, ich hielt ihre Hand, die sich langsam in meiner wärmte, ich trank ihr zu, wir sprachen nicht viel, ich sah mit Befriedigung, wie sie alles aufaß und sogar mit Appetit, wir tranken danach noch einen Kaffee. Und dann brachte ich sie nach Hause.

Übrigens vergaß ich zu erwähnen, daß all die Zeit Herr Boysen bei uns weilte, sehr rücksichtsvoll und lautlos auch er, von Herrn

Wunderlich bekam er ein Schüsselchen mit Fleisch und dann eins mit Wasser, auch er machte ein zufriedenes Gesicht, und es schien mir, als habe auch er gegen mich keine Einwände zu machen.

»Also«, sagte ich, als wir bei ihrem Haus angekommen waren.

»Ja«, sie lächelte und sah mich jetzt ganz zuversichtlich an. »In einer Stunde muß ich im Theater sein.«

»Toi, toi, toi.«

Sie schloß die Haustür auf, ich ging mit hinein ins Haus, nahm sie an den Schultern. »Du wirst es gut machen, ich weiß es. Keine Bange.« Ich spuckte ihr über die Schulter, und dann hielt ich sie wieder und sah ihr ins Gesicht. Und jetzt wußte ich bereits, daß ich dieses Gesicht liebte. Ich legte behutsam meine Hände um ihre Wangen, küßte sie auf die Stirn, und als sie ganz stillhielt, küßte ich sie auf den Mund. Sehr liebevoll, sehr sanft.

Sie sah mich mit kindlichem Staunen an, und als sie sich immer noch reglos verhielt, küßte ich sie noch einmal. Mir war, als hätte ich noch nie ein Mädchen geküßt. Bei Gott, das ist die volle Wahrheit: Mir war, als hätte ich noch nie ein Mädchen geküßt.

Dann ließ ich sie los, sie wandte sich um, ging zur Treppe, stieg drei Stufen hinauf, Herr Boysen war schon die erste Stiege hinauf, da drehte sie sich noch einmal um, hob die Hand, wie um zu winken, und auf einmal kam sie zurück, ganz schnell gelaufen, ich breitete die Arme aus, sie lief hinein, und ich hielt sie fest. Ich küßte sie zum drittenmal, und diesmal küßte sie mich auch. Dann bog sie den Kopf zurück, lachte tief und glücklich, und dann rannte sie schnell die Treppe hinauf.

Ich blieb stehen, sah ihr nach, lauschte auf ihre Schritte, erster Stock, zweiter Stock, dritter Stock — warum nahm sie eigentlich nicht den Fahrstuhl —, dann klappte oben ihre Tür.

Da stand ich. Die Sonne war aufgegangen, der Mai war ausgebrochen, der Frühling war da, die Vögel sangen, alle Blumen blühten — ach, was weiß ich?

Ich brauchte weiter keine Erklärungen und nicht eine Minute länger nachzudenken. Ich wußte es schon.

Ich wußte es ganz genau.

Ich hatte die Frau gefunden, die ich lieben würde.

Ich war glücklich.

137

Natürlich ging am Abend alles gut, wie hätte es auch anders sein können. Nicht daß ich so eingebildet bin, um zu behaupten, mein Eingreifen in letzter Minute habe in Julia die Flamme angezündet, die nötig war, um sie zum Glühen zu bringen. Gott behüte, so naiv bin ich nicht, ein bißchen kenne ich mich schließlich in dieser Branche aus. Aber ein ganz klein wenig war es vielleicht doch so, zumindest war ihr Selbstvertrauen gewachsen, war ein neuer Schwung dazu gekommen, der es ihr leichter machte, ihre Angst zu besiegen.

Ich sah sie noch einmal, ehe sie auf die Bühne ging, sie war schon im Kostüm — ein hübsches Kostüm hatte die Kunkel ihr gemacht, blau mit goldenen Verzierungen auf den Schultern, das Blau ließ ihre Augen leuchten und ihr Haar schimmern, sie sah unvorstellbar schön aus. Ich spuckte noch einmal über ihre Schulter, ich drückte rasch ihre Hand, sie flüsterte: »Julius!«, und es klang so warm und so zärtlich, ich behielt den Klang im Ohr, als ich endlich in der Loge saß.

Mag sein, daß es bessere Aufführungen vom Romeo gab, mag sein, daß es irgendwo im Lande eine bessere Julia gab — aber nein, letzteres war unmöglich, für mich war sie die einzige und schönste und beste Julia, die es je gegeben hatte und je geben würde. Ich vergaß jede Kritik, ich saß da wie gebannt und lauschte dieser dunklen, ein wenig spröden Stimme, wie sie lachte und sprach und seufzte, wie eine kleine erregte Atemlosigkeit in dieser Stimme schwang und das sichtbar und hörbar machte, was Julia nun einmal verkörperte: die jähe, die plötzliche, ja die alles überwältigende Liebe.

»Des Sommers warmer Hauch kann diese Knospe der Liebe wohl zur schönen Blum' entfalten, bis wir das nächstemal uns wiedersehn.«

Wie sie sich vorbeugte, nun wirklich auf dem Balkon: »So grenzenlos ist meine Huld, die Liebe so tief wie das Meer! Je mehr ich gebe, je mehr auch hab' ich: beides ist unendlich.«

Übrigens war auch an Claudio nichts mehr auszusetzen, er konnte ja, wenn er nur wollte. Er war ein erstklassiger Romeo, schlank, wendig, lebendig, das schwarze Haar fiel ihm in die

Stirn, er sprach die wundervollen Worte mit allem Glanz, aller Leuchtkraft, die ihnen zukam.

Sie waren ein schönes Paar, die beiden. Man glaubte ihnen die Liebe. Ein schönes edles Paar.

Ich hörte es in der Pause ringsum, die Leute waren sehr angetan, sehr bewegt.

Ich ging in der Pause nicht hinter die Bühne, ich sprach eine Weile mit den Kollegen, die außer mir noch in der Loge saßen, dann konnte ich ihr fachmännisches Gerede nicht mehr ertragen und ging hinaus.

Für gewöhnlich ließen wir uns in den Pausen nicht im Foyer und in den Gängen sehen, schließlich kannten einen die Leute, man wurde immerzu gegrüßt, auch angesprochen, aber heute war mir das egal. Ich suchte jemanden, und ich fand sie auch.

Sie standen alle drei im Seitengang im Parterre, etwas verloren standen sie da, aber sie machten sehr stolze, sehr zufriedene Gesichter. Frau Boysen hatte rote Wangen und schien ziemlich aufgeregt zu sein. Auch die beiden Männer, der junge und der alte, schienen bewegt. Sie waren alle drei sehr fein, Vater Boysen im schwarzen Anzug, Mutter Boysen im Schwarzseidenen mit einer goldenen Brosche am Ausschnitt und der Jüngling in Dunkelblau mit gesträubtem Schopf, so als habe er in der Aufregung des Schauens und Hörens darin herumgewühlt.

Ich ging auf sie zu, und sie waren erfreut, mich zu sehen.

»Na«, sagte Vater Boysen, »geht ja wohl alles gut, nich?«

»Unberufen«, sagte ich und klopfte mir an die Stirn. »Bis jetzt war es ausgezeichnet.«

»Wie schön das Kind aussieht«, seufzte Mutter Boysen. »So ein schönes Kleid. Und wie sie das alles auswendig behalten kann.«

»Na, das ist ja wohl noch das wenigste«, meinte der Vater sachverständig. »Wenn es nur nicht so traurig ausgehen würde. So junge Menschen, und dann sterben.«

Der junge Mann sagte auch jetzt nichts dazu, und ich fragte ihn, ob er wohl eine Zigarette rauchen wollte. Das wollte er sehr gern.

»Und einen Schluck zu trinken?«

Doch, meinte Vater Boysen, ein Glas Bier täte ihm wohl ganz gut.

Also gingen wir in den ersten Stock zum Büfett, da war zwar ein ziemliches Gedränge, aber die Büfettmaid kannte mich, sie stellte mir drei Bier und einen Likör seitwärts auf die Theke. Bezahlen konnte ich später, wir tranken, zündeten uns Zigaretten an, Mutter Boysen redete aufgeregt, und wir beruhigten sie, und ich liebte sie alle drei. Ihre Eltern! Sie mußte ein spätgeborenes Kind sein. Ob sie noch Geschwister hatte? Aber ich mochte nicht fragen, nur nichts Unnötiges reden jetzt, nicht die Stimmung zerstören.

»Wenn man so denkt«, sinnierte Vater Boysen, »da wächst so ein Mädchen auf, man sieht das, und sie ist so ein liebes und braves Kind, nie hat sie uns Ärger gemacht, Herr... eh, nie Ärger gemacht« — meinen Namen hatte er offenbar nicht behalten, aber das war ja egal —, »und in der Schule war sie immer fleißig und gut, nich, Jörn? Eine der Besten. Und so an später hat man gar nicht weiter gedacht, nich, Mutter?«

»Nein«, sagte Mutter Boysen, »man hat gedacht, sie wird im Geschäft mitarbeiten oder so. Und dann eben heiraten. Und dann kommt sie an und will Schauspielerin werden.«

»Ja«, sagte der Vater und schüttelte den Kopf, »kommt an und will Schauspielerin werden. Wer hat denn so was gedacht? Und nun steht sie hier auf der Bühne und macht das wirklich. Das ist kaum zu glauben.«

»Waren Sie dagegen, daß sie Schauspielerin wird?« fragte ich.

»Nö«, sagte er, »nich eigentlich. Wir kennen sie ja, nich? Wir wußten ja, daß sie schon das Richtige tun wird. Sie hat uns nie Kummer gemacht. Und wenn sie das nun eben gern wollte...«

»Ja, wenn sie das nun eben gern wollte«, fuhr seine Frau fort, »dann sollte sie das eben auch tun. Man soll ja 'n Menschen nicht hindern, das zu werden, was er gern werden will. Wenn's ihn doch nun mal glücklich macht.«

Das hätten meine Eltern mal hören sollen! Diese einfachen Menschen hier, unbeeinflußt von einem blödsinnigen Dünkel, reagierten viel normaler, viel vernünftiger.

Aber nun hatte der Jörn auch etwas zu sagen. »Sie hat ja

immer viel gelesen«, verkündete er. »Und so gern Gedichte auf-
gesagt. In der Schule konnte keine wie sie Gedichte sagen. Da
war man immer ganz hin. Und einmal hat sie mir was vorgesagt, das war von Schiller, aus der Jungfrau von Orléans, ein
ganz langes Stück, das war wunderschön. Das war hinten in
eurem Obstgarten. Da stand sie unter einem Apfelbaum, und
da hat sie das gesagt, ganz fremd kam sie mir da vor. Ganz
komisch. Ja, so war das.«

Ich sah die Szene vor mir, Hilke vielleicht fünfzehn Jahre alt,
langbeinig und schlaksig in einem zu kurzen Leinenkleid, da
steht sie unter dem Apfelbaum, die Augen fern und fremd —
›lebt wohl, ihr Berge, ihr geliebten Triften‹ —, und neben ihr im
Gras sitzt der Junge Jörn und kratzt sich verlegen die nackten
Knie und sieht sie an und weiß nicht recht, was er davon halten
soll, er findet es komisch, aber es beeindruckt ihn doch. Da steht
sie, reckt die Arme in die Luft, und ihre Stimme klingt laut und
triumphierend über den ostfriesischen Obstgarten hin: Umwäl-
zen wirst du seines Glückes Rad, Errettung bringen Frankreichs
Heldensöhnen und Reims befrein und deinen König krönen!

Ich sah das so genau vor mir, als sei ich dabeigewesen. So —
genau so mußte es sich abgespielt haben. Und die ›Jungfrau‹
würde sie eines Tages spielen, das war eine Rolle für sie. Sie
war eine, die das konnte.

Es klingelte. Wir tranken unser Bier aus, Mutter Boysen sagte:
»O Gott, jetzt geht es weiter!« Ich brachte sie zu ihrer Tür und
kehrte dann in die Loge zurück.

Als sie tot war, lag sie da, schön wie ein Bild, ganz in Weiß
jetzt, den Kopf zurückgebogen, die Lippen ein wenig geöffnet,
als letztes fiel ihre Hand über eine Stufe hinab und hing da, wie
eine letzte hilflose Bitte um Verständnis. Ich hörte ein paar
Schluchzer, ein paar Taschentücher blinkten. Die Stadt B. hatte
einen neuen Liebling. Daran bestand wohl kein Zweifel.

Als ich hinter die Bühne kam, zogen sie noch immer den Vorhang. Briskow war mit draußen, ich sah sein schmales Gelehrten-
gesicht draußen lächeln, ich sah, daß er glücklich war. Sie hatten
den Montblanc doch geschafft, sie hatten ihn nicht enttäuscht.
Junker Claudio lachte jetzt endlich auch einmal. Dann blieb der

Vorhang zu, sie standen alle noch herum, lachten und sprachen und schrien durcheinander, sie waren ganz aus dem Häuschen.

Hilke mitten zwischen ihnen, und ich dachte, daß sie mich wohl nun vergessen hätte. Aber so war es nicht. Auf einmal blickte sie sich suchend um, sah mich dastehen neben dem Inspizientenpult, und sie kam auf mich zugeschossen, den langen Rock des weißen Kleides hochgerafft, sie rief atemlos: »Julius! Julius! Wie war es? Wie habe ich dir gefallen?«

Ich nahm sie an den Schultern, genau wie am Nachmittag im Hausflur, ich schüttelte sie ein wenig und sagte: »Du hast es gut gemacht. Hab' ich es dir nicht gesagt? Du hast es richtig gut gemacht.«

Sie strahlte und schmiegte sich einen Moment selbstvergessen an mich. »Ich bin so glücklich!«

»Herzlichen Glückwunsch«, sagte ich zu Dr. Briskow, der herangekommen war und uns beide mit erstauntem Schmunzeln betrachtete. »Sie können stolz sein auf diese Inszenierung, Chef.«

»Findest du, Julius? Na ja, ich denke, es ging. Hätte schlimmer sein können.«

In der Garderobe warteten sie mit Sekt, es ging eine Weile wild und unruhig zu, ich hielt mich im Hintergrund, ich hatte nichts dabei verloren, es war nicht meine Hochzeit. Sie wollten alle in den Ratskeller gehen, aber Hilke kam wieder zu mir und sagte: »Was mach' ich denn? Meine Eltern warten im Hotel, ich hab' gesagt, ich komme hin. Aber du mußt mitkommen.«

»Ich?«

»Natürlich.«

Ich war gerührt. »Dann gehen wir jetzt in den Ratskeller, du trinkst dort einen Schluck, ich gehe inzwischen hinüber ins Hotel und sage dort Bescheid. Du kommst dann nach. Später können wir dann in den Ratskeller zurückkehren, so lange werden deine Eltern ja nicht aufbleiben wollen. Bist du nicht müde?«

»Nein, gar nicht. Kein bißchen. Ich möchte heute lange feiern. Oh, Julius, mit dir!«

Es war seltsam und rührend zugleich, aber sie nahm mich ernst. Sie bezog mich auf einmal ein in ihr Leben, sie schien die Küsse vom Nachmittag keineswegs als flüchtige Episode zu betrachten. Konnte es möglich sein, daß sie mich ein wenig gern hatte? Ich schob den Gedanken hastig beiseite. Nur sich keine blödsinnigen Illusionen machen, das stand einem Mann in meinem Alter schlecht an. Sie war ein Kind gegen mich, es war besser, ich hielt mir das rechtzeitig vor Augen.

»Aber was machen wir mit Wilke?«

»Ist er zu Hause?«

»Ja. Ganz allein. Kannst du ihn nicht holen? Warte.«

Sie stürzte in die Garderobe zurück, unser Gespräch hatte sich im Gang vor den Garderoben abgespielt, wo um uns herum alles durcheinanderquirlte. Sie kam zurück und drückte mir zwei Schlüssel in die Hand. »Der große ist für die Haustür, und der kleine schließt meine Wohnung. Holst du ihn? Bitte.«

»Natürlich, gern. Aber wird er mit mir mitgehen? Er kennt mich doch kaum.«

»Ach so! Dann nimmst du Jörn mit. Jörn kennt er gut. Und du bringst ihn ins Hotel zu meinen Eltern, dort hat er es ruhiger. Ich hole ihn später.«

So kam es, daß ich einige Minuten später im Hotel Heinrichshof landete. Ein wenig verlegen durch den unerwarteten Auftrag. Was sollten eigentlich ihre Eltern denken, wenn ich mit Hilkes Schlüssel in der Tasche herumlief? Hatte sie darüber nicht nachgedacht? Offenbar nicht. Sie kam gar nicht auf die Idee, man könnte irgend etwas dahinter vermuten.

Herr und Frau Boysen und Jörn Jörnsen saßen feierlich in der Hotelhalle und blickten mir erwartungsvoll entgegen. Ich kam mir schon vor, als wenn ich zur Familie gehörte.

Erst mußten sie mir sagen, wie gut es ihnen gefallen hatte. Und wie wunderschön das Kind gespielt hatte. Ich nickte, ja, das sei so, ganz großartig habe sie das gemacht, und aus ihr würde bestimmt einmal eine große berühmte Schauspielerin.

»Unsere kleine Hilke!« sagte der Vater, halb Stolz, halb Wehmut in der Stimme. »Wer hätte das gedacht!«

Dann rückte ich mit meinem Auftrag heraus. »Also zunächst muß sie sich ja abschminken und umziehen und so«, erklärte ich, »das dauert so etwa eine halbe Stunde. Dann muß sie schnell

143

mit den Kollegen mal anstoßen. Dann kommt sie hierher zu Ihnen. Ich denke, das wird so eine Stunde dauern.«

Sie machten etwas enttäuschte Gesichter, aber sie sahen ein, daß sie heute nicht die Hauptpersonen waren.

»Sie können ja inzwischen essen«, schlug ich vor.

»Essen? Jetzt?« verwunderte sich Vater Boysen. »Es ist ja schon elf Uhr. Gegessen haben wir vor dem Theater.«

»Na, vielleicht noch ein kleiner Imbiß. Ein Glas Wein.«

Das fand nicht ihren Beifall. Ich hatte den Eindruck, sie wären am liebsten gleich zu Bett gegangen. Aber Mutter Boysen meinte: »Wir müssen schon warten, bis sie herkommt. Das müssen wir unbedingt. Essen wir eben ein Stückchen. Kleines Butterbrot, nich? Kann ja nicht schaden.«

Ich kam zu dem Teil meines Auftrages, der Wilke betraf, und das sahen sie alle ein. Jörn stand bereitwillig auf, er meinte, sein Wagen stände sowieso ganz vorn in der Garage, und da könnten wir eben schnell hinfahren.

Der Wagen von Jugendfreund Jörn erwies sich als ausgewachsener Mercedes neuester Bauart. Diese ostfriesischen Verhältnisse waren offenbar recht wohlhabend.

Wilke Boysen freute sich sehr, als wir kamen. Er begrüßte auch mich schon sehr vertraut, und vielleicht wäre er auch mit mir mitgekommen. Eine Viertelstunde später waren wir wieder im Hotel, die drei Boysens und Jörn übersiedelten in das Restaurant. Ich sagte, ich würde nun mal sehen, wie weit Hilke sei, und steuerte wieder einmal über den Rathausplatz. Davon ausgehend, daß ich ja heute keine Premiere gehabt hatte, war ich eigentlich allerhand beschäftigt. Sie waren gerade im Ratskeller eingetroffen, wo auch viele Theaterbesucher ihren Schoppen tranken und wo man sie mit Applaus begrüßt hatte. Hilke hatte rote Wangen und strahlende Augen. Sie hielt ein Sektglas in der Hand, alle wollten mit ihr anstoßen, sogar Dr. Briskow saß mit am Tisch, was selten vorkam.

Ich wollte mich ganz bescheiden an die Kante setzen, aber sie hatte mich gesehen, und sie machte gar keinen Hehl daraus, daß sie sich über mein Kommen freute.

»Komm zu mir, Julius«, rief sie, lauter als es sonst ihre Art war. Alle hörten es, und alle mochten sich ein wenig wundern. Sie machten mir Platz, ließen mich neben sie. Und wieder wurden alle Zeuge, wie sie mich anstrahlte, wie sie mir ihre Hand auf den Arm legte, wie sie mir zutrank.

In das kleine überraschte Schweigen, das über den Tisch flog, sagte der dicke Marten, wie schon vor Tagen einmal: »Romea und Julius! Das ist ein neues Stück, Herrschaften.«

Alle sahen mich an, ich kam mir vor wie ein Schuljunge, der zum erstenmal verliebt ist, und hatte das peinliche Gefühl, daß meine Ohren sich röteten. Aber Gott sei Dank hatten sie nicht mehr Zeit, sich mit mir zu beschäftigen, das Gespräch brandete wieder auf, sie waren alle hungrig und durstig. Herr Wunderlich und seine Helfer hatten alle Hände voll zu tun, um sie rasch zu befriedigen.

Hilke aß nur eine kleine Vorspeise, sie flüsterte mir zu: »Ich esse später noch was.«

Ich brachte sie dann hinüber zum ›Heinrichshof‹, aber ich ging nicht mit hinein, weil ich der Meinung war, ich müsse ja nicht unbedingt immer dabeisein. Sie war ein wenig enttäuscht.

»Ich bin ein Fremder für deine Eltern, Hilke. Sie wollen dich vielleicht ein wenig allein haben.«

»Ich komme dann wieder rüber.«

»Deine Eltern werden sicher schlafen wollen. Aber den jungen Mann kannst du ja mitbringen.«

»Nö, das will ich gar nicht, da geniert er sich. Der soll man auch schlafen gehen. Ich habe ja morgen vormittag Zeit für sie.«

Wir standen vor dem Eingang des Hotels, in aller Selbstverständlichkeit hob sie mir ihren Mund entgegen. »Bis nachher, Julius!«

Ich küßte sie, sah ihr nach, wie sie hineinging, und meine Gefühle zu beschreiben, dazu fehlen mir die Worte. In mir war ein wirres Durcheinander. Ich hatte heute auch eine Premiere erlebt. Die Premiere einer Liebe. Und mir kam es vor, als sei ich ein blutiger Anfänger.

Und sie? Was dachte, was empfand sie? Verliebte sie sich eigentlich leicht? Sie nahm das alles so ohne Erstaunen hin, so als könne es gar nicht anders sein. Oder war es nur die Aufregung, der Ausnahmezustand des heutigen Tages, würde sie es morgen beiseite schieben?

Eine Weile stand ich verloren mitten auf dem Rathausplatz. Ich hatte nicht die geringste Lust, zu den anderen zurückzukehren. Sie würden mich anpflaumen, würden ihre mehr oder weniger deutlichen Bemerkungen machen. Andererseits, ich konnte nicht hier stehenbleiben, bis sie wiederkam, ein wenig mußte ich versuchen, mich unter Kontrolle zu behalten. Ich ging also in den Ratskeller zurück, sie lachten und spotteten, wie erwartet, aber es störte mich nicht sonderlich, ich aß etwas, ich trank, und es dauerte auch gar nicht sehr lange, da kam sie.

Dr. Briskow verließ uns bald, der eine oder andere verschwand, aber im großen und ganzen saßen wir ziemlich lange, dann wollten einige noch ins Taubenstüberl, aber Hilke sah auf einmal sehr müde aus.

»Ich möchte schlafen«, flüsterte sie mir zu. »Mir dreht sich alles im Kopf.«

»Es ist auch genug für dich, der Tag war anstrengend.«

»Schlaft gut, Kinder«, rief uns Marten nach, und verschiedene andere Bemerkungen, manche nicht sehr diskret, folgten uns, als wir endlich gingen. Wir hörten gar nicht hin. Wir gingen langsam durch die nächtliche Stadt, ich hatte meine Hand unter ihren Arm geschoben, sie paßte so gut zu mir in der Größe und im Schritt, es ist so wichtig, daß man mit einer Frau stehen und gehen kann, wir sprachen nicht, sie war müde und glücklich.

Herr Wilke Boysen übrigens war für diese Nacht im Hotel geblieben, dort war es ruhiger für ihn als im Ratskeller.

»Wirst du dich nicht fürchten allein?« fragte ich, als wir vor ihrer Haustür standen.

Sie schüttelte den Kopf. »Nein. Ich bin viel zu müde. Auch zum Fürchten zu müde.«

Ich zögerte ein wenig, und sie zögerte ein wenig, und ich wußte, wenn ich gesagt hätte, »ich komme mit«, sie hätte vielleicht nicht widersprochen. Aber vielleicht auch nur, weil sie zum Widersprechen zu müde war. Ich legte die Arme um sie, sie legte ihre Wange an meine, so standen wir eine Weile bewegungslos, und ich glaube, sie schlief schon halb.

Nein, es eilte ja nicht. Nichts eilte. Und wie töricht ist ein Mensch, der alles auf einmal haben will.

»Geh schlafen«, sagte ich. »Schlaf viel und lange und gut. Wir sehen uns morgen.« Ich nahm ihr Gesicht zwischen meine Hände wie schon einmal am Nachmittag, ich küßte ihre Augen und ihren Mund, und mein Herz war voller Zärtlichkeit.

Sie flüsterte: »Lieber, lieber Julius.«

Ich wartete vor der Haustür, bis das Licht im Treppenhaus wieder ausging, dann trat ich auf die Straße, blickte am Haus empor. Welches war wohl ihr Fenster? Und dann schüttelte ich den Kopf über mich. Gab es denn so was? Spielte ich hier Romeo und Julia ganz für mich allein. Ja, gab es denn so was?

### Nächtliche Meditationen

Es gibt Leute, die behaupten, alles sei schon einmal dagewesen. Genau wie es Leute gibt, die der Meinung sind, es sei sowieso alles immer wieder dasselbe. Eine Frau gleiche der anderen wie ein Ei dem anderen, es bestehe höchstens ein gewisser Unterschied in der Größe und in der Frische, aber sonst sei ein Ei eben ein Ei. Historiker beweisen langatmig, daß die Weltgeschichte sich immer wiederhole. Das Wetter, die Mode, die Sitten und Gebräuche bewegten sich mehr oder weniger im Kreis, die Variationsmöglichkeiten menschlichen Seins und menschlichen Verhaltens seien begrenzt, und alle Erscheinungsformen kehrten in gewissen Abständen wieder.

Mit dem einzelnen Menschen ist es sowieso das ewig gleiche. Er wird geboren, jeder auf die gleiche Weise, wie er auf die gleiche Weise gezeugt wurde, er wächst heran, entwickelt sich, körperlich zumindest, wenn es hoch kommt, auch an Geist und Verstand, er bekommt einen Partner, pflanzt sich fort, arbeitet und stirbt am Ende. Und erst das Leben eines einzelnen, wie gleichförmig, wie ewig gleichbleibend kann es verlaufen.

Scheinbar, sage ich. Nur scheinbar. Denn in Wahrheit — und das ist meine ganz persönliche Meinung — gleicht sich gar nichts.

Keine Zeit der anderen, keine Stunde, keine Minute der vorangegangenen oder kommenden, und vor allem kein Mensch gleicht einem anderen Menschen. Nichts, was man erlebt, in keiner Minute des Lebens, hat man schon einmal erlebt und wird man noch einmal erleben. Nur in Träumen hat man manchmal das Gefühl, Gewesenem noch einmal zu begegnen.

Man nehme das Leben eines ganz harmlosen, ganz langweiligen Menschen; einer, der offenbar jeden Tag das gleiche tut. Er steht zur selben Stunde auf, verrichtet nacheinander die täglich gleichen Dinge, verläßt das Haus um die gewohnte Stunde, verbringt den Tag mit seiner Arbeit am gleichen Platz auf immer gleiche Weise und kehrt zur bestimmten Stunde nach Hause zurück und geht zu ebenso bestimmter Stunde in sein Bett. Und nicht einmal im Leben dieses Menschen ähnelt ein Tag, eine Stunde der anderen. Jede Minute ist einmalig und nicht in gleicher Weise nachzuvollziehen.

Keine Pflanze, kein Tier und erst recht kein Mensch ist mit einem Wesen gleicher Art wirklich gleich, wirklich identisch. Und schon gar nicht sind es Gedanken und Gefühle. Man sagt, daß es auf der Welt keine zwei Menschen gibt, die den gleichen Fingerabdruck haben. Man bedenke: All diese Millionen Menschen, und jede Fingerkuppe ist anders.

Welche Verschwendung! Welch ein Überfluß, welch ein Überschwang der Schöpfung! Und dies in unvorstellbare Vergangenheit zurück und dies in zeitlos währende Zukunft hinein. Nehme ich meinen Beruf zum Vergleich, meine Arbeit, so könnte man wenigstens hier etwas sich zuverlässig Wiederholendes finden. Ein Stück wird geprobt, genau, minuziös, jede Geste, jeder Schritt, jede Bewegung, jeder Blick, jedes Wort, jedes Lächeln ist festgelegt, es ist ein festes Schema, das einem während der Proben eingehämmert wird und das am Abend, jeden Abend, auf die gleiche Weise wiederholt wird. Scheinbar, sage ich wieder. Es ist nie ganz genau das gleiche. Da gibt es tausend Nuancen, da ist auf, vor oder hinter der Bühne eine winzige Veränderung, da kommt etwas hinzu und huscht etwas weg, da ist einfach immer etwas anders.

Welch ein Leben! Wo kommt diese Vielfalt her? Wer schafft

diese unendlichen Möglichkeiten? Und wer sind wir, daß es uns vergönnt ist, von ihnen Gebrauch zu machen oder von ihnen gebraucht zu werden? Welch eine Fülle auf diesem lächerlichen Stern, der sich Erde nennt und der nichts anderes ist als eine winzige Variante in einem unendlichen Konzert der Möglichkeiten.

Und ich, der ich solche Gedanken habe mitten in der Nacht, am Fenster stehend, hinausstarrend in die dunkle Novembernacht, in den kahlen, regennassen Garten, wie komme ich dazu, aus diesem unerschöpflichen Gabenkorb beschenkt zu werden. Der Regen der draußen fällt, hat er wenigstens etwas Gemeinsames? Gleicht ein Regentropfen dem anderen? Wie ist er entstanden, und wo wird er enden? Der eine fällt auf Gras, der andere auf Stein, der dritte auf ein Autodach, und einer fiele in mein Gesicht, wenn ich da unten stände. Gibt es eine Stelle, wo sie herkommen und wo sie alle eins waren? Und wird es einen Punkt geben, wo sie alle auf die gleiche Art versickern und vergangen sind?

Oh, was für Gedanken in dieser Nacht! Nur weil ich ein Mädchen geküßt habe? Ich bin achtunddreißig Jahre alt, ich kenne die Liebe, ich kenne die Frauen, und was mehr ist, ich glaube, meine Möglichkeiten zu kennen.

Nun stellt sich heraus: Ich kenne gar nichts. Ich weiß gar nichts. Es ist eine eben erschaffene Welt, in der ich lebe. Und ich bin ein neuerschaffener Mensch, einer, der nichts von sich und anderen weiß. Einer, der etwas erlebt, was er nie erlebt hat und nie wieder erleben wird. Was auch kommen wird, es mag morgen sich als flüchtiger Traum erweisen, diese Gedanken, die ich in dieser Nacht gedacht habe, werde ich nie wieder denken. Nie mehr fühlen, was ich heute fühle. Aber daß es geschehen konnte, daß mir dies widerfuhr, das ist bereits das ganze Wunder. Irgendwo in dieser Nacht schläft diese Frau. Dieses Mädchen, dieses halbe Kind. Kein Traumgeschöpf. Ein Wesen aus Fleisch und Blut wie ich. Ein paar Worte, ein paar Küsse, ein paar zärtliche Gesten — und ich werde zum Philosophen darüber.

Kein Tag gleicht dem anderen. Ich darf es nicht vergessen. Dies war ein besonderer Tag heute. Ein Ausnahmetag. Ich muß morgen daran denken und nicht vom Alltag die Wiederholung des Wunders erwarten. Ich werde mich nicht lächerlich machen indem ich mir einbilde, weil ich heute glücklich war, ich müsse es morgen wieder sein.

## Romulus

Ich kam am nächsten Morgen sehr zeitig ins Theater, die Unruhe hielt mich nicht zu Hause. Anrufen konnte ich bei Hilke nicht, ich wußte noch immer ihre Telefonnummer nicht. Auch würde sie ja an diesem Morgen mit ihrer Familie beschäftigt sein. Sie hatte probefrei den Tag über, das richtete Briskow immer so ein, wenn es ging. Nach einer großen anstrengenden Premiere folgte ein freier Tag. Sowieso würde es in nächster Zeit viel Arbeit für sie geben. Ihre kleine Rolle in unserem neuen Stück, das übernächste Woche Premiere hatte, würde ihr nicht viel Mühe machen. Aber sie spielte die Hauptrolle in unserem Weihnachtsmärchen, das nun mit Feuereifer geprobt werden mußte.

Dann spielte sie die Mabel in Wildes ›Der ideale Gatte‹, das auch noch vor Weihnachten herauskommen würde. Die Titelrolle war mir zugedacht. Angelika Ried und Carla Nielsen würden meine Partnerinnen sein.

Von Angelika Ried war noch nicht die Rede, soweit ich mich erinnere.

An diesem Morgen, als ich ins Theater kam, traf ich sie, zurück von einem sechswöchigen Fernsehurlaub. Engelchen nannten wir sie, obwohl der Name höchstens äußerlich für sie paßte. Ganz ohne Zweifel war sie die schönste unserer Damen. Dunkles, fast schwarzes Haar, dazu märchenblaue Augen, ein ebenmäßiges, fast klassisch schönes Gesicht; sie wirkte sanft und still, aber der äußere Eindruck trog. Sie war berechnend und kaltherzig, nur auf ihren Vorteil bedacht und beurteilte jeden Menschen, natürlich auch jeden Mann danach, ob und wieweit er ihr nützlich sein konnte. Arrogant war sie auch und hatte uns immer merken lassen, daß sie eigentlich bei uns fehl am Platze und zu Höherem berufen sei. Dabei war sie eine höchst mittelmäßige

Schauspielerin, die nur das, was sie zu bieten hatte, gut verkaufen konnte. Aber ihre Schönheit ebnete ihr natürlich viele Wege. Es war ihre zweite Spielzeit bei uns, und daß sie geblieben war, hatte uns alle überrascht.

Als sie vor reichlich einem Jahr das Engagement antrat, ließ sie von Anfang an durchblicken, daß sie höchstens für eine Spielzeit bleiben würde; Film und Fernsehen warteten gewissermaßen auf sie, und sie kam nur in die Provinz, um ein bißchen Bühnenerfahrung zu sammeln.

Es war nicht nur Angabe, sie hatte wirklich zwei Film- und einige Fernsehrollen gehabt, ihr Name war nicht unbekannt. Briskow hatte ihr großzügig Fernsehurlaub vertraglich zugesichert. Auch er war wohl von ihrer blendenden Erscheinung beeindruckt gewesen und hatte vielleicht gehofft, aus diesem kühlen Stein ein wenig Feuer schlagen zu können. Doch nicht einmal ihm war es gelungen. Er hatte ziemlich bald das Interesse an ihr verloren. Zu Ende der vergangenen Spielzeit bot er ihr noch einmal eine große Chance: die Minna von Barnhelm, diese zauberhafte Rolle in dem zauberhaften Stück. Ich war Tellheim, und ich hatte mich sehr auf diese Rolle gefreut. Mit Engelchen als Partnerin war es nur das halbe Vergnügen, sie bekam das warmherzige, zärtlich liebende Edelfräulein aus Sachsen nicht in den Griff. Dorte, die die Franziska machte, spielte sie mühelos an die Wand. Nun ja, zweifellos würde die Lady Chiltern im ›Idealen Gatten‹ ihr ausgezeichnet liegen, die Rolle dürfte ihr auf den Leib geschrieben sein. Gebhard, unser Oberspielleiter, würde Regie führen. Rudi Gebhard, fünfundvierzig Jahre alt, vollblütig, temperamentvoll und von sehr empfindsamem Gemüt, ein begabter Regisseur und ein netter Mensch; er, und das war fast eine Tragödie, er war dem schönen Engelchen rettungslos verfallen. Er liebte sie, seit er sie zum erstenmal gesehen hatte, seine Ehe stand seitdem auf wackligen Beinen, dabei hatten wir alle das Gefühl, Engelchen spiele nur mit ihm. Sie bediente sich seiner, wenn man es so ausdrücken darf. Und vermutlich wußte er das.

An diesem Morgen, als ich ins Theater kam, eine halbe Stunde vor Beginn der Probe, saßen die beiden in der Kantine beim Frühstück.

»Oh, hallo«, sagte ich, »wieder im Lande?« und wollte mich taktvoll in eine andere Ecke setzen.

»Komm doch her, Julius«, sagte die schöne Angelika freundlich. Sie behandelte mich immer sehr gnädig, und wenn ich mich ein wenig bemüht hätte, wären meine Chancen bei ihr nicht schlecht gewesen.

»Ich bespreche gerade mit Rudi eine ernsthafte Angelegenheit.«

»Dann störe ich doch höchstens«, meinte ich.

»Nein. Du kannst mich beraten.«

Schön. Ich setzte mich also zu den beiden. Rudi Gebhard, im allgemeinen ein heiterer, ausgeglichener Mensch, sah schon wieder zerquält und unglücklich aus, kaum daß seine Angebetete wieder vorhanden war. Und ich dachte mir, besser wäre es für ihn, wenn sie gar nicht wiedergekommen wäre.

»Wann bist du denn gekommen?«

»Heute nacht.«

»Ich hab' sie in Hamburg abgeholt«, knurrte Rudi vor sich hin. — Aha. Darum war er gestern bei der Premiere nicht zu sehen gewesen. Er war mit seinem Wagen hingefahren, hatte sie abgeholt, war ihr zu Diensten gewesen wie immer, wenn sie ihn brauchte. Zu Hause war er in dieser Nacht nicht gewesen, das sah man ihm an.

»Wie war's?«

»Ganz gut, glaube ich. Eine schöne Rolle. So ein modernes Stück, weißt du. Aber ich bin gut angekommen. Jedenfalls beim Team. Ich habe tolle Leute kennengelernt. Und ich habe zwei Filmangebote.«

»Gratuliere.«

Sie legte den Kopf in den Nacken und schloß halb die Augen, ein kleines, triumphierendes Lächeln um den Mund. »Eins davon ist eine amerikanische Koproduktion. Ein großer Film. Das wäre für mich der Weg nach Hollywood.«

»Na, na«, sagte ich, »bleib auf dem Teppich!«

Kühl erstaunt blickte sie mich an. »Warum denn nicht? Glaubst du, daß ich da nicht hinpasse?«

»Wer sonst, wenn nicht du«, sagte ich friedlich. »Aber so einfach ist das nicht.«

»Ich schaffe das«, sagte sie selbstbewußt. »Kohner nimmt mich unter Vertrag.«

Wenn es stimmte, daß Kohner, der große Hollywood-Agent, sie wirklich unter Vertrag nehmen wollte, dann waren die Weichen allerdings gestellt.

»Wir werden sie verlieren«, meinte Rudi trübsinnig. Er blickte vor sich hin in seine leere Kaffeetasse, er sah müde und verdrossen aus, hatte rotgeäderte Augen und Säcke darunter. Er blieb in B. — Seine schöne Freundin ging nach Hollywood.

Das Beste, was ihm passieren kann, dachte ich herzlos.

Frau Wussow, die Kantinenwirtin, kam an den Tisch. »Möchten Sie was, Herr Bentworth?«

»Na ja, warten Sie mal, bringen Sie mir auch eine Tasse Kaffee.«

»Nichts zu essen?«

»Gefrühstückt hab' ich schon. Kleinen Kognak vielleicht dazu.«

»Ist recht.«

Sie ging, und ich fragte Engelchen: »Und wann soll's losgehen?«

»Das ist es ja eben. Natürlich hab' ich noch keinen Vertrag. Es ist überhaupt noch nichts entschieden. Du weißt ja, wie das bei diesen Filmleuten ist. Und wenn es klappt, dann wollen sie im Frühjahr drehen.«

»Ach so«, sagte ich.

»Ja. Darum geht es. Glaubst du, daß Briskow mich freigibt?«

»Ich denke schon. Wenn er es rechtzeitig weiß und sich mit dem Spielplan danach richten kann. Und rechtzeitig einen Ersatz bekommen kann.«

»Ich möchte mich noch nicht festlegen. Es ist noch nicht sicher. Wenn es dann nicht klappt . . .«

»Lieber Himmel, du kannst nicht erwarten, daß sich die ganze Welt nur nach dir richtet. Schließlich kannst du nicht mitten aus einem laufenden Spielplan herausspringen.«

153

»Das weiß ich selber«, sagte sie ungeduldig. »Deswegen rede ich mit euch darüber.«

»Was meinst du denn?« fragte ich Gebhard. Aber der zuckte nur mürrisch die Schultern und schwieg.

»Ach, er ist natürlich dagegen, kannst du dir ja denken. Wenn es nach ihm ginge, müßte ich mein Leben in diesem Provinznest verbringen.«

»Das habe ich nie gesagt«, widersprach Rudi. »Natürlich mußt du weiterkommen, das ist ja klar. Aber erst mußt du etwas lernen, erst muß eine Schauspielerin aus dir werden.«

»Ja, ich weiß, in deinen Augen bin ich eine unbegabte Kuh.«

»Angelika, bitte . . .«

»Ach, ihr habt ja alle einen Knall hier. Einen Provinzknall. Als wenn man nur hier Theaterspielen lernen könnte und sonst nirgends. Dabei seht *euch* doch an. Ihr kommt doch nicht weiter, ihr dreht euch doch im Kreis. Was macht ihr denn schon groß? Immer dasselbe. Kleinkariert seid ihr, alle zusammen, das ist es.«

»Und du, mein Kind, bist nichts als eine verdammte Dilettantin, das sage *ich* dir. Du denkst, mit einer hübschen Larve allein schaffst du es. Du wärst allerdings nicht die erste. Fragt sich nur, wie weit und wie lange. Und ob es dir genügt.«

»Hier jedenfalls genügt es mir nicht. Und ich pfeife auf euer dämliches Provinztheater. Und ich denke nicht daran . . .«

»Pscht!« machte ich und hob beschwörend die Hände. »Bitte, meine Nerven! Streitet euch nicht. Ihr habt beide recht. Und die Art Karriere, die ihr vorschwebt, Rudi, gibt es auch. Wenn sie es nun mal so lieber hat . . .«

»Ich habe es verdammt so lieber«, sagte sie, und sie sagte es nicht einmal wütend, es war höchstens eine unterkühlte, sehr beherrschte Wut, die sich in ihrem glatten Gesicht nicht widerspiegelte. »Ich kann es mir nicht leisten, soviel Zeit zu vertrödeln. Ich werde schließlich nicht jünger.«

Soviel ich wußte, war sie vierundzwanzig. Und in gewisser Weise hatte sie nicht unrecht. Die Filmbranche flog heutzutage nun mal auf Jugend. Junge Gesichter, junge Körper waren gefragt, und nach dem Grad der Schauspielkunst fragte man erst viel später.

Frau Wussow brachte den Kaffee und den Kognak. Ich blickte auf meine Uhr. Noch Zeit bis zum Beginn der Probe. Ich zündete mir eine Zigarette an.

»Also kommen wir mal zur Sache. Wozu wirst du noch gebraucht?«

»Im Januar die ›Drei Schwestern‹. Und dann die Elisabeth.« Richtig. Sie sollte die Elisabeth in ›Don Carlos‹ spielen. Nun, das konnte Briskow mühelos mit Almut besetzen, die würde es sowieso besser machen.

»Im Frühjahr dann die Olivia. Und was war denn noch? Cyprienne, nicht wahr? Und noch irgend etwas Modernes dazwischen.«

»Die Olivia!« murmelte Rudi traurig. »Wär' so eine wunderbare Rolle für dich gewesen. Wir haben gar niemand dafür. Wenn die Kleine die Viola spielt, und du hättest die Olivia gemacht, das wäre ein reizvoller Kontrast gewesen.«

»Sie soll ja einen tollen Erfolg gehabt haben als Julia«, sagte Engelchen und es klang gleichgültig. »Wir wurden gleich heute morgen damit empfangen.«

»Sie war recht gut«, erwiderte ich gemessen. »Dafür, daß sie noch Anfängerin ist, hat sie sich gut gehalten.«

»Aus der wird ja auch mal eine Schauspielerin«, meinte Rudi.

»Meinen Segen hat sie. Also wie machen wir es? Soll ich zu Briskow schon was sagen oder noch nicht?«

»Warte noch«, riet ich. »Warte, was aus deinem Filmvertrag wird. Bis wann werden sie dir Bescheid geben?«

»Keine Ahnung. Angeblich bald. Aber du weißt ja, wie die sind ... Ich rede auch sonst zu niemandem darüber, nur zu euch.«

»Ich fühle mich hochgeehrt«, murmelte ich.

Rudi antwortete nicht, er zündete sich schon die fünfte Zigarette an, seit ich am Tisch saß, seine Hand zitterte. Herrgott, was die Liebe aus so einem Mannsbild machen kann! Ich müßte mir das gut vor Augen halten. Und für ihn würde es gut sein, wenn sie endlich für immer gegangen war. Eine Weile würde er trauern, aber dann würde er sie vergessen. Er hatte seine Arbeit, er war ein guter Regisseur, er hatte eine recht nette, sehr liebevolle

Frau und zwei hübsche kleine Töchter. Er würde wieder zurechtkommen mit sich und seinem Leben.

»Also ich würde sagen, du gibst ihnen vier Wochen Limit«, entschied ich schließlich. »Bis dahin sollen sie sich entscheiden. Dann kannst du noch den Tschechow machen, ›Der ideale Gatte‹ wäre abgespielt bis dahin, die Elisabeth gibst du ab, und Briskow hat Zeit bis — sagen wir, Februar —, Ersatz für dich zu finden. Er müßte auf jeden Fall noch vor Weihnachten Bescheid wissen. So, ich muß jetzt gehen. Meine miese Type wartet auf mich. Bis dann, Kinder!«

Reisende soll man nicht halten, das würde Rudi Gebhard auch noch erkennen. Ob sie es schaffen würde? Ob ein Star aus ihr wurde? Ich bezweifelte es. Schönheit allein genügt nicht. Und etwas fehlte ihr, etwas Entscheidendes: das Feuer, das Blut, wenn sie denn schon keine große Darstellerin war.

Wir probten heute zum erstenmal auf der Bühne, die bis jetzt wegen der Romeo-Proben für uns gesperrt gewesen war. Ich kam kurz nach zehn hinunter, aber außer Almut, Fricke, dem Regieassistenten, und Lore, der Souffleuse, war noch keiner da. Carla kam immer zu spät, damit rechnete man.

Wir saßen etwas lustlos beieinander, zum Reden war keiner aufgelegt. Lore gähnte mehrmals, nach Premieren war sie immer todmüde, erstens regte sie sich trotz aller zur Schau getragenen Wurschtigkeit doch auf, zweitens feierte sie jedesmal die Nacht durch, sie war stets bei den letzten, die nach Hause gingen. Unsere Proben hatte sie kaum mitgemacht, auch sie war beim Romeo gebraucht worden. Jetzt studierte sie gähnend und bonbonlutschend in Frickes Regiebuch, um klarzukommen.

Als nächste kam Dorte angehopst. Sie ging nie normal wie andere Menschen. Sie lief, sauste, tanzte oder hopste, je nach Stimmung. Mit ihr kam bessere Laune. Hellblaue Hosen, zitronengelber Pullover und dazu ihr kupferroter Lockenschopf, und trotzdem sah sie niedlich aus, bei ihr ging so etwas.

»Guten Morgen, Papagei«, sagte ich.

»Guten Morgen, Romulus.«

»Romulus?«

Sie kicherte. »Hat Marten gestern abend noch wortgeschöpft, als ihr weg wart. Romulus und Hilkulia.«

»Sehr witzig.«

»Da fand ich Romea und Julius besser«, meinte Almut träge.

»Romulus und Hilkulia find' ich prima«, meinte Dorte. »Wer es zehnmal hintereinander aussprechen konnte, ohne sich zu versprechen, bekam das Kissen unter den Popo. Im Taubenstüberl gibt es nämlich nur ein Kissen. Und wer sich versprach, mußte eine Runde zahlen.«

»Muß ein schönes Gelage gewesen sein.«

Dorte nickte befriedigt.

»War es auch. Aber ich hab' das Kissen dreimal gehabt. Am besten konnte es Diesterweg.«

»Er ist nun mal ein Sprecher von hohen Graden.« Ich nickte ernsthaft.

»Schließlich gibt er Schauspielunterricht. Da muß er so was können, nicht? Hab' ich ihm jedenfalls gesagt. Mein Sonnyboy konnte es erstaunlicherweise auch ganz gut, dabei ist er nicht mal Schauspieler, nur so 'n popliger Operettenbuffo. Aber er hat das Kissen sechsmal gehabt. Ist doch allerhand, nicht?«

Offenbar waren sie noch ganz schön verblödet heute nacht, und das auf meine und Hilkes Kosten. Aber so waren sie nun mal, hatte wenig Zweck, sich darüber aufzuregen.

»Wo ist sie denn?«

»Wer?«

»Na, deine Hilkulia. Ist sie jetzt deine neue Braut?«

»Sie hat heute frei. Tag nach der Premiere. Und ihre Eltern sind auch noch da.«

»Sag mal, ist sie deine neue Braut?«

»Sei nicht so vorlaut, du Papagei. Sonst bekommst du nie mehr ein Kissen unter den Popo, wo du auch sitzest. Von derartigem und ähnlichem ist keine Rede. Ich hab' mich bloß ein bißchen um sie gekümmert, weil sie aufgeregt war. Schließlich war es ihre erste große Premiere.«

»Ja, du mußt ein wunderbarer Beruhiger sein. Kann ich mir direkt vorstellen. Ich werde mich daran erinnern, wenn ich wieder mal Premiere habe. Kümmerst du dich dann auch um mich?«

»Du bist mir viel zu frech.«

»Das ist sie nicht, deine Romea, nicht? Das ist eine Brave.«

»Sie ist ein nettes Mädchen«, sagte Almut ruhig. »Mir gefällt sie.«

Diesterweg kam, unausgeschlafen und schlechter Laune. »Wo ist denn der kleine Napoleon?«

So nannten sie jetzt Ziebland unter sich.

»Ich steh' hier mitten in der Nacht auf, und dann ist der Herr Dompteur nicht mal da. Zustände sind das, Zustände!« Er blickte mit gerunzelter Stirn auf seine Uhr. »Da, es ist gleich halb elf. Ist das eine Art, einen warten zu lassen?«

»Herr Ziebland ist noch beim Chef oben«, geruhte Fricke uns aufzuklären.

»So? Na, hoffentlich gibt der ihm ordentlich eine auf den Deckel.«

»Müssen wir ja bloß ausfressen«, sagte Almut. »Seid friedlich, Kinder. Ich hab' gute Laune. Und wenn ihr hübsch artig seid, erzähle ich euch etwas Hübsches.«

»Au ja, Mutti, ein Märchen«, piepte Dorte mit hoher Kinderstimme, »ein ganz tolles.«

Almut lächelte ihr zu. Sie sah hübsch aus und ausgeschlafen, sie hatte natürlich nicht gebummelt, sie hatte keinen Hauch Schminke im Gesicht, aber ihre Wangen waren rosig, ihre Augen glänzten, und ihr schöner, voller Mund war weich und zärtlich. Was für eine liebenswerte junge Frau!

»Kein Märchen«, sagte sie. »Eine wahre Geschichte. Ich bekomme wieder ein Baby.«

»Nein!« schrie Lore Behnke entzückt. »Frau Peters, wirklich?«

»Was für eine fruchtbare Familie«, knurrte Diesterweg.

»Ach du lieber Himmel!« rief ich spontan aus, denn ich dachte daran, was ich eben in der Kantine erfahren hatte. Wenn nun Engelchen uns wirklich in zwei oder drei Monaten verließ, und Almut fiel auch noch aus, dann kamen wir in Bedrängnis.

Almut lachte mich amüsiert an. »Das war direkt ein Schreckensruf. Du bist doch nicht der Vater.«

»Bedauerlicherweise nicht«, sagte ich höflich. »Ich dachte nur an unseren Spielplan.«

»Ach, ich fang' erst an damit. Bis Ende März, vermutlich sogar bis Mitte April kann ich spielen. Ich werd's Briskow bald sagen, vielleicht kann er dann den Spielplan rechtzeitig ein bißchen umstellen, nicht? Und wenn die neue Spielzeit anfängt, bin ich wieder da.«

»Und wer stillt das Kind dann?« fragte Diesterweg streng.

»Du nicht, keine Sorge, ich krieg' das schon wieder hin. Moni ist im Mai geboren, und der Junge wird wohl so Anfang Juli kommen.«

»Junge?« fragte ich.

»Ja. Ich hoffe. Diesmal hätte ich gern einen Jungen.«

Wir sahen sie alle an. Seltsam, sie so sprechen zu hören. Mit Freude, mit einer gewissen Gelassenheit, mit sehr viel Sicherheit. Die Sicherheit, die die Liebe eines guten Mannes, die Geborgenheit einer glücklichen Ehe ihr gaben.

»Es hört sich an, als ob du dich darüber freust«, sagte Diesterweg melancholisch.

»Das tue ich auch«, antwortete sie.

Dorte seufzte. »Irgendwie kann ich es verstehen. Eigentlich möchte ich auch einmal ein Kind haben.«

Wir lachten alle über dieses rührende Geständnis, und Diesterweg hob dramatisch die Hände zum Himmel. »Du! Ausgerechnet du Irrwisch. Du würdest es im ersten Bad ertrinken lassen. Und dreimal täglich würde es von der Wickelkommode fallen.«

Dorte schob schmollend die Lippen vor. »Du kennst mich überhaupt nicht. Ich bin im Grunde ein sehr seriöser Mensch. Und habe sehr viel mütterliche Gefühle.«

Wir lachten alle schallend, und der kleine Fricke wagte einen kühnen Witz. »Ich stelle mich gern zur Verfügung«, krähte er.

»Für was?« rief Ziebland, der in diesem Moment auf die Bühne geschossen kam und den letzten Satz mitgekriegt hatte.

»Eine verhältnismäßig angenehme Aufgabe ist hier zu vergeben«, klärte ich ihn auf. »Wir stellen uns alle gern zur Verfügung.«

»Au fein«, schrie Dorte, »dann müßt ihr losen. Denn das müßt ihr einsehen, in dem Fall muß ich vorsorglich auf einer Person

159

bestehen. Denn das könnte euch so passen, daß es hinterher keiner gewesen ist.«

Wir lachten, und Carla, die mit Ziebland gekommen war, meinte süßsauer: »Na, ihr seid ja reichlich vergnügt so früh am Morgen.«

Lore Behnke erzählte den beiden prustend, was hier zur Debatte stand, und so kam auch Almuts Baby zur Sprache, worauf Carla rief, ähnlich wie ich: »Ach, du lieber Gott! Armes Kind.« Und Ziebland uninteressiert: »So, so«, murmelte.

Und dann begannen wir endlich mit der Probe. Da dank Almut unsere Laune besser geworden war, ging es mit der Arbeit recht gut. Wir ließen den ersten Akt durchlaufen und auch den zweiten halb. Ich hatte an dieser Rolle Gefallen gefunden, und ich glaube, ich hatte die Figur ganz gut im Griff. Ziebland war heute bemerkenswert zahm. Ein wenig zerstreut auch. Er ließ uns ein paar Eigenmächtigkeiten durchgehen, die ihn vorgestern noch auf die Palme gebracht hätten. Gegen zwei machten wir eine kurze Pause. Ich ging hinunter in die Kantine, um mir ein Wurstbrot und ein kleines Helles zu genehmigen.

Als ich auf die Bühne zurückkam, erlebte ich eine freudige Überraschung. Hilke war da.

Wir begrüßten uns ein wenig befangen, ich sagte: »Nanu! Ich dachte, du machst heute blau.«

»Ach, wozu denn? Ich muß mich doch jetzt hier ein wenig einhören.«

Sie sagte nicht, wie ich im stillen erhofft hatte, sie wäre gekommen, um mich zu sehen.

»Deine Eltern schon weg?«

»Ja. Vor einer Stunde sind sie gefahren.«

»Hochbefriedigt, wie?«

»Ein bißchen vielleicht. Andererseits ist ihnen das natürlich sehr fremd, das hier alles. Was ich jetzt so tue. Es ist für sie eine ganz merkwürdige Welt.«

»Verständlich. Ihr habt ein Geschäft zu Hause?«

Sie nickte. »Ja. Ein Geschäft.« Aber sie sprach sich nicht näher aus, und ich fragte sie nicht. Wie standen wir wohl miteinander, wir beiden? Sie wirkte etwas kühl heute, zurückhaltend. Ob sie

bereute, was gestern gewesen war? Nun, sie brauchte keine
Angst zu haben. Ich würde nicht darauf zurückkommen, wenn
sie es nicht wünschte.

Alter Esel, dachte ich. Und damit meinte ich mich. Fantasierst
dir da etwas von Liebe zusammen, bloß weil das Mädchen ein
bißchen aus dem Häuschen war. Ein wenig war ich durcheinander und auch etwas unglücklich. Alles in allem in einer ge-
störten Seelenverfassung, und das kam meiner Darstellung zugute. Ziebland war mit mir zufrieden.

Gegen vier Uhr sagte er: »Wie ist das mit euch? Wer muß
heute auf die Dörfer?« Wir mußten alle weg, Almut, Carla, Dorte
und ich. Wir hatten Abstecher mit ›Geisterkomödie‹.

»Wann müßt ihr fahren?«

»Der Omnibus geht um fünf«, sagte Almut. »Aber ich fahre
mit Kurt, er nimmt mich in seinem Wagen mit.«

»Und ihr könnt mit mir fahren«, sagte Carla zu Dorte und
mir. Carla besaß einen eigenen Wagen. »Halb sechs, ja? Sind wir
fertig für heute, Zieb?«

»Na ja. Ihr schon. Ich hätte gern mal die letzte Szene gemacht,
wenn Fräulein Boysen gerade da ist. Aber das wird Julius wohl
zu spät werden.«

»Durchaus nicht«, sagte ich. »Ich brauche nicht mehr nach
Hause. Wenn Carla mich hier um halb sechs aufliest, geht das in
Ordnung.«

»Es ist Ihnen doch recht, Fräulein Boysen«, sagte er mit be-
merkenswerter Höflichkeit zu Hilke.

»Ja, sehr. Ich weiß noch gar nicht . . .«

»Eben.«

Die letzte Szene also. Und das erstemal, daß ich direkt mit
Hilke zusammen spielte.

Folgende Situation: Ich habe also feige resigniert, ich werde
die quälende Ehe mit der verhaßten Frau weiterführen. Die Frau,
die ich liebe, habe ich verloren. Neben der prächtigen Villa, die
ich mit meiner Frau bewohne, besitze ich ein kleines komfortables
Apartment, wo ich mich mit meinen jeweiligen Freundinnen zu
treffen pflege. Lange Zeit war ich nun dort mit der geliebten Frau
zusammen. Nun aber, um zu vergessen, um mein altes Ich wie-

derzufinden, habe ich mir ein neues Mädchen aufgelesen. Ein hübsches kleines Starlet, das einen reichen Freund braucht. Zum erstenmal habe ich sie mit in diese Wohnung genommen. Sie ist bereit und willens, das zu tun, wozu sie herkam. Aber ich — ich bin kein Liebhaber, kein Casanova mehr, ich denke nur noch an die Verlorene. Ich will die Neue küssen und kann es nicht, weil ich die andere vor mir sehe, die ich hier geküßt habe. Das Mädchen versucht mich aufzumuntern, sie zwitschert um mich herum, ich antworte ihr kaum. Sie zeigt ihre schönen Beine, sie knüllt sich ein Kissen unter den Rücken — gerade das Kissen, das die andere mir geschenkt hat —, und ich ziehe es ihr weg.

Sie fragt, soll ich ein bißchen Musik machen? und legt eine Platte auf, und es ist gerade *ihre* Lieblingsplatte. Ich stelle den Plattenspieler ab und sage böse: Laß das. Ich bin unausstehlich zu dem ahnungslosen Mädchen, und sie wird immer unsicherer, immer verwirrter. Ich trinke viel und schnell. Sie trinkt auch in ihrer Verwirrung und wird ein wenig beschwipst und sagt dumme Sachen. Schließlich will ich mit Gewalt meine eigene Melancholie bezwingen. Ich fasse sie an, fast brutal, drücke sie auf das Sofa, küsse sie, lieblos, hart, sie ist ängstlich, bemüht sich aber, es nicht zu zeigen. Und dann lasse ich sie los, starre sie feindselig an und sage: »Geh! Geh nach Hause! Ich kann dich hier nicht brauchen.«

Sie kämpft mit den Tränen, will etwas sagen, aber als sie mein starres, fremdes Gesicht sieht, geht sie.

Und ich sitze da und trinke. — Vorhang.

Das also war die letzte Szene des Stückes, wir hatten sie bisher nicht geprobt, weil Hilke nicht zur Verfügung stand. Wir sprachen erst mal alles durch, fixierten in etwa die Gänge. Dann fingen wir an. Es stellte sich heraus, daß Hilke ihren Text bereits konnte, aber sonst tat sie sich ein bißchen hart.

Die Umstellung von der Julia war nicht so einfach. Und so routiniert war sie schließlich auch nicht. Ziebland war sehr geduldig und ich natürlich auch. Vielleicht war es auch für Hilke schwer, dies nun gerade heute mit *mir* zu spielen. Bildete ich mir jedenfalls ein. Und auch wenn ich gern anders gewollt hätte, ich konnte nun mal beim besten Willen in dieser Rolle nicht nett zu ihr sein.

»Nein, Fräulein Boysen, so geht's nicht«, sagte Ziebland. »Sie sind keine höhere Tochter auf Abwegen. Sie sind durchaus kein unbeschriebenes Blatt. Und Sie wissen genau, worauf Sie sich eingelassen haben. So ein kleines Starlet in der Großstadt hat's schwer. Das braucht einen reichen Freund. Und so uneben finden Sie diesen Mann gar nicht. Ein ganz wenig sind Sie sogar in ihn verliebt, er sieht gut aus, hat gute Manieren, jedenfalls bisher hat er sie gehabt, er hat Ihnen schon etwas Hübsches geschenkt, und heute abend soll die Geschichte perfekt werden. Es ist nicht an dem, daß er Sie verführen muß. Sie sind bereit. Aber mehr nicht. Denn Sie sind auch wieder zu dumm und zu unerfahren, um *ihn* zu verführen. Verstehen Sie?«

Hilke nickte. Und dann fingen wir noch einmal an, ich bemühte mich, recht eklig zu ihr zu sein. Die ganze Szene dauerte nicht lang, vielleicht eine knappe Viertelstunde. Wir kamen schließlich einmal ganz durch, und es war seltsam für mich, Hilke plötzlich im Arm zu haben, sie zu küssen, heftig und brutal zu küssen, ohne Zärtlichkeit, ohne Gefühl. Sie empfand es vielleicht genauso. Als ich sie losließ, sah sie mich geradezu fassungslos an, und Ziebland war begeistert. »Gut, gut. Der Ausdruck ist ausgezeichnet. Weiter!«

Ich stand auf, blickte auf das Mädchen in der Sofaecke, ihr Rock war verrutscht, ihr Haar zerzaust, ich wandte mich fast angewidert ab, ging zum Barschrank — ein eingebildeter Barschrank bis jetzt —, nahm die Whiskyflasche — bis jetzt auch nur aus Luft — und füllte mein Glas bis an den Rand voll. Trank. Starrte vor mich hin. Dann wandte ich mich zu dem Mädchen um. »Geh! Geh nach Hause! Ich kann dich hier nicht brauchen.«

Dann drehte ich ihr den Rücken zu.

Hilke zog ihren Rock herunter, sah hilflos zu mir hin. Ich wandte mich ihr noch mal zu mit einem bösen, unfreundlichen Blick. Sie schiebt sich langsam hoch, geht unsicher zur Tür, kommt zurück, nimmt ihr Täschchen vom Tisch, bleibt nochmals stehen, es sieht aus, als wolle sie etwas sagen, und dann geht sie. Verschwindet. Ich trinke mein Glas aus. Schenke mir noch einmal ein, starre in die Luft. Bitter, unglücklich.

Aus.

»Hm, hm, hm«, machte Ziebland. »So etwa. Behaltet es. Morgen geht's weiter.«

Hilke und ich gingen langsam nebeneinander zu den Garderoben. Es war fast halb sechs, ich konnte gerade meinen Mantel und meinen Schminkkasten holen, und dann mußte ich fahren. Schade. Ich hätte den Abend gern mit ihr verbracht. Hätte gern gewußt, wie wir miteinander standen.

Sie sagte nichts, ich sagte nichts. Ich streifte sie mit einem Blick. War sie traurig?

Sie sah mich an und lächelte. »Keine schöne Szene.«

»Nein.«

»Schade, daß ich dir gar nicht gefallen kann.«

»Sehr schade.«

»Ich muß schon froh sein, daß du mich nicht umbringst.«

»Das täte ich ungern.«

Und dann lachten wir beide. Blieben stehen und sahen uns an.

»Es ist schade, daß du wegfahren mußt.«

»Sehr schade. Ich würde gern mit dir zu Abend essen.«

»Ich auch.«

»Was machst du heute abend?«

»Oh, ich werde zeitig schlafen gehen. Ich war den ganzen Tag müde.«

»Schlaf dich schön aus.«

»Oder . . .«, sie spitzte die Lippen, »kann ich vielleicht mitfahren?«

»Das würde ich dir nicht raten. Du hast das Ding doch schon gesehen.«

»Schon dreimal.«

»Na also. Und es wird spät, bis wir zurückkommen. Geh lieber schlafen. Wir sehen uns morgen bei der Probe.«

Ihr süßes, junges Gesicht! Dies scheue kleine Lächeln.

»Ich freue mich darauf. Auch wenn du so häßlich zu mir bist. Ich freue mich trotzdem.«

Das hörte ich noch, als ich neben Carla im Wagen saß, ich sah sie, ihr Gesicht, ihr Lächeln. War es doch ernst gewesen?

»Du bist so schweigsam, Julius«, sagte Carla. »Woran denkst du?«

164

»Romulus denkt an Hilkulia«, quiekte Dorte, die hinter uns saß.

»Laß den Unsinn«, sagte ich scharf.

»Was meint sie?« fragte Carla.

»Du warst demnach nicht im Taubenstüberl«, konstatierte ich. »Und hast kein Kissen unter den Popo bekommen?«

»Spinnt ihr eigentlich?«

»Was sonst?«

Schweigend fuhren wir wieder eine Weile. Es war schon dunkel. Und es regnete. Für mich schien die Sonne.

»Wie findet ihr das? Daß Almut schon wieder ein Kind bekommt?« fragte Carla schließlich.

»Wieso schon wieder? Das letztemal war vor drei Jahren.«

»Und was das Tollste ist, sie freut sich noch darüber. Gibt's denn so was! Die Welt ist voller Wunder.«

Wie recht sie hatte.


*Party bei feinen Leuten*


Am nächsten Morgen, ehe ich zur Probe ging, rief mich Dagmar an. »Du hast heute abend spielfrei, nicht wahr? Du könntest zu uns zum Essen kommen.«

»Zu uns?«

»Ja. Ich habe Lorenz gesagt, daß ich dich einladen möchte, und er ist durchaus dafür.«

Mir verschlug es für einen Augenblick die Sprache. Hatte Lorenz Nössebaum vielleicht mein nächtliches Zwiegespräch mit ihm telepathisch empfangen?

»Man könnte an deinem Verstand zweifeln«, sagte ich.

Sie lachte amüsiert. »Warum? Hast du etwas dagegen, daß wir uns wie zivilisierte Menschen betragen? Lorenz findet dich sehr sympathisch.«

»Sehr nett von ihm. Und außerdem findet er wohl, ich sei das kleinste Übel.«

»Möglich.«

»Also daraus wird nichts, mein Kind, das habe ich dir neulich schon gesagt. Wenn dein Mann schon zum Märtyrer geboren ist und sich nicht von dir scheiden läßt, dann ist das seine Sache. Was mich betrifft, so habe ich meine Erfahrungen mit dir gesammelt und meine Konsequenzen daraus gezogen.«

Kleine Pause.

Dann: »Vorgestern hatte ich nicht den Eindruck.«

Das geschah mir recht. Man sollte sich Frauen gegenüber nicht immer und überall als Gentleman betragen, sie zogen falsche Schlüsse daraus. Ich halte es jedenfalls für gentleman-like, eine Frau, die erwartet, daß man sie küßt, auch zu küssen. Aber manchmal waren schlechte Manieren wohl nützlicher.

»Hör mal zu«, begann ich, aber ich kam nicht weiter.

»Liebling«, sagte Dagmar zärtlich, »ich weiß genau, was du sagen willst. Aber kein Mensch hat einen Anschlag auf deine Tugend vor. Nicht einmal ich. Und da deine neue Freundin heute abend sowieso zu spielen hat, sehe ich nicht ein, warum du nicht mir ein paar Stunden gönnen kannst. Wir haben eine kleine Gesellschaft. Gewissermaßen meine Wiedereinführung ins hiesige Spießernest. Und wir brauchen noch einen Mann. Der Oberboß wird auch da sein. Und dein lieber Freund Frank. Ich habe gerade vorhin mit ihm telefoniert, und er sagte mir, er hätte dich noch gar nicht gesprochen, seit er zurück ist.«

»Ich wußte gar nicht, daß er wieder da ist.«

»Na, siehst du. Er ist vor drei Tagen gekommen. Du müßtest ihn ohnedies heute abend treffen, das hat er mir selbst gesagt. Und er fand es sehr lustig, dich hier bei mir zu sehen.«

»Das kann ich mir denken.«

»Also, wie ist es? Um sieben Cocktail, um acht ein hübsches Diner, ich habe frischen Hummer, und anschließend gibt es knusprige Enten mit Kastanien und Rotkraut.«

»Das ist unmöglich.«

»Was? Der Hummer, die Enten?«

»Nein. Die Situation.«

»Aber gar nicht. Wenn ich nun schon wieder hier bin, möchte ich meine Lieben um mich versammeln. Und du gehörst dazu.«

»Deine Liebhaber?«

»Das habe ich nicht gesagt.«

»Wer kommt noch?«

»Du willst es genau wissen, nicht wahr?« Wieder ihr amüsiertes Lachen. »Meinst du, daß du alle meine Liebhaber kennst?«

»Ich würde mir nicht anmaßen, so gut informiert zu sein.«

»Eben. Also hör zu, Schätzchen. Der Oberboß, wie gesagt, ohne Madame. Sie vermeidet ja ein Zusammentreffen mit mir, wenn es irgend geht. Sie ist noch in Amerika bei ihrer Schwester. Übrigens reichlich lange schon, wie ich gehört habe. Und es besteht die Möglichkeit, daß sie gar nicht zurückkehrt. Er soll eine reizende Freundin haben. Vielleicht schafft er die Scheidung. Es wird teuer sein, aber er kann es sich schließlich leisten.«

Der Oberboß, das war natürlich Martin Oesel, der Inhaber der großen Firma, die B. in der ganzen Welt bekannt gemacht hat. Ich wußte nicht genau, aber ich hatte immer die Vermutung gehabt, und nicht nur ich allein, daß Dagmar auch mit ihm einmal — nun, sagen wir — in näheren Beziehungen gestanden hatte. »Aha«, sagte ich daher, »Nummer zwei.«

Sie überhörte das und fuhr fort: »Dann, wie gesagt, der liebe Frank mit seiner Rosmarie. Sodann Professor Bodenbach mit Gattin.«

»Nummer drei.«

»Und die Tanten natürlich. Sie würden es mit Wonne genießen, daß jedermann mich schneidet und vielleicht ein bißchen mit Steinen bewirft. Sie werden das Gegenteil erleben.«

»Dafür sorgt die Zusammenstellung deiner Gesellschaft.«

»Also du kommst?«

»Nein, Dagmar, wirklich . . .«

»Doch, Julius, sei nett. Du kannst doch heute. Deine neue Liebe spielt, und heute wird sie keinen Trost und Beistand brauchen.«

Das war bereits die zweite Anspielung auf Hilke, aber ich tat ihr nicht den Gefallen, darauf einzugehen. Woher sie das nun schon wieder wußte, war sowieso nicht zu ermitteln. Immer wußte sie, was vorging.

»Um sieben also. Ciao, Julius.«

Eine blödsinnige Situation. Was dachte sich eigentlich Lorenz Nössebaum dabei? Warum war er nicht Manns genug, diese Frau endlich ein für allemal vor die Tür zu setzen, ehe sie ihn endgültig zum Narren machte?

Ob Frank jemals auch mit Dagmar . . .? Nein, gewiß nicht. Er war zwar der Typ, den sie schätzte, aber wenn sie den Chef haben konnte, hatte sie wohl den Angestellten ausgelassen. Obwohl — bei ihr wußte man nie, es war alles von ihren ständig wechselnden Launen abhängig.

Von Frank Steinhoff war noch nicht die Rede und darum Zeit, von ihm zu erzählen. Frank ist mein bester Freund, und daß ich ihm hier in B. wiederbegegnete und Gelegenheit hatte, unsere Freundschaft zu vertiefen und fortzuführen, habe ich immer als besondere Gunst des Schicksals betrachtet. Wir waren zusammen in die Schule gangen, hatten Freud und Leid der Knaben- und Jünglingsjahre miteinander geteilt, zum Beispiel empfanden wir beide lebhafte Zuneigung zum Theater und saßen meist nebeneinander im obersten Rang des Stadttheaters unserer Heimatstadt. Meine Familie duldete die Freundschaft zu Frank mehr, als daß sie sie billigte. Denn mein Freund gehörte nicht zur sogenannten besseren Gesellschaft meiner Vaterstadt, die, wie ich schon erwähnte, bis in unsere Zeit hinein sehr klassenbewußt war.

Franks Vater war Werkmeister in einer Eisengießerei, ein großartiger Mann, tüchtig, fleißig und außerordentlich intelligent und belesen. Frank war der Beste in unserer Klasse, ein großer, blonder Junge, dem schon recht bald die Mädchen vom Lyzeum nachsahen. Meine Schwester Regine und Frank — eine Zeitlang sah es so aus, als solle aus den beiden ein Paar werden, niemand hätte sich mehr darüber gefreut als ich. Aber das ging eben nicht. Regine fügte sich väterlichen Wünschen und verlobte sich mit einem bläßlichen Referendar aus Hamburg. Und wenn ich mir ihren Mann und Frank heute so ansah, dann mußte ich sagen, sie hat es falsch gemacht.

Frank ging auf die TH nach Darmstadt und nach dem Studium auf zwei Jahre nach den Vereinigten Staaten. Ich traf ihn erstmals wieder, als ich damals in München Boulevardtheater machte. Irgendwie fand er es komisch, daß ich Schauspieler geworden war. »Ausgerechnet du, Mensch. Na, wenn das man gutgeht.«

Das hatte mich geärgert. Von ihm erwartete ich mehr Verständnis. Aber ich merkte bald, daß er ein Mann des tätigen Lebens geworden war, ein Praktiker, eine sehr gelungene Mischung von Techniker und Kaufmann, genau das, was unsere Zeit heute braucht, und daß er fest mit seinen Beinen auf dem Boden der amusischen Tatsachen stand. Mehrere Jahre sahen wir uns nicht, hörten auch kaum voneinander. Er arbeitete eine Zeitlang in Mannheim, und dann bekam er die Stellung bei der Oesel AG. Und das war wohl die Stellung seines Lebens. Er leitete heute die ganze Auslandsabteilung, war viel auf Reisen, und es hieß, er genieße das volle Vertrauen seines Chefs. Mit einem Wort, er war ein Manager geworden.

Zufall, daß es mich nach B. verschlug und daß wir am selben Ort lebten. Er, ein reicher angesehener Mann, ich — ein unbekannter Schauspieler mit bescheidenem Einkommen.

Aber unserer Freundschaft hatte es nicht geschadet, wie sich bald herausstellte. Wir sahen uns nicht sehr oft, aber doch in nicht zu großen Abständen, und wir verstanden uns eigentlich immer gut. Er kam auch ins Theater, wenn er Zeit hatte, ich wurde bei ihm zu Hause eingeladen, und seit er ein Jagdhaus in einem nahe gelegenen Waldgebiet hatte, war ich dort auch schon einige Male zu Gast gewesen.

Vor sieben Jahren etwa hatte er ein Mädchen namens Rosmarie geheiratet, eine zierliche Brünette, an der ich nicht viel Bemerkenswertes entdecken konnte. Sie hatten mittlerweile zwei Kinder, einen Jungen und ein Mädchen, die Frank sehr liebte. Aber mit seiner Frau verband ihn offenbar nicht viel. Ich wußte, daß er auf seinen Reisen und auch sonst einer kleinen Abwechslung nicht abgeneigt war — er sah sehr gut aus, ich erwähnte es schon —, und Frau Rosemaries Interesse erschöpfte sich in ihren Kindern, neuen Kleidern und Geschwätz mit ihren zahllosen Freundinnen. Eine normale Durchschnittsehe also.

Ich wußte, daß Dagmar ihn gelegentlich einlud, sie mochte gutaussehende Männer. Und natürlich wußte Frank, was sich zwischen Dagmar und mir abgespielt hatte.

Verflucht! Ich konnte doch nicht einfach heute dort hingehen. Das war doch eine unmögliche Situation. Und diese Dagmar war

169

ein ganz und gar unmögliches Frauenzimmer. Was würde sie sich bloß noch alles ausdenken! Sie war zurückgekehrt, und sie war offenbar fest entschlossen, das Beste daraus zu machen.

Die Probe verlief ohne besondere Schwierigkeiten. Dr. Briskow kam heute erstmals vorbei und hörte uns eine Weile zu. Ziebland wurde nervös oder, besser gesagt, noch nervöser als sonst, aber Carla war in Hochform. Sie war typisch eine Schauspielerin, die Rollen brauchte, die ihr lagen. Dann war sie nicht zu schlagen ... Aber sich verwandeln in eine andere, das konnte sie schlecht. In der Pause erzählte sie uns begeistert von den Kleidern, die sie in diesem Stück tragen würde. Da sie eine reiche Frau spielte, die zudem extravagant und etwas überspannt war, konnte sie in dieser Beziehung etwas bieten, und das machte ihr Spaß. Sie hatte sehr viel Geschmack, ein Modesalon in der Stadt arbeitete für sie, oft nach ihren eigenen Entwürfen.

»In der großen Streitszene mit Julius habe ich einen lila Hosenanzug. Die Hosen etwas dunkler lila, die Bluse etwas heller, die Ärmel weitfallend über ein Bündchen. Wie findet ihr das?«

»Toll«, sagte Almut, die immer bereit war, anderen Frauen eine Freude zu machen. »Schade, daß Julius sich nicht auch so schön machen kann und nur einen gewöhnlichen Anzug trägt.«

»Hab' ich ja gar nicht. Ich hab' einen Smoking an«, sagte ich.

»Das ist doch der Abend, wo ich mit dir in die Oper gehen will.«

»Ach ja, richtig. Und mit deinem Streit verpaßt du die Zeit und rufst mich dann an, daß ich vorausgehen soll.«

»Ja«, sagte Carla strahlend, »und wir streiten weiter, und er kommt überhaupt nicht. Das war es, was ich wollte.«

Wir lachten alle, denn sie brachte das so triumphierend heraus, als handle es sich nicht um eine Rolle, die sie spielte, sondern um Wirklichkeit, mit all der Lust, mit der nur eine Frau über die andere triumphieren kann.

Mir fiel ein, daß Carla auch einmal eine Zeitlang Franks Freundin gewesen war. Und heute besaß sie wieder einen reichen Freund, sie konnte sich leicht kostbare Kleider für ihre Premieren anfertigen lassen. Verheiratet war sie auch, aber niemand hatte ihren Mann je gesehen, und nie sprach sie von ihm. Er hatte auch mit dem Theater zu tun, war inzwischen zum Film übergewechselt, sie lebten seit Jahren getrennt. Irgendeiner von uns hatte Carla einmal gefragt, warum sie sich nicht scheiden ließe, und sie hatte darauf geantwortet: »Wozu denn? So ist es angenehmer. Für ihn und für mich. Wenn er geschieden ist, muß er damit rechnen, daß ihn sofort wieder eine einfängt. Ihr wißt doch, wie die Frauen sind. So kann er immer sagen: Tut mir leid, mein Kind, meine Frau läßt sich nicht scheiden. Und für mein Renommee ist es ebenfalls besser, eine verheiratete als eine geschiedene Frau zu sein. Wir können beide trotzdem tun, was wir wollen. Und sollte einer von uns einmal partout seine Freiheit wollen, aus diesem oder jenem Grund, bitte sehr, dann steht dem nichts im Wege.«

Ziebland wollte wissen, was Hilke in ihrem kurzen Auftritt anziehen würde. Es war an sich nicht so wichtig und auch nicht nötig, extra dafür etwas machen zu lassen. Schließlich waren wir kein Großstadttheater, ein bißchen mußte bei uns gespart werden. Hilke beschrieb ihm einige Kleider, die in Frage kämen.

»Nicht brav, verstehen Sie, Fräulein Boysen. Und auch nicht richtig elegant. Auch nicht doof natürlich. So ein bißchen billige Eleganz, so mit sichtbarem Dekolleté oder so. Haben Sie so was?«

Hilke überlegte, und Almut sagte: »Hat sie nicht, Zieb.«

»Aber ich hab' was«, rief Dorte, »das kann sie anziehen, die Kunkel ändert ihr das, so grün mit bißchen Silber dran, ziemlich eng und kurz und mit Busenansatz, das ist genau richtig. Ich bring's morgen mit.«

Dann probten wir weiter. Mit Hilke hatte ich nicht ein privates Wort gesprochen. Aber ich war mir ihrer Gegenwart bewußt. Wir wiederholten mehrmals die große Liebesszene zwischen Almut und mir, wir probten die bösartige Aussprache zwischen Carla, Diesterweg und mir fast zwei Stunden lang. Die kleine Szene zwischen Hilke und mir, die Schlußszene des Stükkes, kam heute nicht mehr dran.

»Morgen«, sagte Zieb, »gegen drei Uhr. Jetzt wiederholen wir lieber den zweiten Akt. Gehen Sie nach Hause, Fräulein Boysen, Sie haben ja heute abend Vorstellung. Ihren Auftritt machen wir morgen.«

Heute abend war zum zweitenmal die Julia dran, und es war nett von Ziebland, daß er Hilke gehen ließ. Aber auf diese Weise kam ich nicht dazu, mit ihr ein Wort allein zu sprechen. Ich war auf der Bühne, als sie ging, ich bildete mir ein, sie blickte ein wenig traurig zu mir her. Aber das war natürlich Unsinn. Sicher dachte sie, ich würde abends im Theater sein. Das hatte ich auch vorgehabt. Zumindest hätte ich sie abholen können. Aber da war Dagmar mit ihrer blödsinnigen Einladung. Sollte ich oder sollte ich nicht? Was war unauffälliger? Hinzugehen oder nicht hinzugehen? Wir probten ziemlich lange, bis fast sechs Uhr, bis die Bühnenarbeiter anrückten, um Verona aufzubauen.

Ich war müde. Ein schöner spielfreier Abend. Hier im Theater ›Romeo und Julia‹, die Operette Abstecher mit ›Bettelstudent‹. Ich könnte zu Herrn Wunderlich gehen, was Gutes essen und nachher Hilke abholen. Trotzdem ließ ich mir ein Taxi kommen, fuhr nach Hause, stieg in die Wanne, rasierte mich. Es war halb sieben, und ich war immer noch unschlüssig. In diesem Augenblick klingelte dasTelefon. Es war Dagmar.

»Ich wollte sehen, ob du zu Hause bist.«

»Wie du siehst.«

»Ich wollte dir noch sagen, keinerlei Garderobenaufwand notwendig. Dunkler Anzug genügt.«

»Ich habe nicht die Absicht . . .«

»Doch. Du hast. Ich habe Lorenz gesagt, daß du kommst, es würde albern aussehen, wenn du nicht kommst.«

»Ich habe nicht einmal Blumen für dich besorgt«, sagte ich hilflos. »Wir haben bis vor einer halben Stunde Probe gehabt.«

»Ich bekomme Blumen genug. Bring mir eine von deinen hübschen Platten mit. Du hast sicher wieder das Neueste da. Irgendwas Schräges.«

»Dagmar, ich . . .«

»Um Himmels willen, es läutet. Das sind bereits die Tanten. Sie kommen immer eine halbe Stunde früher. Gott steh mir bei. Jetzt muß ich kuschen. Bis nachher, Julius.«

Ehe ich noch etwas sagen konnte, hatte sie aufgelegt.

Ich knallte den Hörer ziemlich unsanft auf die Gabel. Zum Teufel mit ihr! Wie oft ich das schon gedacht hatte. Aber es nützte nichts. Ich nahm den Hörer wieder ab und wählte Franks Nummer. Rosmarie war am Apparat.

»Oh, hallo, Julius! Wie geht's dir? Du läßt dich gar nicht blikken. Aber heute sehen wir uns ja, nicht?« Das wußte sie also. Dagmar hatte es geschickt gemacht.

»Ist Frank da?«

»Er zieht sich gerade um. Willst du was?«

»Gib ihn mir mal.«

»Na, alter Junge«, sagte Frank, als er an den Apparat kam, »noch am Leben? Wo brennt's denn?«

»Ich soll heute abend zu Nössebaums kommen.«

Ich sah ihn förmlich grinsen. »Ja, ich weiß. Dagmar hat es mir gesagt. Schicke Sache das.«

»Soll ich wirklich hingehen?«

»Warum denn nicht? Wir müssen die Heimgekehrte doch begrüßen. Es gibt immer gut zu essen bei ihnen.«

»Ich weiß nicht . . .«

»Hab dich nicht so zimperlich. Dagmar schaukelt das schon. Die macht alles möglich, das weißt du doch. Also bis später. Ich freu' mich, dich zu sehen.«

Also gut. Von mir aus. Mal sehen, was daraus würde.

Viertel nach sieben fand ich mich im Hause Nössebaum ein. Nachtblauer Anzug, dazu eine Krawatte in etwas hellerem Blau. Das sei schick, hatte mir mein Schneider versichert, mal etwas anderes als der ewige Silberschlips. Eine Platte von Ray Conniff unter dem Arm.

Dagmar war in Rot, hochgeschlossen, Rock sehr kurz und geschlitzt.

Die Tanten saßen auf dem Sofa, eine in Schwarz, die andere in Grau, mit viel echtem Schmuck ausstaffiert. Die Tanten waren Herrn Nössebaums Kusinen und stellten so etwas wie die Nornen der Stadt B. dar. In ihren Händen ruhte das Schicksal dieser Bürger. Ihnen gehörte von B. und Umgebung, was Herr Nössebaum und Herr Oesel nicht besaßen. Was tat ich armer Komödiant in diesem illustren Kreise?

Ich brachte überall Handküsse an, auch bei Frau Professor Bodenbach, die mich begrüßte wie einen alten Freund. Der Professor

173

war noch nicht da. Herr Nössebaum auch nicht. Herr Oesel ebensowenig. Ich war, von Thomas abgesehen, der einzige Mann im Hause. Und das schien die Damen zu freuen. Sie sahen alle etwas gelangweilt aus. Nun konnten sie vom Theater sprechen, und das machte ihnen Spaß. Ich sollte von dem neuen Stück erzählen, was ich für eine Rolle hätte und ob es wahr sei, daß es ziemlich unanständig zugehe. Letzteres wollte eine der Tanten wissen.

»Nicht so sehr«, sagte ich. »Jedenfalls für heutige Begriffe.«

»Spielen Sie so etwas gern?« wollte die andere Tante wissen.

»Es ist eine gute Rolle. Ein etwas verkorkster Mensch eben.«

»Wir werden es ansehen«, meinte Dagmar lächelnd. »Ich liebe verkorkste Helden.«

»Und verkorkste Heldinnen«, sagte die eine Tante trocken, und ich hätte beinahe die Olive aus meinem Martini verschluckt.

Dann kamen Frank und Rosmarie, und während ich sie noch begrüßte, erschien Herr Nössebaum auf der Bildfläche. Noch im Straßenanzug und sichtlich in Hetze.

»Ich bitte um Entschuldigung. Die Verhandlungen haben sich hingezogen. Ich wollte nur schnell guten Abend sagen, ich bin dann gleich wieder unten.«

Er küßte die Tanten auf die Wangen, und mir wurden die Hände etwas feucht, als er in meine Nähe kam. Sein Gesicht war ohne Ausdruck, als er mir die Hand reichte.

»Schön, daß Sie uns auch wieder mal besuchen, Herr Bentworth«, sagte er. Unsere Blicke trafen sich nur kurz, dann wandte er sich ab. Ich konnte mir nicht helfen, ich mochte diesen Mann. Ich wußte nicht, was er für Fehler hatte, die ihm Dagmar nicht verzieh, in meinen Augen jedenfalls war er eine Persönlichkeit.

Übrigens war er wirklich alt geworden, sein Gesicht war schlaff, die Haare sehr grau geworden. Nur der Bart war immer noch tiefschwarz. Kurz nach acht kam Martin Oesel, der Industrieboß. Etwas klein und korpulent, aber mit dem Air des Siegers, mit dem Strahlenschein, den Erfolg und mehrere Millionen verleihen.

Die Damen scharten sich um ihn, und ich konnte endlich ein paar Worte mit Frank sprechen.

»Du machst ein Gesicht, als wenn du Zahnschmerzen hättest«, sagte er zu mir. »Als Schauspieler solltest du dich etwas besser in diese Rolle finden.«

»In welche Rolle?«

Er kratzte sich am Kinn. »Eben, in welche Rolle, das frage ich mich auch. Vielleicht in die Rolle eines Hausfreundes, der nun offiziell in der Familie etabliert werden soll.«

»Ich bedanke mich.«

»Warum? Schau sie dir an. Sie ist immer noch ein rasantes Frauenzimmer. So was wie sie gibt es nicht oft.«

»Gott sei Dank.«

Frank lachte. »Du bist undankbar. Man soll die Gaben Gottes nehmen, wie sie einem in den Schoß fallen.«

»Die Gaben Gottes? Die Gaben des Teufels.«

»Nun, nun, übertreibe nicht so gräßlich. So viel Böses hat sie dir nicht getan.«

Wir standen nebeneinander am Kamin, jeder sein Glas in der Hand, und blickten auf die Gruppe um das Sofa, die sich lebhaft unterhielt. Herr Oesel hofierte die Tanten, das war schon immer so. Und sie genossen es, das war auch schon immer so. Das Gelände, auf dem seine Fabriken standen, hatte er zum großen Teil von ihnen gekauft, und wenn er erweitern wollte, mußte er wieder bei ihnen kaufen.

Dagmar saß halb auf einer Sessellehne, wippte mit dem schlanken Bein, der Schlitz im Kleid ließ ihren halben Oberschenkel sehen, schlank, rassig, makellos.

»Ich hab' sie voriges Jahr in Rom getroffen«, sagte Frank. »Wir haben ein paar hübsche Tage zusammen gehabt. Sie ist wirklich Klasse.«

»Nummer vier«, sagte ich.

»Wie?«

»Nichts weiter. Trinken wir noch einen?«

»Gern. Obwohl ich mir aus dem Zeug nicht so viel mache. Ich komme eben aus Amerika, da schlabbern sie immerzu Martini. Ob sie nichts anderes haben?«

»Alles, was dein Herz begehrt. Laß uns in die Bar blicken.«

Sie hatte also wirklich und wahrhaftig alle ihre Liebhaber hier beieinander, die sie kurzfristig auftreiben konnte. Wenn der Professor noch kam, waren wir vollzählig. Und so was nannte Frank eine Gabe Gottes!

Als wir vor der Bar standen, kam Dagmar zu uns.

»Was möchtet ihr denn?«

»Keine Martinis, Teuerste«, sagte Frank. »Haben Sie vielleicht einen ganz gewöhnlichen Steinhäger und ein ganz gewöhnliches Bier?«

»Natürlich. Alles, was du willst.«

Sie duzte ihn. Er hatte vorsichtig Sie gesagt. Das machte mich auf mein Problem aufmerksam, an das ich noch gar nicht gedacht hatte: Wie sollte ich sie eigentlich anreden?

»Julius? Auch ein Bier?«

»Wenn Sie gestatten, gnädige Frau, bleibe ich bei Martini.«

Frank grinste, sie lachte. »Wie Sie wünschen, Herr Bentworth.«

Herr Nössebaum kam wieder herunter, und kurz darauf kam Professor Bodenbach. Direkt aus der Klinik, wie wir erfuhren, und nur im grauen Anzug. Ob wir ihm so auch etwas zu essen gäben, er hätte keine Zeit gehabt, sich umzuziehen.

»Aber Karl!« sagte die Professorin vorwurfsvoll.

Er sah sie schuldbewußt an. »Ich wollte nicht, daß ihr mit dem Essen warten müßt.«

Das Essen war wirklich vorzüglich. Die Weine erlesen. Wir saßen sehr lange zur Tafel. Hummer braucht seine Zeit. Enten auch.

Einmal blickte ich verstohlen auf die Uhr. Hilke stand auf der Bühne. Ob sie sich wunderte, daß ich nicht da war? Eigentlich hätte ich ihr ein paar Zeilen dalassen können. Oder Blumen vielleicht? Warum hatte ich daran nicht gedacht?

Das Gespräch war sehr angeregt, die Tanten träufelten gelegentlich Gift hinein, Oesel, der sehr viel Humor besaß, war ein guter Unterhalter. Frank erzählte von seinen neuesten Amerikaerlebnissen. Nössebaum sprach wenig. Er aß schnell und mit Konzentration. Aber ich war nicht so sicher, ob er das Essen wirklich genoß.

Ich war alles in allem ein Außenseiter in diesem Kreis. Und es dauerte eine Weile, bis die anderen merkten, daß man mit mir auch noch über etwas anderes als nur über Theater sprechen konnte.

Plötzlich dann, wir waren schon beim Dessert, stand ich im Mittelpunkt. Ich sprach über Karl V., Gott weiß, wie wir darauf gekommen waren. Von der Kolonisierung Amerikas ausgehend oder so. Alle hörten mir zu, und dann sagte eine der Tanten bewundernd: »Mein Gott, an Ihnen ist ein Geschichtsprofessor verlorengegangen.«

»Er war schon in der Schule sehr gut in Geschichte«, sagte Frank und grinste vergnügt. »Er war überhaupt ein Musterknabe.«

Das brachte die Rede darauf, daß wir Jugendfreunde waren, Frank und ich. Das brachte auch die Rede auf meine Heimatstadt und meine Familie, denn Frank erzählte mit der Ungeniertheit des Erfolgreichen, welch großer gesellschaftlicher Unterschied zwischen uns geherrscht hatte, wie bescheiden sein Herkommen im Vergleich zu meinem war. Er tat es zweifellos absichtlich, um mich in den Augen der anderen aufzuwerten, und ich ärgerte mich ein wenig darüber. Das war nicht nötig. Aber es tat dennoch seine Wirkung. Ich konnte geradezu körperlich spüren, wie mein Ansehen stieg. Oh, heiliger Demokratius!

Nach dem Essen versammelten wir uns vor dem Kamin. Wer wollte, konnte Mokka haben. Eine Auswahl von Getränken stand außerdem zur Verfügung.

Und hier kam ich erstmals im Verlauf dieses Abends zu einem direkten und längeren Gespräch mit Thomas, dem Sohn des Hauses. Ich war gespannt gewesen, den Jungen wiederzusehen. Als ich kam, war er im Raum gewesen, hatte mich ziemlich gleichgültig begrüßt, hatte Cocktails herumgereicht und war dann verschwunden. Schon glaubte ich, daß er am Essen nicht teilnehmen würde. Aber als wir uns zu Tisch setzten, war er wieder da.

Er sah nicht so aus, wie ein Junge mit sechzehn, fast siebzehn, aussehen sollte. Er war nicht sehr groß, war furchtbar schlank, geradezu mager, sein Gesicht totenblaß, schmal und düster. Er war ein schönes Kind gewesen, und er war heute noch ein gutaussehender Junge, aber sein Gesicht war wie ohne Leben. Es war nicht jung, es war alt, wie umschattet von einem schweren Leid,

177

dazu lag ein Zug von Verachtung und Skepsis um seinen fast
weiblich weichen Mund, der einfach in dieses junge Gesicht nicht
hineingehörte. Gott im Himmel, worüber hatte dieser Junge sich
zu beklagen! Er hatte einen reichen und, was noch mehr war,
einflußreichen Vater, er stammte aus einem kultivierten Haus,
seine Mutter, nun ja, sie war ein wenig ungewöhnlich, aber dafür liebte sie ihn innig — was ging ihm ab, was verdüsterte sein
Leben so sehr?

Er aß sehr wenig, was auch keine Art für einen Jungen in seinem
Alter war, Wein trank er überhaupt nicht, er sprach nicht, nur
wenn man das Wort an ihn richtete, gab er höflich, aber nichts-
sagend eine Antwort. Ein schwieriges Alter, gewiß. Ob er immer
so war? Dann wunderte mich die Sache mit den Schlaftabletten
nicht.

Jetzt, vor dem Kamin, kamen wir ins Gespräch. Dagmar hatte
ihn beauftragt, eine Platte aufzulegen, und ich gesellte mich zu
ihm, stellte mich neben den Plattenspieler und nahm ein paar
LPs in die Hand, um zu sehen, was geboten wurde.

»Nicht viel Gescheites da«, sagte er. »Wir waren ja nicht da,
Mami und ich. Und mein Vater hat kein Interesse an Musik. Er
hat nichts dazugekauft.«

»Na, dann kannst du ja in nächster Zeit mal ordentlich einkaufen. Das macht doch Spaß. Hast du denn keine Platten mitgebracht?«

»Ich hab' sie verschenkt. Ich hab' nichts mitgebracht von dort.«

Er sagte das sehr gleichmütig. Es sprach weder Abneigung noch
Kritik aus diesen Worten, dennoch sagte ich: »Es hat dir nicht
gefallen in dem Internat?«

»Nicht besonders. Aber wo gefällt es einem schon?«

Hm. Wenig Zweck, ihm mit so einer typischen Erwachsenen-
Ermunterung zu kommen. Besser, man nahm seine Weltver-
achtung als normal.

»Ja, das frage ich mich auch oft. Wenn ich so zurückdenke, hat
es mir eigentlich auch meistens nirgends so richtig gefallen.«

Das trug mir einen Blick ein, der einen Schimmer von Interesse zeigte.

»Du wirst es vielleicht komisch finden, aber wo es mir meistens ganz gut gefällt, das ist hier in B.«

»Das kann ja wohl nicht wahr sein!«

Tommy Dorsays Posaune blies sanft zu unserem Gespräch.

»Hübsch«, sagte ich. »Wie der Bursche das kann. Spielst du auch noch ein Instrument?«

»Nein. Gar nicht mehr.«

»Schade. Du warst doch eigentlich recht musikalisch.«

»Keine Lust.«

»Hm. Na ja, manchmal ändert sich der Geschmack.«

»Ihnen gefällt es wirklich hier?«

»Ja. Sehr. Es hängt natürlich mit meiner Arbeit zusammen. Die ist im großen und ganzen recht befriedigend. Ich wollte es nun mal gern so haben, weißt du. Und im übrigen kann ich leben, wie ich will.«

»Das kann man eben nicht.«

»Wieso nicht?«

»Ich nicht.«

»Sehe ich nicht ein. Du kannst doch machen, was du willst.«

»Ich muß in die Schule gehen.«

»Das mußten wir alle mal. Gehst du denn so ungern?«

»Ich tue gar nichts gern.«

»Bißchen wenig. Gäbe es denn nicht doch etwas, was du gern tätest?«

Pause. Dann: »Vielleicht möchte ich auch Schauspieler werden.«

»Warum denn nicht? Das kannst du ja mal im Auge behalten.«

»Was glauben Sie, was mein Vater dazu sagen würde?«

»Er würde sich daran gewöhnen. Meiner hat es auch getan. Das heißt, genaugenommen hat er nicht.«

»Es ist mir ziemlich egal, was mein Vater will.«

Was sagt man nun darauf? Ich rettete mich nun doch in eine billige Phrase. »Es ist natürlich besser, man ist mit seinen Eltern einig.«

»Waren Sie es?«

»N-nein, nicht immer. Aber in deinem Alter habe ich jedenfalls versucht, mit ihnen klarzukommen. Es ist einfacher. Wenn du erwachsen bist, mußt du sowieso selbst entscheiden, was du tun willst. Auf alle Fälle habe ich mal zuerst die Schule fertig gemacht, und dann habe ich ein paar Semester studiert.«

»Ja, das hat mir Mami erzählt.«

Sieh an! Dagmar hat ihrem Sohn also von meinen Bekenntnissen berichtet. Und er hatte es behalten.

Ich versuchte mich zu erinnern, wann und wo ich mit Thomas zusammengetroffen war. Sehr oft war es nicht gewesen. Zwei- oder dreimal hier im Hause, einige Male auf dem Tennisplatz, wo Dagmar damals spielte und wo ich sie abholte. Und einmal hatte er uns auf der Fahrt in die Landschaft begleitet, und jetzt fiel es mir auch wieder ein, wie peinlich es mir gewesen war, daß Dagmar ziemlich unverhohlen ihre Zuneigung zeigte. Sie lächelte mich an, redete ungeniert, flirtete, forderte mich heraus. Mehr war es nicht, sie war eine Frau von Geschmack, aber für das Kind, das damals schon kein richtiges Kind mehr war, mußte es merkwürdig sein.

Wieviel wußte der Junge nun über seine Mutter, seinen Vater? Hatte er begriffen, was hier im Hause vorgegangen war, ordnete er es ein, nahm er es als selbstverständlich, litt er darunter? Ich hatte keine Ahnung. Man las so viel heute von Kindern aus unharmonischen Ehen, vielleicht überbewertete man diese Dinge. Aber es kam natürlich auf das Kind an. Dieser Junge hier bestand offenbar nur aus Sensibilität und Lebensverneinung.

Und dann geschah etwas Überraschendes. Lorenz Nössebaum verließ seinen Platz neben dem Oberboß und kam auf uns zu. Er stellte sich zu uns, brachte so etwas wie ein harmloses Lächeln zustande und sagte ganz zugänglich: »Na, ihr beiden? Nicht viel los mit den Platten?«

»Ist ja nicht so wichtig«, erwiderte sein Sohn mit verschlossener Miene.

»Du wirst dir neue Platten kaufen, nicht wahr?« Und der Blick, mit dem der mächtige Mann seinen Sohn ansah, tat mir geradezu weh. Armer reicher Mann! Er hatte eine Frau, die ihn betrog und sich nichts aus ihm machte, er hatte einen Sohn, der sich störrisch von ihm abwandte? Womit hatte dieser Mann das verdient?

Es war seltsam, aber immer empfand ich Sympathie gegenüber

Lorenz Nössebaum, immer hatte ich das Gefühl, ihm helfen zu müssen.

»Es ist so viel auf dem Markt«, sagte ich und lächelte ebenfalls harmlos. »Man kann es gar nicht mehr verfolgen. Ich kaufe mir immer bloß, was mir besonders gut gefällt.«

»Sie lieben Musik?« fragte er, und auch das war nur ein hilfloser Versuch, das Gespräch weiterzuführen.

»Ja, sehr. Und zwar ziemlich querbeet. Von Bach angefangen bis zu den modernen Jazzern. Nur gut muß es sein.«

Wir redeten so ein bißchen hin und her über Platten und Bands, wovon Lorenz Nössebaum sichtlich keine Ahnung hatte. Thomas sprach gar nicht, also war es an mir, die Konversation aufrechtzuerhalten.

Und plötzlich sagte Lorenz Nössebaum: »Haben Sie schon gehört, daß Thomas Schauspieler werden will?«

Ich war so überrascht, daß mir nicht gleich eine Antwort einfiel.

»Doch«, meinte ich dann, »er erwähnte so etwas.«

»Halten Sie es denn für richtig, daß er heute schon damit anfängt? Ich meine Sprachstudien und so etwas?«

War das Lorenz Nössebaum, der Mann, vor dem die Stadt kuschte? Hier stand er hilflos und verlassen vor mir und wußte nicht ein noch aus.

Ich blickte von ihm zu Thomas und zog ein wenig die Brauen hoch.

»Jetzt schon? Das ist nicht nötig. Ich würde sagen, er soll die Schule zu Ende machen, dann ist immer noch Zeit. Wenn er dann noch will.«

Thomas sah mich hochmütig an, wandte sich dann zum Plattenspieler, drehte die abgelaufene Platte um, wartete, bis der Saphir einsank, und sagte dann kühl und verächtlich: »Sie entschuldigen mich wohl.« Wandte sich und ging langsam durch den Raum und verschwand durch die Tür.

»Da sehen Sie«, sagte Nössebaum und lachte ärgerlich. »Was soll man mit dem Jungen machen! Er ist wie eine Mimose. Man kann sich noch so Mühe geben, auf ihn einzugehen, man macht es immer falsch.«

»Geben Sie sich nicht so viel Mühe. Lassen Sie ihn. Es ist nun mal ein blödsinniges Alter. Er wird vernünftiger werden.«

Und jetzt erstmals sahen wir uns offen ins Gesicht. »Nein«, sagte Lorenz Nössebaum, »das wird er nicht. Da ist irgend etwas verbogen in ihm. Ich scheue mich vor dem Wort verdorben. Aber wahrscheinlich wäre es das richtige Wort. Es sind nicht nur Pubertätsschwierigkeiten, es ist etwas anderes. Und man kann es nicht ändern. Wir haben etwas falsch gemacht.« Sein Blick ging hinüber zu dem Sessel vor dem Kamin, wo Dagmar saß, ein harter, böser Zug kam um seinen Mund, vertrieb die Hilflosigkeit. »*Ich* habe etwas falsch gemacht.«

Es war nicht nötig, daß ich darauf antwortete. Es gab auch keine Antwort darauf.

Dagmar, die uns sicher eine ganze Zeit beobachtet hatte, sah jetzt zu uns herüber. Ihr Blick war ein wenig unsicher. »Noch einen Kaffee, Herr Bentworth?« fragte sie.

»Ja«, sagte ich dankbar für die Ablenkung, »gern.«

Mein Täßchen stand noch vor meinem Sessel, wo ich zuvor gesessen hatte, Rosmarie reichte es ihr hinüber, und Dagmar füllte es aus dem Glaskolben, der vor ihr stand. Ich ging zu ihr und nahm die Tasse entgegen. Ich war feige. Nicht, daß ich nicht gern mit Lorenz Nössebaum gesprochen hätte. Aber es war alles schwierig. Wir setzten uns wieder, Nössebaum auch. Und das Gespräch plätscherte weiter über allen möglichen Unsinn.

Es war kein sehr anregendes Gespräch. Es kam über die Klippe nicht hinweg, daß hier weder Freunde noch geistig rege Menschen beieinander saßen. War es immer so bei ihren Gesellschaften und Partys? War es das, was Dagmar meinte, wenn sie sagte, sie könne das Geschwätz der Spießer, das kleinkarierte Leben der Provinzstadt nicht mehr ertragen? An ihr lag es nicht, das mußte man Dagmar ehrlicherweise zugestehen, mit ihr konnte man sich lebhaft und sehr vielseitig unterhalten.

Lorenz Nössebaum sprach sehr wenig, er beschäftigte sich hauptsächlich damit, Zigarren anzubieten und Kognak oder Wein einzuschenken. Der Oberboß war in ein Gespräch mit Frank über eine geschäftliche Angelegenheit vertieft. Die Tanten hatten den armen Professor in der Zange und wollten von ihm die neuesten medizinischen Erkenntnisse vermittelt haben. Die Frau Professor hörte wohlgefällig lächelnd zu.

Ich versuchte, Dagmar und Rosmarie zu unterhalten, was nicht so einfach war. Rosmarie, sowieso nicht sehr intelligent, hatte ein ausgeprägtes Talent, immer daneben zu antworten. Ich fühlte, mehr als ich es sah, Dagmars sarkastisches Lächeln, und wie schon so oft fragte ich mich, warum Frank diese Frau eigentlich geheiratet hatte, konnte er nichts Besseres finden?

Dagmar zeigte ziemlich deutlich, wie gelangweilt sie war. Sie saß weit zurück in einem tiefen Sessel, hatte die Beine übereinandergeschlagen, und die Tatsache, daß ihr kurzer Rock ihren Schenkel kaum mehr verbarg, irritierte sie nicht im mindesten. Auch nicht der strafende Blick, den die eine Tante gelegentlich auf sie und das Bein warf.

Dagmar, lässig zurückgelehnt, den Arm auf die Lehne gestützt, eine Zigarette zwischen den Fingern, die andere Hand locker über der Sessellehne, saß mir schräg gegenüber, und als sich unsere Blicke einmal trafen, sah ich den spöttischen Zug um ihren Mund. Und den müden, hoffnungslosen Ausdruck ihrer Augen. Sowenig das zusammen paßte, beides vereinte sich in ihrem Gesicht, und ich sah, daß auch sie unglücklich war. Genau wie ihr Mann. Genau wie ihr Sohn.

Ich begriff nun auch mit einemmal, was sie von mir verlangte. Hilfe, einfach Hilfe. Sie war zurückgekehrt, aber sie war allein, und sie war unglücklich. Und was immer sie in den vergangenen anderthalb Jahren getan hatte, glücklich hatte es sie auch nicht gemacht.

Was sie von mir wollte, war gar nicht so viel: ein Gespräch manchmal, ein Zusammensein, ein wenig Zärtlichkeit, ein wenig Verständnis. Gab es wirklich niemanden in dieser Stadt, von dem sie es haben konnte? Nur von mir? Und das war wohl auch der Grund, warum sie mich heute abend eingeladen hatte. Sie wollte mir das vor Augen führen.

Von ihr schaute ich zu ihrem Mann und traf auch seinen Blick. Hatte er es begriffen? Und was in aller Welt sollte ich nun tun?

Sobald es unauffällig möglich war, sah ich auf meine Uhr. Die Vorstellung war zu Ende. Hilke würde in ihrer Garderobe sein und sich abschminken. Die zweite Vorstellung. Ob sie ihr gut gelungen war? Meist traf man es besser als bei der Premiere. Und ob sie sich wunderte, wo ich war? Wartete sie noch auf mich? War Herr Boysen bei ihr? Ging sie noch in den Ratskeller, ging sie gleich nach Hause?

Wie und was auch immer, es war unverzeihlich von mir, daß ich ihr keine Nachricht hinterlassen hatte. Ich benahm mich schlecht ihr gegenüber, so viel stand fest.

Aber abgesehen davon hatte ich plötzlich eine ganz heftige, ganz wilde Sehnsucht nach ihr. Sie nur sehen, ihr klares, junges Gesicht zwischen meine Hände nehmen und ihren Mund ansehen, jung und erwartungsvoll — der Mund, den ich geküßt hatte, auch wenn es schon eine Ewigkeit her war.

Viertel nach elf genau, als Sophie wieder mal durchs Zimmer ging, um Aschenbecher zu leeren und Gläser zu wechseln, ordnete eine der Tanten an, Herr Hartmann möge sich bereithalten, sie kämen sogleich. Herr Hartmann war, wie ich wußte, seit undenklichen Zeiten der Chauffeur der Damen Nössebaum und hatte den Abend bei Sophie in der Küche oder sonstwo verbracht, sicher ebenfalls gut gespeist, und mußte nun den Wagen vorfahren.

So spielte sich das immer ab, wenn die Tanten irgendwo eingeladen oder im Theater waren, und sie gingen nie später nach Hause als kurz nach elf, denn Punkt zwölf, so ging die Legende, pflegten sie spätestens im Bett zu liegen. Das hatte Professor Bodenbach, der natürlich auch ihr Arzt war, ihnen streng verordnet.

Wir standen feierlich auf zum Abschied, ich küßte die beiden kleinen welken Hände mit den vielen Ringen, bekam noch zwei huldvolle Lächeln, der Oberboß murmelte etwas, daß er sowieso gehen müsse, die Tanten geboten uns, sich ja durch ihren Aufbruch nicht stören zu lassen. Herr und Frau Nössebaum begleiteten die Damen nach draußen, wir anderen blickten uns etwas verloren an, ich schenkte mir noch einen Kognak ein, marschierte wieder zum Plattenspieler und setzte ihn in Betrieb.

Nach einer Weile kehrten Herr und Frau Nössebaum zurück, Herr Oesel wiederholte, daß er nun auch gehen müsse, da er morgen nach Hamburg fliege — er besaß ein eigenes Flugzeug —, Herr Nössebaum sagte, das sei ja kaum mehr als eine Fahrt in einen Vorort, von hier nach Hamburg mit dem Flugzeug, und lohne kaum das Aufsteigen, dann fragte Dagmar überraschend, ob sie mitkommen könne. Selbstverständlich, mit Vergnügen, erwiderte Herr Oesel, und Herr Nössebaum fragte irritiert: »Was willst du denn in Hamburg?«

Dagmar streifte ihn nur mit einem kurzen Blick: »Kleine Abwechslung, was sonst? Mal nett ausgehen und mir etwas kaufen. Ich hab' nichts mehr anzuziehen. Ich bin ewig nicht in Hamburg gewesen, mindestens seit zwei Jahren. Damals hatte da so eine reizende kleine Boutique aufgemacht, mal sehen, ob sie noch existiert.«

Ein kleines verlegenes Schweigen folgte auf die Bemerkung, daß sie seit zwei Jahren nicht in Hamburg gewesen sei. Früher — das wußte schließlich jeder hier — war Dagmar in jedem Monat mindestens einmal nach Hamburg gefahren, zum Einkaufen und Schaufensterbummeln.

»Natürlich«, murmelte Herr Nössebaum eilig, »wenn es dir Spaß macht.«

»Überhaupt muß man an die Weihnachtseinkäufe denken«, plauderte Dagmar weiter, belebt von dem Gedanken an den kleinen Ausflug. »Das geht jetzt schnell. Ihr müßt mir alle sagen, was ihr euch wünscht.«

Weihnachten, die Geschenke, das ganze Drum und Dran unterhielt uns für die nächste halbe Stunde. Gegen zwölf erhob sich Herr Oesel, es zeigte sich, daß die anderen auch gehen wollten. Es gab noch ein wenig Hin und Her, einen Nightcup, aber bis halb eins verließen wir alle das Haus Nössebaum. Frank, Rosmarie und ich waren die letzten. Als ich mich in wohlgesetzten Worten bei der Hausfrau bedanken wollte, winkte sie unlustig ab. »Geschenkt. Spar deine Worte. Es war fad, ich weiß. Wir zwei gehen bald wieder zusammen zum Essen hinaus ins Schloß, nicht? Wir lassen uns Rebhühner braten, das machen sie draußen vorzüglich. Erinnerst du dich?«

Ich blickte erschrocken nach rechts und links, denn Dagmar hatte keineswegs leise gesprochen. Herr Nössebaum sprach aber

185

mit Rosmarie und Frank und hatte nichts gehört. Oder tat jedenfalls so.

»Vielen Dank für die Einladung«, sagte ich, als ich mich von ihm verabschiedete.

Er sah mich ernst an, fast nachdenklich, auf jeden Fall nicht böse. Dann sagte er, und die anderen hörten es: »Ich hoffe, Sie kommen bald einmal wieder und Sie werden gelegentlich einmal in Ruhe mit Thomas sprechen. Sie wissen schon.«

»Natürlich«, erwiderte ich verwirrt. Und machte eine ziemlich tiefe Verbeugung.

»Was wollte er denn mit Thomas?« fragte Frank erstaunt, als wir nebeneinander durch den Vorgarten gingen.

»Ach, nichts Besonderes«, wich ich aus. »Der Junge macht ein bißchen Schwierigkeiten mit der Schule und so, wir sprachen vorhin darüber.«

»So, so. Das sind ja ganz neue Aspekte. Ich würde mich da heraushalten, wenn ich du wäre.«

»Ach, auf einmal. Und als ich heute abend sagte, ich wolle nicht hingehen, warst du durchaus dafür.«

»Ich gestehe, ich war neugierig. Ich kann mir das alles nicht so zusammenreimen. Sie wieder da und er so offensichtlich deprimiert, und der Junge — na, von dem reden wir lieber gar nicht.« Wir standen vor seinem Auto, das einige Schritte entfernt vom Haus am Straßenrand parkte.

»Wieso? Was meinst du damit?«

»Das weißt du nicht?« fragte Rosmarie eifrig. »Mit dem stimmt's doch nicht ganz. Der hat doch nicht alle. Dort im Internat haben sie ihn rausgeschmissen, und hier . . .«

»Du bist ganz ruhig«, unterbrach sie Frank.

»Ach, das weiß doch jeder. Hier in der Schule hat es auch schon Schwierigkeiten gegeben, dabei ist er gerade seit drei Wochen wieder da. Elses Sohn ist mit ihm in einer Klasse. Na, du solltest mal hören, was der erzählt.«

»Halt den Mund«, fuhr Frank seine Frau an, und er hatte nicht ganz unrecht. Es war still in der nächtlichen Straße, und Rosmarie hatte ein helles, durchdringendes Organ.

»Ich verbiete dir diese dämliche Klatscherei.«

»Spiel dich bloß nicht so auf«, maulte Rosmarie. »Die ganze Nössebaumsche Pracht geht ja sowieso bald zu Ende. Er macht es nicht mehr lange, wenn er sich so weiter ärgern muß, erst mit der Frau und jetzt mit dem Jungen. Hast du gesehen, wie er aussieht? Wie kurz vorm Herzinfarkt. Und sie! Geht doch schon wieder los. Sie muß nach Hamburg fliegen. Und dann dauert es noch vierzehn Tage, dann fliegt sie nach Paris. Und dann kann er sie wieder suchen gehen, dann kommt sie nicht so schnell zurück. Dann ist Madame wieder mal verschwunden.«

»Ich wünschte, du würdest auch mal verschwinden, am besten für immer«, sagte Frank erbost. Und diese seine Gefühle konnte ich gut verstehen.

»Los, steig ein!«

Aus dem Wagen reichte Rosmarie mir die Hand. »Tschüs, Julius. Besuch mich mal zum Tee. Am besten, wenn das Ekel nicht da ist. Stimmt es, daß du eine neue Freundin hast?«

Ich mußte lachen, ob ich wollte oder nicht. »Wieso eine? Drei. Tschüs, Rosmarie. Schlaf gut.«

Ziemlich energisch schloß Frank die Wagentür.

»Du bist der einzig gescheite Mann, den ich kenne, du hast nicht geheiratet. Ich muß vom wilden Affen gebissen worden sein, als ich mir das da ausgesucht habe. Kann ich dich wirklich nicht schnell nach Hause fahren?«

»Nein, danke. Wirklich nicht. Ich gehe gern zu Fuß.«

»Na, dann stimmt's ja doch wohl mit der neuen Freundin. Also, Wiedersehen, Julius. Mach's gut!«

Ich blieb stehen, bis der Wagen abgefahren war, reckte mich dann, hob die Nase in die kühle, feuchte Novemberluft. Dann blickte ich zurück zum Hause Nössebaum. Die Lichter brannten alle noch. So ein großes, prächtiges Haus, aber es kam mir vor wie ein Käfig. Warum nur hatten sie sich ihr Leben so verdorben? Und was war mit Thomas los? War das mit dem Selbstmordversuch doch nicht so harmlos gewesen, wie Dagmar es hingestellt hatte? Wenn ich jetzt darüber nachdachte, wunderte ich mich, daß ich ihr alles so geglaubt hatte, wie sie es erzählte. Daß sie zurückkam, nachdem sie weggegangen war — das mußte doch irgendwelche tiefgehenden Gründe haben. Ich sah die dunklen, traurigen Augen von Lorenz Nössebaum vor mir. »Ich hoffe, Sie kommen bald einmal wieder. Und Sie werden in Ruhe mit Thomas sprechen.« Worüber denn, zum Teufel? Daß er Schauspieler werden wollte? Er war sechzehn, so furchtbar eilte es doch wohl nicht.

Mein erstes Gefühl war das richtige gewesen: Ich hätte heute abend nicht da hingehen sollen. Warum ließ ich mich immer wieder von Dagmar einfangen? Der Abend hatte ein zwiespältiges, ein ungutes Gefühl in mir zurückgelassen.

Währenddessen hatte ich mich in Bewegung gesetzt, und erst nach einer Weile merkte ich, wohin sie ging, den Ring entlang in Richtung Stadt. Warum nicht nach Hause?

Ich wußte es nicht. Aber ich ging weiter. Vielleicht wußte ich es doch. Denn ich stand schließlich vor dem Hause, in dem Hilke wohnte. Lächerlich! Es war ein Uhr nachts. Keine Zeit, um einen Besuch zu machen.

Ich blickte am Haus empor, es war fast dunkel, nur in zwei Fenstern noch Licht. Ob eines davon ihr Fenster war? Eine Weile hielt ich den Finger auf dem Klingelknopf, nahm ihn wieder weg, tat ihn wieder hin, und dann hatte ich ganz leise angetippt, ganz leise nur. Wenn sie schlief, konnte sie das kaum hören.

Aber es dauerte nur zwei Sekunden, da kam ihre Stimme aus der Sprechanlage. »Ja?«

»Kannst du mir verzeihen? Ich bin's.«

Es kam keine Antwort, aber die Tür summte. Ich stieß sie schnell auf und lief, so schnell ich konnte, die Treppe hinauf.

Sie stand unter der Tür in einem hellblauen Morgenrock, neben ihr Herr Boysen mit mißtrauischem Gesicht.

»Entschuldige«, sagte ich atemlos. »Entschuldige bitte. Du darfst mich sofort wieder hinauswerfen. Aber ich wollte dich so gern noch sehen.«

»Um diese Zeit!« sagte sie vorwurfsvoll.

»Ich weiß, ich bin unmöglich. Hast du schon geschlafen?«

Sie schüttelte den Kopf, und ich folgte ihr in die kleine Diele. Da standen wir, ich sah sie an, dieses geliebte Gesicht, und dann nahm ich sie einfach in die Arme. Sie hielt still, ich steckte meine Nase in ihr Haar, das weich und seidig war.

»Mein kleines Mädchen! Mein geliebtes, kleines Mädchen!«

Ich hörte sie seufzen, tief und lang. Und dann kam ein zweiter Seufzer von Herrn Boysen. Er drehte sich um und trabte ins Zimmer zurück.

Hilke hob den Kopf: »Warum bist du gekommen?«

»Weil ich dich sehen wollte. Weil ich dich sprechen wollte. Weil ich bei dir sein will.«

»Ich dachte, du kämst in die Vorstellung.«

»Ich war eingeladen. Wie ist es gegangen heute abend?«

»Gut. Dr. Briskow hat zu mir gesagt: Du bist ein tüchtiges Kind, Hilke.«

»Ohne daß ich da war, ist es gut gegangen?«

»Ohne daß du da warst. Es blieb mir nichts anderes übrig.«

»Sag mir etwas.«

»Was?«

»Magst du mich?«

»Magst du mich denn?«

»Sehr, sehr, sehr.«

»Ich merke wenig davon.«

»Du weißt es trotzdem ganz genau.« Ich nahm ihr Gesicht in meine Hände, genauso wie ich es mir vorgestellt hatte, und küßte sie behutsam. »Sag mir noch etwas!«

»Was?«

»Wen in dieser Stadt und in diesem Land magst du außer mir?«

»Müssen wir das hier draußen erörtern? Zieh deinen Mantel aus und komm herein.«

»Ich muß es aber wissen.«

»Du wirst es erfahren.«

Ich folgte ihr in das kleine Wohnzimmer, das ich schon kannte. Es war warm und behaglich, eine Stehlampe brannte, auf dem Tisch lag ein aufgeschlagenes Rollenbuch, daneben stand ein Glas Milch.

»Also?«

»Was willst du trinken?«

»Meinetwegen Milch. Aber gib mir Antwort.«

»In dieser Stadt mag ich niemanden außer dir. So in der Art, wie ich dich mag.«

»Und in anderer Art?«

»In anderer Art mag ich Dr. Briskow und Olga und Almut und unsere Kantinenwirtin und Herrn Claasen und Frau Kunert. So in der Art, wie ich dich mag, mag ich eigentlich nur noch Wilke.«

»Akzeptiert. Und außerhalb dieser Stadt? In diesem Land?«

»In diesem Land mag ich in ähnlicher Weise meine Mutter und meinen Vater. Und Tante Luischen. Und gleich danach Jörn. Ja, und dann Darling.«

»Wer ist Darling?«

»Darling ist ein Pferd. Eine Kohlfuchsstute. Sie gehört dem Bauer Boysen. Das ist ein Bruder von Vater. Er hat einen wunderbaren Bauernhof, wo ich immer gern gewesen bin. Und Darling durfte ich dort reiten. Sie ist nicht mehr die Jüngste. Aber sie war früher sehr temperamentvoll und hat mich oft heruntergeworfen.«

»Das sind eine Menge Leute, die du magst.«

»Ja. Gott sei Dank.«

»Gibt es noch mehr?«

»Die ich direkt mag — nein.«

»Und wen du magst du am meisten?«

Sie überlegte sehr ernsthaft und runzelte die Stirn dabei.

»Das kann ich schwer sagen.«

»Ich kann dir sagen, wen ich am meisten mag.«

»Ja? Dann sag es.«

»Dich.«

»Du schwindelst.«

»Nein. Ich sage die Wahrheit. Die Wahrheit und nichts als die Wahrheit. Ich wüßte gar nicht, wen ich sonst noch so mögen sollte. In dieser Art. Briskow mag ich auch. Und Olga und Almut auch. Und Frau Wussow und Herrn Claasen natürlich auch sehr. Ich mag auch Dorte und Pamela und Meinhard und den kleinen Eckart und auch den Rudi irgendwie. Und Ilsebill natürlich mag ich sehr. Und dann ...«

»Wer ist Ilsebill?«

»Meine Wirtin. Der das Haus gehört, wo ich wohne, sie ist

eine ganz Liebe, ganz Süße. Sie bäckt so guten Nußkuchen. Aber sonst . . . ich habe keinen Wilke und keinen Darling, ich bin arm gegen dich. Du wirst mich sehr mögen müssen, um mich darüber hinwegzutrösten.«

»Ich will es tun, wenn es wirklich wahr ist, daß du sonst niemanden richtig magst. Es muß doch da noch irgend jemand sein?«

Ich lächelte in ihre graublauen Augen hinein. »Da ist eigentlich nicht noch irgend jemand.«

»Das gibt's doch gar nicht.«

»Doch. Das gibt's. Ich bin ein einsamer Mann.«

»Aber alle Frauen sind in dich verliebt.«

»Wer sagt das?«

»Das sagt man. Diesterweg hat es gesagt. Und andere auch. Und ich kann es mir sowieso denken.«

»Du kannst es dir denken?«

»Aber ja. So wie du mir gefällst, gleich gefallen hast, mußt du doch anderen auch gefallen.«

»Ich habe dir gleich gefallen? Wann?«

»Als ich dich das erstemal gesehen habe.«

Ich runzelte meinerseits die Stirn und überlegte. Wann hatten wir uns das erstemal gesehen?

»Wann und wo hast du mich das erstemal gesehen?«

»Auf der Bühne. Als Tellheim.«

»Als Tellheim?« Ich war sprachlos. Stimmt, wir hatten die ›Minna‹ zu Spielplanbeginn noch ein paarmal gespielt, ehe Engelchen zu ihrem Fernsehengagement abreiste, ziemlich dicht hintereinander. Vier Abendvorstellungen, zwei Abstecher und eine Vorstellung für die höheren Schulen.

»Da hast du mich gesehen?«

»Ja. Viermal im ganzen.«

»Das darf nicht wahr sein.«

»Doch. Und ich hab' mich gleich in dich verliebt. Und ich hab' gedacht, was für ein Mann! Genau so einer, wie ich ihn mir immer erträumt habe. Und jetzt spielt er auch noch den Tellheim. Ich würde Jahre meines Lebens dafür geben, wenn ich seine Minna sein könnte.«

»Ich muß mich setzen.«

Sie lachte, wirbelte einmal um sich, schob mir einen Sessel unter die Knie.

»Bitte sehr, der Herr!«

Sie stand vor mir, die Hände in den Taschen ihres Morgenrocks, den Kopf schief geneigt und blickte auf mich herab.

»Und dann?«

»Was und dann?«

»Nachdem du dich in mich verliebt hattest, was hast du dann getan?«

»Oh, gar nichts. Ich dachte, einmal wird er ja auch sehen, daß ich da bin. Einmal spielen wir vielleicht auch zusammen. Und dann wußte ich ja auch noch nicht, was sonst noch so war.«

»Was sonst?«

»Na ja, Frauen, nicht? Du konntest ja verheiratet sein. Oder sonst irgendwie fest gebunden. Weiß ich ja heute noch nicht.«

»Verheiratet bin ich nicht.«

»*Das* weiß ich inzwischen.«

»Aha.« Ich griff nach ihr, zog sie heran, setzte sie mir auf die Knie und küßte sie. Lange und ausführlich und von allen Seiten.

»Daß du es weißt«, sagte ich, als wir einmal Atem schöpften, »ich bleibe heute hier.«

»Das wird Herr Boysen nicht erlauben.«

»Ich werde ihn nicht fragen.«

»Du *mußt* ihn fragen. Er schläft bei mir im Bett.«

»Der Riesenkerl! Bei dir im Bett?«

»Am Fußende.«

»Dann klappt es prima. Ich wollte gar nicht ans Fußende. Wir werden alle drei Platz haben.«

»Herr Boysen wird dich beißen.«

»Dann beiße ich dich dafür zur Strafe.«

»Das ist Sippenhaft. Gibt es nicht hierzulande.«

»Ist dein Bett so klein? Zeig es mir.«

»Für mich und Herrn Boysen ist es groß genug.«

»Wir werden ein größeres Bett kaufen. Oder ihr schlaft bei mir. Ich habe ein breites Bett.«

»Das sieht dir ähnlich. Du bist ein Wüstling.«

»Das sagst du Tellheim nicht ungestraft. Er wird es dir beweisen.«

Ich begann mit dem Morgenrock, sie wehrte sich ein bißchen, und da griff Herr Boysen ein. Er kam herein, blickte mich drohend an und knurrte leise, aber vernehmlich.

»Das kann ja gut werden. Was machst du mit der Bestie, wenn dich einer lieben will?«

»Mich will keiner lieben.«

»Aber ich doch.«

»Die Situation ist neu für Herrn Boysen. Er muß sich erst daran gewöhnen.«

Sie zog den Morgenrock wieder über ihre Schultern, legte ihr Gesicht an meine Brust und sagte, leiser: »Ich auch übrigens.«


### Meditationen über Glück

Was ist Glück? Diese Frage zu beantworten ist bisher noch jedem Weisen schwergefallen. Ich, der ich kein Weiser bin, sondern nichts als ein großer Tor, wie könnte ich die Antwort finden. Wann ist man glücklich? Wo und mit wem? Oft wird behauptet, man sei es wirklich nur als Kind, aber das ist Unsinn. Glück hat immer, jedenfalls in meinen Augen, mit Bewußtheit zu tun. Das kreatürliche Leben eines kleinen Kindes — eines Kindes, das gut versorgt wird und dem nichts Übles geschieht — ist ein Dasein voller Selbstverständlichkeit, ein Dasein ohne Gedankenballast, und daher kann auch so ein fragiles Gefühl wie Glücklichsein darin keinen Platz haben. Denn Glück muß man begreifen. Man muß es erkennen. Sonst ist es kein Glück.

Wird das Kind älter, nimmt es immer mehr teil am Leben der Erwachsenen, an ihren Fehlern und Verlogenheiten, so kann es gar nicht glücklich sein. Denn es muß sich auseinandersetzen mit dieser schwierigen und unverständlichen Welt, und das ist, auch in ganz geordneten Familien, eine Belastung für das sich entwickelnde Menschenwesen.

Das Kind kann sich freuen, man kann ihm eine helle und

freundliche Welt bereiten, aber noch immer ist die Möglichkeit, Glück zu empfinden, die Fähigkeit dazu nicht vorhanden. Wenn das Kind in die schwierigen Entwicklungsjahre zum Erwachsensein kommt, hat sein Dasein für Glück absolut keinen Raum. Da ist die Schule, das Lernen, das Erfahren, das Unverständnis, das man ihm entgegenbringt. Und vor allen Dingen — der Kampf beginnt. Es muß nun beginnen zu kämpfen gegen alles, was ihm begegnet, und dieser Zustand wird sich bis an das Lebensende nicht mehr ändern.

Da der junge Mensch aber noch die Unschuld seiner Kindheit wie Eierschalen an sich trägt und gleichzeitig täglich erfahren muß, wie voller Schuld Leben und Menschen sind, gerät er in Zwiespalt. Und so lernt der Heranwachsende viel eher das Gefühl des Unglücklichseins als das des Glücks kennen. Er gerät in Widerspruch zu seiner Umwelt, er beginnt manchmal, Vater und Mutter zu hassen und schließlich die ganze Welt der Erwachsenen zu verachten.

Dieser Zustand zieht sich über einige Jahre hin. Die Dauer ist bei jedem verschieden. Es gibt grobgewebte, robuste Menschen, die sich ziemlich bald in das Muster menschlichen Daseins auf dieser Erde fügen, sich anpassen, ohne es je wirklich zu erkennen, was vor sich geht, und dann erwachsen sind. So wie die anderen. Dann sind sie so wie die anderen.

Es gibt komplizierte Naturen. Kluge Menschenkinder, aufgeschlossene, wache Geister, fühlende Herzen, Augen, die sehen, Ohren, die hören können. Sie werden lange brauchen, bis sie die Welt akzeptieren. Nein — das ist falsch. Nicht akzeptieren, sondern hinnehmen. Und dazu gehört immer Resignation. Und es gibt auch welche, die resignieren nie, die suchen immer und überall die bessere Welt, die bessere Menschheit, die sie natürlich nie finden können, weil es sie nicht gibt. Nie geben wird? Wer weiß es!

Aber wann und wo begegnet man nun dem Glück? Wann ist man reif genug, um glücklich sein zu können, glücklich trotz allem, was geschieht. Glücklich natürlich immer nur für Minuten, für Sekunden, für eines Herzschlags Länge. Wann ist man fähig, Glück zu empfinden? Und wer hat diese Fähigkeit? Echtes Glück darf man natürlich nicht verwechseln mit der Zufriedenheit eines ausgeglichenen oder erfolgreichen Daseins, nicht mit der Harmonie, in der manche Menschen sich und der Umwelt gegenüberstehen.

Sie sind sowieso begünstigt vom Schicksal.

Aber Glück — dies heiße, jähe, fast tödliche Gefühl, dieses — werd' ich zum Augenblicke sagen . . .

Oh, wann hatte ich das gedacht, wann schon einmal war ich auf diesem Wolkenteppich gelandet? Ich wußte es noch genau. In meiner ersten Silvesternacht in B. Als sie unten auf der Bühne die ›Fledermaus‹ spielten und ich da oben in der Loge mit meinen Kollegen saß und glücklich war, so glücklich, einfach deswegen, weil ich nun dazu gehörte. Das war so ein Sternenmoment gewesen.

Es gab noch einige. Nein, um gerecht zu sein, es gibt noch viele. Um zunächst bei der Arbeit zu bleiben — sie hatte mir viel Glücksmomente geschenkt. Wenn mir etwas gelungen war, wenn ich wußte, oder besser gesagt, fühlte, es war gut, was ich gemacht habe, wenn es aus mir herausströmt und mich fortträgt und mich mitreißt und dabei doch alles fest in meinen Händen bleibt — doch, solche Momente gibt es, solche Abende hatte ich. Dann war ich glücklich.

Und glücklich machen kann mich auch die Natur. Wenn es Frühling wird, wenn die ersten Blätter, die ersten Blüten kommen, wenn die Vögel morgens vor meinem Fenster singen — man hört und sieht es nicht immer, aber manchmal ist man ganz dabei, und das kann dann auch Glück sein.

Aber nun — ein Mensch. Kann ein Mensch einen anderen Menschen glücklich machen?

Geschieht es, daß ein Mensch das Glück herbeizaubern kann, allein durch sein Dasein? Ich meine nicht die Ekstase der Liebe oder Leidenschaft, nicht die Beglückung der Verliebtheit, nicht das Entzücken, eine geliebte Frau im Arm zu halten — das ist es nicht. Nicht ganz jedenfalls.

Vielleicht muß man erst älter werden, um in der Begegnung mit einem anderen Menschen Glück zu empfinden.

Daß man nicht nur eine Frau zärtlich umschlingt, sondern mit ihr zusammen das Glück festhält.

Wie lange? Wie oft? Und ist es überhaupt wiederholbar?

In dieser Nacht, als Hilke in meinem Arm eingeschlafen war, als ich ihre Haut spürte, ihren Atem fühlte, als sie ganz mir, nur mir allein gehörte, da war ich glücklich. So glücklich, daß es mich schmerzte. Nicht weil ich sie erobert hatte — was für ein dummes Wort —, nur weil sie da war. Weil sie sich mir anvertraut hatte, ihre Jugend, ihre Unschuld, ihre Liebe.

Es war spät in der Nacht, ich war müde, aber ich schlief nicht. Ich lag da und empfand, was ich nie empfunden hatte und nie wieder so empfinden werde: Glück.

Wilke Boysen kam nach einer Weile in das winzige Schlafkämmerlein getappt, wir hatten ihm zuvor bedeutet, draußen zu bleiben, und er war sichtlich beleidigt gewesen. Taktvollerweise hatten wir aber die Tür nur angelehnt, und jetzt trieb ihn die Neugier, einmal nachzuschauen, was der fremde Mann da bei seinem Frauchen machte. Er kam ans Bett, beschnupperte mich, ich überließ ihm meine Hand, er stieß einmal mit der Schnauze daran, dann seufzte er tief und schmerzlich und legte sich neben das Bett.

War *er* nun am Ende unglücklich? Das sollte er nicht sein. Er hatte ältere Rechte als ich, das sah ich ein, und von seinen Rechten sollte ihm nichts genommen werden. Vielleicht würde er sich an mein Vorhandensein gewöhnen. Und wenn er wollte, konnte er selbstverständlich nach wie vor am Fußende des Bettes schlafen. Ich würde meine langen Beine dann eben anziehen. Aber er zog es vor, auf dem Boden zu bleiben. Ich sagte zu ihm: »Du brauchst nicht traurig zu sein, Wilke. Sie gehört dir ja immer noch. Und sie wird dich genauso liebhaben wie zuvor. Nur werden wir sie jetzt beide beschützen und beide liebhaben, und vielleicht kannst du auch ein wenig mein Freund werden.«

Ich sprach es nicht laut, das war auch nicht nötig. Ich war sicher, Wilke verstand meine stummen Worte. Und dann schliefen auch wir beide ein.

*Erfolg*

Über Erfolg sprach ich schon einmal. Er ist ein unberechenbares Ding, man weiß nie, wann er kommt und warum, meist stellt er sich gerade dann, wenn man ihn erwartet, nicht ein und kommt unvermutet, quasi über Nacht, bei ganz überraschender Gelegenheit. Fast könnte man sagen, es ist wie mit der Liebe.

Bei mir kam er just zu dieser Zeit; ich, abergläubisch wie alle Schauspieler, brachte es mit Hilke in Verbindung. Sie hatte mir die Liebe gebracht, das Glück, und in dieser Wunderwelt, in der ich auf einmal lebte, hatte der Erfolg noch Platz. Er fühlte sich wohl davon angezogen.

Er kam mit diesem Stück, das Ziebland mit uns einstudiert hatte und das wir eigentlich am Anfang alle nicht sonderlich gemocht hatten. Um übrigens hier einmal den Titel zu nennen, was ich — glaube ich — noch nicht getan habe, das Stück hieß: ›Die Gesellschafter‹. Kein besonders guter Titel, wie ich fand. Er bezog sich darauf, daß Mann und Frau Gesellschafter einer lukrativen Firma waren und daß diese Tatsache sie so unlöslich aneinanderband trotz Abneigung und Haß, die sie für einander empfanden.

Meine Rolle war gewiß nicht sehr sympathisch. Aber offenbar war dieser Mann, der die Liebe verriet für Geld, eine sehr echte Figur. Er kam an. Und ich in dieser Rolle auch. Die letzten Tage vor der Premiere waren noch sehr turbulent, der Autor, ein noch verhältnismäßig junger Mann, kam selbst und machte uns zunächst allerhand Szenen, weil wir eigenmächtig an mehreren Stellen die Dialoge geändert hatten. Mit den Dialogen moderner Stücke ist es ja so eine Sache. Meist können die jungen Autoren keine Dialoge schreiben, die man auch sprechen kann. In einem modernen Stück kommt es aber darauf an, daß die Sprache dem modernen Menschen wirklich in den Mund paßt, ohne dabei platt oder banal zu sein. Man merkt es während der Proben am besten, ob die Worte richtig sind oder falsch ... Wir hatten oft wegen gewisser Sätze hin und her gestritten, hatten es auf diese oder jene Weise versucht, und man muß es Ziebland lassen, er hatte viel Gespür dafür gehabt, wie die Sätze, die Gesten kommen müßten, um echt zu wirken.

Dabei handelte es sich keineswegs um eine Uraufführung. Das Stück war schon zweimal an kleineren Bühnen gelaufen, ohne jedoch irgendwie Aufsehen zu erregen. Dies war der dritte Versuch, und für den Autor war es wichtig. Keine andere Bühne nämlich hatte sich bisher für das Stück interessiert, und der Verlag, bei dem es herausgekommen war, hatte sich offenbar auch nicht weiter darum bemüht.

Aber nun unsere Premiere! Verbiestert und verbittert saß unser Autor mit seiner eingeschüchterten jungen Frau in der Generalprobe, fest davon überzeugt, daß wir alles, was nur möglich war, falsch gemacht hatten. Dazu kam, daß die Generalprobe verhältnismäßig reibungslos über die Bühne ging, was ja allgemein als schlechtes Zeichen gedeutet wird. Abgesehen von Carla, die zwischen dem ersten und zweiten Akt in Windeseile einen ihrer temperamentvollen Auftritte hinlegte — schade, daß man sie damit nie auf der Bühne sah —, ging eigentlich alles sehr friedlich und programmgemäß vonstatten. Am Ende standen wir alle etwas verloren und geradezu mitgenommen zusammen, wir hatten uns hineingekniet, wir hatten das Gefühl, das war uns gelungen, aber wir waren nicht sicher. Die Generalprobe war eine Sache. Der Abend war eine andere Sache. Und nach der Generalprobe zu triumphieren, bekam einem meist schlecht.

Briskow kam zu uns auf die Bühne und sagte: »In Ordnung, Kinder! Ziebland!« Aber wie er den Namen unseres jungen Regisseurs aussprach und ihm dabei zweimal kurz auf die Schulter klopfte, das bedeutete ein Lob. Natürlich war auch Briskow abergläubisch und hätte es als Herausforderung aller Götter angesehen, mehr zu sagen. Jedenfalls bestellte er uns nicht zu einer Aussprache, hatte keine Beanstandungen, keine Fragen, er war — hol mich der Teufel —, er war irgendwie beeindruckt. Das Gefühl hatte ich.

Vor mir zum Beispiel blieb er kurz stehen, sah mich mit ein wenig schief geneigtem Kopf an, machte dann »Hm! Hm«! nickte dabei bedeutungsvoll und schritt davon.

Zweifellos — jedem Außenstehenden muß das alles albern vorkommen. Aber wir leben nun mal in einer verrückten Welt, und diese Anspannung, je näher es zu einer Premiere kommt, dieses Fieber, in das man sich hineinsteigert, und diese höllische Angst, die einen an der Gurgel hat, das alles macht einen so hellhörig, so empfindsam für den kleinsten Zwischenton.

Unser Autor war der einzige, der lebhaft war. Wir anderen, wie gesagt, waren alle schweigsam, fast mürrisch. Er schoß zwischen uns herum, redete auf jeden ein, gab Anregungen und Ratschläge, kam noch mit Änderungswünschen, faßte immer wieder Ziebland am Arm und bombardierte ihn mit neuen Ideen. Aber selbst der sonst so leicht aufgeregte Ziebland gab kaum Antwort, grunzte nur vor sich hin und schien irgendwie ausgepumpt zu sein.

»So hören Sie doch! Hören Sie doch auf mich!« schrie der Dichter ganz außer sich. »Wir müssen den zweiten Aktschluß ändern. So geht es nicht. Ich habe einen viel besseren Einfall. Wenn wir nämlich statt dem Gespräch zwischen der Frau und dem Mann . . .«

»Mensch, halt die Schnauze«, sagte Carla und schob ihren Arm unter den des Autors, »jetzt wird nichts mehr geändert. Ist gar nicht so schlecht, was du da gemacht hast. Bist gar nicht mal so unbegabt, wie du aussiehst. Kommt, wir gehen einen saufen. Und wenn du versprichst, stumm zu sein wie ein Fisch, darfst du mitkommen. Wenn du weiter so palaverst, schmeißen wir dich raus.«

Der Dichtersmann war einen Augenblick sprachlos. Seine Stirn färbte sich rot — würde er explodieren? würde er lachen? —, es war sein erstes Stück, den Theaterjargon war er wohl nicht so gewöhnt.

»Gnädige Frau«, begann er und blickte Carla beschwörend an. »Kusch!« sagte sie. »Los, gehen wir.«

Später saßen wir alle an unserem Stammtisch, anfangs immer noch schweigsam, und dann redeten wir von etwas anderem, und ganz zum Schluß erst sprachen wir von unserem Stück. Wir tranken und wir aßen, wir waren uns irgendwie einig. Hilke saß neben mir, manchmal berührte ich ihr Knie unterm Tisch, oder ich strich über ihre Hand, ich spürte sie neben mir, und es war immer noch wie ein Wunder für mich, daß es sie gab und daß es sie für *mich* gab.

Die Premiere wurde ein ganz erstaunlicher, ein geradezu außerordentlicher Erfolg . . . Die Leute von B., sonst modernen Stücken gegenüber ziemlich reserviert, waren begeistert. Unser Dichter war überglücklich, er umarmte uns nach der Vorstellung, hatte Tränen in den Augen und stammelte immerzu: »Das habt ihr gut gemacht! Gott, wie habt ihr das gut gemacht.«

Wir hatten es gut gemacht. Die Kritiken waren einhellig der besten Meinung über Stück, Aufführung und die Darsteller. Und wer am besten dabei wegkam, bei aller Bescheidenheit sei es erwähnt, das war ich. Man lobte mich in der Rolle in den höchsten Tönen. Bei der zweiten Vorstellung waren zwei Kritiker aus Hamburg und einer aus Berlin da, ehrlich wahr, ich übertreibe nicht. B., seine Bühne, wir, die Schauspieler, und der Autor wurden direkt so ein bißchen berühmt.

Ich sagte zu Hilke: »Du hast mir Glück gebracht. Du bist eine kleine Fee.«

»Ich möchte dir immer Glück bringen, Julius«, erwiderte sie ernsthaft, »dir Glück bringen und dich glücklich machen.« Sie sagte es so, als ob sie es meinte. Und schließlich — sie tat es ja auch. Sie hatte mein Leben vollkommen verändert. Und ich war geneigt, zu sagen: Ich habe nie gewußt, was Liebe ist. So billig und so leicht gesagt! Man kann es jeder neuen Frau erklären, und sie wird gern und bereitwillig glauben. Man kann es sich selbst einreden, gewiß — aber ich war immer ein sehr selbstkritischer Mensch gewesen, es lag mir nie, mir etwas vorzumachen, schon gar nicht, soweit es meine Gefühle betraf. Und dennoch: Ich habe nie gewußt, was Liebe ist.

Die Wochen bis Weihnachten vergingen wie im Flug, waren voller Arbeit, voller Glück, waren wie ein Rausch. Ich hatte viel zu spielen, Hilke auch, sie hatte Premiere mit dem Weihnachtsmärchen, es hieß ›Prinzessin Ungenannt‹, sie spielte die Hauptrolle und war unvorstellbar bezaubernd. Ich war einfach hingerissen von ihr.

Wir probten Wilde, ›Der ideale Gatte‹, ich spielte den Chiltern,

Engelchen und Carla waren meine Partnerinnen, Hilke machte die Mabel und war auch in dieser Rolle sehr reizend. Wir waren praktisch ununterbrochen zusammen. Nur wenn sie die Julia spielte, die noch einige Male drankam, saß ich allein im Ratskeller, falls ich nicht Abstecher hatte.

Nach der Vorstellung kam sie herüber, wir blieben noch ein bis zwei Stunden mit den Kollegen zusammen, die sich mittlerweile an unsere Bindung gewöhnt und sie akzeptiert hatten. Die Spötteleien hatten aufgehört. Das war kein Flirt und kein Spaß, das hatte jeder begriffen.

An einem Sonnabend kam Hilke totenblaß mit Ringen unter den Augen in den Ratskeller. »Heute bin ich fertig«, sagte sie. Man sah es ihr an. Es war ein mörderischer Tag gewesen. Vormittags Probe für den ›Gatten‹, nachmittags Märchenvorstellung und obendrauf die Julia, das letztemal übrigens an diesem Abend.

Sie zitterte ein wenig, konnte zunächst nichts essen, trank nur ganz gegen ihre Gewohnheit sehr hastig zwei Gläser Sekt — ich hatte Sekt bestellt, weil ich dachte, das sei in diesem Zustand das beste für sie — und rauchte, auch gegen ihre Gewohnheit, mehrere Zigaretten hintereinander.

»Armes Kind«, meinte Olga, die zusammen mit ihr gekommen war. »Das war wirklich ein bißchen viel heute. Was die sich bei dieser Spielplangestaltung gedacht haben, möchte ich auch mal wissen. Sei still, mach die Augen ein bißchen zu und entspann dich.«

Hilke lächelte sie dankbar an. Olga war wirklich ein Schatz, immer lieb und nett und voll Verständnis für jeden. Auch sie hatte einen anstrengenden Tag gehabt. Sie war auf der Wilde-Probe gewesen, sie hatte ebenfalls eine kleine Rolle im Weihnachtsmärchen, na — und die Amme in ›Romeo‹ mußte schließlich auch bewältigt werden. Aber Olga war hart im Nehmen, ein alter Routinier und gewohnt, mit ihren Kräften hauszuhalten. So etwas erschütterte sie nicht sonderlich. Sie aß mit bestem Appetit ein riesiges Wiener Schnitzel, trank einen Schoppen Wein dazu und erzählte uns ein Erlebnis mit einer Schülerin auf so komische und drastische Weise, daß wir alle herzlich lachen mußten. Olga war nämlich eine allseits beliebte Lehrerin der Schauspielkunst, und wer unter der Jugend von B. das Verlangen verspürte, einmal unter dem Zauberdach zu wohnen, der landete unweigerlich bei Olga, was nicht das Schlechteste war, was ihm passieren konnte.

Hilke erholte sich langsam, das Zittern hörte auf, sie bekam wieder etwas Farbe in die Wangen und erklärte sich schließlich auf mein Drängen bereit, etwas zu essen. Mit dem Essen kam der Appetit, ich sah mit Vergnügen, wie es ihr schmeckte. Herr Wunderlich mußte sogar eine Portion Gemüse nachbringen, denn Gemüse und Salat aß Hilke immer am liebsten und in großen Mengen.

Plötzlich beugte sich Herr Wunderlich über meine Schulter und flüsterte: »In der übernächsten Nische sitzt ein Herr, der Sie gern sprechen möchte, Herr Bentworth.«

»Na und?« fragte ich mäßig interessiert.

Aber da schob mir Herr Wunderlich bereits eine Visitenkarte vor die Nase, und ich hob elektrisiert den Kopf. Der Gnom! Der Gnom aus München. Wie in aller Welt kam er hierher? »Ohne Aufsehen, bitte«, flüsterte Herr Wunderlich. »Sie möchten allein kommen.«

Hm. Verständlich. Dieser Mann genoß in Fachkreisen einen sagenhaften Ruhm. Und wenn die Kollegen erfuhren, daß er hier war, würde ein Run auf ihn einsetzen. Er gehörte zur fast ausgestorbenen Rasse der großen, sachverständigen Theateragenten, stammte noch aus jener großen Zeit des Theaters, da man Ensembles besaß, spielen wollte, sich entwickeln wollte und Schritt für Schritt nach oben stieg.

Wie alt der Gnom war, wußte keiner, man wußte nur, daß er alle und jeden gekannt hatte und nicht wenige davon großgemacht hatte. Ein Kollege in München hatte einmal zu mir gesagt: »Es würde mich nicht wundern, zu erfahren, daß er die Neuberin entdeckt hat.«

Heute im Zeitalter des Managements, der flotten Film-, Fernseh- und höchstens am Rande noch Theateragenten, waren Typen wie er so gut wie ausgestorben. Die großen Bühnen besorgten sich ihren Nachwuchs auf andere Weise, die Stars hatten ihre eigenen Wege, aber noch immer war der Ruf des Gnoms sagenhaft und seine Verbindungen desgleichen, erzählte man. Dabei trat er kaum in Erscheinung. Schon oft hatte es geheißen, er arbeite gar nicht mehr, hätte sich zur Ruhe gesetzt, wäre überhaupt schon tot.

Daß ich ihn kannte, verdankte ich Janine. Sie, die jeden Weg versucht hatte, der ihr brauchbar erschien, und auch immer Kontakt gefunden hatte, wenn sie es wünschte, hatte ihn ganz gut gekannt, und einmal war ich dabeigewesen, als sie ihn besuchte, in seiner altmodischen, mit Büchern, Programmen und Bildern vollgepfropften Wohnung in Schwabing. Später, als ich dann selbst soweit war, versuchte ich die Verbindung zu ihm herzustellen, was gar nicht einfach war. Er ließ mich mehrmals abweisen, empfing mich dann doch, war sehr wortkarg, sagte mir einige Dinge, die mir weniger gefielen und die wahrscheinlich genau gestimmt hatten. Wie ich schon erzählte, hatte ich dann eine Agentin für Funk- und Filmsachen, ging nur noch selten einmal zu ihm, aber immerhin war er es, der mich schließlich auf den rechten Weg brachte. Einmal — es war im dritten Jahr meines Engagements in B. — wollte ich ihn besuchen, als ich kurz in München war, aber es hieß, er sei krank. Seitdem hatte ich nichts von ihm gehört und gesehen. Und jetzt sollte er hier sein? Er persönlich? Es war kaum zu glauben. Es hatte damals schon geheißen, er mache keine Reisen mehr, sehe sich keine Vorstellungen an.

»Ist was?« fragte Hilke. »Irgendwas ist«, sagte ich. »Entschuldige mich einen Moment.«

Wahrhaftig, in der übernächsten Nische saß er ganz allein hinter einem Glas Wein, klein, verhutzelt, aber die Augen so wach und lebendig wie früher.

Am selben Tisch saßen noch drei andere Leute, die mich erkannten und freudig anstrahlten. Ich grüßte kurz, dann hatte ich nur noch Augen für den seltenen Besuch.

»Na so was!« sagte ich. »Großer Meister! Wo kommen Sie denn her?«

»Pst!« machte er. »Setz dich her, mein Junge.«

Ich schob mich neben ihm auf die Bank, und zunächst redeten wir belangloses Zeug, denn die anderen am Tisch hörten zu, konnten sich nicht so schnell über mein Erscheinen beruhigen.

Wie gesagt, in B. genoß ich so etwas wie eine bescheidene Berühmtheit.

»Ich bin Ihretwegen hier, Bentworth«, sagte er nach einer Weile.

»Meinetwegen?«

»Ja. Wissen Sie, wer mir von Ihnen erzählt hat? Weickert. Konrad Weickert. Er war unlängst zu Fernsehaufnahmen in München und besuchte mich. Er sagte mir, Sie hätten sich gut gemacht. Und neulich las ich in einer Zeitung von Ihrer letzten Rolle hier. Das wollte ich mir ansehen.«

»Die Gesellschafter.«

»Genau.«

»Sie sind einen Tag zu spät gekommen, wir hatten es gestern. Jetzt kommt es erst wieder am Mittwoch.«

»Ich habe es gestern gesehen.«

»Sie waren gestern in der Vorstellung?« fragte ich und war so aufgeregt, als hätte ich meine erste Rolle gespielt.

»Ja. Ich habe Sie gesehen. Nicht schlecht, was Sie da machen. Gar nicht schlecht. Erinnern Sie sich, was ich Ihnen einmal gesagt habe?«

Ich erinnerte mich sehr gut. Es hatte mir damals gar nicht besonders gefallen.

»Sie sind keiner von denen, die rasch Karriere machen, keiner von denen, der in jungen Jahren ankommt. Sie sind ein Schauspieler der mittleren und der späten Jahre. Vorausgesetzt, Sie haben bis dahin etwas gelernt und sich nicht verplempert. Es könnte möglich sein, daß später mal was aus Ihnen wird. Falls Sie Ihre Mittel kennenlernen und es lernen, sie anzuwenden.«

So hatte der Spruch des Kenners damals gelautet. Ich dachte bei mir: Was für ein Unsinn! Der bildet sich auch ein, er sei der einzige, der etwas vom Theater versteht.

Er hatte mir das gesagt, als ich gerade in München einen netten kleinen Erfolg in einer Boulevardkomödie gehabt hatte und natürlich glaubt, alle Türen stünden mir nun offen.

»Langsam ist es soweit«, sagte er jetzt. »Ein bißchen was haben Sie hier gelernt.«

Ich lachte. »Wenn Sie es sagen, dann stimmt es.« Und dann schwieg ich erwartungsvoll und ein wenig eingeschüchtert.

Was kam nun?

»Passen Sie auf, Bentworth. Wir können hier nicht reden. Haben Sie morgen Probe?«

»Ja. Ab halb elf.«

»Sehr gut. Ich fahre morgen mittag wieder weg. Aber Sie kommen früh zu mir ins Hotel und frühstücken mit mir. Neun Uhr. Ich wohne im Heinrichshof. Ich werde Ihnen mal verschiedenes erzählen.«

Ich war überwältigt. »Natürlich. Selbstverständlich. Ich komme gern. Worum — worum handelt es sich denn?«

»Pscht! Kann ich noch nicht sagen. Weiß ich auch selber noch nicht. Aber in B. waren Sie jetzt lange genug. Jetzt werden Sie einen Sprung machen.«

»Einen Sprung«, wiederholte ich töricht.

»Jawohl. Und nun verschwinden Sie. Gehen Sie zurück zu Ihrem Tisch. Ich muß schlafen gehen, reichlich spät für mich. Morgen früh um neun. Wiedersehen, Bentworth.«

Er reichte mir seine trockene kleine Hand, ich stand auf, ließ mich wegschicken wie ein Schuljunge, machte eine Verbeugung, wünschte gute Nacht, machte eine Verbeugung zu den anderen Leuten am Tisch, die mich neugierig anstarrten.

»Und noch eins, Bentworth. Reden Sie zu niemandem darüber. Ich habe sonst für keinen Zeit.«

»Bitte sehr. Gute Nacht.«

Hilke blickte mir neugierig entgegen, als ich wieder an unseren Tisch kam.

»Was war denn?« fragte sie leise.

»Ich erzähl' dir's später.«

»Du siehst ja ganz aufgeregt aus.«

»Wirklich?« Ich lachte nervös. »Na ja, kein Grund zur Aufregung. Trinken wir noch einen Schoppen?«

»Einen noch. Und dann muß ich schlafen gehen. Morgen haben wir wieder Probe.«

Ich nickte zerstreut und schwieg. Morgen war ein Sonntag.

Sonntag, der zweite Advent. Um neun würde ich im ›Heinrichshof‹ sein. Nicht sehr spät brachen wir auf.

»Wo schlafen wir heute?« fragte ich, als wir auf dem Rathausplatz standen.

»Jeder bei sich«, sagte Hilke. »Ich bin sehr müde.«

»Das geht nicht. Du mußt heute nacht bei mir sein. Es ist wichtig. Ich brauche deinen guten Einfluß.«

»Was ist denn Wichtiges?«

Ich erzählte ihr von dem Gnom. Sie war nicht sehr beeindruckt. Sie hatte seinen Namen nie gehört. Feurig schilderte ich ihr, was für ein Mann das war, einmalig auf der ganzen Welt.

»Mein Gott, du bist ja ganz begeistert«, sagte sie befremdet.

»Er hat was für mich. Du wirst sehen, er hat was für mich. Toi, toi, toi.«

»Toi, toi ‚toi«, wiederholte sie mechanisch. Dann blieb sie plötzlich stehen: »Du! Der wird dich von hier wegholen! Der nimmt dich mir weg!«

Ihre Stimme war voller Entsetzen. Ich blickte sie zärtlich an, ihr müdes, blasses, kleines Gesicht, matt beleuchtet von einer Straßenlaterne.

»Niemand kann mich dir wegnehmen.«

»Aber wenn er gesagt hat, du warst lange genug in B.? Und wenn er gesagt hat, er hat was für dich? Und du läßt mich hier allein.«

Ich schloß sie in die Arme. »Ich lasse dich nie allein. Dann kommst du eben mit.«

»Aber ich wollte doch noch ein Jahr in B. bleiben. Briskow hat gesagt, ich kann nächstes Jahr die Klara machen.«

»Hebbel? Eine gräßliche Rolle.«

»Eine tolle Rolle. Und die Hero, hat er gesagt, kriege ich auch.«

»Na, komm jetzt, mein Schäfchen. Das wird sich alles finden. Ich weiß ja noch gar nicht, worum es geht. Denkst du denn, daß du mich nächstes Jahr noch lieben wirst?«

»Ja.«

Nichts weiter. Ja. Klar und deutlich ausgesprochen. Ich küßte sie. »Jetzt holen wir Wilke, dann nehmen wir uns ein Taxi und fahren zu mir. Zeit, daß du ins Bett kommst.«

»Aber . . .«

»Keine Widerrede. Komm, schnell.«

Sie hatte sich zunächst gesträubt, bei mir zu übernachten. Es war ulkig, aber sie hatte da sehr strenge Ansichten. Und ihrer Meinung nach schickte sich das nicht. Es war ihr peinlich vor Ilsebill, auch wenn ich ihr erklärte, daß Ilsebill davon keine Notiz nehmen würde.

»Das hast du genau ausprobiert, wie?« hate sie mich gefragt und sah mich an wie eine strafende Oberlehrerin.

Einmal bis jetzt hatte ich sie dazu überreden können, bei mir zu schlafen. Dabei war es bequemer, meine Wohnung war größer, mein Bett breiter, mein Bad komfortabler. In ihrem kleinen Apartment konnte man sich kaum drehen und wenden.

»Heute mußt du mitkommen«, sagte ich. »Du sollst mir Glück bringen. Und ich muß morgen früh zu Hause sein, damit ich mir was Ordentliches anziehen kann.«

»Ich soll dir Glück bringen, damit du von mir weggehen kannst«, sagte sie traurig.

»Möchtest du denn, daß ich mein Leben lang in B. bleibe?«

»Nein. Natürlich nicht. Du sollst eine ganz tolle Karriere machen, das wünsch' ich dir. Toi, toi, toi.« Sie spuckte mir über die Schulter. »Aber nächstes Jahr sollst du noch hierbleiben.«

Pünktlich um neun war ich am nächsten Morgen im ›Heinrichshof‹, im ordentlichen grauen Anzug, mit weißem Hemd und Krawatte. Der Portier wußte Bescheid und richtete mir aus, ich möge mich ins Zimmer 212 im zweiten Stock verfügen.

Im Zimmer 212 war der Tisch für zwei Personen gedeckt, und so kam ich in den Genuß eines Frühstücks im ›Heinrichshof‹, von dem es immer hieß, es sei bemerkenswert gut.

»Setzen Sie sich, Bentworth«, sagte der Gnom, der bereits kaute. »Gut, daß Sie pünktlich sind. Ich hasse es, zu warten.«

Das wußte ich. Es ging die Sage, daß er nicht mehr zu sprechen sei, wenn man nur fünf Minuten zu spät komme. Sogar

Janine, die niemals pünktlich war, hatte sich bei ihm immer zur angegebenen Minute eingefunden.

»Eine ganz hübsche Stadt, dieses B. Und dieses Hotel ist wirklich Klasse. Man merkt daran, daß in dieser Stadt Geld zu Hause ist. Wissen Sie, das ist so mit Provinzstädten: Wenn in einer Stadt Wohlstand herrscht, dann sind auch meist Hotels und Restaurants in Ordnung. Ich habe das immer festgestellt. Früher war ich ja sehr viel auf Reisen. Heute nicht mehr so. Strengt mich unnötig an. Und das, was ich wissen muß, erfahre ich auch so. Ich fahre höchstens, wenn ich mir irgendwo etwas Bestimmtes selbst ansehen muß. Leider Gottes kann man sich ja heutzutage auf Kritiker nicht mehr verlassen. Die wenigsten verstehen ihr Geschäft. Sind alles keine Theaterleute, überhaupt die jungen nicht.

Das sind Akademikertypen, die glauben, wenn sie mal ein bißchen Germanistik und Literaturgeschichte studiert hätten, sie verstünden was vom Theater. Und was noch trauriger ist: Einer schreibt vom anderen ab. Haben Sie in den letzten Jahren mal erlebt, daß einer tadelt, was fünf andere loben? Oder umgekehrt? Ich nicht. Da reden sie ewig von Nonkonformismus, unsere sogenannten Intellektuellen. Und sind konformistischer als ein Regiment Soldaten. Sehr ulkig, das zu beobachten.«

So ging es noch eine Weile weiter. Nach den Kritikern kamen die Autoren dran, dann die Schauspieler und Regisseure, dann das Fernsehen. Ich brauchte weiter nichts dazu zu sagen, nur mal zu nicken oder zustimmend zu grunzen und konnte mit Ruhe frühstücken. Ich hütete mich, den Alten zu unterbrechen oder ihn zu drängen, daß er zur Sache käme. Das hatte wenig Zweck, wußte ich von früher. Nach der zweiten Tasse Kaffee zündete er sich eine Zigarre an, rauchte mit Genuß und sah mir zu, wie ich den letzten Toast vertilgte. Und dann wurde er unversehens ganz sachlich.

»Was haben Sie in den letzten Jahren gemacht?«

Ich zählte gewissenhaft alle Rollen auf, die mir in der Eile einfielen. Einige Male nickte er befriedigt. Einigemal schüttelte er mißbilligend den Kopf.

»Weickert sagte mir, Sie wären ein guter Tellheim gewesen und sehr bemerkenswert als Amphitryon.«

»Ich finde das großartig von Weickert, daß er so von mir gesprochen hat.«

»Er hat durchaus nicht nur Gutes von Ihnen gesagt, mein Lieber. Er hat auch gesagt, daß Sie dazu neigen, sich hier zur Ruhe zu setzen und sich mit dem, was Sie haben, zufriedenzugeben. Sodann, daß Sie gefährliche Liebesgeschichten haben und damit Ihre Kräfte verplempern. Und daß es gut wäre, wenn Sie mal die Kulissen wechseln.«

»Ich nehme an, er hat in allen Dingen recht«, murmelte ich.

»Hat er wohl. Er hat selber in seinem Leben und seiner Karriere so gut wie alles falsch gemacht, darum weiß er, wovon er spricht. Aber er hat immerhin eine Entschuldigung. Sie wissen ja wohl, was ihm das Kreuz gebrochen hat.«

Ich wußte es. Weickert war in jungen Jahren mit einer Kollegin verheiratet gewesen, die er sehr geliebt haben mußte. Sie war Jüdin. Um ihr zu helfen, paktierte er mit den Nazis. Und als das nichts half, ließ er sich scheiden. Sie starb in einer Gaskammer. Er hat sich das selbst nie verziehen. Seitdem trank er. Seitdem war er so unberechenbar, so verschlampt bei aller Genialität. Übrigens war es ihm von den anderen auch nie so recht verziehen worden. Nach dem Krieg bekam er lange kein Engagement, die großen Bühnen blieben ihm für immer versperrt.

»Ihr laßt den Armen schuldig werden. Dann überlaßt ihr ihn der Pein, denn alle Schuld rächt sich auf Erden«, zitierte der Alte, und er sah gramvoll dabei aus.

»Ich habe Weickert als jungen Mann gekannt. Es gab selten einen begabteren Schauspieler. Heute ist er nur noch ein Wrack. Ein armer, unglücklicher Mensch. Wissen Sie, Bentworth, ein Mensch, der so leiden kann und der nicht vergessen kann, was muß der für eine Seele haben. Es ist so viel vergessen worden. Mein Gott, was können Menschen alles vergessen. Weickert hat nicht vergessen. Wenn man mit ihm spricht, wenn ich mit ihm spreche, einer, der ihn früher schon gekannt hat und der sie auch gekannt hat, dann kann er von nichts anderem reden.

Immer wieder fängt er davon an. ›Weißt du noch‹ ... hat er neulich zu mir gesagt, als er bei mir in München war, ›weißt du noch, wie sie das Hannele gespielt hat? Ich saß in der Loge und heulte. Ich heulte Rotz und Wasser, als hätte ich noch nie in einem Theater gesessen. Und weißt du noch, wie ich mit ihr der ‚Widerspenstigen Zähmung‘ machte, das war ziemlich am Ende, kurz ehe sie aufhören mußte zu spielen. Sie war so in Fahrt, daß ich nach jeder Vorstellung irgendwo ein paar Kratzer hatte. Einmal mitten durch das ganze Gesicht. Und sie hatte meistens blaue Flecken, weil ich mich ganz ehrlich gegen sie wehren mußte.‹

Er weiß noch jede Rolle, die sie gespielt hat. Jede Nuance ihres Sprechens, ihres Lachens, ihres Weinens. Es ist gespenstisch. Es läuft einem kalt über den Rücken. Und je mehr er trinkt, um so klarer sieht er das alles vor sich. ›Konnte ich nicht einfach mit ihr weggehen‹, sagt er dann und sieht mich starr an. ›Nach England oder nach Amerika. Konnten wir dort nicht auch spielen? Sie bestimmt, so schön und so begabt wie sie war. Mußte ich Narr hierbleiben und denken, ich könnte es richten. Und dabei tat ich nichts anderes, als sie zu verraten.‹

Ja.« Der Alte nickte mehrmals und sah mich an. »So ist das mit Weickert. Man kann ihm nicht helfen. Keiner konnte ihm je helfen. Heute ist er alt. Und sitzt in B. und wird sich bald totgesoffen haben. Sehen Sie, Bentworth, das ist Tragik. Schuld ist immer Tragik. Wenn man sie erkennt. Es gibt so viele Menschen, die erkennen ihre Schuld nicht. Und vergessen sie. Und büßen sie nie. Nicht in dieser Welt. Weickert hat sie tausendfach gebüßt. Er ist hundert Tode seither gestorben. Tja, Sie hieß Elisabeth. Sie war schmal und zart und voller Feuer. Sie war bezaubernd.«

Ich kannte Weickerts Geschichte natürlich in großen Zügen, aber ich hatte nie so direkt, so persönlich darüber gehört. Er verkehrte nicht in unserem Kreis, er saß nie bei uns am Stammtisch, er war privat sehr unzugänglich. Ein Einzelgänger und Außenseiter. Keiner konnte viel mit ihm anfangen, jeder fürchtete ihn ein wenig. Aber auf der Bühne war er meist hinreißend. Wenn er nicht zu betrunken oder zu unglücklich war.

Daß er über mich gesprochen hatte, erschien mir unglaubwürdig. Daß er überhaupt von mir Notiz genommen hatte.

»Wir werden im Februar zusammen spielen«, sagte ich. »In ›Don Carlos‹.«

»Ich habe davon gehört. Ihr Posa interessiert mich. Und ich werde darauf hinweisen, vorausgesetzt, er gelingt Ihnen. Schade, daß ihr dann vermutlich die ›Gesellschafter‹ nicht mehr auf dem Spielplan habt. Oder?«

»Kaum. Bei uns sind die Stücke schnell durchgelaufen, das wissen Sie ja. B. ist keine sehr große Stadt.«

»Nun gut. Trotzdem, Bentworth, ich werde an Sie denken, Sie müssen hier weg. Ich weiß nicht, ob ich Sie gleich an erster Stelle unterbringen kann. An zweiter bestimmt. Das könnten Sie noch zwei, drei Jahre machen, aber dann müßten Ihnen die ganz großen Bühnen offenstehen. Sie sind ein Typ, den wir nicht oft haben. Es war richtig, hierherzugehen und eine Weile hierzubleiben.«

»Ich habe es Ihnen zu verdanken.«

»Ich weiß. Briskow sagte mir, er würde Sie ungern gehenlassen. Aber das kann uns nicht kümmern.«

»Sie waren bei Dr. Briskow?«

»Natürlich. Er wird Sie kurzfristig freilassen, wenn ich etwas habe. Klappt es für nächste Spielzeit noch nicht, dann bestimmt für übernächste. Ich würde vorschlagen, unternehmen Sie nichts selbständig, warten Sie erst mal ab, was ich für Sie tun kann. Ich hab' da so ein paar Sachen im Sinn.«

»Ich weiß gar nicht, wie ich Ihnen danken kann«, begann ich.

»Kannst du nicht, mein Junge. Sollst du auch nicht. Ich tu's nicht für dich und nicht für mich. Ich tu's fürs Theater. Und eins bitte ich mir aus: keine blödsinnigen Liebesgeschichten. Laß dich nicht von unnötigen Affären festnageln.«

»Es gibt keine unnötigen Affären mehr für mich. Ich habe die richtige Frau gefunden.«

»Um Gottes willen, das ist noch schlimmer. Eine vom Bau?«

Ich nickte. »Ein sehr begabtes Mädchen. Wenn Sie heute Mittag nicht abreisen würden, könnten Sie sie sehen. Sie spielt am Nachmittag im Weihnachtsmärchen.«

»Dann ist es die Kleine, die gestern die Julia gemacht hat.«

»Waren Sie drin?«

»Natürlich. Hilke Boysen — hab' ich gesehen. In die bist du verliebt?«

»Wahnsinnig.«

Der Alte lachte meckernd. »Gar nicht schlecht. Reichlich jung für dich. Aber ein nettes Mädchen. Nicht unbegabt. Ich fand sie recht erfreulich. Sie ist neu hier, nicht?«

»Ihr erstes Engagement.«

»Hm. Laß sie noch ein bißchen weiterstrampeln. Sie könnte es schaffen. So in vier, fünf Jahren schau' ich sie mir mal an.«

»Und wenn ich wegginge, soll ich sie hierlassen?«

»Du läßt sie hier. Sie ist hier gut aufgehoben.«

»Man merkt es, daß Sie lange nicht mehr verliebt waren«, sagte ich und lachte ein wenig.

»Es nützt nichts, mein Junge. Wenn sie nicht vom Bau wäre, würde ich sagen, heirate sie und nimm sie mit. Sie sieht mir so aus, als ob man sie heiraten könnte. Aber wenn sie wirklich begabt ist und was werden will, müßt ihr euch sowieso trennen. Besser früher als später. Du bist nun mal ein paar Jahre weiter als sie.«

»Gerade eben haben Sie mir von einer großen Liebe erzählt«, sagte ich, »Weickert und Elisabeth. Und wie tödlich es ist, wenn die Liebenden getrennt werden.«

»Komm, bleib auf dem Teppich. Da führt kein Weg hin. Das war mehr als eine Liebe. Das war ein Schicksal. Ist es denn eine große Liebe? Wie lange kennst du sie denn?«

»Ich kenne sie, seit sie hier ist, und das ist knapp vier Monate. Und ich liebe sie seit drei Wochen.«

»Du bist wenigstens ehrlich. Dann wart mal noch ein bißchen ab. Mal sehen, was in weiteren drei Wochen aus der großen Liebe wird. So, und jetzt mußt du wohl gehen.«

»Ja. Wir haben Probe.«

»Dann mach's gut. Und mach so weiter. Und werde mir nicht übermütig. Du mußt sowieso noch viel lernen. Hm.«

Und damit war ich verabschiedet, ein kurzer Händedruck, ein letzter scharfer Blick, dann stand ich draußen auf dem Gang, hatte ganz vergessen, mich für das Frühstück zu bedanken, lief am Lift vorbei, die Treppe hinab, über den Rathausplatz ins Theater.

In meinem Kopf wirbelten die Gedanken. Irgend etwas Konkretes war nicht gesagt worden. Aber ich ging wie auf Wolken. Denn irgend etwas würde nun wohl eines Tages geschehen.

### Weihnachten und noch ein Fest

Weickert kam übrigens einige Tage später zurück, und ich benutzte die erste Gelegenheit, wo ich ihn einmal allein erwischte, mich für seine Intervention zu bedanken. Er ging nicht näher darauf ein, brummte undeutlich etwas vor sich hin. Wie gesagt, ich war ihm nie nähergekommen, keiner von uns konnte von sich sagen, er sei mit ihm befreundet. Er gab zur Begrüßung eine Runde in der Kantine aus — für alle, auch für die Bühnenarbeiter und das technische Personal, und damit waren der Wiedersehensfeierlichkeiten genug getan. An unseren Stammtisch kam er so gut wie nie, höchstens mal bei großen Premieren für ein kurzes Glas. Wie einsam war dieser Mann! Kein Freund, keine Frau in seinem Leben. Die Arbeit, der Alkohol und seine Gedanken. Seine Schuld, wie der Gnom es genannt hatte.

Aber er gab uns gleich nach seiner Ankunft wieder einmal eine Probe seiner souveränen Meisterschaft.

Marten, der den Lord Caversham im ›Gatten‹ spielen sollte, erkrankte an einer schweren Grippe, drei Tage vor der Premiere, er war stockheiser und hatte hohes Fieber. Weickert übernahm die Rolle von heute auf morgen, praktisch ohne zu proben, er sah uns einmal zu, kam dann auf die Bühne, das Buch in der Hand, denn er konnte seinen Text natürlich nicht, und hatte die Figur sofort im Griff. Souverän, überlegen, einfach überwältigend, wie er das machte. Auch am Tage der Premiere kam er mit seinem Text noch nicht klar und hing mit einem Auge und beiden Ohren ständig bei Lore im Souffleurkasten. Aber das merkte keiner, schon gar nicht das Publikum.

213

Weihnachten mußten wir ziemlich viel arbeiten. An beiden Feiertagen Nachmittags- und Abendvorstellungen, nur am Heiligen Abend war das Theater geschlossen. Hilke hatte allerdings am Nachmittag noch Vorstellung mit ihrem Weihnachtsmärchen. Ich holte sie gegen fünf am Theater ab, und wir gingen zusammen nach Hause. Die Geschäfte waren geschlossen, die Stadt war still und bot ein hübsches Bild, denn es war ein wenig Schnee gefallen, der nicht auf den Straßen, aber auf den Dächern und Türmen liegengeblieben war.

Wir gingen in Hilkes Wohnung, holten Wilke ab, Hilke zog sich um, klemmte sich dann ein paar Päckchen unter den Arm, und wir gingen nach Hause zu mir. Sie war ein wenig traurig.

»Es ist das erstemal, daß wir Weihnachten nicht zu Hause sind, nicht, Wilke?« sagte sie. »Es wird ein trübsinniges Weihnachten für meine Eltern sein.«

»Wir rufen sie nachher an«, tröstete ich sie.

Ich war gar nicht traurig. Denn für mich war es seit vielen Jahren das erste Weihnachtsfest, das ich mit einem Menschen verbrachte, der zu mir gehörte. Ich hatte meist bei Ilsebill mit unter dem Christbaum gesessen, hatte auch gut bei ihr zu essen bekommen, aber trotzdem war ich meist ein wenig sentimental geworden. So geht es wohl jedem, der Weihnachten ohne Familie feiern muß. Einmal war ich bei Almut eingeladen gewesen, aber dort war ich bei aller Herzlichkeit eben doch ein Fremder. Wenn Almut und ihr Mann sich unter dem Christbaum küßten und dabei die Mama umarmten, fühlte ich mich wie ein Waisenkind, auch wenn Almut mir einen Kuß auf die Wange gab und der Doktor einen Punsch für uns braute.

Über die Gestaltung dieses Weihnachtsabends hatten wir nicht weiter gesprochen, vor lauter Arbeit waren wir kaum dazu gekommen. Zwei Tage vorher fragte mich Ilsebill: »Sie werden am Heiligen Abend nicht hier sein, Herr Bentworth? Oder essen Sie bei mir?«

Sie formulierte das sehr taktvoll, wollte mir nicht das Gefühl geben, ich müsse mich unbedingt um sie kümmern.

Da sie Hilke inzwischen kennengelernt hatte — ich hatte die beiden miteinander bekannt gemacht, denn ich wollte nicht, daß Hilke verstohlen ins Haus kam —, wußte Ilsebill, wie es um mich stand.

»Ich weiß noch nicht«, hatte ich geantwortet.

»Wenn Fräulein Boysen Lust hat, ist sie natürlich herzlich eingeladen.«

Ich hatte Hilke diese Einladung übermittelt, und sie hatte ohne weiteres zugestimmt. »Ich kann deine Ilsebill gut leiden, es wäre nicht nett, sie am Heiligen Abend allein zu lassen. Ich brauche dann nicht zu kochen nach der Vorstellung.«

Ich war gerührt. »Du wolltest kochen?«

»Natürlich. Ich hätte dir ein feines Essen gekocht. Das gehört sich so für eine Frau, daß sie ihrem Mann etwas Gutes zu essen gibt an so einem Tage.«

Daß Hilke gut kochen konnte, hatte ich inzwischen erfahren. Sie hatte das bei ihrer Mutter gelernt. Sie war eben rundherum ein erstaunliches Mädchen.

Als wir zu mir kamen, wurden wir von Ilsebill mit einer Tasse Kaffee und einem großen Kognak empfangen. Damit wir uns aufwärmten, wie sie sagte. Aber wir sollten nicht zu viel von ihren Plätzchen essen, damit wir uns nicht den Appetit zum Abendessen verdürben. Es war seltsam: Ilsebill hatte sich nie um meine Freundinnen gekümmert. Mit Hilke war alles anders. Ilsebill empfand es offenbar auch. Sie schien Hilke ebenfalls gern zu haben, duldete es, daß das Mädchen den Tisch deckte und in der Küche zur Hand ging.

Ich ging nach oben und zog mir meinen dunkelblauen Anzug an. Denn Hilke hatte sich auch fein gemacht, sie trug ein schwarzes, schmales Kleid, am Ausschnitt mit Perlen bestickt, und sah sehr vornehm und festlich aus.

Nachdem ich mich rasiert und umgezogen hatte, inspizierte ich nochmals meine Geschenke. Für Hilke hatte ich eine Perlenkette mit den dazu passenden Clips gekauft, ein Buch und ein paar Schallplatten: Schubert- und Straußlieder von Fischer-Dieskau gesungen, für den sie schwärmte. Ilsebill bekam ebenfalls Bücher und Platten und einen neuen Mixquirl, weil ihr alter nicht mehr richtig funktionierte. Für Wilke und Florestan hatte ich je eine große Wurst und ein Päckchen Kekse. Ich kam mir fast vor wie ein Familienvater. Ein kleines Bäumchen hatte ich auch auf meinem Schreibtisch deponiert. So etwas hatte ich bisher noch nie getan. Eine Weile blieb ich nachdenklich davor stehen. Angenommen — nein, das war Unsinn. Hilke war einundzwanzig Jahre alt, das wußte ich inzwischen. Ich achtunddreißig. Blieben siebzehn Jahre dazwischen. Kam ich mir eigentlich alt vor? Bei Gott nicht. Ich wurde jeden Tag jünger. Hatte ich je an Heiraten gedacht? Nicht ernstlich. Aber jetzt dachte ich daran. Es bedurfte gar keiner längeren Überlegung, soweit es mich betraf. Ich war meiner Sache vollkommen sicher. Dieses Mädchen liebte ich, würde ich für mein Leben gern behalten. Sie sagte auch, daß sie mich lieb hätte, und sie bewies es mir täglich und stündlich. Und trotzdem — ich hatte eine Menge Bedenken. Sie war so jung, immer wieder dieser eine Punkt, sie war einfach zu jung. Und sie stand am Anfang einer Karriere, daran zweifelte ich nicht. Was für Möglichkeiten hatte sie — jung, schön und begabt, fleißig und diszipliniert wie sie war —, eine Ehe wäre nichts als ein Hemmschuh für sie. Wer wußte, wo ich nächstes Jahr sein würde, wo sie?

Mein altes Übel: Bedenken, Zweifel, Zögern. Ich konnte nie etwas tun, ohne zu bedenken, was daraus werden würde. Es gab Leute, die dachten nie über die Gegenwart hinaus. Aber das würde ich wohl nicht mehr lernen.

Ilsebill fütterte uns, als hätten wir seit acht Tagen nichts zu essen bekommen. Erst gab es Lachs mit Sahnemeerrettich, ganz frischen, nur zartrosa geräuchert. Den schickte ihr immer ihre Schwester aus Hamburg. Dann bekamen wir Champignoncreme und anschließend Hasenbraten mit Rotkraut und Preiselbeeren, dazu einen wunderbaren Burgunder. Vor dem Dessert mußten wir eine längere Pause einlegen, weil wir nicht mehr konnten. Ilsebill strahlte, weil es uns so gut geschmeckt hatte.

»Das Traurigste, was einer Frau passieren konnte, das ist, wenn man niemandem mehr hat, für den man kochen kann«, sagte sie. Ich fragte mich nur, ob der verstorbene Landgerichtsrat mit dieser Art Nachruf einverstanden gewesen wäre, aber Hilke nickte ernsthaft mit dem Kopf und meinte, das leuchte ihr ein.

Dann mußte ich aus dem Zimmer verschwinden, denn nun wurde die Bescherung vorbereitet. Ich ging mit Wilke und Florestan hinaus in den Garten, wo die beiden, die ebenfalls gut und reichlich gegessen hatten, vergnügt im Schnee herumkugelten. Der Dackel und der Schäferhund hatten sich gut angefreundet. Florestan hopste immer um Wilke herum, schnappte nach seinen Ohren oder zog ihn am Schwanz, und Wilke ließ sich das gutmütig gefallen, warf den Kleinen mal um, aber immer so behutsam, daß ihm nichts geschah.

Dann ging ich hinauf und holte meine Geschenke.

»Du kannst kommen«, rief Hilke am Fuße der Treppe, und ich kam eilig herab, erwartungsvoll, als sei ich wieder ein Junge von zehn Jahren. Durch die offene Tür glänzte der Christbaum mir entgegen, vom Plattenspieler erklang ›Stille Nacht, Heilige Nacht‹, und meine beiden Damen standen, nicht minder erwartungsvoll als ich, unter dem Weihnachtsbaum. Ich nahm sie beide in die Arme, eine rechts, die andere links und küßte sie. Ich war richtig glücklich.

Ich bekam auch Platten und Bücher und von Hilke noch einen Rollkragenpullover und einen neuen Schminkkasten. Von Ilsebill neue Hausschuhe und sechs wunderschöne Taschentücher. Und dann riefen wir Hilkes Eltern an und sagten, daß es uns gut gehe, und fragten, wie es ihnen gehe. Das heißt, erst war natürlich Hilke am Telefon, sie redeten so ein bißchen hin und her, ich hörte, wie sie tröstete. Sie sagte: »Wir sehen uns bald. Wenn ich mal zwei Tage spielfrei und probenfrei habe, bitte ich Dr. Briskow um einen Urlaub, dann komme ich euch besuchen.«

Dann fragten sie wohl, wo sie denn sei und mit wem sie feiere. Und meine Hilke sagte ganz einfach und mit größter Selbstverständlichkeit: »Aber ich bin natürlich bei Julius.« Sie lauschte eine Weile ins Telefon, lächelte und reichte mir dann den Hörer hin.

Ich war ein wenig befangen. Wenn die zwei Leutchen da aus Ostfriesland am Ende wirklich meine Schwiegereltern würden? Ein komischer Gedanke.

»Guten Abend!« sagte ich. »Ich wünschte fröhliche Weihnachten.« Das wünschten sie mir auch. Erst die Mutter, dann der Vater. Und dann kam die Mutter noch einmal und erzählte mir, wie schrecklich es für sie sei, daß das Kind heut' nicht da sei und ob es dem Kind auch gut gehe und ob sie warm angezogen sei und immer ordentlich zu essen habe und auch nicht zu spät schlafen ginge und ob ich mich, alles in allem, auch richtig um das Kind kümmern würde.

Das täte ich, sagte ich, das wäre meine Lieblings- und Hauptbeschäftigung. Sie könne ganz beruhigt sein, eine Mutter könne nicht besser für das Kind sorgen, als ich es täte.

Am anderen Ende lachte es ein wenig belustigt, und dann fragte mich die Stimme aus Ostfriesland, ob ich das denn so meine, wie ich das sage. Und ich sagte, ich meine das ganz genauso und vielleicht noch viel ernster, als ihr lieb wäre, und am liebsten täte ich das mein ganzes Leben lang.

Darauf kam aus Ostfriesland ein kleines Schweigen, ein sehr beredtes Schweigen. Und dann fragte die Mutter sehr ernst und auf hochdeutsch: »Ist das wirklich so?«

»Ja«, sagte ich. »Von mir aus ist das so.«

Das müßte man sich natürlich gut überlegen, sagte die Mutter darauf, sehr gut und sehr genau. Sie hätte ja immer gehofft, das Kind würde zu Hause bei ihnen einen Mann finden und bei ihnen bleiben, aber das wisse sie ja nun inzwischen, daß das wohl nicht sein könne. Und von dem, was das Kind jetzt so mache, verstände sie ja nicht viel. Und sie hätte auch immer ein bißchen Angst, was dem Kinde alles in diesem seltsamen Leben da draußen passieren könne. Irgendwie wäre es schon beruhigend, wenn einer da wäre, der ein bißchen aufpasse. Und dann sagte sie noch — und das war das beste von allem: »Zu Ihnen habe ich Zutrauen. Sie haben mir gut gefallen.«

»Ich danke Ihnen«, sagte ich, nun auch sehr ernst, »ich danke Ihnen, Frau Boysen, daß Sie das gesagt haben. Ich werde Ihr Vertrauen nie enttäuschen.«

Wir schwiegen alle beide einen kleinen Moment, und dann sagte sie noch: »Kommen Sie doch mit, wenn Hilke demnächst zu uns zu Besuch kommt.«

Ich sagte: »Das tue ich sehr gern.«

Darauf wünschten wir uns gesunde und gesegnete Feiertage, sagten gute Nacht, und ich hängte ein.

Meine beiden Damen betrachteten mich mit Augen rund vor Neugier. Ilsebill saß im Sessel mit roten Wangen, Hilke stand daneben, die Augen glänzend, den Mund ein wenig geöffnet, so als hätte sie auf dem Sprung gelegen, noch einmal zu Wort zu kommen. »Du hast ja aufgelegt«, rief sie enttäuscht.

»Ja«, erklärte ich voll Würde. »Es war nichts Wesentliches mehr zu sagen.«

»Aber es war so komisch, was ihr da geredet habt. Worüber habt ihr überhaupt gesprochen? Und so lange.«

»Wenn man es genau nimmt, habe ich bei deiner Mutter um deine Hand angehalten.«

»Oh!« machte Hilke sprachlos. Und Ilsebills dunkle Augen wurden womöglich noch größer.

Ich lehnte mich in meinen Sessel zurück, nahm einen Schluck aus dem Weinglas, zündete mir eine Zigarette an und kam mir außerordentlich wichtig vor.

»Das kann nicht dein Ernst sein!« rief Hilke außer sich.

»Meiner durchaus«, sagte ich. »Kommt darauf an, was du dazu sagt. Deine Mutter findet mich ganz akzeptabel.«

»Aber ich würde dich gern heiraten«, rief Hilke, und es kam so impulsiv und kindlich heraus, daß wir beide lachen mußten, Ilsebill und ich.

»Oh! Oh!« ließ sich jetzt Ilsebill vernehmen, restlos entzückt von dem, was ihr hier geboten wurde. »Eine Verlobung unterm Weihnachtsbaum! Nein, Kinder, das ist zu schön, um wirklich wahr zu sein.«

»Du willst wirklich?« fragte ich, ganz überrascht von meinem mühelosen Erfolg.

»Ja. Sie müssen wissen«, sagte Hilke zu Ilsebill, »ich habe mich in ihn verliebt, als ich ihn das erstemal gesehen habe. Auf der Bühne. Als Tellheim. Ich wußte sofort, das ist der Mann, den ich möchte. Es ist nicht so, daß ich keine Verehrer gehabt habe«, erklärte sie eifrig, »oh, eine Menge. Aber ich wußte immer

219

genau, wen ich nicht will. Und wie ich *ihn* gesehen habe, wußte ich gleich: So wie der müßte er sein.«

Ilsebill lächelte gerührt. Und ich streckte die Hand aus und sagte zu dem jungen Kind, das mir so offenherzig seine Liebe gestand: »Komm her.«

Hilke kam, und ich zog sie auf meinen Schoß. »Gleich wie du mich das erstemal gesehen hast, Hilke?«

»Ja. Ich hab' dir's schon mal erzählt, nicht? Ich hab' die Ried so beneidet. Weil sie deine Minna war.«

»Das war auf der Bühne.«

»Na ja, natürlich. Aber als ich dich dann in Wirklichkeit sah, blieb es so. Du gefielst mir genausogut. Auch wenn du mich überhaupt nicht angesehen hast.«

»Nur am Anfang«, sagte ich.

»Ziemlich lange. Erst wie ich meine Premiere hatte, da . . .« Sie lächelte und legte ihre Wange an meine.

Ja, es war alles so einfach gegangen. Ohne Spiel, ohne Umwege, ohne Koketterie auf ihrer und große Strapazen auf meiner Seite. So, wie sie war, klar, offen, unkompliziert, unverdorben und eines echten Gefühles fähig. Ich war der erste Mann in ihrem Leben, und das war bei einer jungen Schauspielerin bestimmt eine erstaunliche Tatsache. Aber wie sie eben ganz richtig gesagt hatte: Sie wußte immer genau, wen sie nicht will. Sie war ein Mädchen ohne Kompromisse. Und bei mir hatte sie gewollt. Und dann tat sie es auch. Ganz und gar, ohne Rückhalt, und sie meinte es sehr ernst. Jedenfalls heute noch.

Denn meine Zweifel, trotz aller Glückseligkeit, blieben natürlich.

»Ich gebe dir eins zu bedenken, und zwar in allem Ernst. Ich bin ein unbekannter Provinzschauspieler. Und ich bin viel zu alt für dich.«

»Ach!« Sie schüttelte ärgerlich den Kopf. »Kokettiere bloß nicht immer mit deinem Alter. Du bist schlimmer als eine Frau. Ich mag keine jungen Burschen. Du hast genau das richtige Alter für mich. Ich bin nicht so eine Gans, die sich mit Jungs herumtreibt. Sieh mal, Jörn und ich, wir waren immer gute Freunde. Wir sind Nachbarskinder«, fügte sie erklärend für Ilsebill hinzu, die mit Genuß unserem Gespräch lauschte, »er ist drei Jahre älter als ich, wir waren zusammen, so lange ich denken kann. Wir haben alle Streiche zusammen gemacht, und er war immer mein Vertrauter. Ich habe nie eine Freundin gebraucht. Jörn war der beste für mich. Aber er ist nie auf die Idee gekommen, daß wir ein Liebespaar werden müßten. Er wußte genau, daß das nicht drin war. Das wußte er einfach. Vielleicht war er manchmal ein bißchen traurig darüber, ich weiß es nicht. Einmal hat er gesagt, das war vor zwei Jahren: Werde ich auch dein Freund bleiben, wenn du mal heiratest? Und ich hab' gesagt: Natürlich bleibst du mein Freund. Ich heirate nur einen Mann, der uns alle hier leiden kann, so wie wir sind. Und dann hat er genickt und war zufrieden. Er wußte, daß ich nicht heiraten werde.« Sie blickte mich strafend an. »Siehst du?«

Ich nickte. »Ich sehe. Es wird mir eine Ehre sein, Jörn zum Freund zu gewinnen. Und abgesehen von Jörn?«

»Abgesehen von Jörn gab es immer nur so'n Kleinkram. Mal'n bißchen Flirt oder so. Gehört ja dazu.«

»Und der andere Punkt?«

»Der unbekannte Provinzschauspieler?« Sie lachte unbekümmert. »Der bist du nicht mehr lange. Wir machen alle beide Karriere. Ganz große, du und ich. Und wir werden viel zusammen spielen. Das hat's schon immer gegeben. Oder nicht? Berühmte Schauspielerehepaare, das gab's immer. Und auch darum ist es gut, daß du nicht so schrecklich jung bist. Da kann man nämlich gar nicht fein zusammen spielen. Wenn ich das Gretchen spiele, kannst du den Faust machen. Und wenn ich das Klärchen mache, kannst du Egmont sein. Oder ...«, sie war so in Eifer geraten, daß ihre Wangen glühten, »oder sagen wir mal, du den Othello und ich die Desdemona. Und — und ...«

Ich lachte. »Gut, gut. Du brauchst nicht die ganze Bühnenliteratur herzubeten. Schade, daß Briskow das nicht hört.«

Ilsebill nickte amüsiert. »Sie ist eine energische kleine Person, Herr Bentworth. Sie wird alles schaffen. Ich würde sagen, sie ist genau die Frau, die Ihnen gefehlt hat. Und jetzt gehe ich und hole eine Flasche Sekt. Wir müssen anstoßen. Und ich muß euch Glück wünschen.«

Als sie draußen war, küßten wir uns. Sie lag warm und weich in meinem Arm. In meinem Kopf herrschte ein Durcheinander. Da hatte ich mich also so mir nichts, dir nichts verlobt, gab es denn so was? Das Telefongespräch mit Ostfriesland war schuld daran. Ich alter Esel! Es kam mir ganz unwahrscheinlich vor. Ich war mit mir und meinem neuen Zustand noch nicht ganz klargekommen.

Aber etwas anderes war mir eben, in den letzten Minuten, klargeworden. Wenn ich dieses Mädchen heiratete und wenn ich sie behalten wollte, dann mußte Schluß sein mit dem bequemen Leben in B. Ich mußte mich dem Kampf stellen. Ich mußte wieder hinaus ins feindliche Leben.

Sie würde Karriere machen, daran war kein Zweifel.

Und ich mußte Schritt halten mit ihr. Im Gegenteil, ich mußte ihr vorangehen. Sonst würde ich sie eines Tages verlieren.

Das hatte Ilsebill wohl gemeint, als sie sagte: Sie ist genau die Frau, die Ihnen gefehlt hat.

Wir gingen spät zu Bett, und es wurde noch viel später, ehe wir zum Schlafen kamen. Hilke war so aufgekratzt, wie ich sie noch nie erlebt hatte. Sie redete wie ein Buch.

»Ich habe mir immer gewünscht, bald zu heiraten«, erklärte sie mir, bequem in meinem Arm gebettet, bis zur Fußspitze an mich geschmiegt mit der selbstvergessenen Zärtlichkeit eines kleinen Tieres.

»Weißt du, ich stelle es mir gräßlich vor, so nacheinander alle möglichen Männer auszuprobieren und trotzdem keinen richtig zu haben. Ich bin ein altmodisches Mädchen, ich weiß gut, wohin ich gehöre und wo es längsgeht. Und ich habe mir genauso einen Mann gewünscht, wie du es bist.«

»Jetzt schwindelst du aber«, unterbrach ich sie an dieser Stelle, wie ich es immer tat, wenn sie davon sprach, daß sie mich gleich geliebt hätte oder daß ich der Mann sei, den sie sich immer gewünscht hatte oder was dergleichen Bemerkungen mehr waren. Ich hörte es gar zu gern und wollte es gleich noch einmal hören.

»Nein, bestimmt nicht, es ist die reine Wahrheit. Genauso einen wie du«, bestätigte sie ganz ernsthaft und sehr eifrig.

»Richtig erwachsen und groß und ruhig und viel klüger als ich und so was alles.«

Ich schluckte und genoß es stillschweigend, was ich da zu hören bekam. »Ich werde dir eine gute Frau sein, du wirst sehen. Ich bin gar nicht leichtsinnig und flatterhaft, vielleicht wird es dir langweilig mit mir. Wenn ich einen Mann habe, dann habe ich ihn und will ihn auch behalten. Und ich werde immer gut für dich sorgen. Du sollst eine schöne Wohnung haben und fein zu essen und deine Ruhe zum Arbeiten. Ich bin nicht so, daß ein Mann um mich herumtanzen und mich bedienen muß.«

»Das sind ja herrliche Aussichten«, murmelte ich, die Augen geschlossen, leicht müde, wunderbar unterhalten von ihrem Geplauder. Schön warm, weich und bequem war es in meinem Bett — es war ein richtiges breites, ausgewachsenes Bett, ich hatte es mir gekauft nach der ersten Gagenerhöhung, weil ich der Meinung war, ein ausgewachsener Mann brauche auch ein ausgewachsenes Bett — und da lag nun diese Mädchenfrau dicht bei mir, sie war genauso weich und warm und roch so gut und liebte mich. Und alles, was sie mir erzählte, hörte sich unerhört prächtig an. Wenn die Hälfte davon nur stimmte, hatte ich das große Los gezogen. Wo gab es denn noch solche Mädchen heutzutage? Da hatte es sich immerhin gelohnt, mit dem Heiraten so lange zu warten.

»Du glaubst mir natürlich nicht, aber du wirst es ja sehen. Aber wenn du mich betrügst oder verläßt, werde ich sterben.«

»Oho!« sagte ich. »So leicht stirbt es sich nicht. Und du bist mir durchaus nicht der Typ, der an gebrochenem Herzen stirbt.«

»Genau bin ich der. Und du bist dumm, wenn du das nicht erkennst. Meine Mutter war genauso.«

»Deine Mutter?«

»Ja. Sie ist auch an gebrochenem Herzen gestorben.«

Ich wendete den Kopf und betrachtete im matten Nachttischlampenschein das hübsche Profil meiner zukünftigen Frau. »Ist denn deine Mutter nicht deine Mutter?«

»Ich bin nicht ihr richtiges Kind. Meine Eltern haben mich adoptiert.«

»Ah, drum!« sagte ich.

»Wieso drum?«

»Ich hab' mich gleich gewundert, weil sie ja immerhin — na ja, über das Alter hinaus sind, eine Tochter in deinem Alter zu haben. Dein Vater ist doch sicher schon über sechzig.«

»Er ist siebenundsechzig. Und Mutsch ist vierundsechzig.«

»Du bist also ein Findelkind. Das gefällt mir. Eine Prinzessin Ungenannt. Das paßt gut. Ich hab' mir doch gleich gedacht, daß du für mich vom Himmel gefallen bist.«

»Hast du gar nicht gedacht. Das habe ich dir erst mühselig beibringen müssen.«

»Auf jeden Fall ist es eine interessante Geschichte. Erzähl sie mal, wenn du sie weißt.«

»Natürlich weiß ich sie. Sie haben mir alles von vornherein richtig erzählt.«

»Also los. Haben wir noch was zu trinken?«

»Mhm. Bißchen was ist noch in der Flasche.«

»Und zünd mir eine Zigarette an.«

»Mitten in der Nacht sollst du nicht rauchen«, tadelte sie mich, »das ist ungesund.«

»Hör zu, Geliebte, du darfst mich erziehen, wenn du mal mein angetrautes Weib sein wirst. Jetzt wenigstens mußt du mir noch gehorchen. Auch wenn es dir schwerfällt.«

»Es fällt mir gar nicht schwer. Und ich werde dir immer gehorchen.«

Sie küßte mich auf die Wange, hüpfte aus dem Bett und kam mit einer angezündeten Zigarette wieder. Was für ein Juwel hatte ich mir da angelacht! Hoffentlich würde ich mich seiner würdig erweisen.

»Also los!«

»Die Geschichte ist weiter gar nicht dramatisch. Meine Mutter kam nach Kriegsende nach Ostfriesland. Es ging ihr nicht gut. Sie war arm und krank und ganz allein. Sie kam aus dem Osten. Ein Flüchtling, verstehst du. Meine Eltern nahmen sie auf, sie bekam ein kleines Zimmer und half im Geschäft oder im Haushalt. Viel arbeiten konnte sie nicht, weil sie so elend war. Ich war schon dabei. Verstehst du. Erst wußten sie natürlich nicht, daß sie ein Kind erwartete, aber dann sagte sie es ihnen. Auch daß sie nicht verheiratet war und daß der Mann, von dem das Kind war — mein Vater also —, gefallen war. Und darum war sie auch so unglücklich, denn sie hat ihn sehr geliebt.

Mutsch sagt, es war ein Wunder, daß ich überhaupt zur Welt kam, daß sie keine Fehlgeburt hatte, so schlecht wie es ihr ging. Aber im Oktober 1945 wurde ich geboren. Und ich war ein ganz normales Kind. Meine Mutter ist nie mehr gesund geworden, sie starb anderthalb Jahre später. Und dann haben sie mich eben adoptiert. Sie hatten keine Kinder und wollten immer gern welche haben. Und sie hatten mich lieb, und meine Mutter haben sie auch liebgehabt. Ja. So war das.«

»Mein kleines Mädchen«, sagte ich zärtlich und schloß sie fest in die Arme. »So ein armes, verlassenes Waisenkind.«

»Es ist schön, wenn du mich bedauerst. Aber so ein richtiges verlassenes Waisenkind war ich nun wieder auch nicht. Ich hab' die besten und liebsten Eltern gehabt, die man sich vorstellen kann. Und eine schöne Jugend. Sie haben alles für mich getan.

Wir sind nicht arm, weißt du, und wenn ich heirate, bekomme ich eine Mitgift, bei uns ist das noch so. Meine Eltern haben ein gutgehendes Geschäft, und ich bin die einzige. Und ein schönes großes Haus mit einem riesigen Obstgarten. Und Mutsch hat einen wunderbaren Blumengarten, solche Rosen blühen da. Ach!«

Es war fast ein Schrei, den sie da ausstieß, sie reckte beide Arme in die Luft, sie sah so glücklich aus, dann schlang sie die Arme um mich, küßte mich und fuhr fort: »So ein schöner Garten! Ich denke gerade daran — ach, Julius, unsere Kinder werden dort spielen. Immer in den Ferien können sie dort sein und wir auch, und es wird dir so gut gefallen.«

Ich schwieg beeindruckt. Dieser Weihnachtsabend hatte es in sich.

Er bescherte mir nicht nur eine Frau, sondern auch gleich noch Kinder. Dieses merkwürdige, altmodische, unwahrscheinlich normale Mädchen, das ich mir da ausgesucht hatte — oder sollte ich besser sagen, sie hatte mich ausgesucht? —, dieses Mädchen, das zwar eine Schauspielerin war, aber jeder Vorstellung, die man sich gemeinhin von einer Schauspielerin machte, restlos widersprach, dieses Mädchen ließ bereits im Geiste unsere Kinder im heimatlichen Obstgarten spielen. Der bürgerliche Suppennudeltopf kam mit Riesenschritten auf mich zu, fast wurde mir ein wenig Angst, fast hatte ich das Gefühl, ich müßte eilends noch zur Seite springen, aber es war wohl zu spät, ich war gefangen, besiegt; bewitched, bothered and bewildered, diesmal von der Liebe, von diesem ganz und gar ungewöhnlichen Produkt von irgendwoher aus dem Osten, Produkt eines unbekannten Vaters und einer unbekannten Mutter, aber bestens gediehen in fruchtbarer ostfriesischer Erde und von Mutter und Vater Boysen aufs allerbeste, allertreuste und allergediegenste erzogen. Also wie auch immer und was auch immer: Ich hatte da etwas ganz Einmaliges ergattert.

»Kinder?« murmelte ich schwach.

»Ja. Natürlich. Willst du denn keine?«

»Doch. Sicher. An wie viele hattest du denn gedacht?«

»Na, so zwei bis drei.« Sie blickte mich ängstlich von der Seite an. »Zwei mindestens, nicht? Das können wir schon schaffen.«

Ich lachte so herzlich, daß ich bald aus dem Bett fiel, hielt sie im Arm und erdrückte sie fast.

»Das schaffen wir, mein Mädchen, das schaffen wir bestimmt. Wann soll's denn losgehen?«

»Ach, Julius, du nimmst mich nicht ernst. Das werden wir uns dann schon richtig einteilen. Es eilt ja nicht. So in drei, vier Jahren, dachte ich. Wenn wir beide gute Engagements haben. Zu lange dürfen wir nicht warten, denn meine Eltern wollen ja auch noch etwas von den Kindern haben.«

Sie dachte an alles. Sie wollte nicht nur mich und sich, sie wollte auch ihre Eltern mit diesen Kindern beglücken. Sie war erstaunlich.

»Sag mal, und du hast das immer gewußt von deiner richtigen Mutter?«

»Ja. Sie haben mit mir davon gesprochen, als ich alt genug war, es zu verstehen. Ganz vernünftig und ohne Schwindelei. Es ist doch auch am besten so, nicht? Warum soll ich nicht an meine richtige Mutter denken.«

»Natürlich. Wie hat sie denn ausgesehen?«

»Oh, sie soll sehr hübsch gewesen sein. *Sehr* hübsch, sagt Vater. Nur eben meist sehr traurig. Zu Hause haben wir ein paar Bilder. Wie ich ein Baby war und wie sie mich im Arm hält. Ich werde sie dir zeigen, wenn wir heimfahren. Du fährst doch mit mir heim?«

»Ja. Sobald wir beide mal zwei Tage wegkönnen. Wird ein bißchen schwierig werden in nächster Zeit. Du weißt ja, gleich nach Weihnachten fangen die ›Carlos‹-Proben an.«

»Ja, ich weiß. Und bei mir der Tschechow. Und dann der Shakespeare. Und dann haben wir doch noch dieses moderne Dings dazwischen, das ist vielleicht ein blödes Stück. Ich hab's neulich gelesen.«

»Furchtbar blöd.« Ich gähnte. »Bist du eigentlich nicht müde, Geliebte?«

»Gar nicht. Ich bin viel zu glücklich, um müde zu sein.«

Mir fiel eine andere Bemerkung von ihr ein. Das war damals gewesen am Abend nach der ›Romeo‹-Premiere. Da hatte sie gesagt: Ich bin zu müde, um mich zu fürchten. Und nun war sie zu glücklich, um müde zu sein.

Mein Gott, es war alles noch gar nicht so lange her. Ein paar Wochen erst. Und mir kam es vor, als kenne ich sie ein Leben lang, als hätte sie immer so in meinem Arm gelegen, den Kopf an meiner Brust, als hätte ich ihre Stimme gehört, ihr gelauscht, was sie zu erzählen hatte, ihren Träumen, ihren Plänen. Sie war mir so vertraut. Kein Mensch, seit ich auf der Welt bin, war mir so vertraut gewesen. Nicht meine Eltern, nicht meine Geschwister, keine der Frauen, die ich geliebt hatte oder zu lieben glaubte. Das war es also, wenn es hieß: Ihr sollt sein wie ein Fleisch, ein Blut und ein Geist. So ähnlich hieß es wohl, ich war noch nie sehr bibelfest gewesen. Das also war es. Und das gab es. Und mir wurde das beschert. Am Heiligen Abend, in der Heiligen Nacht.

Ich hatte eigentlich nie das Bedürfnis zu beten. Aber jetzt auf einmal hatte ich es. Ich wußte nur die Worte nicht. Vielleicht so: Lieber Gott, ich verdiene es nicht. Aber ich will es verdienen. Hilf mir dazu. Mit allem, was ich bin und kann und habe, will ich es verdienen. Und behalten. Lieber Gott, behalten möchte ich es. Dieses Mädchen. Und diese Liebe. Und all das Glück.

Ich weiß nicht, wie lange ich so hinaufstarrte an die Decke, reglos, bewegungslos.

Als ich dann langsam den Kopf wandte, sah ich, daß sie eingeschlafen war. Wie ein Kind in meinem Arm, leise atmend, weich und zärtlich dieser schöne Mund. Langsam, ganz vorsichtig, streckte ich den Arm aus, um das Licht zu löschen. Wilke, der vor dem Bett lag, seufzte lang und tief. Ich lag da, die Augen offen und blickte ins Dunkel.

Wie still sie war, diese Heilige Nacht, erfüllt von einem geheimnisvollen Zauber, der so alt war wie alle Nächte dieser Erde und so jung wie diese eine, wie diese meine Nacht: Liebe.

Drei Tage nach Weihnachten rief Frank mich wieder einmal an und fragte, ob wir uns nicht zu einem vernünftigen Männergespräch und einem guten Abendessen treffen wollten. Rosmarie sei mit den Kindern zum Arlberg gefahren, und er würde am Tage vor Silvester nachreisen. Aber jetzt hätte er gerade ein paar Abende Zeit.

Bei mir ging es nur an einem Abend der Woche, da ich sonst täglich Vorstellung hatte. Wir verabredeten uns im ›Heinrichshof‹, und ich bat Hilke, die an diesem Abend zu spielen hatte, sie möge nach der Vorstellung hinüberkommen.

»Aber wenn es doch ein Männerabend sein soll?«

»Bis du fertig bist, haben wir genug geredet. Ich möchte, daß er dich kennenlernt.«

Ich hatte eigentlich vorgehabt, Frank weiter nichts zu erzählen und ihn mit Hilke zu überraschen. Aber länger als bis nach dem Essen hielt ich es nicht aus.

»Übrigens kommt nachher noch jemand«, sagte ich. »Eine junge Dame.«

»Muß das sein? Deine neue Freundin?«

»Mehr als das. Du könntest es zunächst noch für dich behalten, auch Rosmarie braucht es nicht gleich zu wissen, aber es handelt sich um das Mädchen, das ich heiraten will.«

Frank starrte mich geradezu entsetzt an. »Das kann doch nicht wahr sein.«

»Aber ja. Warum denn nicht?«

»Du willst heiraten? Mensch, das gibt's doch gar nicht. Hätte ich nie für möglich gehalten, daß du mal heiratest.«

»Na, erlaube mal, warum denn ich nicht. Alle Leute heiraten. Nur daß die Klugen sich dabei nicht übereilen und warten, bis die Richtige kommt.«

Diesen Schuh konnte er sich ruhig anziehen. Und tat es auch. Er nickte mehrmals mit ernster Miene. »Du hast recht. Kluge Leute tun das. Au verflucht! Du heiratest. Das sind ja Neuigkeiten. Darauf muß ich noch einen Steinhäger trinken.«

Es war nicht der erste an diesem Abend. Frank machte sich nicht viel aus Wein, er trank meistens Bier und klare Schnäpse, und davon konnte er eine ganze Latte vertragen.

»Und nun erzähl mal.«

»Davon ist gar nicht so viel zu erzählen. Ich habe nie so eine undramatische Liebesgeschichte erlebt. Ich hab' sie gesehen, und sie gefiel mir. Und dann hatte ich ziemlich bald das Gefühl, sie ist die Richtige. Und bei ihr war es genauso.«

»Erstaunlich! Und wer ist sie?«

»Eine Kollegin. Sehr jung noch, sie ist die erste Spielzeit hier.«

»Ach, dann ist das diese Neue, von der Rosmarie mal gesprochen hat. Sie hat irgend so eine große Rolle hier gespielt, gleich zu Anfang, was war's denn?«

»Die Julia.«

»Ja, richtig, natürlich. Es ist eine Schande, aber ich komme überhaupt nicht mehr ins Theater. Ich wollte dich so gern sehen in dem neuen Stück, wo du großen Erfolg hast. Rosmarie war ganz begeistert.«

»Demnach geht Rosmarie öfter ins Theater.«

»Sicher. Allein oder mit einer Freundin oder mit Bekannten. Sie ist sowieso sauer, daß ich nie mitgehe. Aber entweder bin ich überhaupt nicht da oder ich bin so lange im Betrieb oder es sind Leute da, mit denen ich ausgehen muß. Und außerdem mache ich mir nicht viel daraus, mit Rosmarie irgendwohin zu gehen. Du weißt ja.«

Ich nickte. »Ja, ich weiß.«

»Sie macht mich wahnsinnig, mit ihrem Geschwätz. Ach, weißt du, mit der Ehe, es ist schon eine verfluchte Sache. Überleg es dir gut. Ich kenne in Hamburg eine so nette Frau, ich hab' dir schon mal von ihr erzählt. Ich mag sie furchtbar gern, klug und charmant und dabei sehr temperamentvoll. Aber Rosmarie würde sich nie scheiden lassen. Und dann die Kinder, nicht? Man kann ja nicht so einfach aussteigen. Vielleicht wenn die Kinder schon größer wären.«

»So lange wird deine Freundin ja wohl nicht warten?«

»Kaum. Aber lassen wir das, erzähl von dir. Eine Schauspielerin, sagst du? Und du denkst, daß das gutgeht?«

»Mit Hilke geht es gut. Sie ist nicht so, wie sich der Bürger für gewöhnlich eine Schauspielerin vorstellt. Sie ist eine junge Dame mit Grundsätzen, aus gutem Hause und sehr konventionell erzogen.«

»Und dann fällt sie ausgerechnet auf dich herein?«

»Ausgerechnet auf mich«, sagte ich stolz.

Hilke kam gegen halb elf. Wir hatten schon allerhand Bier und Steinhäger intus, aber gut gegessen hatten wir auch, und da merkte man nicht viel davon.

Sie kam also herein, und sie wirkte haargenau so, wie ich sie beschrieben hatte. Sie trug das dunkelblaue Kleidchen mit dem weißen Kragen, sehr brav und mädchenhaft sah sie damit aus, sie war kaum zurechtgemacht, das aschblonde Haar glatt und weich über ihre Schläfen fallend. Eine wohlerzogene Tochter aus bürgerlichem Haus — kein Mensch hätte sie für eine Schauspielerin gehalten.

Frank war sehr beeindruckt. Ich merkte sofort, daß ihm Hilke ausnehmend gut gefiel. Er betrachtete sie aufmerksam mit seinen hellgrauen Augen, sah ihr zu, hörte ihr zu, und sein Gesichtsausdruck wurde immer zufriedener.

Hilke war zurückhaltend wie immer, aber freundlich und nett, sie taute nach und nach ein bißchen auf, redete und lachte, und wir drei unterhielten uns erstklassig. Frank wollte partout zum Abschluß noch eine Flasche Sekt trinken, und das taten wir dann auch, und er sagte, als er sein Glas hob: »Alles Gute, euch beiden. Julius, ich glaube, du hast das gut gemacht. Wartet und wartet und kriegt dann so ein Mädchen. Nicht zu fassen. Womit hat er das verdient.«

Hilke lachte ihn an und dann mich, und ich dachte ebenfalls: Nicht zu fassen, womit habe ich das verdient.

Silvester feierten wir mit den Kollegen, auf die schon bekannte Weise. Das heißt, für Hilke war es neu, sie erlebte es ja zum erstenmal. Bei der Gelegenheit konnte ich das Geheimnis natürlich nicht für mich behalten.

Um zwölf, im Ratskeller, als wir uns zuprosteten und in die Arme fielen, küßte ich Hilke lange, sehr lange; die anderen sahen uns schließlich zu und erhoben Einspruch.

Marten rief: »Hö, hö, Julius, stop! Laß von dem Mädchen noch was übrig. Sie ist nicht für dich allein da.«

Ich ließ Hilke los, atmete tief und sagte: »Genau das ist sie. Für mich ganz allein. Darf ich euch meine zukünftige Frau vorstellen?«

Das Geschrei, das sich daraufhin erhob, ist nicht zu schildern. Wir übertönten mühelos den ganzen Ratskeller, Hilke wurde bald in der Luft zerrissen, es gab ein Fest, wie es B. wohl noch nie erlebt hatte; und es dauerte bis in den hellen Morgen.

»Das ist ein raffinierter Bursche«, sagte Diesterweg morgens um sechs im Taubenstüberl, »ich hab's euch immer gesagt. Er hat's faustdick hinter den Ohren. Jahrelang lebt und liebt er so stillvergnügt vor sich hin, und dann reißt er sich dies unschuldige Kind unter den Nagel. Hilke, du solltest dir das noch überlegen. Es gibt Besseres, landab, landauf findest du Besseres. Der Bursche taugt nichts.«

»Landab, landauf«, sagte Hilke, und ein wenig stolperte sie über ihre eigene Zunge, »finde ich nichts Besseres. Ich weiß das.«

Wir begannen das Jahr mit einem ausgewachsenen Kater, was bei mir lange nicht vorgekommen und bei Hilke, wie sie mir gestand, noch nie. Gott sei Dank hatten wir nachmittags keine Vorstellung. Bis zum Abend hatten wir einigermaßen ausgeschlafen, wir hatten den ›Gatten‹ und kamen heil über die Runden.

Als wir nach dem letzten Vorhang von der Bühne kamen, stand Briskow beim Inspizienten. Er hatte es offenbar inzwischen erfahren, denn er winkte uns heran und fragte: »Stimmt das Gerücht?«

»Es ist kein Gerücht«, sagte ich.

Er blickte uns beide an, lächelte und sagte. »Es gefällt mir. Es hat mir lange nichts mehr so gefallen. Herzlichen Glückwunsch euch beiden.«

Tja. So kann sich plötzlich alles ändern. Binnen weniger Wochen hatte sich mein Leben verändert. Seit vier und einem halben Jahr lebe ich nun in B., spiele meine Rollen, habe meine kleine Zufriedenheit gehabt, habe offen gestanden nicht so sehr an morgen gedacht, und dann kommt ein junges Mädchen, kommt ohne großen Aufwand, ohne Vorwarnung gewissermaßen in mein Leben gestiefelt, und alles ändert sich. Ich beginne zu denken, zu planen, mein Ehrgeiz erwacht, ich weiß auf einmal, daß ich mich bewähren muß, daß ich immer noch am Anfang stehe, daß die Zeit gekommen ist, wo ich zeigen muß, was ich gelernt habe, was ich kann und was ich will.

Über dem Zauberdach steht ein neuer Stern. Einer, der für mich allein leuchtet. Komisch — daran glaube ich. Ich bin ein Zweifler, ein Grübler, ein Zögerer. Aber ich habe nicht gezögert, als Hilke kam. Ich muß nicht grübeln darüber, ob ich das Rechte tue. Und schon gar nicht zweifle ich. Nicht an ihrer und schon gar nicht an meiner Liebe. Es ist ganz einfach so: Ich stehe an der Wende. Ein neuer Abschnitt meines Lebens beginnt. Und fast bin ich geneigt zu sagen: Jetzt erst beginnt mein wirkliches Leben.


*›Don Carlos‹*


Wie ich Hilke schon gesagt hatte, ergab sich in nächster Zeit keine Gelegenheit zu einer Reise nach Ostfriesland. Wir waren beide ständig beschäftigt. Abends war Vorstellung und jeden Tag Probe.

Hilke probte bei Rudi Gebhardt den Tschechow, wobei fast das gesamte Ensemble beschäftigt war, auch ich hatte eine kleine Rolle darin. Und etwas später fing Briskow mit den ›Carlos‹-Proben an. Damit kam für mich die große Stunde der Bewährung.

›Don Carlos‹ ist in meinen Augen eines der großartigsten Stücke, das je geschrieben wurde. Kein Dichter hat je den Begriff der Freiheit und der Menschenwürde großartiger formuliert und dargestellt als Schiller in diesem Stück. Wenn man bedenkt, wann er das tat, in was für einer Zeit, und wenn man noch sein persönliches Leben bedenkt, seine Herkunft, seine Erziehung und später sein mühevoller Kampf um Dasein und Anerkennung, dann wird einem erst richtig klar, welch unwahrscheinlicher, welch überragender Geist hier gewirkt hat.

Es ist seit Schillers Zeiten viel geschrieben worden über den Menschen, über seine Daseinsberechtigung, über sein Recht auf Selbstverwirklichung, auf Freiheit, Würde, Selbstbestimmung, Freiheit von Hunger, Furcht und Willkür, und was weiß ich noch. Um es mit einem Wort zu sagen: über die Menschenrechte. Ein vielstrapazierter Begriff in unserem und auch im vergangenen Jahrhundert. Viel schöne und auch viel wahre Worte sind darüber gemacht worden. Aber keiner hat es besser gesagt als Friedrich Schiller. Und er sagte es zu einer Zeit, wo man diese Töne nicht gewöhnt war.

Oder vielleicht doch? War dieser Dichter nicht am Ende ganz im Einklang mit seiner Zeit, ihr ein wenig voraus, wie jeder große Geist es ist? Denn nicht zufällig fanden zu seinen Lebzeiten und auch nicht allzu lange nach der Entstehung des ›Don Carlos‹ die beiden großen Ereignisse statt, die unsere Welt grundlegend veränderten, die die Menschheit einen großen Schritt weiterbrachte auf dem Weg zu jenen Idealen, die Schiller preist: Freiheit, Menschenwürde und — Menschenglück. Schiller begann um 1782 mit der Arbeit am ›Carlos‹. 1787 wurde das Stück uraufgeführt. Das war die Zeit der amerikanischen Unabhängigkeitskriege, der Unabhängigkeitserklärung und in der Folge der amerikanischen Verfassung.

Um 1789 begann in Frankreich die neue Zeit, begann die große

Revolution, und aus der Zerstörung, die sie brachte, wurde die Welt gebaut, in der wir heute leben.

Gewiß — keine ideale Welt. Aber die wird es wohl nie geben, solange Menschen diesen Stern bevölkern. Jedoch die Menschen, die heute leben, sind Nutznießer jener Revolution, jenes unbarmherzigen Umsturzes, der ausrottete, was nicht länger leben durfte, wenn Menschen — alle Menschen und nicht nur einige wenige — glücklich werden sollten auf dieser Erde. Gleichheit, Freiheit, Brüderlichkeit — was für unerhörte Worte in jener Zeit.

Aber keiner hat sie schöner formuliert, keiner hat sie flammender und glühender und gläubiger ausgesprochen als Schiller.

Schiller im ›Don Carlos‹. Und dem er all diese wunderbaren Worte in den Mund legt, diese wohl strahlendste, edelste Heldenfigur der Bühne, das war die Rolle, die ich spielen sollte: der Marquis Posa. Eine wunderbare Rolle. Und natürlich in dem ganzen Stück die dankbarste Rolle, denn so etwas zu sprechen, war ja nun die reinste Lust und Wonne.

Dieser ›Don Carlos‹ ist ja überhaupt ein ungeheuerliches Stück Theater. Je mehr man sich damit beschäftigt, um so kopfschüttelnder steht man davor. Schiller hat, genaugenommen, hier nicht ein Drama, sondern mindestens vier oder fünf geschrieben, die er alle in eine Handlung hineinstopfte. Da ist also wie gesagt der Posa und in seiner Gestalt ein Fanal der Zukunft, eine prophetische Schau in das, was kommen wird und kommen soll. Posa ist eine politische Figur.

Da ist die Tragödie des alten Königs, festgefroren in der sterilen Macht seiner Krone und der Inquisition, dieser König, der bei allem Glanz ein untergehendes Weltreich repräsentiert. Und an ihm wird gleich noch ein Generationsdrama demonstriert, der Vater-Sohn-Konflikt, auch seitdem in der Literatur noch nicht ausgestorben und nie zu Ende diskutiert, dann kommt als drittes die Eheaffäre dazu, der alternde Mann und die junge Frau, die ihn nicht liebt, die Intrige, die sich um die Ehegeschichte rankt; Don Carlos, hin- und hergerissen zwischen seiner schwärmerischen Liebe sowohl zu einer Frau als auch zu einem Freund und nebenbei auch noch voll Ehrgeiz und politischen Plänen, ein junger Mensch, der scheitert am Zuviel-Wollen.

Die Königin, ihr persönliches Unglück, auch sie zwischen Liebe und Pflicht stehend und außerdem betrogen und verleumdet, dann die Tragödie einer verschmähten und beleidigten Rivalin, was eigentlich noch alles? Jeder Dichter, der ein wenig hauszuhalten verstände, würde aus dem Inhalt des ›Don Carlos‹ mindestens fünf Theaterstücke machen. Was sind unsere modernen jungen Dichter doch für blutarme Geschöpfe dagegen! Wie zaghaft zupfen sie zweieinhalb Stunden lang an einem Problemchen herum, das bei Licht besehen gar keins ist.

Ich war von dem ›Carlos‹ und meiner Rolle so erfüllt, daß ich kaum mehr an anderes dachte. Hilke hörte sich geduldig meine Vorträge an, und einmal sagte sie: »Julius, ich lerne viel von dir. Sicher, ich habe mich auch an all diesen großen Dramen begeistert, habe auch darüber nachgedacht, aber ich habe es nie so gesehen wie du. So die großen Zusammenhänge und was alles dahintersteckt. Mein Gott, wir haben einen schönen Beruf! Daß man dies alles lebendig machen kann, daß man es den Menschen zeigen kann, ist das nicht wundervoll? Ich bin richtig traurig, daß ich im ›Carlos‹ nicht mitmachen darf.«

Sie war leider nicht dabei. Angelika Ried, mit deren Filmplänen es nun doch nicht so schnell geklappt hatte, würde die Elisabeth sein, Briskow hatte an dieser geplanten Besetzung nichts geändert. Vielleicht hätte er sich doch noch für Almut entschieden, aber bis wir Premiere haben würden, war es Mitte bis Ende Februar, und dann sollte der ›Carlos‹ einige Zeit auf dem Spielplan bleiben — es war sogar ein auswärtiges Gastspiel in Aussicht genommen —, und da Almut ja ein Kind erwartete, konnte man nicht wissen, wie lange sie spielen konnte. Sie hatte nur den kurzen Auftritt der Marquise Mondecar. Carla machte die Eboli, eine Rolle, die ihr gut lag.

Die Ried war eigentlich der schwächste Punkt in unserer Inszenierung, darüber war sich Briskow zweifellos klar. Sie würde eine bildschöne Königin sein. Aber das genügte nicht. Die Königin durfte nicht nur eine schöne Statue sein, sie mußte eine Frau von Klugheit und Feuer darstellen, und schließlich war sie auch eine Frau, die litt. Ob Engelchen das schaffen würde? Natürlich machten wir ihr Mut, und Briskow arbeitete von Anfang an sehr intensiv mit ihr. Da sie auch in den ›Drei Schwestern‹ beschäftigt war, begannen die richtigen Proben für ›Carlos‹ später als geplant, denn Briskow sagte sich sehr richtig, ehe der Tschechow nicht über die Bühne gegangen war, blieb für das große Unternehmen Schiller nicht genügend Zeit und Raum.

Übrigens wurde der Tschechow eine schwache Aufführung. Rudi Gebhard hatte sich große Mühe gegeben, aber mit diesen Russen ist es nicht so einfach. Sie leben hauptsächlich von der Atmosphäre, von den Zwischentönen und sind in vielen Punkten von modernen Schauspielern schwer nachzuempfinden.

Zweifellos war Rudi nicht der richtige Regisseur für das Stück. Hilke, die die Irina spielte, kam mit ihrer Rolle auch nicht zurecht.

»Ich weiß nicht, was ich mit dem Frauenzimmer soll«, klagte sie. »Ich kann sie nicht leiden. Ich kann eigentlich alle nicht leiden in dem Stück. Sie sind mir einfach unsympathisch. Und dann immerzu dies larmoyante Gefasel, das sie haben. Macht mich ganz verrückt.«

Ich mußte lachen. »Ist sich äben russische Sääle. Muß man versuchen, in ihr zu wühlen. Immer wieder drinnen herumwühlen.« Also, wie gesagt, die ›Schwestern‹ gelangen nicht besonders, und daher will ich mich mit ihnen nicht länger aufhalten. Sie gingen Mitte Januar an den Start, die Abonnenten mußten sie absitzen. Dorte, Hilke, der kleine Eckart, ausgeliehen von der Operette, und Hugo Brasch, jugendlicher Bonvivant, probten dann bei Ziebland eine harmlose kleine Komödie, die als eine Art Karnevalskost dazwischengeschoben werden sollte. Wir anderen vertieften uns in den ›Carlos‹.

Engelchen, sagte ich, war keine sehr glückliche Besetzung. Aber ich glaube in aller Bescheidenheit behaupten zu können, wir drei Männer waren es um so mehr: Weickert als Philipp, Claudio als Carlos und ich als Posa.

Es ist nicht ganz leicht, an einer nicht so großen Bühne die Besetzung für ein Stück dieser Spannweite zusammenzubekommen. Briskow plante so etwas immer sehr gezielt. Was er an Weickert hatte, wußte er. Was er an Claudio und an mir bekommen würde, hatte er geduldig abgewartet und gleichzeitig hatte er sehr zielbewußt darauf hingearbeitet, mit jedem von uns. Nun schien ihm die große Stunde gekommen.

Von Anfang an herrschte bei den Proben eine ganz besondere Spannung. Eine Art elektrische Geladenheit. Selbst Claudio, der für uns alle ein Probenschreck war, wurde davon angesteckt. Er war diszipliniert und gesammelt, sehr aufmerksam, bereit, alles zu tun, was von ihm verlangt wurde. Das war eine angenehme Überraschung. Nicht zuletzt für Briskow auch. Jeder von uns spielte die große Rolle zum erstenmal, auch Weickert hatte nie im Leben den König Philipp gemacht. Da waren wir also auf der Bühne, wir zogen gleich nach der Tschechow-Premiere auf die große Bühne um, wir waren alle sehr still oft, sehr konzentriert, und da war wieder Briskow vor uns, wie ein Schlangenbeschwörer, hatte es Olga einmal genannt; und es stimmte genau, er stand da, seine schmalen Hände unterstrichen seine Worte, sein grauer, schmaler Kopf barg die Vorstellung des großen Werkes, die er uns vermitteln wollte.

Unvergessen bleibt mir ein Tag, es war nach ungefähr drei Wochen konzentrierter Arbeit, als er zum erstenmal die große Szene zwischen dem König und mir, ohne zu unterbrechen, durchlaufen ließ. Immer wieder hatten wir daran gefeilt, immer wieder begonnen, ich war oft unsicher gewesen, hatte zuviel oder zuwenig gemacht, eingeschüchtert auch von Weickerts überragender Persönlichkeit, gegen die ich mich behaupten mußte. An diesem Tag sagte Briskow zu den anderen: »Verschwindet mal alle. Geht in die Kantine was frühstücken. Ich muß die beiden mal allein haben.«

Es war totenstill im dunklen Haus. Auf der Bühne nur Weikkert und ich. Briskow hatte sich ebenfalls von der Rampe zurückgezogen, er saß auf seinem Platz in der fünften Reihe, neben ihm Kuntze, sein Assistent, Alice, die Dramaturgin, und Lore, die Souffleuse. Keiner sprach, eine geradezu greifbare Spannung hing im Raum.

»Also los«, sagte Briskow auf einmal. »Ganz wie ihr wollt. Die ganze Szene. Ich unterbreche nicht. Ich spreche kein Wort. Julius fängt mit seinem Monolog an.«

Mir klopfte das Herz, als sei schon Generalprobe. Ich stand

auf der nackten Bühne und versuchte mich in aller Eile zu erinnern, was wir bis jetzt geprobt hatten, wie ich es einmal so und ein andermal so versucht hatte, aber es war weg. Alles war weg. Ich mußte beim Anfang wieder beginnen.

Ich räusperte mich.

»Nutzen muß man den Augenblick, der *einmal* nur sich bietet Dieser Höfling gibt mir eine gute Lehre. Eigensinn des launenhaften Zufalls wär' es nur, was mir mein Bild in diesen Spiegeln zeigt? Ein Zufall nur? Vielleicht auch mehr. Und was ist Zufall anders als der rohe Stein, der Leben annimmt unter Bildners Hand? Den Zufall gibt die Vorsehung — zum Zweck muß ihn der Mensch gestalten. — Was der König mit mir auch wollen mag, gleichviel! — Ich weiß, was ich — ich mit dem König soll.«

Dann stehe ich dem König gegenüber. Philipp II. von Spanien, Herr eines Weltreiches, von dem noch Karl V. sagte, daß in ihm die Sonne nicht untergehe, doch über das die Dämmerung bereits hereinbricht, dessen Macht aber noch ungebrochen und in aller Welt gefürchtet ist. Auch und gerade die Macht dieses Herrschers, der kalt und gefühllos ist, so heißt es, in dessen Herz noch keiner sah, dessen Hände triefen von Blut — Blut, das er im Verein mit der Kirche fließen ließ. Sie benutzen sich gegenseitig als Werkzeug, der Herrscher und die gottfernen Priester, die Inquisition den grausamen König. Hier im Lande, in Spanien, ist die Menschheit kirre gemacht, hier knien sie vor dem Thron und vor den Altären und wagen nicht zu mucksen, nicht einmal in Gedanken. Und fern in Flandern, wo ein freieres, ein stolzeres Volk wohnt, ist die erbarmungslose Züchtigung im Gange, soll jenem Volk ein für allemal das Rückgrat gebrochen werden, und wieviel Blut dabei noch fließen wird, ist diesem König gleich. So gleichgültig, wie es den Priestern dieses fast orientalischen Landes ist. Und da kommt nun einer, der es wagt, darüber eigene Gedanken zu haben, und der in dieser Stunde wagt, was schon nicht mehr Tollkühnheit ist, sondern schierer Wahnsinn, der es also wagt, auszusprechen, was er denkt, meint und tun möchte. Der Marquis Posa.

Die Szene läuft vorsichtig an, der Marquis ist von geschmeidiger Höflichkeit, er weicht zunächst aus, er will vom König weder

Gnade noch Geschenke, nicht einmal Anerkennung, und das ist es, was den König zunächst einmal maßlos verwundert, denn er ist gewöhnt, daß jeder etwas von ihm *will*, der zu ihm kommt.

Warum also, verlangt der König zu wissen, will der Marquis Posa nicht in seinen Diensten tätig sein, einflußreich, geehrt und geachtet? Posa hat seine Gründe, warum er dieser Krone nicht dienen will, auch wenn er Spanier ist. Doch es ist schwer, dem König diese Gründe zu nennen, geschweige denn, sie ihm verständlich zu machen.

»Ich bin — ich muß gestehen, Sire, sogleich nicht vorbereitet, was ich als Bürger dieser Welt gedacht, in Worte Ihres Untertans zu kleiden . . .«

Was für stolze Worte, von diesem stolzen Spanier gesprochen. Und was für ungewöhnliche Worte. Ein Bürger dieser Welt! Und das im sechzehnten Jahrhundert an König Philipps Hof. Jedoch den König interessiert es, was dieser seltsame Mann zu sagen hat. Und er bekommt gleich darauf noch etwas zu hören, was er in seinem Leben noch nie gehört hat.

Da steht der Posa vor ihm, sieht ihn an und spricht in aller Gelassenheit folgende Worte aus: »Ich kann nicht Fürstendiener sein.«

Sagt es. Meint es.

O Schiller, Kind des achtzehnten Jahrhunderts, des Aufbruchs, des Umschwungs, auch wenn es noch hundert Jahre dauern soll, bis auch andere sagen werden, was du gesagt hast — hier hast du ausgesprochen, was du selber denkst und meinst. Diesem Posa hast du es in den Mund gelegt — Schiller, Dichter der Menschenwürde und der Menschenrechte, um dieser einen Szene willen wirst du ewig unsterblich sein, solange auf dieser Erde Deutsch gesprochen wird.

Ich kann nicht Fürstendiener sein.

Nicht: Ich will nicht. Ich kann nicht, sagt dieser Posa. Er begründet es, er läßt den staunenden König hören, warum er nicht kann.

»Können Sie in Ihrer Schöpfung fremde Schöpfer dulden? Ich aber soll zum Meißel mich erniedrigen, wo ich der Künstler könnte sein? Ich liebe die Menschheit, und in Monarchien darf ich niemand lieben als mich selbst.«

Noch einmal: Schiller! Was hast du da gesagt? Was für ein Wort: Ich liebe die Menschheit. Und dann kriegen die Monarchien eins auf den Kopf — damals — und das wurde sogar aufgeführt. Oder haben sie am Ende gar bei der Uraufführung diese Worte gestrichen? Das wüßte ich mein Leben gern.

Aber nun ist der Marquis einmal ins Reden gekommen, jetzt redet er weiter. Um so mehr als der König, statt zornig zu werden über den ungebührlichen Untertan, ihm sogar anbietet, sich ein Amt zu wählen, wo er seine edlen Triebe benutzen könnte. Welch seltsame Untiefen auch in diesem König ... ob Schiller sich hier nicht getäuscht hat?

Aber Posa will immer noch nicht. Er will die Menschen auf seine Weise glücklich machen. Nicht auf die Weise, die die Krone ihm eventuell gestatten würde. Denn seine Weise sieht vor, daß Menschen *denken* dürfen. Und das ist im Konzept der spanischen Herrscher und der allmächtigen Kirche nicht enthalten.

Das bringt den König auf den Gedanken, der widerspenstige Marquis könne ein Protestant sein, ein Ketzer, ein Angehöriger dieser schrecklichen Irrlehre, die seit einigen Jahrzehnten die katholische Welt bedroht und die es auszurotten gilt. Fast sichtbar erscheint der drohende Schatten des Großinquisitors über der Bühne, beide sehen ihn, Philipp und sein ungebärdiger Untertan. Ist es ein Kitzel für den König, solch ein Gespräch zu führen? Oder aus welchem Grund hört er immer noch zu?

Posa sagt: »Das Jahrhundert ist meinem Ideal nicht reif. Ich lebe ein Bürger derer, welche kommen werden.«

Und noch immer hört der König zu, ja mehr noch, er ist fasziniert, er ist fast entrückt, denn eine Sprache ertönt ihm da, die er nie vernommen hat, Gedanken werden laut, die keiner je zu denken wagte. Das macht Posa Mut, von dem zu sprechen, was ihm auf der Seele brennt, von dem mörderischen Unrecht, das in den flandrischen Provinzen geschieht im Namen seines Königs. Und das bringt die Szene schließlich auf ihren grandiosen Höhepunkt.

»Niemals besaß ein Sterblicher so viel, so göttlich es zu gebrauchen. Alle Könige Europens huldigen dem span'schen Namen. Gehn Sie Europens Königen voran. Ein Federzug von dieser Hand, und neu erschaffen wird die Erde. Geben Sie Gedankenfreiheit . . .«

Ich sehe, die Begeisterung geht mit mir durch. Ich bitte um Vergebung, es liegt nicht an mir, es liegt an Schiller. Keine Notwendigkeit, die ganze Szene hier zu schildern. Man kann sie nachlesen, man kann es, so man Glück hat, in einer guten Aufführung auf der Bühne hören.

Aber einmalig, unvergessen für alle Zeiten, würde mir der Tag dieser Probe bleiben, als wir zum erstenmal oder, besser gesagt, als *ich* zum erstenmal die Figur in den Griff bekam — als ich zum erstenmal die Worte zum Leben brachte. Ehrlich — es ist keine Kunst. Schiller hat diesem Posa die Wirkung leicht gemacht, das heißt also dem Schauspieler, der diese Rolle spielen darf.

Kam in meinem Fall dazu, daß ich das Glück hatte, Konrad Weickert zum Partner zu haben. Er *war* Philipp II., Spaniens mächtiger König, war es bereits auf dieser Probe in seinem vertragenen, schwarzen Pullover. Er saß mir gegenüber, ein alter Stuhl diente ihm als Thron, er war ein wenig in sich zusammengesunken, sein düsteres, zerfurchtes Gesicht *war* Philipps altes, von der Last seines Amtes geprägtes Gesicht, dem jede echte Menschlichkeit so fern gerückt war; seine dunklen, erloschenen Augen *waren* Philipps müde, überdrüssige Augen, überdrüssig von dem, was er gesehen hatte und sehen mußte, seine Mundwinkel waren gesenkt, die Skepsis und die Menschenverachtung ließen kein Lächeln mehr auf diesem Gesicht erblühen. Und doch — Philipp hört zu. Hört diesem Menschen zu, der so ungeheuerliche Dinge sagt. Und vielleicht dämmert auch in ihm eine Ahnung auf von jener besseren Welt, von der Posa schwärmt. Von jener Welt, in der Menschen glücklich sein dürfen. Wo sie das Recht besitzen werden zu denken.

Posa geht. Philipp sitzt da, reglos, versunken, man sieht ihm nicht an, was er denkt. Denn *er* darf es ja: denken. Graf Lerma kommt, bleibt abwartend stehen, blickt fragend auf den König, und der König sagt, ohne sich zu rühren, ohne aufzublicken: »Der Ritter wird künftig ungemeldet vorgelassen.«

Triumph des Posa. Triumph dieser seiner Stunde. Er wird seinen Tod nicht verhindern.

Ich lehnte seitwärts am Bühnenrahmen. Ich merkte, daß meine Knie zitterten. Ich war nahe daran, in Tränen auszubrechen — Stille.

Dann schob sich Briskow langsam hinter dem Regiepult hervor. Kam an die Rampe.

»Ich habe nichts zu sagen. Behaltet es, Kinder. Behaltet es.«

Sternstunde unter dem Zauberdach. Am Vormittag auf der nackten, kahlen Bühne. — ›Glück . . .

Werd' ich zum Augenblicke sagen, verweile doch, du bist so schön.‹

Nicht von Schiller. Von Goethe. Das war es, was *er* wußte. Daß es so etwas geben kann. ›Verweile doch, du bist so schön.‹


*Noch eine Party*


Während dieser ›Carlos‹-Proben vergaß ich die übrige Welt. Ich glaube, niemals zuvor, bei keiner Rolle, war ich so absorbiert, so restlos aufgesogen von dem, was ich tat. Vorher hatte ich mich eine Zeitlang darüber gewundert, von Dagmar nichts mehr zu hören. Seit jenem Abend, als ich im Haus Nössebaum eingelagen war, kein Anruf, kein Treffen, nichts. Schön — es war Vorweihnachtszeit, sie war möglicherweise auch verreist gewesen, aber es wunderte mich zunächst doch, daß sie keine Gelegenheit suchte, mich zu sehen. Auch Weihnachten kein Wort, kein Gruß. Ich hatte ein Kärtchen geschickt und Blumen. Sie reagierte nicht darauf.

Da sie ja immer bestens informiert war, was in Theaterkreisen vorging, konnte ich annehmen, sie war über meine Bindung zu Hilke Boysen orientiert, und nachdem ich mich am Silvesterabend meinen Kollegen quasi als Verlobter präsentiert hatte, würde ihr das wohl zu Ohren gekommen sein, und natürlich paßte ihr das nicht. Daran war nicht zu zweifeln. Ich kannte Dagmar schließlich gut genug. Sie würde keine andere Frau an meiner Seite akzeptieren, und das war wohl ihr gutes Recht. Frauen waren nun einmal so.

Und dann, ich muß gestehen, vergaß ich sie. Da war Hilke, die mein Leben ausfüllte, meine Tage und Nächte, und daneben waren die Proben, die mir soviel bedeuteten. Irgendwie war ich erleichtert, daß Dagmar mir nicht das Leben schwermachte, wie ich befürchtet hatte.

Ende Januar war es, daß Rosmarie, Franks Frau, mich anrief. In der nächsten Woche hätten sie eine kleine Gesellschaft, alles nette Leute, ganz gemütlich, und ich müsse unbedingt mit dieser jungen Dame, von der Frank in den höchsten Tönen schwärme und die ich offenbar zu heiraten gedenke, kommen.

»Ist es wahr, Julius? Heiratest du wirklich?«

»Doch«, sagte ich halb widerstrebend, »ich habe die Absicht.«

»Also ich muß sie unbedingt kennenlernen. Ich bin wahnsinnig neugierig. Freitag abend, acht Uhr, vergiß es nicht.«

»Rosmarie, das ist zauberhaft von dir. Aber ich habe schrecklich viel zu tun. Wir proben zur Zeit . . .«

»Den ›Don Carlos‹, ich weiß. Gräßlich! Immer diese langweiligen Klassiker. Daß euch nichts anderes einfällt. Auf jeden Fall ist das keine Entschuldigung. Abends probt ihr nicht. Und am Freitag habt ihr beide keine Vorstellung, ich habe extra den Spielplan studiert und meine ganze Party nach euch gerichtet. Es gibt keine Ausrede. Frank würde dir das nie verzeihen. Und ich sowieso nicht.«

Was sollte ich machen? Frank war schließlich mein Freund. Ich wußte ohnedies, daß er diese Partys nicht mochte und nur notgedrungen jedes Jahr ein- oder zweimal so ein Unternehmen über sich ergehen ließ. Ich war immer eingeladen worden, und Frank hatte stets gesagt: »Gott sei Dank, daß du da bist. Komm, wir saufen einen. Die anderen amüsieren sich auch ohne uns.«

Übrigens war Rosmarie nicht ungeschickt mit diesen Veranstaltungen. Sie gab kein großes Diner, ließ nur ein kaltes Büfett aufbauen, sorgte für vielseitige Getränke, ein Zimmer wurde ausgeräumt, falls einer gern tanzen wollte, und es war immer sehr nett gewesen.

Als letzten Trumpf kam sie endlich mit der Hauptsache heraus. »Du weißt ja hoffentlich, was wir feiern?«

»Feiern?« Ich überlegte einen Moment angestrengt, und dann hatte ich eine dunkle Ahnung. »Doch nicht etwa Franks Geburtstag?«

»Genau. Er hat Donnerstag Geburtstag. Aber extra, damit ihr beiden kommen könnt, feiern wir Freitag. Schönen Gruß an dein Fräulein Braut. Sag ihr, daß Frank ganz verliebt in sie ist.«

Ich grinste. »Ich werd's ihr bestellen. Schade, daß Frank nicht zu haben ist. Er wäre eine weitaus bessere Partie als ich.«

Kleines Schweigen auf der anderen Seite. Dann: »Wie man's nimmt. Ich könnte ihn keineswegs so warm empfehlen.«

»Na hör mal, bei seinem Einkommen!«

Ein kurzes, verächtliches Lachen. »Seit wann bist du so ein Materialist. Man ist nicht glücklich mit einem Mann, nur weil er Geld verdient.«

Was sollte ich darauf sagen? Am besten gar nichts. Daß diese Ehe nicht ewig halten würde, darüber war ich mir schon lange klar.

»Wer kommt denn noch?« fragte ich, um auf ein anderes Thema zu kommen.

Rosmarie nannte einige Namen, von denen ich die meisten kannte. Einen vermißte ich.

»Äh . . .«, fing ich an, »sonst niemand?«

Sie verstand sofort, Frauen sind da hellhörig, selbst eine so mäßig begabte wie Rosmarie. »Nein. Familie Nössebaum gibt uns nicht die Ehre. Sie haben andere Sorgen. Momentan bleiben sie lieber zu Hause.«

»Andere Sorgen?«

»Du hast offenbar keine Ahnung?«

»Keine. Was meinst du?«

»Ich kann dir das jetzt nicht so erzählen, die Kinder sind in der Nähe. Ärger mit dem Jungen natürlich. Ich erzähl's dir am nächsten Freitag.«

Am kommenden Freitag also tanzten wir frisch gebadet, frisch rasiert beziehungsweise frisiert in Franks schickem Bungalow an. Und im neuen Kleid, nicht zu vergessen.

Hilke hatte zwar erst gesagt: »Och! Muß das sein?« Aber dann fand sie es doch ganz amüsant, zu einer bürgerlichen Party zu gehen. Es war ihre erste Einladung, seit sie in B. war. Bisher hatte sie nur mit ihren Kollegen verkehrt. Und irgendwie, ich fand das recht lustig, schien es ihr Spaß zu machen, mit mir dahin zu gehen. Als meine zukünftige Frau.

»Die Frauen werden eifersüchtig sein, nicht wahr? Sie lieben dich alle.«

»Na, ob nun alle, möchte ich bezweifeln. Einige vielleicht«, erwiderte ich eitel.

Sie müsse ein neues Kleid haben, erklärte sie mir. Sie habe eigentlich nur eins, das fein und für abends sei. Das vom Weihnachtsabend. Aber erstens sei dies das Verlobungskleid und genieße daher so eine Art Museumswert, und zweitens würde sie einfach gern mal ein neues haben. Dann solle sie sich in Gottes Namen eines kaufen, sagte ich. Geschäfte gebe es ja genug.

Welche Farbe es haben solle?

Das sei mir gleich, sagte ich. »Du gefällst mir in jeder Farbe.«

Ich bekam das neue Stück erst am bewußten Abend zu sehen, als ich sie abholte. Ich war spät von der Probe gekommen und war etwas abgekämpft. Ilsebill hatte mir starken Kaffee gemacht, während ich mich umzog.

Hilke war schon fertig und blickte mir erwartungsvoll entgegen.

»Hübsch!« sagte ich. »Sehr hübsch. Sehr schick. Du siehst toll aus. Dreh dich mal um.« Sie tat es, und ich fügte hinzu: »Donnerwetter!« Denn das Kleid besaß ein gewagtes Rückendekolleté. »Du wirst Furore machen.«

»Das muß ich auch«, erklärte sie ernsthaft. »Du sollst stolz auf mich sein.«

Das Kleid bestand aus einem schimmernden Stoff, so eine Art Silberblau, es lag eng an ihr, war schmal und gerade geschnitten, vorn ganz hochgeschlossen, aber, wie gesagt, von hinten — beachtlich.

»Erstaunlich, was es hier für Läden gibt. Wo hast du es denn gekauft?«

»Ich habe es mir machen lassen. Carla hat mich zu ihrer Schneiderin mitgenommen.«

»Na, das ist ja überwältigend.«

»Finde ich auch. Sie sagt, sie hätte das nie getan. Nur dir zuliebe. Und die Schneiderin hat es ebenfalls dir zuliebe so schnell gemacht. Sie schwärmt für dich.«

»Dann wundere ich mich, daß sie dir so ein schönes Kleid gemacht hat. Sehr weit kann es mit der Schwärmerei nicht her sein. Wenn sie mich liebt, dürfte sie dich nicht so schön machen.«

Hilke seufzte und verdrehte die Augen. »Sie macht sich wohl keine ernsthaften Hoffnungen, die Ärmste. Außerdem hat sie schon einen Mann.«

»Pech für mich. Und nun komm, ich habe das Taxi warten lassen.«

Ich half Hilke in ihr bescheidenes graues Wintermäntelchen und dachte mir, daß es eigentlich zu dem Kleid nicht recht passe. Hier wäre ein Pelz am Platz gewesen, ein schmiegsamer, kostbarer Nerz vielleicht. Ob ich einmal so viel verdienen würde, daß ich ihr einen schenken konnte? Komisch, solche Gedanken waren ganz neu für mich.

Der Abend wurde sehr nett. Frank war wie immer herzlich, unkompliziert, mit einer Art nonchalanter Liebenswürdigkeit. Rosmarie war sehr in Fahrt und zu Hilke zuckersüß.

Sie sagte zum Beispiel: »Gott, wie ich Sie beneide, Fräulein Boysen! Sie kriegen einen so attraktiven Mann.«

Das war nicht sehr taktvoll, denn Frank stand dabei, aber er lachte. So war nun einmal Rosmarie. Sie redete immer ein bißchen Unsinn, das wußte man. Ich kannte einige der Leute, die da waren, es waren teils Kollegen aus dem Werk, teils bekannte Persönlichkeiten aus der Stadt, wir beiden waren die einzigen Außenseiter. Man war sehr nett zu uns, und Hilke vor allem wurde richtig umschwärmt. Und da sie es mit natürlichem Charme entgegennahm, ohne übermäßig zu kokettieren, schienen ihr auch die Damen einigermaßen wohlgesinnt.

Später am Abend, Hilke tanzte im Nebenzimmer, und ich saß mit einem Whiskyglas und leicht müde in einer stillen Ecke im Sessel, kam Rosmarie zu mir und setzte sich neben mich.

»Interessiert es dich, was bei Nössebaums los ist?«

»Natürlich. Du wolltest es mir doch erzählen.«

»Es geht nicht gut. Es konnte ja nicht gut gehen.«

»Sprich nicht in Rätseln, sondern deutlich.«

»Julius, du kennst Dagmar gut genug. Du weißt, wie sie ist. Sie hat immer nur getan, was ihr Spaß machte. Und es waren allerhand Stückchen dabei. Er ist bestimmt kein liebenswerter Mensch, er tyrannisiert die ganze Stadt wie ein mittelalterlicher Despot.«

»Na, na!«

»Doch, es ist so. Du hast nicht so viel Einblick. Aber was ich manchmal so höre, was die Frauen so erzählen. Lieber Himmel!« Rosmarie schlug dramatisch die Augen zur Decke. »Früher muß es ja noch schlimmer gewesen sein, heute ist er schon mürbe geworden. *Sie* hat ihn mürbe gemacht. Und wie immer er auch ist, diese Frau hat er nicht verdient.«

»Was hat sie denn angestellt?«

»Angestellt? Im Moment nichts. Jedenfalls nichts, was ich wüßte, abgesehen davon, daß sie schon wieder pausenlos verreist war. Aber dieser Junge, dieser Thomas, den sie sich da großgezogen hat! Sieh mal, so kann man Kinder nicht erziehen. Ich habe schließlich selber welche, ich weiß das. Man muß den Kindern ein normales Familienleben bieten. Auch wenn es in der Ehe kriselt, Kinder dürfen das nicht merken. Man muß ihnen einen gesunden Boden bieten, auf dem sie sich entwickeln können.«

»Komm, hör auf und deklamiere mir hier keine Artikel aus Frauenzeitschriften. Dagmar liebt ihren Sohn über alles. Und sie würde alles für ihn tun.«

»Ja, bloß nicht leben wie eine anständige Frau. Man sagt, sie habe nie Geheimnisse gehabt vor ihrem Sohn. Er hätte alle ihre Liebhaber gekannt und auch ziemlich genau gewußt, was seine Mutter trieb. Jedenfalls nachdem er alt genug war, es zu begreifen.«

»Ich finde, das sind häßliche Dinge, die man ihr nachsagt.«

»Leider sind sie wahr. *Du* müßtest es ja eigentlich wissen.«

Typisch Rosmarie. Ich warf ihr einen ärgerlichen Blick zu und einen zweiten zum Nebenzimmer, unter dessen Tür Hilke eben aufgetaucht war, offenbar auf der Suche nach mir. Und da kam sie auch schon heran, lächelte mir liebevoll zu und sagte: »Du hast nicht einmal mit mir getanzt.«

»Daran müssen Sie sich gewöhnen, Fräulein Boysen«, sagte Rosmarie mokant, »Männer, die man heiratet, tanzen nie mit einem.«

»Ich komme gleich«, sagte ich nervös. »Der nächste Tanz gehört mir.«

»Ach, ich werd' mich erst ein bißchen ausruhen. Oder störe ich?«

»Aber nein«, rief Rosmarie betont, »gar nicht. Bleiben Sie nur da. Mögen Sie auch Whisky oder lieber etwas anderes?«

»Ich hab' drüben noch ein Weinglas stehen, vielen Dank. Ich hole es mir dann gleich.«

Da saßen wir. Rosmarie war aus dem Konzept gekommen, und ich hütete mich, sie zum Sprechen zu ermutigen. Würde sowieso nicht so wichtig sein, was sie zu erzählen hatte.

Aber sie war nicht aufzuhalten. »Na, kurz und gut, es gab einen Skandal mit dem Jungen. Sie müssen entschuldigen, Fräulein Boysen, ich erzähle Julius gerade etwas von gemeinsamen Bekannten.«

»Aber bitte«, sagte Hilke höflich.

Gemeinsamen Bekannten. Das blieb mir im Halse stecken. Es kam mir vor, als verriete ich Hilke. Ob sie schon einmal etwas über mich und Dagmar gehört hatte? Wohl kaum. Wer sollte ausgerechnet zu ihr davon sprechen. Wenn sie es erfahren sollte, dann von mir.

»Einen Skandal, sagst du?«

»Ja. Genau. Ich habe dir ja schon vor einiger Zeit gesagt, der Junge ist nicht ganz normal. Vollkommen überspannt. Hysterisch geradezu. Er soll sich in sein Zimmer einschließen und tagelang nicht herauskommen.«

»Wer sagt das?«

»Gott, ich nehme an, das wird von Sophie verbreitet. Sie schwatzt halt darüber. Manchmal ißt er nicht. Weigert sich einfach zu essen. Dann weint er plötzlich ohne Grund. Und dann wird Dagmar hysterisch und macht ihrem Mann Szenen. Glaub mir, Julius, natürlich war keiner dabei, aber solche Gerüchte entstehen nicht ohne Grund. Sie haben die Hölle dort im Haus.«

»Hm.« Ich schwieg. Es war mir unangenehm, das zu hören. Arme Dagmar, ich konnte mir nicht helfen, aber sie tat mir leid. Und was hatte Lorenz Nössebaum zu mir gesagt? Er wolle einmal mit mir über Thomas reden, so etwas Ähnliches jedenfalls. Ich hatte es vergessen. Was ging es mich auch an! Er mußte doch schließlich Manns genug sein, seinen verzogenen Sohn zur Räson zu bringen.

»Und dann gab es diesen Skandal in der Schule.«

»In der Schule?«

»Ja. Thomas ist natürlich auch in der Schule schwierig. Manchmal geht er einfach nicht hin. Bleibt in seinem Zimmer. Oder treibt sich in der Stadt herum. Einmal ging er zum Bahnhof und fuhr einfach weg, kam erst ein paar Tage später zurück.«

»Das ist ja gräßlich.«

»Siehst du! Sage ich ja. Aber sie erntet, was sie gesät hat.«

»Und was war denn nun in der Schule?«

»Er muß so eine Art Tobsuchtsanfall bekommen haben. Das weiß ich nun ganz genau, denn der Sohn von meiner Freundin ist in seiner Klasse. Am Unterricht beteiligt er sich sowieso so gut wie gar nicht. Die Lehrer haben es schon aufgegeben, ihn etwas zu fragen. Aber da ist einer, so ein älterer Studienrat, ein sehr netter und geduldiger Mann, der versucht es immer wieder mit Liebe, mit Nachsicht, auch mal mit Strenge. Und da hat der Junge durchgedreht. Er hat dem Lehrer ein Buch an den Kopf geworfen. Und hat ihn auch getroffen, mitten ins Auge, stell dir das vor. Und dann hat er die anderen Bücher genommen und hat die Fenster im Klassenzimmer eingeworfen. Und als er keine Bücher mehr hatte, ist er hingelaufen und hat mit beiden Fäusten die Scheiben zerschlagen. Und hat dabei geschrien: Ich brauche Luft, Luft! Ich ersticke hier. Ihr kotzt mich an. Sie mußten ihn richtig festhalten, und ein anderer Junge hat ihn dann niedergeschlagen. Dann lag er auf dem Boden und schluchzte. Die Hände voller Blut von den Scherben. — Jetzt bist du dran.«

»Das ist furchtbar«, sagte ich, und ich meinte es auch so.

»Ja, das kann man wohl sagen.«

Ich sah Hilke an, die uns mit großen erschrockenen Augen zuhörte.

»Und was ist jetzt?«

»Jetzt ist er zu Hause. Weil es um Nössebaum ging, hat man versucht, es nicht an die große Glocke zu hängen. Der Studienrat hat eine Verletzung am Auge und ist in der Klinik. In die Schule kann der Junge natürlich nicht zurück. Wahrscheinlich muß er wieder in ein Internat. Falls ihn eins nimmt.«

»Furchtbar«, wiederholte ich. »Arme Dagmar.«

»Ja, das kannst du leicht sagen. Aber ich sage, sie ist schuld. Kinder brauchen eben . . .«

»Ja, ja, geschenkt«, unterbrach ich sie ungeduldig, »ich kenne deine Ansicht über Kindererziehung.«

»Ich hab' ja immer schon gesagt . . .«, setzte Rosmarie zu einer längeren Rede an, aber glücklicherweise war im Nebenzimmer eine Platte zu Ende gelaufen, ein paar Leute kamen herein, unter ihnen Frank, und er sah sofort, daß wir kein angenehmes Gespräch hatten, und wahrscheinlich konnte er sich sogar denken, worum es ging.

»Rosmarie«, sagte er scharf, »wie wär's mit Kaffee? Wir könnten eine Tasse Kaffee vertragen.«

Der Blick, den er ihr zuwarf, veranlaßte Rosmarie, hastig aufzustehen und sich ihren Gästen zuzuwenden.

Frank blieb bei uns stehen, nahm sich eine Zigarette aus der Dose und sagte: »Laß dir doch nicht diese Schauergeschichten erzählen. Dich geht's nichts an, Julius. Bitte denke daran, dich geht es nichts mehr an.«

Das war nun auch nicht gerade sehr diplomatisch, denn dieser Satz mußte Hilke hellhörig machen.

»Komm«, sagte ich zu ihr und ergriff ihre Hand, »jetzt tanzen wir beide mal zusammen.«

»Was sind das für Leute, von denen da die Rede ist?« fragte sie mich, als wir tanzten.

»Wenn du es wissen willst, erzähle ich es dir. Aber nicht jetzt und nicht hier.«

Ich erzählte es ihr noch in dieser Nacht, als wir zu Hause bei ihr waren, nachdem wir Wilke spazierengeführt hatten. Ich erzählte nicht alles ganz genau, ich meine, nicht jede Einzelheit, aber doch das Wesentliche.

Sie hörte sich das schweigend an, und ich konnte ihr ansehen, daß es ihr mißfiel. Sie war eben eine kleine Puritanerin, daß wußte ich schon.

Am Ende sagte sie: »Der Junge tut mir leid. Und der Mann auch.«

Ich wartete, was weiter kam. Eine Weile kam nichts. Aber dann fügte sie hinzu: »Und sie auch. Sie tut mir eigentlich am meisten leid.«


### Dagmar


Ehrlich — was hätte ich tun sollen? Dagmar anrufen und fragen: Was ist eigentlich bei euch los?

Dagmar war Vergangenheit und sollte es bleiben. Und mit dem Hause Nössebaum verband mich schließlich keine Freundschaft. Frank hatte ganz recht: Es ging mich nichts an.

Aber der Gedanke an Dagmar ließ mir keine Ruhe. Nachdem einige Tage vergangen waren, riskierte ich doch einen Anruf. Sie war am Apparat.

»Ach, Jules! Nett, daß du dich an mich erinnerst.«

»Ich wollte mich nur erkundigen, wie es dir geht.«

Ein kurzes, bitteres Lachen auf der anderen Seite. »Ich kann mir schon denken — du warst bei Frank neulich abends, und Rosmarie hat dir allerhand erzählt.«

»Das stimmt«, sagte ich, denn es wäre mir albern vorgekommen, es abzustreiten. »Es bekümmert mich, daß du Sorgen hast.«

»Das ist lieb, daß du das sagst. Und weißt du, was das Schlimmste ist? Daß darüber geredet wird. Daß sie sich alle ihre dummen Mäuler zerreißen. Und sich freuen, diese verdammten Spießer. Ein Gutes hat die Sache, ich werde die längste Zeit hier gewesen sein.«

»Was habt ihr vor?«

»Das wissen wir noch nicht.« Eine kleine Pause, dann fügte

251

sie hinzu: »Ich würde dich gern einmal sehen, Jules. Vielleicht ist es das letztemal. Du bist ja inzwischen ein glücklich verliebter Mann, wie ich gehört habe.«

»Das bin ich«, sagte ich, um über diesen Punkt keinen Zweifel zu lassen.

»Wie schön für dich«, es klang müde und gleichgültig.

»Und du würdest dich trotzdem mit mir treffen?«

»Natürlich.«

»Wann paßt es dir?«

»Morgen abend habe ich spielfrei.«

»Gut. Und wo?«

»Das überlasse ich dir.«

»Ja — was machen wir da? Ich möchte nicht gern — weißt du, momentan ist alles ein bißchen schwierig. Ich gehe nie lange weg. Wie wär's um sieben im Taubenstüberl? Da ist um diese Zeit kein Mensch. Jedenfalls niemand, der mich kennt.«

Diese Vorsicht war etwas ganz Neues bei ihr. Früher hatte ich mich über ihre Unbekümmertheit, über ihren Leichtsinn geärgert. Jetzt dachte sie offenbar anders darüber.

»Gut«, sagte ich, »sieben Uhr Taubenstüberl.«

Ich gestehe, ich sagte Hilke nichts von der Verabredung. Vielleicht konnte ich es hinterher erzählen. Vielleicht war es überflüssig. Auf jeden Fall war dieser Abend günstig gewählt. Ich hatte frei, und Hilke spielte ihre kleine Komödie.

Ich fand mich pünktlich um sieben Uhr im Taubenstüberl ein.

Dagmar war schon da. Der Wirt, der mich eintreten sah, kam mir entgegen und geleitete mich zu der Nische neben der Theke. Das Taubenstüberl — ich beschrieb es schon einmal — besteht aus einem langen, schmalen Raum, wo rechts und links jeweils ein Tisch steht, rohe Holztische mit einfachen Stühlen und Bänken, und nur hinten an der Theke macht es einen Knick und bildet einen Winkel, in dem ein runder Tisch steht, wo beispielsweise der Wirt und die Wirtin zu essen pflegen und wo man gegen das übrige Lokal abgeschirmt ist.

An diesem Tisch saß Dagmar. Der Pelz lag hinter ihr auf der Bank. Sie trug einen dunkelgrünen Pullover, sie sah blaß aus, sie sah geradezu verhärmt aus, und in ihren grünen Augen tanzten heute keine Lichter.

Ich küßte schweigend ihre Hand, sie sagte auch nichts. Der Wirt nahm mir den Mantel ab und hängte ihn an einen Haken seitwärts. Ich blickte noch einmal über das Lokal. Nur einige Tische waren besetzt, einfache Leute saßen hier, nur Männer aus dieser Gegend, die ihr Abendbier tranken. An einem Tisch spielten sie Skat. Der Wirt kam an den Tisch.

»Was trinkst du?« fragte ich, nachdem ich mich ihr gegenüber gesetzt hatte, und blickte auf das Schnapsglas, das vor ihr stand.

»Wodka.«

»Gut. Mir auch einen«, sagte ich, »und ein helles Bier.«

Er brachte nicht nur den Schnaps und das Bier, er stellte auch Brot, Butter, gekochte Eier und kalte Buletten auf den Tisch, das war so seine Art, auch wenn er nur eine bescheidene Kneipe besaß, und darum kamen auch gelegentlich die feinen Leute hierher.

»Auf dein Wohl, Dagmar!«

»Danke. Ich kann's brauchen.« Sie leerte ihr Glas, beugte sich dann vor und winkte zur Theke hinüber. Der Taubenstüberlwirt kam nochmals an unseren Tisch.

»Stellen Sie uns die Flasche her«, sagte sie zu ihm.

Die Flasche kam in einem Eiskühler, und ich schenkte uns ein. Dagmar steckte ein Stück Brot in den Mund, sagte: »Schade, daß er keinen Kaviar hat.«

»Vielleicht hat er welchen. Ihm würde ich es glatt zutrauen.«

Sie lächelte und glich wieder der Dagmar, die ich kannte. »Nein, ich hab' ihn schon gefragt. Ach, Liebling, jetzt sind wir gar nicht mehr im Schloß gewesen. Ich wollte so gern wieder mit dir hinausfahren. Gleich nach Weihnachten, als Schnee lag, da wäre es hübsch gewesen.«

Es war natürlich dumm von mir, so etwas zu sagen, aber ich wollte sie trösten. Ich konnte es noch nie mit ansehen, wenn eine Frau unglücklich war. »Wir fahren schon wieder mal. Beim nächsten Schnee. Oder wenn der Frühling kommt.«

»Nein. Meine Tage hier sind gezählt. Ich werde nicht mehr lange hiersein.«

»Was hast du vor?«

Sie gab keine Antwort, fragte statt dessen: »Würde sie das denn erlauben?«

»Hilke? Was heißt erlauben? Hältst du mich für einen Trottel?«

»Du bist ein Mann. Ein verliebter Mann. Das kommt meist auf dasselbe heraus. Bist du sehr verliebt?«

Es widerstrebte mir, über Hilke zu sprechen. »Doch. Ich denke schon.«

»Ich habe sie gesehen. Ich war in der Premiere von ›Drei Schwestern‹.«

»Das war nicht besonders. Und sie ist nicht sehr gut in der Rolle.«

»Das macht nichts. Ich habe sie gesehen. Sie gefällt mir. Sie ist sehr hübsch. Und noch mehr als das. Du hast eine gute Wahl getroffen, Julius.«

Ich war so perplex, daß ich nicht wußte, was ich darauf sagen sollte. Ich trank meinen Schnaps aus, knabberte auch vom Brot und machte mir mit der Gabel ein paar Bissen von einer Bulette los. Dagmar saß reglos, das Kinn in beide Hände gestützt, und sah mich an.

»Du bist sehr großzügig«, sagte ich nach einer Weile.

»Das bin ich immer schon gewesen. Es kann dir nicht verborgen geblieben sein.«

»Nein. Natürlich nicht. Ich glaube, ich kenne dich sehr gut. Du bist von Kopf bis Fuß eine ungewöhnliche Frau. Darum habe ich dich auch geliebt.«

»Das hast du, nicht wahr? Auch wenn nichts mehr davon übrig ist.«

Ich machte eine unbehagliche Bewegung mit den Schultern, und sie lächelte.

»Komm, du brauchst nicht nach Ausreden zu suchen oder nach Entschuldigungen. Liebe kommt und Liebe geht. Und nichts tötet eine alte Liebe nachdrücklicher als eine neue. Das weiß ich selbst gut genug.«

»Dagmar, es war doch immer so . . .«

»Du brauchst mir nicht zu erklären, wie es war. Ich weiß es sowieso. Es macht nichts. Es spielt gar keine Rolle mehr. Ich mochte dich sehr gern, Julius. Ich mag dich auch heute noch. Und ich bin sehr froh, dich heute noch einmal zu sehen.«

»Du gehst fort? Für immer?«

»Vermutlich.«

»Was ist mit Thomas los?«

»Man hat dir ja sicher einiges erzählt.«

»Rosmarie hat mir nur von diesem Zwischenfall in der Schule erzählt. Eine dumme Geschichte. Aber so eine furchtbare Tragödie auch wieder nicht. Der Junge hat eben mal durchgedreht, das kann in dem Alter schon passieren.«

»Der Junge dreht leider sehr oft durch. In letzter Zeit wage ich es kaum, ihn allein zu lassen. Ich habe Angst, er geht auf und davon oder macht sonst einen Blödsinn. Lorenz hat ihm jedes Taschengeld gesperrt, einfach deswegen, damit er kein Geld zur Verfügung hat. Einmal ist er fortgefahren, wir wußten nicht, wo er war. Ich bin halb verrückt geworden. Natürlich haben wir die Polizei dann verständigt. Du kannst dir vorstellen, was das für Lorenz bedeutet hat.«

»Was ist mit dem Lehrer?«

»Es ist nicht so schlimm, wie es zuerst aussah. Er liegt noch in der Klinik, Lorenz hat für alles gesorgt. Man wird das Auge retten können. Und natürlich bekommt er ein hohes Schmerzensgeld und so was alles. — Aber er ist so ein netter Mann, ich kenne ihn. Gar kein Pauker im üblen Sinne, eine Seele von Mensch. Ich habe zu Thomas gesagt: Er hat es doch gut mit dir gemeint, warum tust du dann so etwas? Und weißt du, was der Junge mir antwortete? Ich hasse es, wenn es jemand gut mit mir meint. Es ist ja doch alles verlogen.

Ich habe gesagt: Thomas, ich meine es doch auch gut mit dir. Ich liebe dich doch, du darfst mir doch so etwas nicht antun. Und denke dir, was er darauf gesagt hat: Dich hasse ich am meisten. Oh, Julius!«

Tränen liefen jetzt über ihre Wangen, sie weinte mit weitgeöffneten Augen. »Julius, was habe ich denn falsch gemacht?«

Schwer darauf zu antworten. Nein, vielleicht auch nicht schwer. Aber bestimmt war jetzt nicht der Augenblick für superkluge Reden. Sie tat mir so leid.

»Dagmar, Liebling, bitte reg dich nicht auf. Komm, trink noch einen Schnaps. Es wird vorübergehen. Es sind Entwicklungsschwierigkeiten. Vielleicht solltet ihr mal einen Arzt fragen.«

Sie nahm ein Taschentuch aus ihrer Tasche, trocknete ihre Wangen, trank den Schnaps und nahm sich eine Zigarette aus dem Päckchen, das vor ihr lag. Ich gab ihr Feuer. Eine Weile rauchte sie schweigend. »Ich habe natürlich mit Bodenbach gesprochen, er kennt ja Thomas schon immer. Er sagt das auch. Aber er sagt noch mehr.«

»Was noch?«

Sie hob die Schultern. »Vielleicht eine schlimmere Störung. Irgend etwas mit seinen Nerven. Er kennt einen guten Psychiater in Hamburg. Dort hat er uns angemeldet. Ich werde mit Tommy hinfahren.«

»Was macht Thomas jetzt?«

»Er ist zu Hause. Er geht überhaupt nirgends hin. Und er redet nicht. Ich muß ihn anflehen, daß er überhaupt etwas ißt. Ach, ich ertrage es einfach nicht mehr. Und dann Lorenz! Er macht mir Vorwürfe. Ich sei an allem schuld. Ich hätte das Kind vernachlässigt. Dabei ist er auch schuld. Ich wollte nicht zurückkommen, ich wollte mit Tommy irgendwo anders leben. Aber das wollte er ja nicht.«

»Aber jetzt wirst du es tun?«

»Ja. Jetzt sieht es Lorenz auch ein, daß es so nicht weitergeht. Hier nimmt ihn keine Schule mehr. Er war ja sowieso früher auf einem anderen Gymnasium. Und sitzengeblieben ist er auch schon zweimal.«

»Herrgott, dann nehmt ihn eben aus der Schule heraus. Dann macht er eben nicht das Abitur. Ist ja nicht so wichtig. Ihr habt doch genug Geld. Geh mit ihm auf Reisen oder irgend so etwas. Vielleicht hat er nach einiger Zeit die Schwierigkeiten überwunden und wird sich dann für einen Beruf entscheiden, der ihm Spaß macht.«

»Lorenz sucht zur Zeit ein Internat. Irgend so etwas für schwer erziehbare Kinder. Ach!« Sie legte das Gesicht in die Hände.

»Und du?«

»Ich würde dann sehen, daß ich wenigstens in seiner Nähe sein kann.«

»Ich weiß nicht, ob das richtig ist. Laßt die Schule Schule sein. Interessiere ihn für andere Dinge. Was ist mit seiner Musik?«

»Nichts mehr. Ich habe ihm Weihnachten so schöne Platten geschenkt, er hat sie kaum angesehen. Und eine Klarinette, weil er einmal gesagt hat, früher mal, er würde gern Klarinette spielen. Aber er rührt sie nicht an.«

»Zu mir hat er gesagt, er würde gern Schauspieler werden. Aber da muß er schließlich auch lernen, auch in eine Schule gehen. Und in dem Alter nimmt ihn noch keiner. Vielleicht Privatunterricht? Ist ja egal, was er macht. Hauptsache, er ist irgendwie beschäftigt.«

Wir redeten hin und her und kamen zu keinem brauchbaren Ergebnis. Wir tranken die halbe Flasche Wodka, und ich konnte Dagmar bewegen, ein paar Bissen zu essen. Nach einer Stunde wurde Dagmar nervös und sah auf ihre Uhr. »Ich muß gehen, Julius. Es hat mir gutgetan, mit dir zu sprechen. Vergiß mich nicht ganz. Ich wünsche dir viel Gutes. Sehr viel Gutes.«

»Wir werden uns doch noch einmal sehen?«

»Ich weiß nicht. Vielleicht. Demnächst fahren wir nach Hamburg, das habe ich dir ja gesagt. Und es kommt darauf an, was Lorenz beschließt. Ob er so ein Internat findet. Und wie wir es dann machen, weiß ich auch nicht.«

Ich brachte sie zu ihrem Wagen, den sie in der Nähe geparkt hatte. »Wirst du fahren können mit den vielen Schnäpsen?«

»Ich kann — das weißt du doch.«

Ehe sie einstieg, begann sie auf einmal von ›Don Carlos‹ zu sprechen. »Der Posa muß eine wunderbare Rolle für dich sein. Das macht dir Freude, nicht wahr?«

»Ja. Sehr.«

»Das kann ich mir denken. Wenn ich noch dasein sollte, schau' ich dich an. Leb wohl, Julius!«

Sie hob mir ihr Gesicht entgegen, und ich küßte sie.

»Alles Gute, Dagmar. Laß dich nicht unterkriegen. Es wird vorübergehen.«

Ich ging in Hilkes Wohnung, holte Wilke und machte mit ihm einen langen Spaziergang, was ihn sehr freute.

Später holten wir Hilke im Theater ab. Ich erzählte ihr nichts davon, daß ich Dagmar getroffen hatte.


### Angebote und Aussichten


Dann gingen die ›Carlos‹-Proben in den Endspurt, und wir alle, die wir dabei beschäftigt waren, sahen und hörten nichts anderes mehr. Einige Tage bangten wir um Weickert, der sich bei einem Sturz den Fuß verstauchte — wahrscheinlich hatte er wieder einmal zuviel getrunken — und drei Tage den Proben fernblieb. Schon fürchteten wir, die Premiere müßte verschoben werden.

Und dann — drei Tage vor dem großen Tag — passierte bei mir etwas. Etwas Gutes.

Die Post brachte mir einen Brief, in dem der NDR mir schlicht und einfach mitteilte, daß beabsichtigt sei, die ›Gesellschafter‹ für das Fernsehen aufzunehmen, und daß man mich gern für die Hauptrolle gewinnen würde. Es sei daran gedacht, eventuell die Schauplätze zu erweitern, und man stehe deshalb zur Zeit in Verhandlungen mit dem Autor über eine spezielle Fernsehfassung des Stückes. Als Aufnahmetermin würde vermutlich der Juli oder August in Frage kommen, so daß ich in den Theaterferien sicher zur Verfügung stehen könne. Probeaufnahmen von mir lägen vor, aber es wäre dennoch nett, wenn ich baldigst zu einer Besprechung nach Hamburg kommen könne. Für den Moment erbitte man jedoch meine sofortige Rückantwort, wie ich zu dem Projekt stehe.

Peng. Aus. Schlicht und ergreifend. So geht es, wenn man plötzlich berühmt wird. Dann kamen die Leute zu einem, man mußte ihnen nicht mehr nachlaufen. Dieses blödsinnige Stück, das anfangs keiner richtig ernst genommen hatte.

Mein erster Gedanke: Es ist zu schön, um wahr zu sein. Sicher kommt noch etwas dazwischen.

Mein zweiter Gedanke: Schade, daß sie sich nicht zu einer Aufzeichnung unserer Aufführung entschließen konnten, da wären sie alle dabei. Aber es war ja die Rede von einer Extrafernsehfassung, da stand das wohl nicht zur Debatte. Und ich durfte es als besondere Auszeichnung betrachten, daß sie mich dabeihaben wollten.

Mein erster Impuls war, es allen zu erzählen. Aber dann erzählte ich es nur Hilke, im Vorbeigehen, ehe ich zur Probe mußte. Das heißt, ich zeigte ihr den Brief. Sie küßte mich auf die Wange. »Ich freu' mich, Julius. Wirst du mich auch noch lieben, wenn du berühmt bist?«

Warum ich es nicht gleich öffentlich verkündigte, hatte einen bestimmten Grund — und der hieß Carla. Carla Nielsen befand sich nämlich in einer schweren Krise, sie war ständig gereizt, immer kurz vor dem Durchdrehen. Sie kam und kam mit der Eboli nicht zu Rande. Erstaunlicherweise, denn jeder hatte geglaubt, vom Wesen her müsse ihr die Rolle gut liegen. Aber sie packte einfach den Schiller nicht. Und da bekanntlich Angelika Rieds Königin auch nicht gerade der Höhepunkt war, waren eigentlich die Frauenrollen der schwache Punkt in unserer Inszenierung.

Das wußte auch Briskow. Aber es war nicht zu ändern.

Ich zeigte ihm nach der Probe den Brief. Und er meinte ebenfalls, es sei besser, ich würde die Sache bis nach der Premiere für mich behalten. Er dachte vermutlich dasselbe wie ich. Wenn Carla erfuhr, daß ich ein derartiges Angebot erhalten hatte, würde sie bestimmt eifersüchtig und verärgert sein. Schließlich war ihre Rolle in den ›Gesellschaftern‹ nicht kleiner gewesen als meine, und sie war sehr gut in dieser Rolle gewesen. Jeder aber wollte im derzeitigen Spannungszustand eine Verärgerung Carlas vermeiden, wir faßten sie alle mit Samthandschuhen an.

Mit Angelika war es anders. Sie war lange nicht so temperamentvoll wie Carla, außerdem gingen ihre Filmverhandlungen weiter und berechtigten zu den schönsten Hoffnungen, wie sie uns erklärt hatte.

Mir gab diese Sache natürlich einen gewaltigen Auftrieb. Ich war bei der Generalprobe groß in Fahrt.

»Du bist wunderbar. Du bist hinreißend, Julius!« sagte Hilke nachher und umarmte mich stürmisch. »Ich liebe dich so. Wenn ich dich nicht schon lieben würde, auf den Posa hin müßte ich einfach. Jeder muß es.«

»Das sind ja herrliche Aussichten«, sagte ich.

Was soll ich noch viel von der Premiere erzählen? Sicher gibt es bessere Aufführungen vom ›Carlos‹, sicher gibt es noch tausend Möglichkeiten, dies oder jenes anders und besser zu machen. Für unsere Verhältnisse boten wir das Beste, was wir zu bieten hatten. Und was mich betrifft, so kann ich nur sagen: Ich hatte hier den bisherigen Höhepunkt meiner Laufbahn erreicht. Man hatte mir eine wunderbare Rolle anvertraut, und ich versuchte, ihr gerecht zu werden, gab mein Bestes und — ja, ich kann mir schlecht eine eigene Kritik schreiben. Aber ich glaube, ich habe es nicht schlecht gemacht.

Die Belohnung folgte auf dem Fuße. Der Gnom vermittelte mir kurz hintereinander zwei gute Angebote: eine große westdeutsche Bühne und die Württembergischen Staatstheater in Stuttgart. Er schrieb mir: Das Staatstheater in München ist ebenfalls an Ihnen interessiert. Aber lassen Sie sich Zeit, übereilen Sie nichts, überlegen Sie gut. Hören Sie sich an, was man Ihnen bietet. Vor allem was für Rollen. Es nützt Ihnen wenig, von einer großen Bühne engagiert zu werden und dann spazierenzugehen. Das bringt Sie nicht weiter. Sie müssen in den nächsten Jahren große und gute Rollen spielen. Und sich systematisch weiterentwickeln. Dann verspreche ich Ihnen, daß Sie in fünf Jahren am Burgtheater sind.

Briskow lachte herzlich, als ich ihm diesen Brief auch zeigte. »Dieser alte Optimist! So war er immer schon. Meinen Glückwunsch, Bentworth. Ich werde Sie nun verlieren, und das tut mir leid. Aber es muß wohl sein. Es ist schön, wenn man sieht, daß einer vorankommt. Wenn die Arbeit, die man in ihn hineingesteckt hat, ihre Früchte trägt. Das ist nun mal mein Schicksal als Provinz-Intendant. Wenn die Leute etwas gelernt haben, gehen sie. Und ich fange immer wieder von vorne an.«

Ich war verlegen und gerührt und suchte nach den richtigen Worten.

»Ich gehe so ungern von hier fort. Ich habe mich so wohl gefühlt. Hier bei Ihnen, an unserem Theater, in dieser Stadt. Es waren gute Jahre. Der Himmel weiß, was mir da draußen bevorsteht.«

»Ja, da weht ein schärferer Wind. Sie werden Kraft und Beharrungsvermögen brauchen. Aber eines müssen Sie mir versprechen, Bentworth, ehe Sie gehen. Hoch und heilig versprechen. Verraten Sie das Theater nicht. Lassen Sie sich nicht verlocken vom Film etwa oder von allzu vielen Fernsehrollen. Sicher, Sie werden nicht daran vorübergehen. Sie sollen auch nicht. Sie sollen endlich anständiges Geld verdienen. Sie sollen bekannt werden. Aber verraten Sie das Theater nicht!«

»Nie!« sagte ich. »Das wird nie geschehen. Ich weiß, wo ich hingehöre. Und wo ich glücklich bin. Und was ich noch für Rollen spielen möchte. Sie haben mir den Hamlet nie gegeben. Vielleicht ist er nichts für mich. Aber vielleicht eines Tages der Faust?«

»Doch. Das glaube ich sicher. Eines Tages werden Sie ihn machen.«

»Einen großen Kummer habe ich nur. Ich muß mich von Hilke trennen.«

»Ja. Ich kann's verstehen. Natürlich lockt Sie der Gedanke, sie mitzunehmen. Aber ich würde sagen, lassen Sie sie mir noch ein Jahr, Bentworth. Lassen Sie sie noch hier. Sie ist ein begabtes Mädchen. Sie wird es schaffen. Nächstes Jahr wird sie bei mir viel spielen, vieles, was gut für sie ist und was sie weiterbringt. Und wenn sie dann eines Tages mehr Sicherheit hat und Sie vielleicht inzwischen irgendwo einen Fuß auf den Boden gebracht haben, wer weiß, vielleicht können Sie sie dann dort unterbringen. Eine begabte junge Schauspielerin mit so vielseitigen Möglichkeiten wie Hilke, so etwas wird überall gesucht. Wenn sie etwas kann. Und die Chance müssen Sie ihr lassen, daß sie es lernt. Und ich würde sagen, das kann sie hier.«

Ich wußte, daß er recht hatte. — Aber der Gedanke, Hilke nicht mehr täglich um mich zu haben, trübte die Freude an meinen Zukunftsaussichten. Ja, so weit war es mit mir gekommen. Hilke ging es nicht anders, das war das Wunderbare dabei. Sie war traurig, als wir davon sprachen, daß wir uns im Sommer trennen mußten. Oder im Herbst auf jeden Fall. »Du wirst mich vergessen«, sagte sie. »Wenn du in München bist, werden die Frauen alle hinter dir her sein.«

»Ich war schon früher in München — vorausgesetzt, ich entscheide mich für München —, und meine Chancen waren so gewaltig auch nicht. Außerdem liebe ich dich. Und ich weiß vor allem, was ich an dir habe. Aber du? Du wirst ganz gern mal etwas anderes versuchen.«

»Du weißt genau, daß ich es nicht tun werde. Ich bin treu.« Was für ein seltsamer Satz! Noch nie hatte eine Frau so etwas zu mir gesagt. Ganz einfach und ruhig, doch sehr überzeugt: Ich bin treu.

»Auf jeden Fall werden wir im Sommer heiraten«, sagte ich. »Damit wenigstens jeder weiß, wo du hingehörst.«

»Fein!« rief sie und strahlte. »Eine richtige große Hochzeit, ja? Bei uns zu Hause, in unserer Kirche?«

»Wenn's unbedingt sein muß.«

»Es muß sein. Ich will nicht nur so im Vorübergehen heiraten. Es muß richtig ernst und feierlich sein. So fürs ganze Leben. Und meine Eltern! Was werden sie für Spaß daran haben. Sie werden alles großartig für uns machen. Und alle Verwandten und Bekannten müssen dabeisein. Und alle meine Schulfreundinnen.«

»Lieber Himmel«, sagte ich leicht verzweifelt. »Muß es denn wirklich so sein?«

»Bitte, Julius. Bitte, bitte. Du wirst so ein schöner, stattlicher Bräutigam sein. Sie werden mich alle beneiden. Keine hat so einen großartigen Mann bekommen wie ich. Und keine wird ihn je bekommen. Das müssen sie doch sehen.«

Was sollte man dazu sagen? Ich hatte es mir längst abgewöhnt, mich über dieses seltsame Mädchen zu wundern. Und irgendwie, nachdem ich mich so ein bißchen an den Gedanken gewöhnt hatte, konnte ich ihm sogar gewisse Reize abgewinnen. Eine Hochzeit im Sommer, in einer ostfriesischen Kleinstadt. Die Linden würden rauschen im Sommerwind, der Himmel würde blau und hoch sein, das Korn würde gelb und reif auf den Feldern stehen — und dann läuteten die Kirchenglocken über die Dächer der kleinen Stadt, die Leute würden kommen, das Brautpaar anzusehen.

Hilke im weißen Kleid und ich im — was trug man da, einen Cut? —, na, auf jeden Fall ich auch fein gemacht, schön und stattlich, wie Hilke es genannt hatte, Vater und Mutter Boysen in ihrem feinsten Staat, sehr ernst und würdig anzusehen, und lauter Onkel und Tanten und Vettern und Basen, die ich nicht kannte — Himmel, steh mir bei, es würde einfach umwerfend sein.

Eine tollkühne Idee kam mir noch dazu: Ich würde meine gesamte Familie ebenfalls einladen, meine Mutter, meinen Bruder und meine Schwestern mit ihren Männern, schade nur, daß mein Vater nicht mehr lebte. Was er wohl zu dieser Schwiegertochter gesagt hätte? Fast glaube ich, sie hätte ihm gefallen — und das, obwohl sie Schauspielerin war.

*Thomas*

Der Winter war in diesem Jahr sehr mild gewesen. Schon im Februar gab es Tage, die an den Frühling denken ließen, mit milder Luft und hellem Himmel. Anfang März vollends wurde es geradezu warm. Ich fühlte mich, meinen derzeitigen Lebensumständen entsprechend, like a million dollar, wie die Amerikaner sagen.

Mit Angelika Ried probte ich ›Cyprienne‹, was nach dem ›Carlos‹ die reine Entspannung war. Ich hatte lange keine heitere, unbeschwerte Rolle gehabt und genoß es daher von Herzen. Leider nur traf es sich nie, daß Hilke einmal meine Partnerin war. Sie fand das auch bedauerlich.

»Einmal möchte ich richtig mit dir zusammen spielen, irgendeine dicke, große Sache. Immer spielst du mit anderen.«

Im übrigen war sie voll beschäftigt mit der Viola. Es sei die schönste Rolle, die sie bisher gespielt habe, sagte sie, sie sei richtig glücklich dabei.

Die Olivia übrigens hatte Engelchen abgeben müssen.

Da Almut bald ausfallen würde, hatte Briskow kurzfristig eine junge Wienerin engagiert, ein schmales, dunkles Mädchen, das uns allen gut gefiel. Sie hatte eine angenehme, leise Art, war auf der Bühne sehr intensiv, sehr ansprechend. Sie war nur wenig älter als Hilke, und die beiden in ›Was ihr wollt‹ ergaben ein sehenswertes Gespann.

Eines Tages, als ich zur Probe ging — später als gewöhnlich, denn wir konnten erst um zwölf auf die Probebühne —, hatte ich eine Begegnung, die mich bedrückte. Da das Wetter schön war und ich Zeit hatte, ging ich zu Fuß, den wohlbekannten Weg, den ich nun bald nicht mehr gehen würde. Hilke war schon seit zehn im Theater bei ihrem Shakespeare.

Schon einmal, als ich am Haus Nössebaum vorbeiging, und das war im Herbst gewesen, hatte ich dort eine unerwartete Begegnung gehabt. Dagmar war plötzlich aus dem Haus gekommen. Heute traf ich Thomas. Seit meinem Zusammentreffen mit Dagmar im Taubenstüberl waren fast vier Wochen vergangen. Ich hatte nichts mehr von ihr gehört, anrufen wollte ich nicht noch einmal.

Unwillkürlich blickte ich zum Haus hin und sah Thomas im Vorgarten. Er lehnte an der Hauswand, die Märzsonne beschien sein Gesicht, und als ich es sah, erschrak ich. Der Junge sah elend aus, blaß, hohlwangig geradezu, die Augen tief in den Höhlen. Er sah aus, als sei er schwer krank. Mir fiel ein, was Dagmar erzählt hatte: Er sei kaum dazu zu bringen, regelmäßig zu essen.

Nein, mir sollte keiner etwas erzählen, ich sah es deutlich genug, dieser Junge war krank, ob nun am Körper, an der Seele oder am Geist oder an allem zusammen, daß wußte ich nicht. Warum, zum Teufel, waren sie mit all ihrem Geld nicht imstande, ihm zu helfen. Ich hätte vorübergehen können. Aber ich bemerkte, daß er mich gesehen hatte, und so blieb ich stehen. Ich blieb einfach stehen und sah ihn an. Er erwiderte meinen Blick, aber er rührte sich nicht. Was hatte Dagmar noch erzählt: Ich hasse es, wenn es einer gut mit mir meint.

Ich meinte es gut mit ihm. Aber er legte offenbar keinen Wert darauf.

Und dann, als ich gerade weitergehen wollte, löste er sich langsam, wie widerwillig, von der Mauer und kam durch den Vorgarten auf mich zu. Am Zaun blieb er stehen, sah mich nur an,

264

stumm, mit diesem seltsam leeren ausdruckslosen Blick, ein Blick, der ohne Leben war, genau wie das ganze Gesicht.

Er ist gemütskrank, dachte ich. Es kann gar nicht anders sein.

»Nun, Thomas«, sagte ich, als er hartnäckig weiterschwieg, »lange nicht mehr gesehen. Wie geht's denn immer?«

»Ich nehme an, das wissen Sie sehr gut. Ich bin ja nicht nur der Schandfleck dieses ehrbaren Hauses, ich bin eine Schande für die ganze Stadt.«

»Na, na«, sagte ich, »gib nur nicht so gräßlich an. Eine so wichtige Person bist du wohl doch noch nicht, daß die ganze Stadt sich mit dir beschäftigt.«

»Wichtig genug, daß man mir verboten hat, das Haus zu verlassen. Wie so ein Gefangener darf ich gerade mal in den Garten, wenn die Sonne scheint.«

»Ist das wahr?«

»Aber sicher. Mein Vater hat Angst, ich könnte vielleicht einen Lehrer umbringen oder die Schule anzünden oder vielleicht ein Verkehrschaos veranlassen. Mein Vater ist ein wichtiger Mann, das wissen Sie ja. Er will sich nicht ununterbrochen mit mir blamieren. Und nachdem es nun erwiesen ist, daß ich nicht ganz dicht bin, muß man gut auf mich aufpassen.« Er machte eine wegwerfende Bewegung zum Haus hin. »Einer sitzt bestimmt hinter der Gardine und sieht zu, wie ich mit Ihnen spreche.«

»*Wer* könnte hinter der Gardine sitzen?«

»Na, meine hochverehrte Frau Mutter beispielsweise, die den ganzen Tag um mich herumjammert. Oder Sophie. Oder diese komische Type, die für meine Bildung sorgen soll, aber ein besserer Irrenwärter ist.«

»Thomas«, sagte ich sehr ernst, »es ist schrecklich, dir zuzuhören. Warum redest du so? Warum bist du so? Und was soll das alles heißen? Was für eine komische Type?«

»Sie haben da so einen Molch angestellt, der als eine Art Hauslehrer fungiert. Hauptsächlich aber soll er wohl auf mich aufpassen. Und weil ich mich geweigert habe, in seiner Begleitung in den Garten zu gehen, muß er eben von drinnen aufpassen. Ist ja klar, nicht?«

»Was ist mit dir los?«

»Mir fehlt's hier«, sagte er und tippte sich an die Stirn.

»Das ist nicht wahr.«

»Das meinen die doch. Sie sagen, es sind meine Nerven. Ich habe überreizte Nerven und lauter so schöne Sachen. Wir waren doch in Hamburg in so einer Klapsmühle, da haben sie mich auseinandergenommen. Hat Ihnen das Frau Nössebaum nicht erzählt?«

»Früher hast du immer Mami gesagt.«

»Ja, früher, da war sie auch meine Mami. Heute hat sie sich mit den anderen gegen mich verbündet. Herr und Frau Nössebaum werden noch ein innig liebendes Paar aus lauter Sorge um mich. Hat sie Ihnen das auch noch nicht erzählt?«

»Ich habe deine Mutter lange nicht gesehen.«

»Ja, sie ist sehr häuslich geworden.«

Ich fror trotz der Sonne, die warm auf meinen Schultern lag.

»Wie alt bist du jetzt, Thomas?«

»Ich bin im vorigen Monat siebzehn geworden.«

»Und willst du auf diese Art weitermachen? Überreizte Nerven, na schön, kann man mal haben. Aber das kann vorbeigehen. Wenn man will. Und wenn man selber etwas dazu tut.«

»Kommen Sie mir bloß nicht mit so dämlichen Sprüchen, die kenn' ich. Zieht bei mir gar nicht. Außerdem ist der Zustand ganz angenehm. Jetzt haben sie immer Angst, was ich noch tun könnte.«

»Und was könntest du tun?«

Er beugte sich ein wenig vor, sprach nahe an meinem Gesicht, sehr leise: »Oh, allerhand. Es gibt eine Menge Möglichkeiten, wie ich ihnen die Hölle heiß machen kann.«

Mein Gott, der Junge war wirklich nicht ganz normal. Dieser komische, flackernde Blick, wie er sein Gesicht verzerrte, dies hämische Grinsen. — Angenommen, ich müßte einen Irren spielen — würde ich es nicht so ähnlich machen?

»Deine Mutter tut mir leid, wenn ich dir so zuhöre.«

»Oh, mir nicht. Und Ihnen braucht sie auch nicht leid zu tun. Sie hat Sie genauso sitzenlassen wie mich. Ich weiß schon, was die vorhaben. Irgendwo werden sie mich unterbringen, hübsch weit weg, irgend so eine Anstalt wird es schon geben, sehr gut und teuer, natürlich, wir haben's ja, und dann kann die Dame, die Sie meine Mami nennen, wieder auf Reisen gehen und sich amüsieren, und der Herr, der vermutlich mein Papi ist, kann dann wieder eine Menge schöner, großer Häuser bauen, und alle sind zufrieden.«

»Das glaube ich nicht.«

Er beugte sich wieder vor, kam mir nahe und flüsterte: »Das ist wie bei Schiller, wie im ›Don Carlos‹. Sie spielen da doch drin, da müssen Sie es doch wissen.«

»Was?« fragte ich überrascht.

»Na, wie die das damals gemacht haben. Ich war drin mit Frau Nössebaum, ich hab's gesehen.«

»Du warst im ›Carlos‹? Jetzt?«

»Ja. Ehe wir nach Hamburg gefahren sind. Ich hab' Sie gesehen als Marquis Posa. Prima haben Sie das gemacht. Aber Sie haben den Carlos auch nicht retten können, mit aller Freundschaft nicht. Da nützen all die schönen Worte nichts. Sie hat man abgeknallt, peng, weg waren Sie, und den Carlos hat der König fertiggemacht. Der Vater seinen eigenen Sohn. Hat ihm nicht gepaßt, wie der war. Daß er eigene Gedanken hatte und was Besonderes tun wollte. Nur immer hübsch unterkriechen. So hatten die das damals schon gern, und so ist es heute noch. Und die Königin, seine sogenannte Mutter, hat auch keinen Finger für ihn krumm gemacht.«

»O doch, das hat sie. Sie hat versucht, ihm zu helfen.«

»Hat aber nichts genützt. Der König hat seinen eigenen Sohn umbringen lassen. Mein Vater ist auch ein König. So ein richtiger, kleiner, ausgewachsener König. Was der Philipp in Spanien war, das ist mein Vater hier in B. Der Philipp hat den Carlos der Inquisition ausgeliefert, und mich werden sie auch irgendwie abliefern, wo ich aus dem Weg bin. Passen Sie nur auf.«

Das war das richtige Stück gewesen, in das sie den Jungen mitgenommen hatten. Mir war ganz elend zumute. Was konnte ich nur tun? »Thomas! Du redest eine Menge Unsinn, und die Parallelen, die du da zusammenbastelst, die stimmen vorn und hinten nicht. Und jetzt frage ich dich etwas ganz ernsthaft. Gib mir bitte eine vernünftige Antwort. Kann ich irgend etwas für dich tun?

Soll ich einmal mit deiner Mutter sprechen oder mit deinem Vater?«

Sicher, meine Fragen kamen aus einer gewissen Hilflosigkeit heraus. Es gab keinen Grund für mich, mich einzumischen in diese Tragödie. Aber gleichzeitig hatte ich das Gefühl, ich könnte mich nicht einfach abwenden hier vom Gartenzaun und weitergehen, als sei nichts geschehen.

Die Reaktion auf meine Frage war unerwartet. Thomas lachte sich halb tot. »Das ist gut, das ist großartig. Wollen Sie etwa bei mir auch den Posa spielen? Der fehlt uns nämlich gerade hier noch im Haus. Bloß genützt hat es nicht viel, das wissen Sie ja. Beide sind dabei draufgegangen. Bei uns wär's ja zwar noch ein bißchen interessanter als auf der Bühne. Da ist Schiller gar nicht draufgekommen. Hier können Sie noch mehr sein. Vaters Vertrauter, Freund vom Sohn und Mutters Liebhaber. Nee, das ist Schiller nicht eingefallen.«

Jetzt wurde ich wütend. »Ich habe den Eindruck, dir gehören ein paar Kräftige hinter die Ohren. Das wird wohl dein ganzes Leiden, sein, das da versäumt worden ist.«

»Haben wir auch gehabt«, sagte er, nicht im mindesten beleidigt. »Herr Nössebaum kann das durchaus.«

Die Haustür wurde geöffnet. Thomas konnte es nicht sehen, da er mit dem Rücken zum Haus stand. Ich aber sah einen großen, breitschultrigen Mann, blond und freundlich anzusehen. Wohl der Hauslehrer, von dem Thomas gesprochen hatte.

»Thomas!« rief der Mann. »Kommst du wieder herein? Wir könnten ein bißchen arbeiten.«

»Aha! Mein Wachhund. Das hat ihn beunruhigt, daß ich hier mit Ihnen am Zaun stehe und rede. Da weiß er nicht, was er davon halten soll.« Er wandte halb den Kopf und rief: »Kommen Sie doch her, Doktor Klein. Damit ich Sie mit dem Marquis Posa bekannt mache. Auch ein guter Freund meiner Mutter. Einer von vielen.«

»Komm sofort, Thomas!« sagte der Mann scharf, und er sah jetzt nicht mehr freundlich aus.

Thomas zog den Kopf zwischen die Schultern, er wurde womöglich noch bleicher. Der Blick, mit dem er mich ansah, hatte seinen Hohn verloren. »Da geh' ich mal lieber. Sonst lassen sie mich nicht mal mehr in den Garten.«

Und ohne Abschiedsgruß drehte er sich um und schlenderte betont langsam zum Haus zurück.

Meine Gefühle zu beschreiben ist schwer. Ich war sehr unglücklich über das, was ich gesehen und gehört hatte. Und ich begriff natürlich nicht, was vorging dort im Haus. Eins jedoch glaubte ich zu wissen: Geistesgestört war dieser Junge nicht. Das Gespräch, das er mit mir geführt hatte, war intelligent und schlagfertig gewesen, und daß er den ›Carlos‹ herbeizog, um eine Art Gleichnis für seine eigene Familie zu finden, war erstaunlich und keineswegs so dumm. Was taten sie mit dem Jungen? Machten sie nicht doch einige große Fehler? Wenn er sich in eine Art Haß gegen seinen Vater und seine Mutter hineingesteigert hatte, würde es dann nicht wirklich besser sein, er käme von hier fort, wenigstens für eine Zeit? Aber das war ja offenbar geplant. Nur — wohin kam er? Es würde schwer sein, den richtigen Ort, den passenden Platz zu finden. Ich gebe zu, mir fiel im Moment auch nicht ein, was das Richtige wäre. Eine Familie? Ein Internat? Aber welches Internat würde ihn nehmen in diesem Zustand. Irgendeine Gemeinschaft von jungen Menschen, wo er möglichst in Ruhe gelassen würde? Oder was gab es noch? Vielleicht war in seiner derzeitigen Verfassung eine Art Heilbehandlung wirklich vonnöten. Nur durfte es natürlich nicht den Eindruck einer Nervenheilanstalt auf ihn machen . . .

Das Problem beschäftigte mich den ganzen Tag. Noch am Abend, als ich mit Hilke bei den Kollegen am Stammtisch saß, war ich geistesabwesend. Die Begegnung mit Thomas machte mir schwer zu schaffen.

»Was hast du eigentlich?« fragte mich Hilke.

»Ich kann es dir hier nicht erklären. Ich kann es genaugenommen überhaupt nicht erklären. Höchstens erzählen kann ich es dir nachher. Aber es ist für dich weiter nicht interessant.«

»Alles, was dich beschäftigt, ist für mich interessant.«

Also erzählte ich ihr auf dem Heimweg in kurzen Worten von Thomas. Und in einer längeren Ausführung machte ich mir Gedanken darüber, was man mit diesem armen Jungen beginnen solle. Später, wir waren schon zu Hause und bei einem anderen Thema, rief Hilke plötzlich: »Ich hab's.«

»Was?«

»Was wir mit Thomas machen.«

›Wir‹ sagte sie wieder einmal. Und immer rührte es mich.

»Hoffentlich willst du ihn nicht adoptieren, wenn wir verheiratet sind.«

»Nein, Gebieter, ich kriege mir meine Kinder selber. Aber paß auf und hör gut zu. Zu Hause bei uns haben wir einen Arzt. Grinse nicht und mache nicht so ein supergescheites Gesicht und denke, aha, so ein doofer Landarzt. Ist er nicht. Er ist ein großartiger Doktor. Der beste, den ich kenne. Und ich kenne ihn, seit ich auf der Welt bin. Er kuriert alles, was nur zu kurieren geht. Und bin ich nicht gut geworden unter seiner Obhut?«

»Doch, das muß man zugeben.«

»Siehst du. Aber ihn meine ich gar nicht. Er ist schon ein sehr alter Herr. Übrigens kommt er natürlich auch zu unsrer Hochzeit. Aber nun paß auf. Er hat einen Sohn. Und der Sohn ist — Neurologe nennt man das, glaube ich, nicht? Na, jedenfalls so etwas ist er. Und der hat im Münsterland eine kleine Klinik. So eine Art Privatklinik. Aber eine richtige Klinik ist es auch wieder nicht. Er behandelt dort schwierige Fälle. Leute, die ein bißchen komisch sind und doch nicht richtig verrückt und so was. Ganz ulkige Sachen macht er da, unser Doktor hat uns mal davon erzählt. Also die Leute müssen dort arbeiten. Im Garten zum Beispiel oder in einer Werkstatt, und Musik machen sie auch viel, sogar Theater gespielt wird da. Alles mögliche. Unser Doktor sagt, ein bißchen verrückt käme es ihm schon vor. Aber der Bruno sei ja schon immer ein wenig verrückt gewesen. Bruno heißt er, der Sohn von unserem Doktor. Was hältst du denn davon?«

»Klingt nicht schlecht. Soll ich Dagmar mal davon erzählen? Weißt du genau, wo es ist? Ich meine, hast du die Adresse?«

Die Adresse hatte sie nicht, aber das war ja nicht weiter schwierig. Sie müsse sowieso an Mutsch schreiben, und bei der Gelegenheit würde sie um die Adresse bitten.

Ja, so war das an diesem Abend. Und um nun mit einer häßlichen und traurigen Geschichte möglichst schnell fertig zu werden: Bis die Adresse kam, brauchten wir sie nicht mehr. Ich erfuhr es von Rosmarie. In der Zeitung stand nichts davon. Niemand sprach darüber. Thomas Nössebaum, gerade siebzehn Jahre alt geworden, hatte sich eine Kugel in den Kopf geschossen. Er war tot. Er wußte, daß sein Vater eine Pistole besaß, die hatte er in einem unbewachten Augenblick gesucht und leider auch gefunden. Er ging in den Keller und tötete sich selbst. Vorher hatte er den Plattenspieler auf volle Lautstärke gestellt.

Sie suchten ihn über eine Stunde, erst dachten sie, er sei aus dem Haus gelaufen. An den Keller dachten sie nicht.

Ich wagte nicht, an Dagmar zu denken. Wie, um Himmels willen, sollte sie damit fertig werden? Es war unsinnig, sie anzurufen. Unsinnig, sie zu treffen. Jedes Wort, jeder Blick war zuviel. Das Begräbnis war in aller Stille vonstatten gegangen, keine Anzeige in der Zeitung, nichts. Das Haus Nössebaum lag in Schweigen gehüllt. Als sei es leer und verlassen. Ich fragte mich, ob Dagmar überhaupt noch da war, ob sie nicht am Ende aus diesem Haus, aus dieser Stadt geflohen war, weg, nur weg, weit weg von hier. Ich hätte es verstanden.

Und sie floh wirklich aus dem Haus, aus der Stadt und noch weiter. Zwei Wochen etwa nach Thomas' Tod fand man sie in ihrem zertrümmerten Wagen auf der Autobahn. Sie war in hohem Tempo gegen einen Brückenpfeiler gerast. Sie lebte noch, als man sie aus den Trümmern schweißte. Aber sie starb auf dem Transport ins nächste Krankenhaus.

Diesmal stand eine Anzeige in der Zeitung. Von einem Unfall war darin die Rede. Aber ich wußte, und Lorenz Nössebaum wußte es sicher auch, es war kein Unfall. Dagmar war eine ausgezeichnete Autofahrerin gewesen.

Ich ging hinfort nicht mehr am Haus Nössebaum vorbei. Ich konnte es einfach nicht mehr sehen. Aber ich dachte oft an Lorenz Nössebaum. An seine dunklen, traurigen Augen. Mir jedenfalls waren sie immer traurig vorgekommen, obwohl es allgemein hieß, er sei ein harter, ein rücksichtsloser, ein kalter Mensch. Das allerdings hatte es von König Philipp auch geheißen. Doch einmal spricht er den Satz: Hier ist die Stelle, wo ich sterblich bin. —

271

Was weiß man schon von anderen Menschen? Was wußten sie damals, geschweige denn was wissen wir heute von Philipp II. von Spanien, in dessen Reich die Sonne nicht unterging? Und um wieviel weniger weiß ich von Herrn Nössebaum, von seinem Denken und seinem Fühlen.

Aber ich muß diese Gedanken beiseite legen. Es ist zweifellos ein bißchen verrückt, wie es Thomas getan hat, den König von Spanien und Lorenz Nössebaum in einen Topf zu werfen. So etwas geht einfach nicht. Und wenn Thomas es tat, so ist es mir auf keinen Fall erlaubt, an diesem Faden weiterzuspinnen.

Diese Ereignisse jedoch bewirkten eins: Sie würden mir den Abschied von B. erleichtern. In all den Jahren, die ich hier verbracht hatte, war ich weder Beobachter noch Teilhaber, noch Mitleidender einer Tragödie gewesen, es sei denn auf der Bühne. Das konnte ich nun nicht mehr sagen. Ich hatte nicht helfen und nicht raten können. Es ging mich ja auch, wie Frank gesagt hatte, nichts an.

Aber ganz so war es nicht. Einmal hatte ich Dagmar geliebt. Sie war eine ungewöhnliche Frau gewesen, schön, klug, reizvoll und trotz all ihrer Kaprizen ein liebenswerter Mensch. Irgendwie blieb mir ein Schuldgefühl, ich weiß auch nicht, warum. Vielleicht ist es immer so, wenn einem Menschen, den man liebt oder geliebt hat, ein Unglück widerfährt, vor dem man ihn nicht bewahren kann. Wenn er in Not gerät, und man kann ihm nicht helfen. Wenn er untergeht, und man hat die Hand nicht ausgestreckt, ihn zu halten.

*Epilog*

Bekannterweise steht ein Epilog am Ende. Genauso wie ein Prolog am Anfang steht. Ende wovon? Anfang wovon? Ich habe das Gefühl, daß ich diese Aufzeichnungen abbrechen muß, ich bin sowieso in letzter Zeit kaum mehr dazu gekommen, etwas zu schreiben. Es war wieder einmal eine Zeit der Wende, eine Zeit des Aufbruchs, und da hat man oder habe ich gelegentlich das Gefühl, meine Gedanken zu Papier bringen zu müssen, wie es so hübsch heißt.

Prolog bezog sich nicht auf mein Leben, nur gerade auf einen bestimmten Zeitabschnitt in meinem Leben. Und es scheint, mit dem Epilog ist es geradeso. Etwas Neues beginnt. Ich steuere einen Fortschritt in meinem Beruf, eine Weiterentwicklung an — ich drücke mich absichtlich so vorsichtig aus —, und ich gehe eine Ehe ein. Wichtige Ereignisse auf jeden Fall. Mögen sie wohlgelingen.

Das wünsche ich mir, und damit könnte ich schließen.

Aber mir scheint, ich muß noch etwas berichten, was vielleicht nicht von Wichtigkeit ist, aber dennoch von Bedeutung. Und außerdem ist es so nett gewesen.

Wovon ich spreche? — Der Besuch bei meinen zukünftigen Schwiegereltern — was für ein Wort! — in Ostfriesland.

Wie ich schon vermutet hatte, dauerte es eine ganze Weile, bis die Umstände diesen Besuch ermöglichten. Es wurde Ostern darüber. Einer von uns beiden hatte immer zu spielen oder zu proben, meist sogar beide, es klappte einfach nicht. Auf das Osterfest zu ergab sich folgende günstige Situation: Donnerstag, also Gründonnerstag in diesem Falle, hatten wir ein Stück, ein modernes Dreipersonenstück, in dem wir beide nicht beschäftigt waren. Karfreitag war das Theater geschlossen, Ostersamstag gab es Oper, Ostersonntag nachmittag wieder das Dreipersonenstück, abends Operette. Mein Typ wurde erst wieder am Ostermontag abends verlangt. Hilke hatte bereits nachmittags zu tun. Kurz und gut: Donnerstag, Freitag, Samstag, Sonntag — vier Tage lang waren wir frei. An sich sollte Samstag noch Probe sein, aber Briskow hatte sich erweichen lassen, wir bekamen beide frei. Der Reise stand nichts im Wege. Hilke freute sich wie ein Kind. Tagelang sprach sie kaum von etwas anderem. Sie kaufte eine Menge ein. Geschenke für ihre Eltern, für alle möglichen Tanten und Onkel und Kusinen und Neffen und Freundinnen und nicht zu vergessen für Freund Jörn. Sie brachte in Windeseile ihre Gage durch und kündete mir an, daß ich sie für den Rest des Monats ernähren müsse.

»Das hab' ich gern«, sagte ich. »Das fängt gut an. Wo es kaum für mich selber reicht.«

»Und Wilke. Vergiß Wilke nicht. Er muß ebenfalls von dir ernährt werden. Aber dafür verspreche ich dir, daß du zu Hause vier Tage lang so viel zu essen kriegst, daß du sowieso nachher eine Woche lang nichts brauchst.«

Die Fahrt in den kleinen Ort nahe der Nordsee war nicht weit. Aber umständlich. Wir hatten dank Hilkes Kaufwut eine Menge Gepäck. Wilke nicht zu vergessen, er mußte schließlich auch transportiert werden. Darum rief ich Frank an. Glücklicherweise war er da und sofort bereit, mir einen Wagen zu leihen. Das hatten wir früher schon manchmal praktiziert, als ich noch mit Heidi befreundet war. Heidi machte für ihr Leben gern Ausflüge, und dann mußte jedesmal Frank herhalten. Für mich allein hätte ich seine Großzügigkeit nie in Anspruch genommen. Er hatte mir von Anfang an das Angebot gemacht, falls ich einen Wagen brauche, mich nur an ihn zu wenden. Er wußte, daß ich ein sicherer Fahrer war. Wir hatten übrigens beide zu gleicher Zeit und beim gleichen Fahrlehrer in unserer Vaterstadt den Führerschein gemacht.

Ich rief ihn also eine Woche vor Ostern an und übermittelte mein Anliegen.

»Au Backe! Besuch bei den Schwiegereltern, da darfst du nicht so poplig ankommen. Da nimmst du meinen neuen Mercedes 250 Coupé, sahnefarben.«

»Ach nein, vielen Dank. Das wäre Hochstapelei. Die denken

dann am Ende, Hilke macht eine gute Partie. Hast du keinen Volkswagen für mich?«

Hatte er nicht. Wir einigten uns schließlich auf den stahlblauen Rekord, den für gewöhnlich seine Frau steuerte.

Und am Gründonnerstag, zu früher Stunde, bei Vogelgezwitscher und Sonnenschein, von tausend Ermahnungen Ilsebills begleitet, lud ich meinen Koffer in das Fahrzeug, vergewisserte mich nochmals, daß ich den Führerschein bestimmt einstecken hatte, und begab mich auf die Reise.

Zunächst zu Hilke, die inmitten zahlloser Päckchen und Pakete und Koffer umherwirbelte, mißbilligend von dem verwirrten Herrn Boysen gemustert, und die aufgeregt war, als planten wir eine Reise nach Neuguinea. Ich lud alles ein, Koffer, Pakete, Päckchen, dann Hilke und Herrn Boysen, und die Fahrt ging los.

Hilke, ich wiederhole es nochmals, freute sich wie ein Kind und war restlos aus dem Häuschen. Ihr Mund stand auf der ganzen Fahrt kaum still. Sie redete und erzählte, und je näher wir ihrer Heimat kamen, um so schlimmer wurde es. Sie erzählte mir aus ihrem Leben, aus dem Leben von Vater und Mutter Boysen, aus dem Leben sämtlicher Verwandten und Bekannten, und mir schwindelte, wenn ich daran dachte, daß ich nur die Hälfte dieser Leute am Ende kennenlernen mußte.

»Nicht diesmal«, tröstete mich Hilke. »Jedenfalls nicht alle gleich. Obwohl sie natürlich alle wahnsinnig neugierig sein werden, wie der Mann aussieht, den ich heiraten werde. Weißt du, in unserer Familie haben sie immer gesagt, die Hilke spinnt, der ist keiner gut genug, für die muß extra mal einer gebacken werden.«

»Und jetzt kommst du mit mir an. Du bist blamiert für alle Zeiten.«

»Eben nicht. Eben ganz genau gerade nicht. Aber das verstehst du nicht.«

Verstand ich wirklich nicht. Sicher, so eine schlechte Meinung hatte ich von mir selber nicht. Ich fand immer schon, ich sei ein ganz netter Mensch und auch einigermaßen passabel anzusehen, aber andererseits hielt ich mich doch für recht durchschnittlich, was geistige, körperliche und sonstige Vorzüge betraf. Ich hatte es, nahe an die Vierzig, keineswegs zu besonderem Ruhm oder beachtlichen Einnahmen gebracht, fuhr mit einem gepumpten Auto, besaß weder Eigenheim noch Swimming-pool und Hobbyraum noch Aktien, Pfandbriefe oder auch nur ausreichend Bargeld. Nicht mal Weib und Kind. Aber letzteres würde sich ja nun bald ändern.

Hilke dagegen, das hatte ich inzwischen mitgekriegt, stammte aus recht wohlhabendem Hause. Der Betrieb ihres Vaters, von dem sie immer nur per ›das Geschäft‹ gesprochen hatte, war mir zwar bis heute noch nicht ganz übersichtlich, aber auf jeden Fall schien er einbringlich zu sein. Vater Boysen besaß eine Mischung aus Groß- und Kleinhandel und verkaufte so ziemlich alles, was die Leute auf dem Lande brauchten. Das begann mit kleinen landwirtschaftlichen Maschinen und ging bis zur Ölflasche. So ähnlich jedenfalls stellte ich mir das vor. »Wir haben ein riesiges Lager«, hatte mir Hilke einmal gesagt, »ich habe mich kaum durchgefunden. Aber bei uns kriegen die Bauern so ziemlich alles, was sie brauchen. Und das macht verhältnismäßig wenig Spesen. Vater macht das mit ein paar Leuten. Er hat eine Buchhalterin und ein Mädchen zum Briefetippen und dann den Klaas, der weiß und kann und macht alles und findet vor allem immer und überall jedes Ding, das gebraucht wird. Und dann haben wir einen Fahrer und den alten Pinte. Der macht auch alles.«

Das waren schon mal fünf Angestellte, zählte ich zusammen, und das war immerhin ganz schön. Da waren noch das Haus, der große Garten und noch ein paar Grundstücke, und vor einigen Jahren hatte Vater Boysen ein Haus gebaut, ein richtiges großes, mit Läden und Wohnungen, das hatte er alles vermietet. Alles in allem — wer hier eine gute Partie machte, das war ich.

»Das erbe ich alles mal«, hatte Hilke eines Tages geprahlt, »aber ich lege nicht den geringsten Wert darauf. Auf das Erbe, meine ich. Ich wünschte, sie würden ewig leben. Und mein Onkel Boysen, dem gehört ein Bauernhof, der hat auch immer gesagt, den kriege ich mal, wenn sein Sohn nicht bald heiratet. Aber inzwischen hat er geheiratet und hat auch schon zwei Kinder.«

»Gott sei Dank!« sagte ich. »Wir können nicht auch noch einen Bauernhof bewirtschaften, das geht über meine Kräfte.«

»Och, mir hätte das Spaß gemacht. Ich wäre gern eine Bäuerin geworden.«

»Du kannst ja immer noch umsatteln. Dann deklamierst du eben den Kühen beim Melken die heilige Johanna vor. Das wirkt sicher sehr anregend.« Sie hatte mir mal gestanden, daß die heilige Johanna ihre Traumrolle sei.

»Bei Onkel Boysen wird nicht von Hand gemolken«, belehrte sie mich, »das geht alles maschinell.«

»Die armen Kühe.«

»Wieso? Das geht besser als mit einer ungeschickten oder schlechtgelaunten Magd.«

Sie mußte es wissen. Ich hatte keine Ahnung.

»Abgesehen davon«, klärte sie mich auf, »ich kann melken.«

»Was kannst du nicht, Geliebte? Du bist rundherum vollkommen.«

Darauf nickte sie befriedigt.

Auf der Fahrt nun rief sie mir noch einmal alle Geschichten ins Gedächtnis zurück, die sie mir bereits nach und nach verpaßt hatte. Wann Vetter Harm die Masern gehabt hatte und warum es bei ihm so furchtbar kompliziert verlaufen war, daß er beinahe daran starb. Und noch schlimmer war der Fall von Onkel Nantje. Der war einmal besoffen gewesen und hatte sich ausgerechnet auf den Schienen der Eisenbahn zu einem Nickerchen hingelegt. Aber Gott sei Dank war es noch hell gewesen, und der Lokomotivführer hatte ihn schon von weitem gesehen, denn es war eine gerade Strecke, und konnte den Zug zum Halten bringen, zwei Meter vor Onkel Nantje. Der Lokführer hatte einen Schock davongetragen, er war vollkommen außer sich, war hinausgestürzt und hatte den leichtsinnigen Nantje von den Gleisen zerren wollen, aber der schlief noch immer und war sehr ungehalten, daß man ihn störte.

»Mann, büst verrückt? Du kannst man hier neet slapen!«

Und Nantje brummte zornig: »Dööskopp! Laat mi slapen! Du mit dien lüttje Pingelbahnje! Wirst doch woll dien Zug anhollen könn'.«

»Aber Mann, ik hebb ja bremst'!«

»Na siehste! Dann is't ja all klar.«

Und darauf hatte sich Onkel Nantje beiseite gerollt und war am Waldrand mit einem Seufzer wieder ins Gras gesunken und hatte weitergeschlafen.

Solche Geschichten gab es die Menge. Und je näher Hilke ihrer Heimat kam, um so mehr fielen ihr ein. Sie schärfte mir auch noch genau ein, wie ich Tante Luischen behandeln mußte — das war die Schwester ihrer Mutter —, sie wohnte bei ihnen im Haus. Eine Seele von Mensch, aber offenbar mit sehr festgefahrenen Ansichten in gewissen Dingen.

Man durfte zum Beispiel in ihrer Gegenwart niemals fluchen und auch nicht etwa ›du lieber Gott‹ sagen, das rügte sie. Man mußte jeden Teller leeressen und jedes Glas austrinken, denn etwas übrigzulassen, das sei Sünde an den Gaben des lieben Gottes. Ein Mädchen durfte nicht die Beine übereinanderschlagen und keine Hosen tragen.

»Ich hab's natürlich doch oft getan, und sie hat mich immer sehr strafend angesehen. Dabei ist sie etwa gar nicht bigott. Sie geht zwar manchmal in die Kirche, aber nicht regelmäßig. Und mit unserem Pastor hält sie lange Streitgespräche. Sie akzeptiert durchaus nicht alles, was er sagt.«

Der Pastor! Das war auch noch so ein Kapitel. Nach Hilkes Schilderung war er eine tolle Persönlichkeit. Ein großartiger Prediger, der manchmal donnerte, daß die Wände wackelten, und dabei die Güte in Person.

»Und sieht gut aus! Groß und stattlich, und er hat einen dicken weißen Schopf und große, strahlende Augen. Manchmal hab' ich schon gedacht, wenn du alt bist, wirst du so ähnlich aussehen wie Pastor Lübben.«

Ich nahm das als Kompliment. Und so war es wohl auch gemeint. Wichtig war es auch zu wissen, wie man Geeske behandelte. Geeske war im Hause Boysen das, was der Klaas in der Firma war. Sie machte alles, konnte alles, wußte alles. Sie diente seit ihrer Mädchenzeit im Hause Boysen. Und es geschah nichts gegen ihren Willen.

»Sie war am meisten dagegen, daß ich Schauspielerin wurde.

Sie konnte sich nicht viel darunter vorstellen. Und jedenfalls nur etwas ganz Verruchtes und Bösartiges. Ich hab' ihr so viel Gedichte vorgesagt und Szenen aus Stücken und hab' dann gefragt: ›Ist das nicht schön? Gefällt dir das nicht, Geeske? Ich möchte das allen Menschen sagen, damit sie sich darüber freuen.‹

›De Lüt verstahn dat neet‹, hat sie gesagt, ›und du büst man to schad' anner Lüt to unnerhollen.‹ — Also vergiß nicht«, ermahnte mich Hilke, »es ist sehr wichtig, daß du Geeske gefällst. Du mußt ihr die Hand geben, und du mußt sie angucken dabei. Und wenn sie was Gutes gekocht hat, dann mußt du alles aufessen und mußt immer sagen, es war gut. Und du darfst ihr vor allem kein Geld geben, dann ist sie beleidigt. Nur schenken darf man ihr was. Ich habe ein Kopftuch für sie gekauft. Und eine Brosche, eine ganz große dicke.«

Und, so ging es weiter. Die ganze Fahrt. Als wir unserem Ziel näher kamen, sollte ich auch noch pausenlos rechts und links schauen. Da war die Stelle, wo sie als Kinder gefischt hatten, und dort hatte sie mit Darling einen furchtbaren Sturz getan, und da drüben war Jörn einmal mit dem Rad gegen einen Baum gerast und war bewußtlos gewesen, und an jener Stelle hatte ihre Freundin Marten den ersten Kuß gekriegt, und da war dies und dort jenes geschehen.

»Guck mal«, rief sie immer wieder, »siehst du da drüben die Wiese, also dort war es so . . .«

Und ich drehte den Kopf, mußte aber gelegentlich auf die Straße schauen und sagte: »Geliebte, wir werden das alles zu Fuß absolvieren, aber jetzt muß ich ein bißchen aufpassen.«

»So fahr halt langsam.«

»Aber dann kommen wir ja noch später an, ich denke, sie warten mit dem Mittagessen auf uns.«

»Ja, ja, fahr schneller. Wir werden hier spazierengehen.«

Uff!

Schließlich kamen wir an. Unmöglich ist es, alles zu erzählen, was in diesen vier Tagen geschah und geredet und getan wurde. Es würde noch einmal soviel Seiten in Anspruch nehmen, wie ich sie hier schon vollgeschrieben habe.

Von dem Moment an, wo Mutter Boysen Hilke in die Arme

schloß und alle beide ein bißchen weinten und ich verlegen neben dem Wagen stand und Vater Boysen schließlich kam und mir fest die Hand drückte, von dem Moment an kam ich nicht dazu, einen klaren Gedanken zu fassen. Sicher, ich bemühte mich, alles zu tun, was Hilke mich geheißen hatte. Mich an alles zu erinnern, was angeblich wichtig war.

Ich lobte Geeskes Essen und aß auch immer unter Tante Luischens strengen Augen meinen Teller leer, ich fluchte nicht und führte keine losen Reden, auch zu Hilke nicht, dies vor allem, denn natürlich schliefen wir in getrennten Zimmern, die weit voneinander ab lagen, und in all den vier Tagen betrat sie nicht einmal mein Zimmer und ich nicht einmal ihr Zimmer. Das hatte sie mir extra vorher eingeschärft — das ginge nicht. Ich aß mich voll bis zum Scheitel, und ich mußte mit Vater Boysen und den diversen Onkels und Vettern und Freunden des Hauses so viel Söpkes trinken, daß es mir bald zu den Ohren hinauslief. Besonders Onkel Nantje hatte ich in Verdacht, daß er es darauf anlegte, mich einmal so richtig betrunken zu sehen. Aber ich hielt mich gut, ich vertrage einen Stiefel, wenn es denn sein muß.

Wir fuhren am Samstag zu Onkel Boysen auf den Hof, wir wurden natürlich auch dort großartig bewirtet, Vetter Boysen und die junge Frau und die beiden kleinen Kinder mußten teils unterhalten, teils bewundert werden, Hilke ritt mit ihrer Stute Darling vor, und ich besichtigte die Ställe und Scheuern und den ganzen Bauernhof und sagte, ich fände es einfach großartig. Ostersonntag gingen wir in die Kirche, und nach dem Gottesdienst schleppte mich Hilke zu Pastor Lübben und sagte: »Das ist der Mann, den ich heiraten werde, noch diesen Sommer.«

Und der Pastor mit seinen großen Augen und seiner weißen Mähne, ein Pastor wie aus einem deutschen Heimatfilm, betrachtete mich mit prüfenden Augen und sagte: »Ja, Hilke, ich hab' schon gehört, daß du heiraten willst. So is das mal nu. Ik will mit di froten. Ik weiß, du heist een Brügen; dei is een brave Man.«

Wir gingen dann in Pastors Garten mit ihm auf und ab, und die Frau Pastor kam auch dazu, dann saßen wir mit Pastor Lübben im Studierzimmer und bekamen een Koppke Tee serviert, und ich kam mir vor . . .

Ja, wie eigentlich? Da spielte ich nun seit Jahren Theater, war es gewöhnt, alle Arten von Schicksalen darzustellen und möglichst glaubhaft zu machen, mich in fremde Seelen zu denken und große und kleine, gute und böse Gefühle darzustellen. Aber das ganze Theater, das ganze Leben auf der Bühne war ein Klacks gegen das, was mir hier geboten wurde. Manchmal mußte ich an Gerhart Hauptmann denken, der es auch verstanden hatte, so aus des Volkes Seele heraus und über des Volkes Seele zu schreiben. Nur kam er natürlich aus einer anderen Ecke, er kam aus dem Osten — und Schlesien gab es heute nicht mehr. Aber dies hier war eine noch intakte Welt. Und auch wenn sie die Kühe heute elektrisch molken und ein Mercedes in der Garage und einen Fernseher in der Stube stehen hatten, das hatte sie im Grunde nicht verändert. Man konnte das heulende Heimweh kriegen, wenn man sah, daß es in unserer Zeit noch Menschen gab, die so fest verankert, so sicher lebten, fühlten und dachten. Und sie waren dabei keine Spießer, sie waren nicht kleinlich und nicht engherzig. Und dies alles so aus der Nähe betrachtet und zu Ende gedacht, kam ich zu der Erkenntnis, daß es gar nicht so erstaunlich war, daß Hilke sich zu dem entwickelt hatte, was sie war. Sie hier zu sehen, vor dem Hintergrund ihrer Kindheit und Jugend, ergab ein klares, deutliches und durchaus überzeugendes Bild. Und wenn ich so oft gedacht hatte: Was für ein Mädchen! Wie kann sie nur so sein, wie sie ist? Wo hat sie das her? — Jetzt wußte ich es, jetzt war da gar nichts Verwunderliches mehr daran. Sie hätte nicht anders werden können. Das Besondere an ihr war nur, daß sie überdies noch Schauspielerin geworden war.

Und wenn ich es vorher nicht schon gewußt hätte, hier, bei ihr zu Haus, wurde es mir endgültig klar: Ich hatte da einen ganz einmaligen Fang getan. Ich würde eine Frau heiraten, wie es sie nicht so leicht zum zweitenmal gab.

Ostermontag in aller Herrgottsfrühe mußten wir abfahren, denn Hilke hatte nachmittags Vorstellung. Zunächst hatten wir vorgehabt, am Sonntag nachmittag zu fahren. Aber alle waren dagegen gewesen. Hilke auch.

Ich sagte: »Allerhand leichtsinnig. Wir brauchen bloß eine Panne zu haben oder sonst irgendwas, dann bist du zur Vorstellung nicht da.«

»Wir haben keine Panne oder sonst irgendwas«, erklärte Hilke bestimmt, »und ich bin zur Vorstellung da.«

Na schön. Hofften wir mal, daß alles glatt ging.

Am Abend des Ostersonntags, ziemlich spät, saßen wir noch alle zusammen in der großen gemütlichen Stube im Hause Boysen, wir hatten ausgiebig zu Abend gegessen, aber so gegen elf, nachdem wir Tee, Bier, Schnaps und schließlich Wein hinter uns hatten, aßen wir noch einmal, denn Mutter Boysen war entgegen aller modernen ernährungswissenschaftlichen Erkenntnisse der Meinung, es schliefe sich besser, wenn man kurz vorher noch einen Bissen gegessen hatte. Wir bekamen also Schinken, schwarzes Brot und Butter und tranken dazu noch ein Bier.

Tante Luischen trank schon wieder ein Koppke Tee, es war erstaunlich, was für Unmassen an starkem, herzhaftem Tee sie verschlucken konnte, ohne daß es ihren Nerven geschadet oder ihren Schlaf beeinträchtigt hätte.

Die Frauen redeten noch einmal von der Hochzeit. Wie und wann und wo sie stattfinden würde, wen man alles einladen müsse und wer außerdem noch sowieso kommen würde. Und was Hilke anziehen würde und was die übrigen Damen des Hauses. Ich war ein wenig müde und ein wenig benusselt, kaute langsam meinen Schinken, hörte mit einem Ohr zu, tauschte ab und zu ein Lächeln mit Vater Boysen und wünschte mir, ich hätte die Hochzeit schon hinter mir. — Nachdem ich die Szenerie hier nun kannte, konnte ich mir ungefähr vorstellen, was mich erwartete. Aber nun war es zu spät.

Ich hätte meiner Zukünftigen gleich von Anfang an energisch sagen müssen: eine rasche, standesamtliche Trauung, irgendwo, und ab dafür.

Ich hörte Hilke sagen, sie würde am liebsten Dr. Briskow auch einladen, es wären ja dann Theaterferien.

»Da sei Gott vor!« sagte ich und zog mir einen strafenden Blick von Tante Luischen zu.

Anschließend wollte sie von mir wissen, wo denn die Hochzeitsreise hingehen solle. Darüber hatte ich noch nicht nachgedacht, aber ich sagte aus dem Stegreif, wenn wir schon mal hier seien, könnten wir gleich weiter an die Nordsee fahren oder vielleicht auch nach Holland, da sei es sehr schön, und es sei nicht so weit. Und nach Venedig könne schließlich jeder fahren, im Hochsommer sei es dort sowieso gräßlich. Hilke bekam nachdenkliche Augen, und ich sah, daß sie das Thema Hochzeitsreise mindestens noch eine Stunde beanspruchen würde. Dabei gehörte sie ins Bett. Sie mußte in sechs Stunden schon wieder aufstehen, mußte mit mir fahren und am Nachmittag die Viola spielen.

»Ist ja noch Zeit genug«, sagte ich, »das können wir uns noch ausführlich überlegen. Ich bin dafür, wir gehen jetzt schlafen.«

Vater Boysen war auch dafür, die Damen dagegen noch sehr munter.

Die Hochzeitsreise also. Hilke kam überraschenderweise mit dem Wunsch heraus, sie würde gern nach Frankreich fahren. In Holland sei sie schon einige Male gewesen, aber in Frankreich noch nie. »Hochzeitsreise nach Frankreich stelle ich mir fein vor«, sagte sie kindlich. »Wo sie doch dort in den Hotels die schönen breiten Betten haben.«

Darauf entstand ein etwas betretenes Schweigen. Vater Boysen schmunzelte, und Tante Luischen sagte kopfschüttelnd: »Aber Kind!« Hilke errötete und sah mich hilflos an. Ich grinste. Und hätte für mein Leben gern gesagt: »Breiter wie meins sind sie auch nicht. Und das kennst du ja.«

Aber ich verkniff es mir und nahm mir nur vor, ihr Frankreich gelegentlich auszureden, denn das würde mir zu teuer sein. Und schließlich und endlich kamen sie auf den Ernst des Lebens zu sprechen, auf die Zeit *nach* der Hochzeitsreise. Da kam es nun zur Sprache, daß uns dann die Trennung bevorstand. Ich weiß nicht, ob wir schon einmal davon gesprochen hatten, falls ja, so war es doch nicht richtig angekommen. Aber jetzt waren alle sehr bestürzt, daß ich dann in Stuttgart sein würde und Hilke in B. bleiben mußte.

»Grote Tiet!« sagte die Tante, »aber Kinners, wie wullt ja dat mooken — he in Nörden und de lüttje Wicht woanners! Dat geiht neet.«

283

Mutter Boysen fand das auch. Vater Boysen schüttelte immer den Kopf und schenkte sich vor lauter Kummer noch einen großen Genever ein und mir auch.

Ich vergaß zu erwähnen, daß ich mich inzwischen für das Württembergische Staatstheater entschieden hatte, weil man mir dort gute Rollen in Aussicht gestellt hatte.

»Es ist nicht richtig so«, tadelte Tante Luischen, »Meta, wie findest du das?«

Meta, Mutter Boysen, fand es auch nicht richtig.

Hilke lachte ein bißchen unglücklich. »Es ist nun mal unser Beruf, wir können es im Moment nicht ändern. Später werden wir natürlich versuchen, an der gleichen Bühne zu arbeiten. Wenn ich erst mehr kann ... Bei Dr. Briskow kann ich jedenfalls noch viel lernen. Und ich bin gern dort.«

»Nee, nee«, tadelte nochmals Tante Luischen, »Meta, wor sall dat man angahn?«

»Leeve Tiet, nee«, sagte die Tante entschieden, »dat ist neet goot. Jeder woanners. Ik will euch wat sagen: Lüt, die verheirat sünd, de Mann und Frau sünd, gehörn in een Huus, unner een Dach!«

Und damit hatte sie mir ein Stichwort gegeben, denn bisher hatte ich zu diesem Thema nichts gesagt.

»Aber — wir bleiben ja unter einem Dach«, sagte ich und sah Hilke an. »Wo wir auch sind, der eine im Norden und der andere im Süden, über uns ist immer das gleiche Dach. Wir wohnen unter dem Zauberdach. Wir sprechen die gleiche Sprache. Wir haben den gleichen Herzschlag. Und das Zauberdach reicht überallhin, wo wir und unseresgleichen leben.«

Sie verstanden mich natürlich nicht und blickten mich fragend an. Aber Hilke hatte verstanden. Sie sah mich an und lächelte.

»Ja«, sagte sie, »wir wohnen unter dem Zauberdach. Und dort sind wir immer beieinander.«

»Dat begriep ik neet«, meinte Vater Boysen.

Ich stand auf, trat hinter Hilke und legte meine Hände auf ihre Schultern.

»Erklär' es ihnen«, sagte ich.

# Ausgewählte Belletristik

Utta Danella
## Wo hohe Türme sind
Roman. 544 Seiten

Luciano De Crescenzo
## Meine Traviata
Roman. 176 Seiten

E. W. Heine
## Das Halsband der Taube
Roman. 384 Seiten

Klaas Huizing
## Der Buchtrinker
Roman. 192 Seiten

Walter Kempowski
## Der arme König von Opplawur
Ein Märchen

40 Seiten

Eiji Yoshikawa
## Taiko
Roman. 864 Seiten

*Albrecht Knaus Verlag*

# WDR

Im

Zeitalter der

Fernbedienung

eine gute

Orientierung.

**WDR. Mehr hören. Mehr sehen.**

**WDR-KRIMINAL-HÖRSPIEL**

# Bei Einschub

# Mord!

# Kriminal

# Hörspiele

# auf

# Cassette.

**BEI GOLDMANN/PRIMO**

# GOLDMANN TASCHENBÜCHER

*Das Goldmann Gesamtverzeichnis erhalten Sie im Buchhandel
oder direkt beim Verlag.*

Literatur · Unterhaltung · Thriller · Frauen heute
Lesetip · FrauenLeben · Filmbücher · Horror
Pop-Biographien · Lesebücher · Krimi · True Life
Piccolo Young Collection · Schicksale · Fantasy
Science-Fiction · Abenteuer · Spielebücher
Bestseller in Großschrift · Cartoon · Werkausgaben
Klassiker mit Erläuterungen

✳ ✳ ✳ ✳ ✳ ✳ ✳ ✳ ✳

Sachbücher und Ratgeber:
Gesellschaft / Politik / Zeitgeschichte
Natur, Wissenschaft und Umwelt
Kirche und Gesellschaft · Psychologie und Lebenshilfe
Recht / Beruf / Geld · Hobby / Freizeit
Gesundheit / Schönheit / Ernährung
Brigitte bei Goldmann · Sexualität und Partnerschaft
Ganzheitlich Heilen · Spiritualität · Esoterik

✳ ✳ ✳ ✳ ✳ ✳ ✳ ✳ ✳

Ein SIEDLER-BUCH bei Goldmann
Magisch Reisen
ErlebnisReisen
Handbücher und Nachschlagewerke

Goldmann Verlag · Neumarkter Str. 18 · 81664 München

Bitte senden Sie mir das neue kostenlose Gesamtverzeichnis

Name: _____

Straße: _____

PLZ / Ort: _____